VERTRAUEN IN SKYLAR

Die Männer von Silverstone, Buch 1

SUSAN STOKER

1

Delta Team Zwei

Ein Held für Gillian
Ein Held für Kinley
Ein Held für Aspen
Ein Held für Jayme
Ein Held für Riley
Ein Held für Devyn
Ein Held für Ember
Ein Held für Sierra

Mountain Mercenaries:

Die Befreiung von Allye
Die Befreiung von Chloe
Die Befreiung von Morgan
Die Befreiung von Harlow
Die Befreiung von Everly
Die Befreiung von Zara
Die Befreiung von Raven

Ace Security Reihe:

Anspruch auf Grace
Anspruch auf Alexis
Anspruch auf Bailey
Anspruch auf Felicity
Anspruch auf Sarah

Die Delta Force Heroes:

Die Rettung von Rayne
Die Rettung von Emily
Die Rettung von Harley
Die Hochzeit von Emily
Die Rettung von Kassie
Die Rettung von Bryn

KAPITEL EINS

Carson »Bull« Rhodes ging langsam und schweigend auf das Zielgebäude zu. Er wusste, dass seine Delta-Force-Teamkameraden dicht hinter ihm waren. Sie gaben ihm genauso Rückendeckung wie er ihnen.

Sie hatten sich nach Pakistan eingeschleust, um eine hochrangige Zielperson ausfindig zu machen, die sie im Auftrag der Armee eliminieren sollten. Fazlur Barzan Khatun, der Anführer der Terrorgruppe Harkat-ul-Mujahideen, hatte sich zu dem Hinterhalt und der Ermordung von siebenundvierzig amerikanischen und britischen Soldaten in Afghanistan im Jahr zuvor bekannt. Das Außenministerium hatte außerdem erfahren, dass die Gruppe auch in den Vereinigten Staaten und Frankreich groß angelegte Massaker plante.

Khatun stand ganz oben auf der *Liste der meistgesuchten Verbrecher* des FBI.

Bulls Herz schlug im Akkord in seiner Brust und er fühlte sich beflügelt. Er und die anderen waren gut in ihrem Job. Sie waren die Besten der Besten, und deshalb hatte die Armee auch nicht gezögert, sie undercover in feindliches Gebiet zu schicken. Das Team war vor vierundzwanzig Stunden nahe der pakistanischen Grenze abgesetzt worden und hatte den letzten bekannten Aufenthaltsort von Khatun erreicht.

Bull gab Smoke und Eagle ein Zeichen, links und rechts von ihm Stellung zu beziehen. Sie hatten schon unzählige Male Gebäude wie dieses geräumt. Mit Gramps, der die Nachhut bildete, waren die vier eine gut geölte Maschine, die sich lautlos in das zweistöckige Gebäude bewegte.

Von oben hörten sie Stimmen, und ohne ein Geräusch zu machen, betraten die Männer das Treppenhaus und begannen hinaufzusteigen. Bull hielt seine Faust hoch, um seinem Team Bescheid zu sagen anzuhalten, und spähte um die Ecke, als sie den ersten Stock erreicht hatten. Als er niemanden im Flur sah, gab er allen ein Zeichen, ihm zu folgen.

Er hielt vor einer Tür inne, wo sie alle deutlich eine lebhafte Diskussion hören konnten. Sie konnten die Worte nicht verstehen, aber das spielte keine Rolle. Ihre Aufgabe war es, Khatun zu finden, ihn zu töten und den Rückzug anzutreten. Ihre Körperkameras hatten das Gespräch aufgezeichnet und Linguisten würden später alles, was gesagt worden war, übersetzen.

Nach einem Blick auf die besten Freunde, die er je gehabt hatte, nickte Bull Eagle zu. In Zeiten wie diesen war er das wichtigste Mitglied des Teams. Er hatte die unheimliche Fähigkeit, jeden wiederzuerkennen, nachdem er ihn nur einmal getroffen oder sein Bild gesehen hatte. Er hatte ein nahezu fotografisches Gedächtnis. Wenn Khatun im Raum war, würde Eagle ihn erkennen. Es wäre egal, ob er sich die Haare geschnitten oder anderweitig versucht hatte, sein Aussehen zu verändern, niemand konnte Eagle austricksen. Es hatte mehr als einen Einsatz gegeben, bei dem Eagle verhindert hatte, dass sie die falsche Person töteten, oder bei dem er dazu beigetragen hatte, dass die Zielperson nicht mit der Behauptung davonkam, sie sei jemand anderes.

Bull zeigte mit zwei Fingern auf seine eigenen Augen und deutete dann in den Raum. Eagle nickte und hob sein Sturmgewehr.

Als Bull sich nach Smoke und Gramps umsah, bemerkte er, dass sie sich hinter Eagle geschlichen hatten. Das Team war bereit, den Raum zu stürmen. Bull holte tief Luft und machte seinen Kopf frei. In dem Moment, in dem sie den Raum betraten, würde die Hölle losbrechen. Da er das Team anführte, würde er, falls die Bewohner bewaffnet waren, wahrscheinlich zuerst erschossen werden. Aber daran durfte er nicht denken. Er trug seine Schutzweste und hatte eine Aufgabe zu erfüllen. Nämlich Khatun zu töten.

Bull hob eine Hand und streckte drei Finger hoch. Dann zählte er abwärts.

Drei. Zwei. Eins.

Bull trat die Tür ein, und er und seine Kameraden stürmten in den Raum.

Sofort brach das Chaos aus.

Im Raum befanden sich etwa zehn Männer und eine Handvoll Frauen. Die Männer standen sofort auf und griffen nach den Waffen, die um sie herum an den Wänden lehnten.

»Keine Bewegung!«, brüllte Bull in einem Tonfall, der keine Widerrede zuließ. Natürlich hörte niemand auf ihn, also tat Bull das, was er am besten konnte.

Er zielte und schoss.

Bull hatte seinen Spitznamen in der Grundausbildung wegen seiner Fähigkeiten am Schießstand erhalten. In seinem Waffenqualifikationskurs hatte er ein perfektes Ergebnis erzielt. Es spielte keine Rolle, welche Waffe er benutzte, er war jedes Mal perfekt. Pistole, Gewehr, sogar die Granate. Mit einer Gasmaske auf dem Schießstand? Perfekt. Alle hatten angefangen, ihn Bullseye zu nennen, aber im Laufe der Jahre war es zu Bull verkürzt worden.

Und das war der Grund, warum er den Angriff auf den mit Terroristen gefüllten Raum anführte. Er traf immer sein Ziel. *Immer*.

Bull ließ sich Zeit, schoss einem Mann, der nach einer Waffe griff, die Hand weg und wandte sich sofort dem Mann neben ihm zu, um dasselbe zu tun. Die Schüsse hallten laut durch den Raum, und die Schreie und Rufe trugen nur zu dem Chaos bei.

Nach gefühlten zehn Minuten, aber in Wirklichkeit waren es weniger als sechzig Sekunden, hob Bull die Faust, um das Team zu veranlassen, das Schießen einzustellen. Sobald der Tatort gesichert war, ging Gramps auf den am nächsten stehenden Mann zu und schob ihn zu den anderen. Der Rauch half, und schon bald lagen alle zehn Männer auf den Knien, alle blutend, aber nicht tödlich verwundet, und starrten zu Bull und seinem Team auf.

»Fazlur Barzan Khatun?«, rief Bull, weil er wusste, dass der Feigling nicht zugeben würde, wer er war, aber er wollte ihm trotzdem eine Chance geben, die anderen zu retten.

Wie er sich schon gedacht hatte, gab keiner der Männer zu, der Gesuchte zu sein.

»Der Dritte von rechts«, bemerkte Eagle in einem Ton, den manch einer für gelangweilt hätte halten können. Aber Bull wusste es besser. Sein Freund meinte es todernst. Es gab weder Diskussionen noch Fragen an Eagle. Wenn er sagte, der Mann sei Khatun, dann war der Mann Khatun. Bull und die anderen hatten keinen Zweifel daran.

Ohne zu zögern und ohne dem Mann Zeit zu geben, zu leugnen, dass er der meistgesuchte Terrorist des FBI war, hob Gramps sein Gewehr und schoss dem Mann zwischen die Augen.

Der Mann schwankte noch einen Moment auf den Knien, bevor er nach hinten fiel und mit leblosen Augen an die Decke starrte.

Die anderen Männer begannen sofort zu jammern. Bull hätte am liebsten die Augen verdreht, besonders in Anbetracht der Tatsache, dass sie wahrscheinlich Khatuns vertrauenswürdigste Berater waren und selbst für haufenweise Morde verantwortlich waren.

Sie hatten ihre Mission erfolgreich abgeschlossen, aber Bull wollte nicht gehen, ohne sich davon zu überzeugen, dass sie nicht jemanden zurückließen, der ebenso tödlich und skrupellos war wie Khatun. »Eagle?«, fragte er und wusste, dass der andere Mann verstehen würde, was er wollte.

Als die verbleibenden Männer ihn anstarrten, trat Eagle vor und studierte jedes ihrer Gesichter genau. Er deutete auf den letzten Mann in der Reihe. »Nabeel Ozair Mullah.«

Hätte Bull den Mann nicht direkt angeschaut, wäre ihm der überraschte Blick entgangen, der über sein Gesicht ging. Aber er übersah ihn *nicht*. Es war sonnenklar, dass Eagle den Mann richtig identifiziert hatte.

Mullah stand auch auf der *Liste der meistgesuchten Terroristen* des FBI. Derzeit stand er auf Platz sechs, aber da Khatun nun tot war, wusste das gesamte Team, dass er der Nächste in der Reihe war, der seinen Platz in der Terrororganisation einnehmen würde.

»Nein! Ich nicht er. Ich Muhammad Amir. Diener«, erklärte der Mann in erstaunlich gutem Englisch.

Eagle schnaubte. »Und ich bin der König von England.«

Der Mann bewegte sich erstaunlich schnell und erwischte alle vier Deltas unvorbereitet.

Er beugte sich vor und ergriff den Arm einer jungen Frau, die wahrscheinlich die Männer bedient hatte, bevor das Treffen unterbrochen worden war. Sie kreischte und wehrte sich gegen

Mullah, war dem Mann aber nicht gewachsen.

Gramps, Smoke und Eagle richteten ihre Gewehre auf die anderen Männer und schrien sie an, sie sollten bleiben, wo sie waren, während Bulls Aufmerksamkeit auf Mullah und die nun weinende Frau gerichtet blieb. Sie zerrte verzweifelt an dem Arm um ihren Hals und versuchte, sich zu befreien und wahrscheinlich Luft in ihre Lunge zu bekommen.

»Ich töte!«, drohte Mullah, und Bull wusste, dass er die junge Frau leicht mit bloßen Händen umbringen konnte.

»Lass sie los«, befahl Bull, ließ sein Gewehr fallen, das er sich um den Oberkörper geschlungen hatte, und zog seine Pistole heraus. Er hatte keine Angst, dass einer der anderen Terroristen auf ihn schießen würde. Seine Kameraden gaben ihm Rückendeckung. Seine einzige Aufgabe im Moment war es, die Nummer sechs – jetzt fünf – auf der FBI-Liste auszuschalten, am besten, bevor er der jungen Frau das Genick brach.

Mullah schüttelte den Kopf. »Ihr dürft gar nicht hier in Pakistan sein«, erklärte er.

»Und trotzdem sind wir hier«, erwiderte Bull ruhig.

»Die USA werden zahlen dafür, dass sie ihr Gesicht dorthin stecken, wo es nicht hingehört!«, protestierte Mullah.

»Du und deine Kumpane hätten unsere Landsleute nicht umbringen dürfen«, erwiderte Bull.

»Sie haben es verdient. Sie hätten nicht kommen sollen«, spottete Mullah. »Sie gestorben wie Feiglinge. Heulend wie Babys!«

Die junge Frau in Mullahs Armen hatte die Augen geschlossen, und Bull konnte sehen, dass sie kurz davor war, in Ohnmacht zu fallen. Er hatte keine Zeit mehr, sich die Verunglimpfungen dieses Mistkerls über die tapferen Männer und Frauen anzuhören, an deren Tötung er beteiligt gewesen war. Mullah benutzte die Frau als Schutzschild, aber es gab viele Stellen an seinem Körper, die nicht hinter ihr versteckt waren.

Bull feuerte seine Waffe ab und riss Mullahs Ohr ab.

Der Mann schrie auf, und wie Bull es sich gedacht hatte, hob er eine Hand nach oben, um sofort die blutende Wunde an seinem Kopf zu bedecken.

Als Mullah sich bewegte, schoss Bull erneut und riss mehrere Finger des Mannes ab. Er lockerte seinen Griff um die Frau und sie tat das Vernünftigste, was sie tun konnte, indem sie sich auf die Knie fallen ließ und versuchte, von ihrem Peiniger wegzukriechen.

Damit war Mullah ohne Schutz vor Bulls tödlichen Kugeln.

Mit drei Schüssen hintereinander traf Bull den skrupellosen Terroristen zweimal ins Herz und einmal in die Stirn. Mullah fiel wie ein Stein, mit dem Gesicht voran auf den Boden.

Die anderen Männer gaben keinen Laut von sich. Es war fast unheimlich, wie still es im Raum war. Es war, als wüssten alle, dass sie nur ein Wort, eine Bewegung davon entfernt waren, vom Lauf von Bulls Waffe erfasst zu werden.

»Die Behörden sind auf dem Weg hierher«, sagte Smoke leise.

Bull nickte, steckte seine Pistole in das Halfter und griff erneut nach seinem Gewehr. Gemeinsam machten alle vier Männer einen Schritt rückwärts in Richtung Zimmertür.

Keiner sprach. Keiner bewegte sich.

Bull wusste, dass Gramps die notwendigen Fotos gemacht hatte, um zu beweisen, dass sie zwei der übelsten Terroristen, die die Welt je gesehen hatte, ausgeschaltet hatten. Es war nicht ihre Aufgabe gewesen, Mullah zu töten, sie hatten nur Glück gehabt, ihn dort zu finden. Zwei skrupellose Terroristen waren ausgeschaltet worden, nicht nur einer.

Die vier gingen schnell wieder die Treppe hinunter und aus

dem Gebäude hinaus. In der Ferne konnten sie Sirenen hören, aber aufgrund der fortgeschrittenen Uhrzeit und der gehobenen Wohngegend, in der sie sich befanden, lungerte niemand auf der Straße herum.

Als das Team in der pakistanischen Nacht verschwand, war Bull stolz auf das, was er und sein Team erreicht hatten. Als er der Armee beigetreten war, hatte er nicht gedacht, dass er sich jemals darauf freuen würde, einen anderen Menschen zu töten, aber nachdem er aus erster Hand gesehen hatte, wozu Männer wie Khatun und Mullah fähig waren und welche Zerstörung sie hinterließen, hatte er kein Problem damit zu töten, um sein Land und all die unschuldigen Leben zu schützen, die auf dem Spiel standen.

Er machte sich keine Illusionen – unschuldige Leben *standen* auf dem Spiel. Die Tötung der beiden Männer heute Abend würde nicht sehr wohlwollend betrachtet werden, aber sie würde wahrscheinlich jeden terroristischen Plan, US-Bürger auf amerikanischem Boden anzugreifen, um mindestens ein Jahrzehnt zurückwerfen. Die Harkat-ul-Mudschaheddin müsste sich neu gruppieren und eine neue Führung einsetzen, und das könnte Jahre dauern. Die internen Streitigkeiten und Machtkämpfe innerhalb der Organisation wären immens und würden die Gruppe vorläufig ins Chaos stürzen.

Bull grinste. Ja, er und sein Team hatten der Terrororganisation heute Abend einen Schlag versetzt, von dem sie sich nicht so schnell erholen würde. Und auch wenn nur wenige zu Hause je davon erfahren würden, auch wenn ihre Taten nie in den Abendnachrichten gewürdigt werden würden, hatten sie ihre patriotische Pflicht erfüllt.

Bull stand stramm neben Smoke, Eagle und Gramps und versuchte zu begreifen, was zum Teufel passiert war.

Wie konnte es sein, dass sie sich vor einem Monat noch über ihren Erfolg freuten und jetzt in einer Anhörung nach Artikel 15 standen?

Anstatt sich über das Ergebnis ihrer Mission zu freuen, war ihr Kommandant wütend darüber, dass sie Mullah getötet hatten. Es machte wenig Sinn, und je mehr Bull und die anderen versucht hatten, die Bedeutung des Todes dieses Mannes zu erklären, desto wütender war die Armeeführung geworden.

Offenbar war der Tod eines Terroristen akzeptabel, aber der von zwei Terroristen auf einmal? In einem Land, in dem die USA nicht sein sollten? Das war verdächtig. Die pakistanische Regierung beschuldigte die Vereinigten Staaten, Spione in ihrem Land eingesetzt zu haben, und der Präsident war nicht glücklich darüber, dass er keine Ahnung gehabt hatte, was vor sich ging.

Bull glaubte, dass der Mann einfach nur sauer war, weil er nicht die Lorbeeren für den Tod von Khatun und Mullah ernten konnte, aber das war reine Spekulation seinerseits.

Als Folge ihrer Aktionen wurden Bull, Smoke, Eagle und Gramps wegen Ungehorsam gegenüber einem vorgesetzten Offizier angeklagt und mussten sich in Bezug auf die Mission in Pakistan für ihre Handlungen rechtfertigen.

Das war absolut lächerlich und Bull war *stinksauer*.

»Nach Durchsicht der Aufnahmen der Überwachungskamera wurde entschieden, dass Sie die ursprüngliche Mission zwar ehrenhaft abgeschlossen haben, danach aber Entscheidungen getroffen haben, die der allgemeinen Sicherheit dieses Landes abträglich waren. Sie haben einen Mann getötet, von dem Sie nicht hundertprozentig sicher waren, dass er ein Terrorist war, und Sie haben die internationalen Beziehungen zwischen den Vereinigten Staaten und den Ländern des Nahen Ostens gefährdet. Es wird Jahre dauern, bis die Regierungen in dieser Region der Welt der US-Armee wieder vertrauen werden.«

Bull biss die Zähne zusammen und zwang sich, ruhig zu bleiben. Alles, was der General sagte, war Blödsinn. Jeder in diesem Raum wusste das. Sie brauchten einen Sündenbock, und er und sein Team kamen da gerade recht. Alle waren verdammt froh, dass Mullah tot war, aber sie konnten es nicht öffentlich zugeben. Er zwang sich, aufmerksam zuzuhören, als der General weitersprach.

»Weil der Mann, den Sie eliminiert haben, tatsächlich Mullah *war*, wurde entschieden, dass Sie nicht mit einer Rangreduzierung oder einem Ausschluss aus der Armee bestraft werden.«

Bull atmete innerlich auf, versteifte sich aber, als der General fortfuhr.

»Aber als Folge Ihres Verhaltens wurde beschlossen, Ihr Team aufzulösen. Sie werden alle dauerhaft auf andere Stützpunkte verlegt. Sie werden in Zukunft nicht mehr in den Delta-Force-Teams mitarbeiten dürfen und werden in verschiedene Infanterieeinheiten integriert. Sie werden den jeweiligen Offizieren unterstellt, die für Ihre neuen Teams zuständig sind, und obwohl wir Ihnen Ihre Dienstgrade nicht entziehen, werden Sie von Vergünstigungsmaßnahmen suspendiert und dürfen sich nach Ablauf Ihrer derzeitigen Dienstzeit bei der US-Armee nicht weiter verpflichten. Noch irgendwelche Fragen?«

Bull konnte kaum glauben, was er gerade gehört hatte. Sie wollten ihn und sein Team aufteilen? War das ein Scherz? Es war ihm egal, dass sie aus der Armee entlassen werden würden; nach allem, was passiert war, wollte er sowieso nicht in der Armee bleiben. Aber sie voneinander zu trennen war ein schwerer Schlag.

»Wenn es keine Fragen gibt, dürfen Sie wegtreten.«

Bull drehte sich um, ohne den Mann zu grüßen – verdammt, dieser Mann hatte seinen Respekt nicht verdient –, und verließ den Raum. Er sah seine Freunde an und bemerkte, dass sich in ihren Augen dieselbe Ungläubigkeit und derselbe Schock widerspiegelten, die er empfand.

»So ein verdammter Mist«, fluchte Smoke leise.

»Ich werde das nicht zulassen«, erklärte Eagle.

»Wir haben keine Wahl«, erwiderte Gramps mit einem Seufzer. »Keiner von uns will sich wieder verpflichten. Wir sind ihnen ausgeliefert, bis wir entlassen werden.«

Bull wollte etwas Positives sagen, sein Team anführen, so wie er es getan hatte, solange sie zusammen waren, aber ihm wollten einfach nicht die richtigen Worte einfallen. Er konnte sich nicht vorstellen, diese Jungs nicht jeden Tag zu sehen. Er vertraute ihnen mit seinem Leben und wusste, dass er diese Art von Bindung nie mit einem anderen Team haben würde. Was die Strafen anging, so war das, was der General getan hatte, schlimmer, als ihnen den Dienstgrad zu entziehen und sie zu Überstunden zu verdonnern ... und der Mistkerl wusste das ganz genau.

Bull versuchte, sich zusammenzureißen, und holte tief Luft.

»Heute Abend. Wir treffen uns bei Hank. Wir brauchen etwas Zeit, um das zu verarbeiten, dann werden wir unsere nächsten Schritte besprechen.«

Die anderen drei nickten und verabschiedeten sich dann noch einmal mit einem kurzen Nicken voneinander, bevor sie sich alle auf den Weg zum Parkplatz und ihren Fahrzeugen machten.

Vier Stunden später saßen Bull, Eagle, Smoke und Gramps in einer dunklen Ecke von *Hank's Bar and Grill* nahe Fort Hood. Es war eine beschissene Kneipe in einem beschissenen Teil der Stadt, aber sie war nicht sonderlich gut besucht und sie würden niemandem begegnen, den sie vom Stützpunkt her kannten. Eigentlich war die Kneipe für das Armeepersonal gesperrt, weil es dort immer wieder zu Schlägereien und Drogenverhaftungen gekommen war, aber das war Bull und seinem Team vollkommen gleichgültig. Sie mussten über ihre Zukunft sprechen, und dies war ein guter Ort dafür.

»Die ganze Sache ist so ein Schwachsinn«, bemerkte Eagle genervt.

»Das können sie uns nicht antun«, stimmte Smoke zu.

»Leider können sie das doch. Und haben es getan«, erwiderte Gramps und nahm einen großen Schluck von seinem Bier.

Bull wünschte, er könnte ihnen sagen, dass er sich in den Stunden zwischen dem Zeitpunkt, an dem sie ihr Schicksal erfahren hatten, und jetzt einen Plan ausgedacht hatte, aber er war immer noch ratlos. Sie alle wussten, dass sie innerhalb von ein oder zwei Tagen ihre Verlegungsbefehle erhalten würden und an entgegengesetzte Ecken des Landes geschickt werden würden. Und in eine normale Infanterieeinheit versetzt zu werden war ein Abstieg. Da sie unter dem Verweis »Suspendierung aller vorteilhaften Maßnahmen« standen, durften sie keine Führungspositionen einnehmen und würden am Ende in untergeordneten Stabsposten dienen.

Die Infanteristen waren zwar auf ihre Art knallhart, aber sie waren keine Deltas. Es war, als würde man einen professionellen Flötisten in ein Highschool-Orchester schicken.

Bull öffnete den Mund, um etwas zu sagen, er wusste nicht genau was, als eine Stimme ihn unterbrach. »Darf ich mich hierher setzen?«

Alle vier Männer blickten auf und sahen einen Mann neben ihrem Tisch stehen. Er trug eine schwarze Hose und ein weißes Hemd, das fast bis zum Anschlag zugeknöpft war. Nur der oberste Knopf war offen. Er trug ein glänzendes Paar schwarze Schuhe und echte Manschettenknöpfe. Der Mann sah in der schäbigen Kneipe so deplatziert aus wie ein Obdachloser in einem noblen Country Club.

»Wer zum Teufel bist du?«, fragte Gramps.

Der Mann schien über seinen Tonfall nicht verärgert zu sein, zog lediglich eine Augenbraue hoch und nickte zu dem leeren Platz am Tisch.

Bull schmunzelte. Er hatte keine Ahnung, wer dieser Kerl war, aber er musste ihm Anerkennung zollen. Er hatte Mumm. Bull schob den Stuhl heraus und nickte.

»Danke«, sagte der Mann und setzte sich, als hätte er keinerlei Sorgen. Er stellte seinen Drink vor sich auf den Tisch – einen Whisky, nahm Bull an – und beugte sich vor.

»Also«, begann der Mann das Gespräch. »Ich habe gehört, ihr hattet heute keinen besonders guten Tag.«

Bull runzelte die Stirn. Ihre Anhörung war keine öffentliche Angelegenheit gewesen. Da sie Soldaten der Delta Force waren, war alles, was heute in diesem Raum besprochen wurde, nur für diejenigen bestimmt, die die höchste Sicherheitsfreigabe hatten. Und die Tatsache, dass dieser Mann zu wissen schien, was vorgefallen war, war faszinierend ... und verdammt beunruhigend.

Da er allerdings wusste, dass er keine Informationen preisgeben durfte, zuckte Bull nur mit den Schultern.

Der Mann nickte, als wäre er über seine Zurückhaltung erfreut, und fixierte ihn mit einem Blick. »Wie wäre es, wenn ich euch vier eine Möglichkeit biete zusammenzubleiben? Damit ihr das tun könnt, was ihr am besten könnt, ohne die Regierung im Nacken, die jeden eurer Schritte beobachtet und beurteilt?«

»Ich würde sagen, das ist völliger Blödsinn«, antwortete Bull, ohne mit der Wimper zu zucken.

Der Mann lachte leise und nahm einen Schluck von seinem Drink. »Ein Zyniker. Das wundert mich nicht.«

»Jetzt hör mal, du musst entweder zum Punkt kommen oder verschwinden«, forderte Eagle ihn auf.

Der Mann drehte sich zu ihm um. »Ah, das Adlerauge weiß nicht, wer ich bin. Ich nehme an, das sollte mich freuen.«

Mit jedem Wort aus dem Mund des Mannes wurde Bull immer neugieriger. Er wusste offensichtlich, wer sie waren, einschließlich ihrer Spitznamen und individuellen Fähigkeiten.

»Du bist so still, Smoke«, bemerkte der Mann und legte den Kopf schief. »Hast du nichts zu sagen?«

Smoke zuckte nur mit den Schultern.

»Und du, Gramps? Obwohl die Tatsache, dass du diesen Namen nur bekommen hast, weil du der Älteste in deinem Team bist, lächerlich ist.«

»Ich will trotzdem wissen, wer zum Teufel du bist«, erwiderte Gramps.

Der Mann nickte, und Bull hätte schwören können, dass er Respekt in seinen Augen sah. »Mein Name ist Gregory Willis. Ich arbeite für das FBI. Geheimdienst. Und bevor wir weitermachen, muss ich im Namen von uns allen beim FBI und dem Ministerium für Innere Sicherheit sagen: gute Arbeit mit Khatun und Mullah. Wir haben uns große Mühe gegeben, um euch Informationen über Khatuns Aufenthaltsort zu beschaffen, und wir waren verdammt begeistert, dass Mullah dumm genug war, zur gleichen Zeit dort zu sein. Gut geschossen, Bull.«

Das FBI ...

Bull wollte gar nicht wissen, wie der Mann sie in einer

schäbigen Kneipe in Texas gefunden hatte. Sie hatten sich erst *nach* ihrer Anhörung entschlossen, ins *Hank's* zu gehen.

»Du willst uns also erzählen, dass du nicht nur die Aufnahmen unserer Körperkameras gesehen hast, sondern auch für die Informationen verantwortlich bist, die wir für diesen Einsatz benötigt haben?«, fragte Eagle skeptisch.

»Nun, nicht allein verantwortlich, nein. Das wäre verdammt eingebildet von mir, oder? Aber ja, ich habe das Filmmaterial gesehen, und ja, ich habe dabei geholfen, die Informationen zu besorgen. Ich gebe allerdings zu, dass es *meine* Idee war, das Dossier über Mullah den Informationen über Khatun beizufügen, die ihr vor eurer Abreise erhalten habt. Ein verdammtes Glück, was, Eagle? Du hättest nicht gewusst, dass dieser Dreckskerl dort war, wenn du nicht sein Bild und seinen Namen gesehen hättest.«

Bull lehnte sich zurück und beobachtete den FBI-Agenten. Er war durchschnittlich groß und hatte ein normales Gesicht. Wäre er in der Spelunke nicht so auffällig gekleidet gewesen, wäre er wahrscheinlich überhaupt nicht aufgefallen, und niemand hätte ihn zweimal angesehen. Er hatte das Gefühl, dass dieser Willis sich absichtlich so angezogen hatte. Die Intelligenz in seinen Augen war nicht zu übersehen.

»Wir hören dir zu«, sagte Bull zu ihm.

»Gut«, bemerkte Willis, und plötzlich war jeder Anflug von Humor aus seinem Gesicht verschwunden. Er nahm sich die Zeit, jedem von ihnen in die Augen zu sehen, bevor er fortfuhr. »Ich bin hier, um euch eine Chance zu bieten, das zu tun, was ihr jetzt auch tut, aber nicht für die Armee. Es ist offensichtlich, dass ihr eine Verbindung zueinander habt, die man nicht vortäuschen kann. Die Art und Weise, wie ihr bei der Khatun-Mission zusammengearbeitet habt, war einfach wunderbar. Ihr habt kaum zehn Worte miteinander gesprochen, und doch wusste jeder von euch, was der andere tun würde, bevor er es tat. Bull, dein Geschick mit der Waffe ist verdammt beeindruckend. Eagle, deine Fähigkeit, Gesichter zu erkennen, ist ein Talent, das ich noch nie gesehen habe und das *nicht* vergeudet werden sollte. Ich weiß, dass Smoke der Geist der Gruppe ist, der erscheinen und verschwinden kann. Und Gramps, jedes Team braucht einen Ruhepol. Bull mag der Anführer sein, aber du bist der Leim, der euch alle zusammenhält.«

»Nun, es ist offensichtlich, dass du deine Hausaufgaben gemacht hast«, knurrte Smoke. »Komm mal zur Sache.«

»Also, die Armee wird euch morgen eure Versetzungsbefehle zustellen. Bull, du gehst nach Fort Bragg, North Carolina. Eagle, du wirst nach Fort Lewis, Washington versetzt. Smoke, du gehst nach Fort Carson, Colorado, und Gramps, du bist für Fort Benning, Georgia vorgesehen ... als Assistenzausbilder für die Ranger.«

»So ein verdammter Mist«, murmelte Gramps.

Willis fuhr fort, als hätte er die vier Männer, die vor ihm saßen, nicht gerade zu Tode erschreckt. »Ich habe die Erlaubnis, euch den Rest eurer Armeeverpflichtung zu erlassen. Wenn ihr zustimmt, könnt ihr gehen, wohin ihr wollt und wann ihr wollt.«

»Wo ist der Haken?«, fragte Eagle.

»Geduld«, bemerkte Willis mit einem Lächeln. »Wie gesagt, wenn ihr zustimmt, könnt ihr morgen gehen, wohin ihr wollt, und mit eurem Leben machen, was ihr wollt. Smoke, ich glaube, dein Onkel ist kürzlich verstorben – mein Beileid – und er hat dir seine Autoreparaturwerkstatt in Indianapolis hinterlassen. Sie heißt *Silverstone*, ist das richtig?«

»Du weißt es doch bereits«, antwortete Smoke misstrauisch.

»Und nicht nur das, er hat dir auch mehr Geld hinterlassen, als du jemals in deinem Leben ausgeben kannst. Etwa hundert Millionen Dollar.«

Bull wusste, dass seine Augen groß wurden, aber er konnte

es nicht verhindern. »Hat er das? Mein Gott, Smoke, warum hast du nie etwas gesagt?«

»Weil es keine Rolle spielt«, antwortete Smoke. »Ich hatte nicht vor, die Armee zu verlassen und mein Team im Stich zu lassen.«

»Verdammt, Kumpel«, entgegnete Gramps.

Smoke starrte Willis an. »Worauf willst du hinaus?«

Es war offensichtlich, dass es ihrem Teamkameraden unangenehm war, dass sein Geheimnis ans Licht gebracht worden war, aber Willis grinste nur. »Ich will damit sagen, dass ihr alle nach Indianapolis ziehen könnt, es bei *Silverstone* zu etwas bringen und für euch selbst arbeiten könnt ... natürlich mit der Unterstützung des FBI.«

»Und wie?«, fragte Bull zum gefühlt hundertsten Mal. Er war es langsam leid, dass Willis um den heißen Brei herumredete. Er konnte nicht leugnen, dass das, was er vorschlug, gut klang. Verdammt gut. Viel besser, als ohne sein Team im verdammten Fort Bragg zu sitzen.

»Genau das, was ihr jetzt tut. Wichtige Zielpersonen aufspüren und eliminieren.«

Seine Worte schienen in der Luft zu schweben. Sie waren schockierend und trotzdem das, was sie erwartet hatten. Das war es, was sie jetzt taten. Sie spürten Terroristen auf und töteten sie, die wild entschlossen waren, jeden umzubringen, der ihnen in die Quere kam, um ihre fehlgeleiteten Pläne in der Welt durchzusetzen.

»Für wen würden wir arbeiten?«, fragte Gramps.

»Nun, das ist etwas knifflig. Technisch gesehen seid ihr auf euch allein gestellt ... und da kommt Smokes Geld gerade recht. Das FBI möchte jedoch darüber informiert werden, welche Missionen ihr übernehmt. Wir sind bereit, euch bei der Beschaffung von Informationen zu unterstützen und natürlich bei der Ein- und Ausreise, wenn euer Ziel außerhalb der USA liegt.«

»Wir würden also weiter für die Regierung arbeiten, aber wir müssten von jetzt an für alles selbst bezahlen«, resümierte Gramps skeptisch.

»Ja und nein«, erwiderte Willis. »Ihr würdet nicht *für* uns, sondern *mit* uns arbeiten. Das ist ein Unterschied. Wir hoffen, dass ihr uns helfen werdet, die Männer und Frauen auf unserer *Liste der Meistgesuchten* aufzuspüren, aber das ist keine Voraussetzung dafür, dass wir euch helfen. Natürlich könnt ihr nicht herumlaufen und jeden töten, der euch schief anschaut.«

»Du willst also, dass wir Attentäter werden«, stellte Eagle fest.

Willis zuckte nur mit den Schultern. »Es ist mir egal, wie ihr euch nennt. Mir geht es nur darum, die Sexhändler, Terroristen und Serienmörder dieser Welt zu finden und zu eliminieren.«

»Was springt für uns dabei heraus?«, fragte Gramps.

»Ihr dürft zusammenbleiben«, antwortete Willis schnell. »Ihr tut das, wozu ihr offensichtlich geboren wurdet – ihr nutzt eure Fähigkeiten, um die Welt ein wenig sicherer zu machen. Wenn auch nicht auf legale Weise, so doch zumindest mit der Unterstützung der Regierung. Wir können unseren Einfluss nutzen, um euch mit der nötigen Feuerkraft ins Land hinein- und wieder hinauszubringen. Wir können euch mit Informationen versorgen. Und das Wichtigste ist, dass ihr nicht von den Launen des politischen Klimas und der Armee abhängig seid.«

»Wir wollen völlige Immunität für alles, was während eines Einsatzes passieren könnte«, erklärte Bull, dessen Verstand rasend schnell arbeitete.

»Die werdet ihr bekommen ... bis zu einem gewissen Grad«, versicherte Willis. »Ich wurde ermächtigt, dieses Angebot zu unterbreiten, weil das Justizministerium ein spezielles

›schwarzes Budget‹ hat. Das Geld, das aus diesem Fonds ausgegeben wird, ist nicht auffindbar und wird nicht gemeldet. Was die Immunität betrifft, so gibt es ein paar Regeln, die ihr beachten müsst. Jede Zielperson, die ihr eliminieren wollt, muss durch Fingerabdrücke und/oder DNA-Proben identifiziert werden, und wir werden glaubhafte Abstreitbarkeit anwenden, wenn ihr außerhalb des Landes gefangen genommen werdet.«

»Wenn wir also in der Klemme sitzen, leugnet ihr unsere Existenz und überlasst uns unserem Schicksal«, bemerkte Gramps trocken.

Willis nickte einmal.

»Das ist nicht viel anders als bei den Deltas«, antwortete Eagle achselzuckend. »Wir wussten alle, dass wir so ziemlich auf uns allein gestellt waren.«

Alle nickten. Sie wussten vor jeder Mission, was auf sie zukam.

Die vier Männer starrten Willis einen Moment lang an, jeder in Gedanken versunken.

Dann sagte Bull: »Das klingt zu schön, um wahr zu sein. Warum sollten wir dir trauen?«

Willis hatte sich während des Gesprächs in seinem Stuhl zurückgelehnt, als hätte er überhaupt keine Sorgen. Doch auf Bulls Frage hin beugte er sich vor, und seine Miene wurde finster. »Meine Frau und meine Tochter wurden vor ein paar Jahren in Frankreich getötet. Sie wollten einkaufen, während ich im Hotel blieb, um etwas zu erledigen. Sie wurden entführt und zwei Wochen lang als Geiseln gehalten, bis man ihre Leichen schließlich in einer Seitengasse fand. Sie wurden beide gefoltert und wiederholt vergewaltigt. Und wofür? Weil irgendein Mistkerl es für lustig hielt und Amerikanerinnen wehtun wollte. Es war ihm egal, dass Molly erst dreizehn Jahre alt war. Und es war ihm verdammt egal, dass meine Frau

Diabetikerin war und ihre Medikamente nicht hatte und leiden musste.

Es hat zwei Jahre gedauert, bis wir ihn aufgespürt hatten, und als wir ihn gefunden hatten, mussten wir ihn mit Anstand behandeln und an die französische Regierung ausliefern, damit er dort vor Gericht gestellt werden konnte. Es war ein verdammter Scherz. Er wurde zu vierzig Jahren Gefängnis verurteilt – es gibt keine Todesstrafe – und seit einem Jahr führt er ein glückliches und gesundes Leben hinter Gittern. Es ist wie ein Club Med für ihn. Er verdient den Tod für das Blut, das an seinen Händen klebt, und ich werde alles tun, was nötig ist, um dafür zu sorgen, dass der Mann für seine Taten bezahlt. Und zwar nicht nur für meine Familie, sondern für jedes Leben, das er ruiniert hat.«

Bull nickte. Das war etwas, das er verstehen konnte. Dem Mann war Unrecht widerfahren und er wollte sich rächen. Diese Art von Motivation erschien ihm aufrichtiger als alles andere, was er ihnen hätte sagen können. »Wir werden darüber reden müssen«, sagte er zu Willis.

Und plötzlich war es, als wäre in dem anderen Mann ein Schalter umgelegt worden. Seine Schultern entspannten sich und er lehnte sich wieder in seinem Stuhl zurück. Er hob sein Getränk an die Lippen und nahm einen weiteren Schluck. »Ja natürlich. Ich verstehe.«

»Ich hoffe, das ist keine Falle«, bemerkte Eagle. »Wie du weißt, vergesse ich nie ein Gesicht. Gregory Willis ist vielleicht nicht dein richtiger Name, aber wenn du uns auf den Arm nimmst, werde ich dich finden ... und du wirst dafür bezahlen.«

Zu seiner Ehrenrettung sei gesagt, dass Willis nicht einmal mit der Wimper zuckte. »Dessen bin ich mir durchaus bewusst, und das ist keine Falle, und ich habe nicht die Absicht, euch hinters Licht zu führen. Wir alle wissen, dass es in dieser Welt Menschen gibt, die das reine Böse sind. Die aufgehalten werden müssen. Wenn es in der Vergangenheit eine Gruppe wie die eure gegeben hätte, hätte Hitler vielleicht nicht so viele Juden umbringen können. Vielleicht wäre Stalin nicht an die Macht gekommen. Vielleicht hätte Pol Pot die kambodschanische Zivilisation nicht zerstört. Osama bin Laden hätte am elften September nicht über dreitausend Menschen getötet.«

Und damit zog er eine Visitenkarte heraus und legte sie mit der Vorderseite nach oben in die Mitte des Tisches. Er führte sein Getränk erneut an die Lippen und leerte das Glas. Dann zeigte er mit einem Kopfnicken auf die Karte. »Ruft mich an, wenn ihr eine Entscheidung getroffen habt. Ich kann dafür sorgen, dass anstelle eurer Versetzungspapiere die Papiere für eure Entlassung aus der Armee morgen auf dem Schreibtisch des Generals liegen. Ihr könntet nächste Woche in Indianapolis sein und bei *Silverstone* arbeiten. Es liegt ganz bei euch. Meine Herren, es war mir ein Vergnügen, euch kennenzulernen. Nochmals ... gute Arbeit bei der Sache mit Khatun und Mullah.«

Und damit stand Gregory Willis auf und ging zur Tür. Aber Bull sah ihn jetzt ganz anders, nachdem er seine Geschichte gehört hatte. Er hatte seine Familie verloren, und dieser Verlust belastete ihn sehr.

Seltsamerweise belästigte niemand den Mann, der hier vollkommen fehl am Platz wirkte, als er sich auf den Weg zum Ausgang machte. Niemand rief ihm etwas zu, machte sich über ihn lustig oder versuchte, den streberhaft aussehenden Mann quer durch die Kneipe zu schleudern.

Und Bull war sich sicher, dass das nicht daran lag, dass die Männer in der Kneipe nicht dazu in der Lage gewesen wären. Sie waren es. Er hatte es schon gesehen. Es war etwas an Willis selbst. Eine Art spürbare Aura der Gefahr, die den Mann umgab. Selbst in seiner schicken Hose, seinem weißen Hemd und seinen Manschettenknöpfen strahlte der Mann eine »Finger weg«-Schwingung aus. Und jeder respektierte das.

Sobald sich die Tür hinter Willis schloss, wandte Bull die Aufmerksamkeit wieder seinem Team zu. »Und?«

»Ist das gerade wirklich passiert?«, fragte Eagle mit einem Kopfschütteln.

»Ich möchte über Smokes hundert Millionen Dollar sprechen«, erklärte Gramps und starrte seinen Freund durchdringend an.

Smoke hob beschwichtigend die Hände. »Ich weiß, ich weiß, ich hätte es euch sagen sollen. Aber ganz ehrlich, das bedeutet nichts. Ich hatte nicht vor, die Armee oder das Team zu verlassen. Was hätte es also für einen Unterschied gemacht?«

»Es spielt eine Rolle, weil wir Freunde sind. Teamkameraden. Wir haben keine Geheimnisse voreinander.«

Smoke nickte zustimmend und entschuldigend.

»Erzähl uns mehr von *Silverstone*«, bat Bull. »Wenn wir diese verrückte Idee überhaupt in Betracht ziehen, müssen wir wissen, worauf wir uns einlassen.«

»Ehrlich gesagt, weiß ich nicht viel darüber. Du weißt, dass mein Onkel mich nach dem Tod meiner Eltern aufgezogen hat. Ich wusste, dass es ihm finanziell nicht schlecht ging, aber wir haben nie darüber gesprochen. Wir wohnten in einem großen Haus mit einem riesigen Grundstück, und ich wusste, dass er in einer Werkstatt arbeitete, aber ich war zu sehr mit meinem eigenen Kram beschäftigt, um mich dafür zu interessieren.«

»Also, kennt sich jemand mit Autosachen aus?«, fragte Bull. Keiner sagte ein Wort.

»Es ist ziemlich schwer, eine Werkstatt zu betreiben, ohne etwas über die Reparatur von Fahrzeugen zu wissen«, bemerkte Bull trocken.

»Soweit ich weiß, ist die Werkstatt seit dem Tod meines

Onkels geschlossen«, gab Smoke zu. »Ich sah keinen Sinn darin, sie nach seinem Tod weiterzuführen. Ich habe den Angestellten geholfen, andere Jobs zu finden, und ich habe den größten Teil der Ausrüstung verkauft.«

»Du besitzt also eine Werkstatt, die keine Werkstatt ist«, schnaubte Eagle.

Sie schwiegen eine Weile, dann sagte Smoke: »Was wäre, wenn wir wiedereröffnen würden? Nicht als Werkstatt, sondern als etwas Ähnliches.«

»Was zum Beispiel?«, fragte Gramps.

»Ein Abschleppunternehmen?«, schlug Smoke vor.

»Und was ist der Unterschied zu einer Werkstatt?«, fragte Eagle.

»Weil wir nicht wirklich an den Fahrzeugen arbeiten würden. Wir würden sie nur vom Unfallort zum Schrottplatz oder zu einer Werkstatt der Wahl des Kunden abschleppen. Wenn die Leute einen platten Reifen haben, können wir ihnen helfen, aber nicht bei irgendwelchen Problemen, für die man einen Mechaniker braucht. Wir würden sie einfach dorthin schleppen, wo sie hinwollen. Wir könnten ein paar Abschleppwagen kaufen und dann sehen wir weiter.«

Smokes Idee hatte etwas für sich, und Bull konnte nicht umhin, ein gewisses Interesse zu verspüren. »Du würdest wahrscheinlich eine Weile für die Kosten aufkommen müssen, bis wir das hinbekommen«, warnte er.

Smoke zuckte nur mit den Schultern. »Ich brauche das Geld nicht. Ich wäre nie in der Lage, so viel Geld auszugeben. Wenn es dazu beiträgt, dass wir nicht in die entlegensten Winkel des Landes verfrachtet werden und uns vor einem Neuling als Kommandant verantworten müssen, bin ich dafür. Außerdem, kannst du dir vorstellen, dass Gramps den Rest seiner Karriere damit verbringt, Möchtegern-Ranger auszubilden? Was für eine Katastrophe.«

Alle lachten. Gramps' Kindheit war sehr schwer gewesen, und er war keiner, der den Mund hielt, wenn er etwas zu sagen hatte.

»Sollen wir wirklich darauf vertrauen, dass das FBI uns Rückendeckung gibt? Ich meine damit nicht, wenn wir bei der Ein- oder Ausreise in ein Land erwischt werden, das nicht begeistert ist, dass wir dort sind; er hat schon gesagt, dass wir auf uns allein gestellt sind«, gab Eagle zu bedenken, »aber um uns genaue Informationen zu geben und zu helfen, die Räder zu schmieren, wenn wir Waffen oder andere Güter in ein fremdes Land bringen müssen?«

»Ehrlich gesagt? Ich weiß es nicht. Aber solange Willis involviert ist, würde ich sagen, dass die Chancen ziemlich gut stehen«, entgegnete Bull.

»Und wir haben nichts dagegen, Attentäter zu sein?«, fragte Smoke leise.

Bull schüttelte den Kopf. »Wir sind keine Attentäter«, erwiderte er mit Nachdruck. »Wir sind die Besitzer von *Silverstone Towing*.«

»Die zufällig ab und zu längere Reisen nach Übersee machen«, bemerkte Eagle lachend.

»Was passiert, wenn einer von uns eine Frau findet, mit der er den Rest seines Lebens verbringen will? Was sagen wir dann einer Frau, die wissen will, wohin wir fahren und was wir tun?«, fragte Smoke.

»Wir sollten nichts überstürzen«, sagte Bull mit einem Schnauben. »Die Frauen rennen uns ohnehin nicht gerade die Türen ein.«

»Das ist eine berechtigte Frage«, konterte Eagle. »Ich kann mir nicht vorstellen, dass eine Freundin damit einverstanden ist, dass wir geheimnisvoll tun in Bezug darauf, wohin wir gehen oder was wir tun. Sie wird annehmen, dass sie betrogen wird. Wir können doch niemandem erzählen, dass wir Killer sind.«

»Nein, das können wir nicht. Irgendwann werden wir ehrlich sein müssen«, stellte Bull fest. »Ich für meinen Teil schäme mich nicht für das, was ich als Delta getan habe. Wir haben gerade einen der schlimmsten Terroristen ausgeschaltet, den die Welt seit Langem gesehen hat. Ich weigere mich, mich dafür zu schämen. Wenn einer von uns jemanden findet, mit dem er den Rest seines Lebens verbringen will, müssen wir einfach ehrlich sein. Wenn sie damit nicht umgehen kann, dann ist sie eben nicht die Richtige.«

»Du meinst also, wenn du jemanden liebst und sie nicht damit klarkommt, dass du Leute umbringst, dann lässt du sie einfach gehen?«, fragte Gramps skeptisch.

»Ja«, erwiderte Bull, ohne zu zögern.

Die vier Männer sahen sich einen Moment lang an, dann sagte Smoke: »Ich bin dabei. Ich werde das Geld, das mein Onkel mir vererbt hat, benutzen, um *Silverstone Towing* auf die Beine zu stellen. Wenn ich ehrlich bin ... bin ich irgendwie aufgeregt. Wir müssen uns nicht mehr ständig umschauen und hinterfragen, was uns gesagt wird. Wir können uns unsere eigenen Zielpersonen aussuchen. Ich glaube, wir können das schaffen.«

»Ich bin auch dabei«, erwiderte Eagle. »Aber bevor wir Willis Bescheid geben, will ich das Internet durchforsten und sehen, ob ich ihn finden kann, um mich davon zu überzeugen, dass er der ist, für den er sich ausgibt. Und ich werde auch die Geschichte über seine Frau und seine Tochter überprüfen. Das sollte nicht sonderlich schwierig sein.«

»Ich bin dabei«, erklärte Bull einfach.

Alle drei sahen Gramps an.

Er seufzte und nickte. »Ich kann euch drei Jungspunde nicht allein gehen lassen. Jemand muss auf euch aufpassen.«

Alle lachten.

Bull hielt sein Bier hoch und stieß an. »Auf *Silverstone Towing*. Und auf ein höllisches neues Abenteuer.«

»Auf *Silverstone Towing*«, erwiderten die anderen drei wie aus einem Mund, während sie mit den Flaschen anstießen.

KAPITEL ZWEI

Fünf Jahre später

Bull lehnte sich in seinem Sitz im Privatflugzeug zurück und seufzte. Sie hatten gerade einen Auftrag in Lima, Peru für einen guten Freund abgeschlossen, den sie seit der Gründung von *Silverstone Towing* kennengelernt hatten ... und dem Beginn ihres Nebenjobs als Team, das das Schlimmste beseitigte, was die Menschheit zu bieten hatte.

Sie mochten sich immer noch nicht als Auftragsmörder bezeichnen. Sie vermieden diese Bezeichnung um jeden Preis.

Im Laufe der Jahre hatte Willis ihnen geholfen, die Logistik für ihr neues Unternehmen zu planen. Anfangs hatten sie nur Leute auf der *Liste der zehn meistgesuchten Verbrecher* des FBI verfolgt und eliminiert, aber im Laufe der Jahre war das Team immer besser darin geworden, Ziele selbst zu identifizieren. Sie hatten die Reichsten der Reichen und die Ärmsten der Armen umgebracht. Sie hatten Serienmörder, Sexhändler, Mafiabosse,

Terroristen ... jeden eliminiert, der sich als durch und durch böse erwiesen hatte.

Del Rio war genau die Art von Mensch, für die ihr Team gemacht war. Er war das Letzte vom Letzten, der Anführer einer Sexhandelsorganisation, die kein Problem damit hatte, Frauen und Kinder, Mädchen *und* Jungen zu versklaven.

Vor zehn Jahren war ihm eine Frau in die Hände gefallen, deren Mann alles getan hatte, um sie zu finden, und der sogar sein eigenes Team gegründet hatte, um unterdrückte Frauen und Kinder aus der ganzen Welt zu retten. Wie durch ein Wunder hatte er seine Frau lebend aufgefunden, und Bull und die anderen hatten sich nur allzu gern nach Peru aufgemacht, um den Job zu beenden, den ihr Freund Rex nicht erledigen konnte, weil er damit beschäftigt war, seine Frau aus dem Land zu bringen.

Del Rio war keinen schnellen Tod gestorben. Dafür hatten die Männer von Silverstone gesorgt.

Und jetzt waren sie fast zu Hause. Zurück in Indiana und in der Firma, die erfolgreicher war, als sie es sich je hätten vorstellen können. Sie hatten *Silverstone Towing* zu einem der zuverlässigsten und günstigsten Abschleppdienste in Indianapolis gemacht. Sie waren schnell zur Stelle, wenn man sie rief, und verlangten keine überhöhten Preise. Jeder, angefangen bei der Polizei bis hin zu den Automobilverbänden, hatte sie auf Kurzwahl.

Inzwischen hatten sie ein Dutzend Abschleppwagen und über zwei Dutzend Fahrer. Es sah so aus, als müssten sie in den nächsten sechs Monaten vielleicht noch ein halbes Dutzend weitere Fahrer einstellen. Die Lagerhalle, die Smokes Onkel ihm hinterlassen hatte, war erweitert worden, um die teuren Fahrzeuge unterzubringen, die sie jetzt besaßen. Das Grundstück selbst lag nicht im besten Teil der Stadt, und von außen würde niemand, der vorbeifuhr, vermuten, dass das Gebäude etwas Besonderes war. Aber Smoke und die anderen hatten hart daran gearbeitet, es innen komfortabel und luxuriös zu gestalten.

Die Männer und Frauen, die für sie arbeiteten, verdienten einen Ort, an dem sie sich sicher und entspannt fühlen konnten, wenn sie nicht gerade einen Auftrag hatten. Es verfügte über eine hochmoderne Küche, Schlafräume, ein paar kleine Medienräume, in denen man Videospiele spielen oder Filme ansehen konnte, und sogar einen ausgebauten Keller.

Alles in allem war *Silverstone Towing* genau das, was die Freunde gebraucht hatten, als sie aus der Armee entlassen worden waren.

Sie waren verbittert und desillusioniert gewesen, und ihr neues Unternehmen hatte ihnen das Gefühl von Normalität vermittelt, das sie zwischen den verschiedenen Einsätzen brauchten.

Bull hatte zwar kein Problem damit, dafür zu sorgen, dass ein Mann wie del Rio erfuhr, wer hinter seinem Tod steckte und warum er gefoltert worden war, bevor er getötet wurde, aber er wusste, wenn er direkt in seine nüchterne Wohnung zurückkehrte, würde er niemals schlafen können. »Ich werde in den Laden fahren, nachdem wir gelandet sind«, sagte er zu seinen Freunden.

»Bist du sicher?«, fragte Gramps.

Bull nickte. »Ja.« Er brauchte es nicht zu erklären. Er brauchte seinen besten Freunden nicht zu sagen, dass er nach ihren Einsätzen immer unruhiger geworden war. Sie hatten es gesehen. Smoke hatte versucht, mit ihm darüber zu reden, aber Bull war dazu nicht bereit gewesen. Es ging nicht darum, dass er aufhören wollte oder dass ihn das, was sie taten, moralisch gestört hätte. Es war nur so, dass er nach fünf Jahren mehr von seinem Leben erwartete. Was dieses »Mehr« war, wusste er nicht – weshalb ihm seine Unruhe etwas lächerlich vorkam und das Gefühl noch dazu verschlimmerte.

Smoke holte sein Handy heraus und klickte auf ein paar Tasten, bevor er sagte: »Sieht so aus, als wäre heute Abend ziemlich viel los gewesen. Bart ist in der Zentrale, und die meisten anderen sind im Einsatz.«

»Gut. Ich sage Bart Bescheid, dass ich komme, und er kann mich zu den Fahrten einsetzen. Fährt heute jemand Old Betty?«

Old Betty war der erste Abschleppwagen, den das Team gekauft hatte, als es *Silverstone Towing* gegründet hatte. Er war alt, wie der Name schon sagte, und hatte nicht all den Schnickschnack, den die neueren Fahrzeuge hatten. Die meisten Fahrer zogen es vor, die neueren Fahrzeuge zu nehmen, und das war für Bull in Ordnung. Er bevorzugte Old Betty. Sie hatte ihn noch nie im Stich gelassen, und der schwache Geruch von Zigarettenrauch des Vorbesitzers, den sie nie hatten loswerden können, und das Knistern der Ledersitze, wenn er sich bewegte, hatten etwas Beruhigendes für ihn.

Eagle lachte leise. »Als würde irgendjemand Old Betty den anderen Fahrzeugen vorziehen.«

Smoke nickte zustimmend. »Eagle hat recht. Sie gehört ganz dir.«

Die Angestellten wechselten sich damit ab, die Notrufe der Kunden anzunehmen. Als sie das Unternehmen vor fünf Jahren gegründet hatten, hatten die vier Männer besprochen, was ihrer Meinung nach nötig war, um *Silverstone Towing* zu einem Erfolg zu machen. Gute Bezahlung und Sozialleistungen standen ganz oben auf der Liste. Ebenso wie die Tatsache, dass die Mitarbeiter mit allen Aufgaben des Unternehmens vertraut sein mussten. Das Annehmen der Notrufe war nicht jedermanns Sache, aber wenn man wusste, wie man alle relevanten Details von einem Anrufer erfuhr und wie man sich in der

Software und den Karten zurechtfand, waren sie alle auf lange Sicht bessere Fahrer.

Aufgrund der Art und Weise, wie die Mitarbeiter behandelt wurden – und auch dank der luxuriösen Einrichtung der Firma, den überdurchschnittlichen Gehältern und der großzügigen Kranken- und Urlaubsregelung –, waren die Männer und Frauen, die dort arbeiteten, sehr loyal. Das letzte Mal, dass jemand gekündigt hatte, war vor einem Jahr gewesen, und das auch nur, weil die Verlobte des jungen Mannes in Chicago lebte. Er war sehr traurig gewesen, dass er gehen musste, aber *Silverstone Towing* hatte ihm eine hervorragende Empfehlung gegeben, und als sie zuletzt von ihm gehört hatten, hatte er sich in seiner neuen Stadt gut eingelebt.

Vor fünf Jahren hatte Smoke die gesamten Kosten für das Unternehmen allein übernommen. Aber Bull, Eagle und Gramps hatten sich mit dem Geld, das sie im Geschäft verdient hatten, eingekauft und waren nun gleichberechtigte Partner. Sie alle leisteten ihren Beitrag, egal ob sie selber fuhren oder die Hilferufe der Kunden entgegennahmen, und verloren sich in den alltäglichen Abläufen des Unternehmens, wenn sie nicht gerade einen Einsatz hatten.

Heute Abend brauchte Bull eine Ablenkung. Er brauchte das Gefühl, *normal* zu sein. Mit normalen Menschen zu tun zu haben, die normale Dinge taten. Manchmal war es nicht sicher, einen Hilferuf zu beantworten – es hatte schon mehrere Fälle gegeben, in denen Leute versucht hatten, den Abschleppwagen zu stehlen oder den Fahrer auszurauben –, aber Bull hatte noch nie das Gefühl gehabt, dass sein Leben in Gefahr war, wenn er auf der Straße unterwegs war. Er hatte sogar das Gefühl, dass die Hilfe für gestrandete Autofahrer einen Ausgleich für den anderen Teil seines Lebens darstellte. Die dunkle und schmutzige Seite der Mörder, Terroristen und derjenigen, die sich an den Schwachen und Hilflosen vergriffen.

Eine Stunde, nachdem sie gelandet waren und Bull sich von seinen Teamkameraden verabschiedet hatte, stand er im großen Aufenthaltsraum von *Silverstone Towing*. Er sah sich um und lächelte. Er fühlte sich hier wie zu Hause. In der Spüle stand schmutziges Geschirr und er konnte das Summen der Spülmaschine hören. Er wusste, dass die Kühlschränke voll mit Lebensmitteln und Snacks für die Fahrer waren, die sie zwischen den Aufträgen essen konnten. Auf einem der Ledersofas lag eine Decke, und ein Kissen, in dem noch die Vertiefung eines menschlichen Kopfes zu sehen war, war auf den Boden gefallen. Es war offensichtlich, dass jemand ein Nickerchen gemacht hatte, als er zu einem Auftrag gerufen worden war, und dass er es eilig gehabt hatte.

Bull ging hinüber, faltete die Decke zusammen und hob das Kissen auf. Es gab zwei Sessel, in denen er immer sofort einschlief, wenn er sich hineinsetzte, sowie zwei große Sofas im Raum. Der flauschige Teppich unter seinen Füßen war rot und gelb und verlieh dem Raum eine helle, fröhliche Ausstrahlung. Der Duft von Kaffee war allgegenwärtig, und Bull schloss die Augen und atmete tief ein. Allein die Tatsache, hier zu sein, war gut für seine Seele. Er fühlte sich mit den anständigen Männern und Frauen dieser Welt verbunden. Er und seine Freunde hatten regelmäßig mit dem Abschaum der Gesellschaft zu tun, und er brauchte diesen Ausgleich von ... Güte.

In letzter Zeit war Bull nicht nur ruhelos, sondern auch ein wenig zynisch geworden. Keiner außerhalb des Teams wusste, was sie taten, und selbst wenn, würden sie es nicht verstehen. Sie würden sie als Mörder bezeichnen und wahrscheinlich verlangen, dass man sie ins Gefängnis steckt und den Schlüssel wegwirft.

Sie würden sich auch nicht für die endlosen Nachforschungen interessieren, die er und die anderen angestellt hatten, bevor sie sich für eine Zielperson entschieden.

Sie wählten nur die Schwerstkriminellen für ihre persönliche Art der Gerechtigkeitsausübung aus. Und um zu entscheiden, ob sie *wirklich* die Schlimmsten waren, mussten sie Bilder, Nachrichten und Berichte aus erster Hand über die Verbrechen ihrer möglichen Opfer studieren.

Zu sehen, wie Männer, Frauen und Kinder auf grausamste Weise gefoltert wurden, und zu lesen, welche Gräueltaten ihre Zielpersonen begingen, prägte Bull auf eine bestimmte Weise.

Sein Leben war voll von Bösem, und nach fünf Jahren fiel es ihm schwer, genügend Anstand zu erleben, um das zu kompensieren. Er wusste nicht, wo er mehr Unschuld, mehr Gutes in der Welt finden konnte, aber er wusste, dass er es brauchte.

Er atmete tief durch und ging durch den ruhigen Raum und einen langen Flur hinunter in Richtung des Kontrollraums. Bull öffnete die Tür und machte genügend Lärm, um Bart wissen zu lassen, dass er da war, bevor er zu dem anderen Mann ging. Vor ihm standen drei große Computerbildschirme: Auf einem lief *Stirb Langsam*, auf einem anderen war eine Karte von Indianapolis mit blinkenden Punkten zu sehen, die anzeigten, wo sich die *Silverstone*-Mitarbeiter gerade befanden, und auf dem letzten Bildschirm wurde das Softwaresystem angezeigt, in das der Disponent und die Fahrer ihre Notizen eintippten, um zu verfolgen, wo sie waren und was sie getan hatten.

Bart trug ein Headset und drehte sich um, um Bull anzusehen, als er sich näherte. Ein breites Grinsen erschien auf seinem Gesicht. »Hey, Boss«, grüßte er enthusiastisch. »Ich habe dich heute Abend nicht hier erwartet.«

»Du kennst mich doch, mir war langweilig«, sagte Bull zu ihm.

Die Angestellten von *Silverstone Towing* hatten keine Ahnung, dass ihre Chefs tagelang verschwunden waren, um die Welt von Übeltätern zu befreien. Das Team hatte von

Anfang an beschlossen, sein zweites Leben vor allen geheim zu halten. Vor ihren Familien, Freunden und Angestellten. Die Einzigen, die es vielleicht eines Tages erfahren würden, waren die Frauen, mit denen sie schließlich ... hoffentlich ... den Rest ihres Lebens verbringen würden.

»Nun, ich bin froh, dich zu sehen«, bemerkte Bart. »Wir hatten heute Abend ungewöhnlich viel zu tun. Wir haben langsam angefangen, aber ich habe Alice vor zwanzig Minuten losgeschickt, und wir haben zwei Einsätze, die auf uns warten.«

»Und um was handelt es sich?«, fragte Bull und war froh, dass er sich gleich an die Arbeit machen konnte und nicht mehr darüber nachdenken musste, dass die Schatten in seiner Seele alles andere zu überlagern begannen.

»Die Polizei ist am Tatort einer Fahrerflucht. Der Wagen hatte einen Totalschaden, das Opfer ist auf dem Weg ins Krankenhaus. Der zweite Fall ist eine Frau, deren Wagen auf der 465 beim Flughafen seltsame Geräusche machte. Sie hat angehalten, um die Sache nicht noch schlimmer zu machen, und wartet darauf, dass sie in eine Werkstatt abgeschleppt wird.«

»Ich übernehme die Frau«, erwiderte Bull, ohne zu zögern. Allein der Gedanke an eine Frau, die spät abends allein in ihrem Wagen am Straßenrand saß, setzte seine Beschützerinstinkte in Gang. Wahrscheinlich ging es ihr gut und sie konnte auf sich selbst aufpassen, aber er hatte schon zu viele Fälle gesehen, in denen Menschen in liegen gebliebenen Fahrzeugen von skrupellosen und verzweifelten Menschen ausgenutzt wurden.

Bart lächelte. »Dachte ich mir, dass du das wählst. Old Betty steht auf ihrem Parkplatz und wartet auf dich. Ich schicke dir ihren Standort auf dein Handy.«

»Klingt gut. Danke.«

»Gern.«

»Wie heißt sie übrigens?«

»Die Frau? Skylar oder so ähnlich.«

Bull hätte am liebsten die Augen über seinen Angestellten verdreht. Er nahm an, dass Bart genau wusste, wie die Frau hieß, aber normalerweise gab er nur das preis, was er für die wichtigsten Details hielt. Und der Nachname von jemandem stand nie ganz oben auf seiner Liste der wichtigen Informationen.

Bull nickte dem anderen Mann zu und verließ den Kontrollraum. Er eilte in Richtung der Tür, die zu einer der großen Hallen führte, in denen die Abschleppwagen untergebracht waren. Es gab noch zwei weitere Gebäude auf dem Gelände, aber Old Betty wurde immer in dem Gebäude untergebracht, das an das Hauptgebäude angeschlossen war.

Er schnappte sich den Schlüssel von einem Haken neben der Tür und lächelte, als er sich dem alten Abschleppwagen näherte. Er hielt gerade lange genug inne, um sich eine Latzhose mit dem *Silverstone-Towing*-Aufnäher auf der linken Brustseite anzuziehen, und stieg dann in das Fahrerhaus. Er drehte den Schlüssel im Zündschloss und war erleichtert, als der Wagen sofort ansprang. Er nahm sich die Zeit, um sich umzusehen und zu überprüfen, ob alles in Ordnung war. Nachdem er sich versichert hatte, dass dies der Fall war, nickte er zufrieden, öffnete das Tor und fuhr in die dunkle Nacht von Indiana hinaus.

Es dauerte etwa zwanzig Minuten, bis er Skylars Standort erreicht hatte. Als er dort ankam, runzelte er die Stirn, denn er war überhaupt nicht erfreut über das, was er sah.

Der zehn Jahre alte braune Toyota Corolla hatte seine Warnblinkanlage eingeschaltet, war aber kaum an den Straßenrand gefahren. Und nicht nur das, die Frau hatte auch noch direkt neben einer großen, dichten Baumgruppe angehalten. Die sicherheitsbewusste Seite von Bull wusste, dass es ein

Leichtes war, jemanden in diesen Wald zu zerren und unaussprechliche Dinge zu tun.

Aufgrund seiner Arbeit für *Silverstone Towing* und seines Umgangs mit dem Abschaum der Gesellschaft sah Bull immer das Schlimme, das in jeder Situation passieren konnte, und sein Verstand sprang sofort auf die verdorbenen Bilder an, die er viel zu oft in Berichten gesehen hatte. Das war ein Teil seines Problems.

Er atmete tief durch und zwang sich, sich auf die anstehende Aufgabe zu konzentrieren. Er hatte seinen Wagen so geparkt, dass niemand, der nicht aufpasste, in das liegen gebliebene Fahrzeug am Straßenrand pflügen konnte. Er schaltete die hellen Scheinwerfer an der Vorderseite des Abschleppwagens ein und beleuchtete den Wagen und die Umgebung wie am helllichten Tag.

Er näherte sich dem Corolla von der Beifahrerseite aus und hielt dabei einen respektablen Abstand zum Fahrzeug.

Bevor er an die Tür klopfen konnte, stieg die Frau – Skylar, wie er annahm – auf der Fahrerseite aus und hielt die Hand hoch, um ihr Gesicht vor den hellen Lichtern seines Wagens abzuschirmen.

»Hi! Ich bin so erleichtert, dich zu sehen! Es kommt mir vor, als würde ich schon ewig hier sitzen, obwohl ich weiß, dass es gar nicht so lange ist.«

»Bleib stehen«, befahl Bull barsch, als sie anfing, um die Vorderseite ihres Wagens herum auf ihn zuzugehen.

Sie erstarrte und starrte ihn unsicher an.

»Du solltest dich vergewissern, dass ich tatsächlich derjenige bin, für den du mich hältst. Dass ich tatsächlich zu dem Abschleppdienst gehöre, den du gerufen hast.«

Sie runzelte verwirrt die Stirn und schaute ihn an, dann zurück zu Old Betty und dann wieder zu Bull. »Immerhin bist du in einem Abschleppwagen gekommen«, stellte sie verwirrt fest.

»Das bin ich«, stimmte Bull zu. »Aber vielleicht bin ich auch nur zufällig vorbeigekommen und habe deinen Wagen gesehen und beschlossen anzuhalten. Ich könnte versuchen, der Firma, die dir eigentlich helfen will, Aufträge zu stehlen, oder, was noch wichtiger ist, vielleicht führe ich Böses im Schilde.«

Sie atmete scharf ein. »So was kommt *tatsächlich* vor?«

Das Ausmaß der Naivität dieser Frau traf Bull mit der Wucht eines Vorschlaghammers. Er wusste, dass er sie anglotzte, aber er konnte nicht anders. War sie wirklich *so* ahnungslos? »Ja, leider, das tut es.«

»Okay. Daran habe ich noch nicht gedacht. Obwohl ich mir durchaus bewusst bin, dass es nicht gerade sicher ist, am Straßenrand zu sitzen. Ich war nervös, seit ich angehalten habe. Ich war erleichtert, dich zu sehen ... aber jetzt denke ich, dass du ein ziemlicher Idiot bist. Ich würde ein anderes Abschleppunternehmen anrufen, aber ich warte schon eine gefühlte Ewigkeit.«

Bull konnte sich ein Lächeln nicht verkneifen. Es gefiel ihm, dass sie für sich selbst eintrat. Er nahm einen tiefen Atemzug. »Es tut mir leid, dass ich so schroff war. Es ist nur so, dass ... ich mag es nicht, wenn Menschen, besonders Frauen, ausgenutzt und verletzt werden.«

Sie starrten sich einen Moment lang an, bevor sie sagte: »Ich nehme an, du bist derjenige, der du zu sein scheinst, da du mich vor Leuten warnst, die skrupellose Dinge tun könnten.«

»Das bin ich. Aber du solltest trotzdem anrufen, um dich davon zu überzeugen, dass es der Fall ist. Du kannst einfach *Silverstone Towing* anrufen und den Zuständigen um eine Beschreibung des Fahrers bitten, der dir zu Hilfe geschickt wurde. Frag ihn, ob der Fahrer angekommen ist. Alle Fahrzeuge sind mit GPS-Trackern ausgestattet, sodass die Leute in der Zentrale wissen, ob der Fahrer eingetroffen ist.«

Die Frau musterte ihn einen Moment lang, bevor sie nickte und ihr Handy aus der Tasche holte, dann drauf blickte und eine Taste drückte.

Er wartete, während sie den Anruf tätigte. Er schätzte es, dass sie zurück zur Fahrerseite gegangen war und etwas Abstand zwischen sie gebracht hatte, während sie mit dem Mitarbeiter der Zentrale sprach. Er könnte sie wahrscheinlich immer noch überrumpeln und in den Wald neben der Straße zerren, aber zumindest versuchte sie, sich zu schützen.

Bull nahm sich die Zeit, sie zu mustern, während sie mit Bart im Büro von *Silverstone Towing* sprach. Sie war ein winziges Ding, vor allem im Vergleich zu seinen ein Meter dreiundachtzig. Er schätzte sie auf höchstens eins achtundsechzig. Sie trug eine schwarze Hose und eine cremefarbene Bluse mit weiten Ärmeln und einem V-Ausschnitt, der ein großzügiges Dekolleté andeutete. Er hatte auch ihre hohen Schuhe bemerkt, bevor sie sich zurückgezogen hatte, sodass seine Schätzung ihrer Größe um mindestens fünf Zentimeter danebenlag.

Ihr Haar war im Nacken zu einem strengen Dutt hochgesteckt ... und Bull verspürte den seltsamen Drang, die Spange zu lösen, um zu sehen, wie lang ihr Haar genau war. Unbewusst trat er einen Schritt näher, denn das plötzliche Verlangen, mehr über sie zu erfahren, setzte seinen gesunden Menschenverstand außer Kraft.

Dann sah sie auf und lächelte verlegen. »Er hat mir bestätigt, dass du hier bist«, informierte sie ihn.

»Das bin ich auch«, antwortete Bull. Er streckte die Hand aus und ging auf sie zu. »Vielleicht können wir von vorn anfangen. Ich habe nicht gerade den besten ersten Eindruck gemacht. Ich bin Bull.«

Sie zog die Nase kraus. »Bull?«

Er lächelte leicht. »Mein richtiger Name ist Carson, Carson Rhodes, aber niemand nennt mich so.«

»Nicht einmal deine Mutter?«, fragte sie, während sie ihre Hand in seine legte.

Bull zuckte leicht zusammen, als ihre Handflächen sich berührten und er einen Schock verspürte. Ihre Hand war glatt und fühlte sich unglaublich weich an auf seiner eigenen schwieligen und rauen Haut. »Ich habe meine Mutter nie gekannt«, entgegnete er, wobei er kaum auf seine Worte achtete. »Sie hat uns verlassen, als ich noch ein Baby war. Als ich klein war, hatte ich nur meinen Vater. Er ist gestorben, als ich siebzehn war.«

»Oh mein Gott«, sagte sie und ihre Augen weiteten sich vor Entsetzen über ihren Fauxpas. »Das tut mir leid.«

»Ist schon okay. Ist schon lange her«, beschwichtigte Bull sie.

»Trotzdem. Das war extrem unhöflich von mir. Ich hätte es besser wissen müssen.«

Bull war sich bewusst, dass sie ihre Hand noch nicht weggezogen hatte, und er würde verdammt sein, wenn er der Erste wäre, der diese unerwartete Verbindung zwischen ihnen unterbrach. »Und wie heißt du?«, wollte er wissen. Er wusste es natürlich bereits, aber das Protokoll musste eingehalten werden.

»Oh, ich heiße Skylar. Skylar Reid.«

»Hi, Skylar«, sagte Bull und wollte ihren Namen auf seinen Lippen hören.

»Hi, Carson.«

Sie lächelten sich einen Moment lang an, bevor sie sanft an ihrer Hand zerrte. Bull ließ sie zögernd los.

»Also …«, bemerkte sie und blickte zurück zu ihrem Wagen.

»Was ist passiert?«, fragte Bull und versuchte, die Dinge

wieder auf eine professionelle Ebene zu bringen. Er musste allerdings daran denken, wie schön sein Vorname aus ihrem Mund geklungen hatte.

»Ich weiß es nicht«, erwiderte sie, und die Verzweiflung war in ihrem Tonfall deutlich zu hören. »Ich war auf dem Heimweg von der Arbeit und ...«

»Arbeit? So spät?« Bull konnte sich die Frage nicht verkneifen.

Sie nickte. »Ja, ich unterrichte an der Eastlake Elementary School und wir hatten heute Elternabend. Ich bin länger geblieben als sonst, weil ein paar meiner Eltern erst nach achtzehn Uhr Feierabend gemacht haben.«

»Du bist Lehrerin«, stellte Bull fest. »Für welche Klasse?« Er wusste, dass er neugierig war, aber er konnte sich nicht zurückhalten.

Skylar zuckte mit den Schultern. »Kindergarten.«

Bull atmete tief ein. *Natürlich* war sie eine Kindergärtnerin. Für einen Moment hatte er mit dem Gedanken gespielt, sie um eine Verabredung zu bitten, vielleicht ein paar Verabredungen mit ihr zu haben. Aber wie lächerlich war die Vorstellung, dass ausgerechnet *er* mit einer Kindergärtnerin zusammen war? Er wusste, dass das Klischee, dass alle Frauen, die kleine Kinder unterrichten, rein und unschuldig sind, lächerlich war, aber er konnte sich des Gefühls nicht erwehren, dass er für sie viel zu abgestumpft war.

»Stimmt etwas nicht mit meinem Job?«, fragte sie und klang ein wenig defensiv.

Als er merkte, dass ihr seine Reaktion nicht entgangen war, tat Bull sein Bestes, um zurückzurudern. »Natürlich nicht. Ganz und gar nicht.«

»Ja, klar«, sagte sie und wandte sich von ihm ab.

Das machte Bull noch nervöser. Sie sollte einem fremden Mann nicht den Rücken zuwenden. Schon gar nicht, wenn es dunkel war und sie am Straßenrand gestrandet war und keine Möglichkeit hatte zu entkommen. »Du darfst mir nicht den Rücken zudrehen«, erklärte er nachdrücklich.

Sie warf einen Blick über ihre Schulter und sah ihn an. »Willst du mich ernsthaft wieder herumkommandieren?«

Bull bemühte sich, seinen Tonfall zu mäßigen, aber er war sich nicht sicher, ob es ihm gelungen war, als er sagte: »Du solltest jemandem, den du nicht kennst, nicht den Rücken zukehren. Vor allem nicht, wenn du im Dunkeln am Straßenrand stehst und keine hundert Meter entfernt eine Baumgruppe ist, in die du hineingezogen werden könntest.«

Ihre Augen wurden noch einmal groß und er sah, wie sie einen Blick über seine Schultern zu den Bäumen hinter ihm warf. Sie leckte sich über die Lippen und Bull unterdrückte das Stöhnen, das ihm zu entweichen drohte. Er hatte sich noch nie zu jemandem hingezogen gefühlt, sobald er ihn getroffen hatte ... aber zu Skylar schon. Er hatte keine Ahnung, was es mit ihr auf sich hatte. Ihre Verletzlichkeit? Die Tatsache, dass sie so offensichtlich seine Hilfe brauchte? Der Umstand, dass er sich schon immer zu zierlichen Frauen hingezogen gefühlt hatte?

Er hatte keine Ahnung, aber es war ihm äußerst unangenehm.

Anstatt ihm den Kopf abzureißen, weil er unhöflich war oder sie erschreckt hatte, neigte Skylar Reid den Kopf zur Seite und sah ihm einen Moment lang in die Augen. Als sie sprach, haute sie ihn fast von den Füßen.

»Du hast in deinem Leben schon viel Schlimmes gesehen, nicht wahr?«

Bull nickte einmal, nicht sicher, ob seine Stimme funktionieren würde.

»Ich weiß, dass ich nicht so weltgewandt bin«, erklärte sie ihm. »Ich habe mein ganzes Leben hier in der Gegend verbracht. Ich war noch nie außerhalb der USA und bin nur in ein paar anderen Staaten gewesen. Aber ich habe auch schon schlimme Dinge gesehen. Kinder, die zu Hause verprügelt werden und mit blauen Flecken in die Schule kommen und behaupten, es sei alles in Ordnung. Kinder, die so hungrig sind, dass sie bei jeder Gelegenheit Snacks von ihren Mitschülern stehlen. Einige meiner Schüler tragen jeden Tag die gleiche Kleidung. Und ob du es glaubst oder nicht, Mobbing beginnt schon im Kindergarten.«

Bull nickte wieder, nicht im Geringsten überrascht von dem, was sie sagte.

»Aber ich habe auch das Gute im Menschen gesehen. Die Kinder, denen ihr Mittagessen gestohlen wird? Am nächsten Tag bringen einige Extramahlzeiten mit, um ihren Freunden zu helfen. Und wenn die Schüler in denselben Klamotten wie am Vortag in die Schule kommen, helfen ihnen ihre Klassenkameraden gern dabei, sich ein neues Outfit aus dem Schrank mit den zusätzlichen Klamotten auszusuchen, die ich aufbewahre, damit ihre Kleidung während des Schultages gewaschen werden kann.«

»Und das Mobbing?«, fragte Bull.

Skylar zuckte mit den Schultern. »Ich tue mein Bestes, um den Anfängen zu wehren, aber leider kann ich da nicht viel tun.«

»Ich glaube nicht, dass ich den Ausdruck ›den Anfängen wehren‹ schon jemals im wirklichen Leben ausgesprochen gehört habe«, erklärte Bull ihr.

»Wie auch immer«, murmelte Skylar. »Ich weiß, dass ich in vielerlei Hinsicht naiv bin, und ich habe die Dinge, die du wahrscheinlich erlebt hast, nicht gesehen oder erfahren. Aber ich erkenne einen guten Mann, wenn ich einen sehe.«

Bull schnaubte und schüttelte den Kopf. »Du hast keine Ahnung, Süße.«

Tief in seinem Inneren war er sich bewusst, dass er

momentan überhaupt nicht an del Rio und Peru dachte und an den Job, den er gerade beendet hatte. Er war zu hundert Prozent auf Skylar konzentriert. Sie hatte irgendwie, allein durch ihre Anwesenheit, die bösen Dinge, die er während der letzten zwei Tage gesehen und getan hatte, in den Hintergrund treten lassen.

»Vielleicht nicht«, erwiderte sie. »Aber vom ersten Moment an hast du nur mein Bestes im Sinn gehabt, auch wenn du dich wie ein Idiot benommen hast. Du würdest mich genauso wenig angreifen und in den Wald da drüben zerren, um mich zu vergewaltigen, wie ich einem Kind wehtun würde.«

Die Tatsache, dass Vergewaltigung das Schlimmste war, was sie in ihrer Vorstellung erwartete, war so aufschlussreich wie alles andere. Skylar Reid war durch und durch unschuldig.

Und Bull hatte das Gefühl, dass er alles in seiner Macht Stehende tun wollte, damit sie es auch blieb.

»Du bist also von deiner Arbeit als Kindergärtnerin nach Hause gefahren und hattest eine Wagenpanne?«, fragte Bull, der die Sache vorantreiben musste, um sie vom Straßenrand wegzuholen. Er war sich der Fahrzeuge bewusst, die mit mindestens hundertzwanzig Stundenkilometern vorbei-rauschten.

Sie nickte und ließ den Themenwechsel zu. »Ja. Mein Wagen fing an zu klappern, und ich hatte Angst, ein Rad könnte abfallen oder der Motor würde explodieren oder so. Also habe ich angehalten. Ich habe den Wagen schon seit Jahren, und er war immer zuverlässig. Ich hielt es für klüger, Hilfe zu rufen, als zu versuchen, ihn irgendwo hinzufahren und noch mehr Schaden anzurichten.« Sie verzog das Gesicht. »Einen neuen Wagen kann ich mir im Moment nicht leisten.«

Bull hatte diesen Satz schon öfter gehört, als er sich erin-nern konnte. »Gibt es eine Werkstatt, zu der ich sie bringen kann?«

Skylar lächelte wieder. »Warum tun Männer das?«

»Warum tun sie was?«

»Fahrzeuge weiblich machen?«

Bull lachte. »Das ist einfach so ein Ding.«

»Wahrscheinlich. Jedenfalls gibt es nicht weit von meiner Wohnung entfernt eine Werkstatt, die dafür infrage käme. Sie heißt *Jim's Autobody*.«

»Kommt nicht infrage«, entgegnete Bull mit Nachdruck.

»Was? Warum nicht?«, fragte Skylar. »Das wäre am praktischsten.«

»Und Jim ist ein Gauner. Ich werde auf keinen Fall dich oder deinen Wagen dorthin bringen.«

Skylar seufzte. »Ich wüsste nicht, wohin sonst. Mein Vater bringt meinen Wagen normalerweise zu seinem Mechaniker, aber der ist ganz in Carmel. Ich kann es mir nicht leisten, so weit von der Arbeit entfernt zu sein.«

»Du wohnst in der Nähe von *Jim's*?«, fragte Bull und redete sich ein, dass er nur beruflich interessiert sei, aber er wusste, dass er log.

»Ja. Ich wohne in den Southpoint Apartments.«

Bull starrte sie ungläubig an.

Sie hob eine Hand. »Fang nicht damit an. Ich habe das alles schon von meinem Vater gehört. Ich weiß, es ist nicht die beste Gegend der Stadt, und die Wohnungen sind ziemlich mies, aber es ist nicht weit zur Arbeit, und sie sind erschwinglich.«

»Sie sind nicht *ziemlich* mies«, erwiderte Bull. »Sie sind einfach nur mies.«

Skylar starrte ihn ohne ein weiteres Wort an.

»Gut. Wie wäre es mit *Stanley Automotive*? Das liegt auf halbem Weg zwischen Eastlake und deiner Wohnung. Die haben auch ein paar Leihwagen. Wenn einer frei ist, kannst du ihn benutzen, während deiner in der Werkstatt ist.«

»Das klingt teuer«, bemerkte Skylar.

Bull behielt einen neutralen Gesichtsausdruck. Sie hatte recht, der Laden war nicht billig, aber Stan war fair. Er tat alles, um seinen Kunden zu helfen, ging sogar auf den Schrottplatz, um Teile für ältere Fahrzeugmodelle zu finden, wenn es möglich war, nur um die Kosten so niedrig wie möglich zu halten.

Er würde mit Stan sprechen, um ihm mitzuteilen, dass er Skylar helfen würde, die Reparaturen zu bezahlen ... natürlich heimlich. Er hatte das Gefühl, dass die temperamentvolle Frau seine Hilfe niemals annehmen würde. »Stan ist ein guter Kerl«, versicherte er ihr. »Er wird ehrlich zu dir sein und keine Reparaturen durchführen, die du nicht brauchst.«

Skylar zögerte und biss sich auf die Lippe, als sie darüber nachdachte, was sie tun sollte. Bull drängte sie nicht. Obwohl er sich wünschte, sie würde sich beeilen, damit er sie vom Straßenrand wegbringen konnte, ließ er ihr trotzdem die Zeit, ihre eigene Entscheidung zu treffen.

»Du kennst dich wahrscheinlich gut mit Fahrzeugen aus«, sagte sie zu ihm.

Bull schüttelte den Kopf. »Keineswegs. Ich kann einen Reifen wechseln und das Öl überprüfen, das war's dann auch schon. Aber ich weiß eine Menge darüber, welche Werkstattbesitzer ehrlich sind und welche versuchen, ihre Kunden über den Tisch zu ziehen.«

»Warum hilfst du mir?«, fragte sie. »Ich meine, ich bin dir dankbar, versteh mich nicht falsch, aber ich kann mir nicht vorstellen, dass du das für jeden tust, den du am Straßenrand aufgabelst.«

»Warum nicht? Vielleicht tue ich das«, beharrte Bull.

Skylar schüttelte den Kopf. »Nein, ich glaube, du tust genau das, was sie dir sagen, selbst wenn du weißt, dass sie einen Fehler machen. Ich vermute, dass du Dummheit nicht gut erträgst, und wenn dich jemand von oben herab behandelt, lässt du ihn wahrscheinlich komplett auflaufen.«

Sie hatte so recht, dass es fast beängstigend war.

»Vielleicht tust du mir einfach nur leid«, log er. Mitleid war nämlich ganz und gar nicht das, was er für Skylar empfand.

»Vielleicht«, stimmte sie zu. »Aber ich nehme deinen Rat gern an. Autowerkstätten sind dein Fachgebiet, nicht meins.«

Bull seufzte erleichtert auf. Er hätte ihren Wagen zu Jim gebracht, wenn sie darauf bestanden hätte, aber er wäre nicht glücklich darüber gewesen. Er gestikulierte in Richtung Old Betty. »Ich würde mich besser fühlen, wenn du im Wagen wartest, während ich deinen Wagen ankupple«, erklärte er ihr.

Skylar nickte. »Darf ich zuerst meine Sachen holen?«

»Natürlich«, sagte Bull.

Sie ging um ihren Wagen herum und öffnete die Beifahrertür. Sie beugte sich vor, um ihre Sachen zu holen – und Bull verschluckte sich fast, als er ihren Hintern sah. Sie war wunderschön und voller Kurven, und er hätte am liebsten die Hand ausgestreckt, um ihre runden Pobacken zu streicheln.

Seiner Meinung nach hatte Skylar die perfekte Figur. Sie war zwar etwas fülliger, doch das zusätzliche Gewicht steckte in ihren ganzen Kurven und ließ sie weich aussehen, was ihm gefiel, denn er war das genaue Gegenteil.

Skylar richtete sich auf und Bull seufzte erleichtert auf. Er sollte nicht solche Gedanken über sie haben. Erstens, weil sie eine Kundin war. Zweitens, weil es unhöflich war. Und drittens, weil er sie gerade erst kennengelernt hatte. Aber das schien für seine Libido keine Rolle zu spielen. Sie faszinierte ihn und machte ihn an, und es war schon lange her, dass eine Frau seine Aufmerksamkeit erregt hatte ... und er wusste, dass Skylar es nicht einmal darauf anlegte. Was ihn noch *mehr* anmachte.

Sie trug eine riesige Umhängetasche über der Schulter, die

schwerer aussah als sie selbst. Bull konnte sehen, wie Papiere aus der Tasche ragten, und das brachte ihn zum Lächeln. Außerdem hatte sie sich den Riemen ihrer Handtasche um Kopf und Schulter gelegt und hielt einen zerzausten Strauß Wildblumen in der Hand.

Auf seine hochgezogene Augenbraue hin sagte sie: »Eines meiner Kindergartenkinder hat sie mir geschenkt. Wenn ich sie in meinem Wagen liegen lasse, werden sie eingehen.«

Bull wollte ihr sagen, dass die Blumen schon halb tot aussahen, aber er hielt den Mund. Er ging neben ihr hinüber zu Old Betty und grinste, als ihr jetzt erst klar wurde, wie hoch das Fahrerhaus des Abschleppwagens tatsächlich war. Sie drehte sich zu ihm um und zog die Nase kraus. »Männer und ihre Fahrzeuge«, bemerkte sie lachend.

Bull konnte sich ein Schmunzeln nicht verkneifen. »Es ist ein Abschleppwagen. Er muss groß sein, um seinen Job zu machen.«

»Ich nehme an, du hast einen großen Pritschenwagen in deiner Einfahrt geparkt.«

»Da liegst du falsch«, erwiderte Bull, der sich nicht im Geringsten darum sorgte, persönliche Informationen preiszugeben. Er erzählte Frauen nie von seinem Privatleben, wenn er sie gerade erst kennengelernt hatte, aber bei Skylar konnte er den Mund nicht halten. »Ich wohne in einer Wohnung, wie du, allerdings in einem sichereren Teil der Stadt, und ich fahre einen 2015er Nissan Altima.«

Sie blinzelte zu ihm hoch. »Aber das ist doch so … normal.«

Bull konnte nicht anders, er lachte lauthals los. Als er sich wieder unter Kontrolle hatte, fragte er: »Würdest du dich besser fühlen, wenn ich dir sagen würde, dass er rot ist?«

Skylar lächelte. »Ja, eigentlich schon.«

»Komm, ich helfe dir rauf«, erklärte Bull und hielt ihr eine Hand hin.

Ohne zu zögern, legte sie ihre Handfläche noch einmal in seine und ließ sich von ihm hochstemmen.

Er konnte sie im Licht der Kabine des Abschleppwagens besser sehen, als er die Tür geöffnet hatte, und er stellte fest, dass ihr Haar eine schöne kastanienbraune Farbe hatte. Ihre grünen Augen schienen zu funkeln, als sie auf ihn herabblickte.

Bull starrte zu Skylar hinauf und fasste einen Entschluss. Er würde sie um eine Verabredung bitten. Er hatte keine Ahnung, ob sie Ja oder Nein sagen würde – wenn sie klug war, würde sie ablehnen, und sie würden getrennte Wege gehen –, aber er wollte unbedingt mehr Zeit mit ihr verbringen. Um zu sehen, ob sie ihn auch später noch so fröhlich machte, wie sie es während der letzten zwanzig Minuten getan hatte.

Er hatte keine Ahnung, ob die Anziehungskraft, die er zu ihr verspürte, von der Arbeit herrührte, die er gerade beendet hatte, und er sich nach ihrer Güte sehnte, oder ob es mehr war. Aber er wollte es herausfinden.

»Alles in Ordnung?«, fragte sie unsicher, als er weiterhin an der Tür stand und sie wortlos anstarrte.

Er schüttelte gedanklich den Kopf und schalt sich selbst. »Alles in Ordnung«, entgegnete er, schloss ihre Tür und eilte zur Fahrerseite. Er zog sich in den Wagen und fuhr ihn vor ihren Corolla. »Bleib hier«, bat er sie. »Ich werde deinen Wagen ankuppeln und dann geht's los.«

Ohne ihr Einverständnis abzuwarten, sprang er aus Old Betty und schlug die Tür zu. Er hatte einen Job zu erledigen, und er musste sich beeilen.

Die ganze Zeit, in der er ihren Wagen anschloss, dachte Bull nur daran, wie er sie um eine Verabredung bitten sollte ... und ob sie mutig oder dumm genug sein würde, Ja zu sagen.

KAPITEL DREI

Skylar legte eine Hand auf ihre Brust und zwang sich, ihren Herzschlag zu beruhigen. Seit sie den großen Mann neben ihrem Wagen gesehen hatte, schien es, als könnte sie nicht mehr richtig durchatmen. Sie hatte versucht, sich einzureden, dass es daran lag, dass er so einschüchternd war, aber sie wusste, dass das nicht stimmte.

Von dem Moment an, in dem sie ihre Hand in seine gelegt hatte, fühlte sie sich im Einklang mit ihm. Sie wusste nicht warum; er war ziemlich hart zu ihr gewesen und sie wusste, dass er sie für viel zu naiv hielt. Aber da war etwas in seinem Blick, das sie anzog. Sie hatte es im Laufe der Jahre in den Augen einiger ihrer Schüler gesehen. Eine verzweifelte Sehnsucht nach einer Verbindung.

Aber Carson war kein Kind mehr. Er war ein Mann durch und durch.

Er überragte sie, was nicht gerade etwas Neues war. Mit nur eins dreiundsechzig war sie kleiner als die meisten anderen Menschen. Aber wenn sie neben Carson stand, hatte sie das

Gefühl, all ihre Sorgen loslassen zu können. Vielleicht lag es daran, dass er so muskulös war, oder vielleicht war es die Beschützer-Ausstrahlung, die er vom ersten Wort an ausgestrahlt hatte. Was auch immer es war, Skylar fühlte sich bei ihm wohl.

Sein schwarzes Haar war kurz, aber immer noch lang genug, um ein wenig zerzaust zu sein, als hätte es schon eine ganze Weile keinen Kamm mehr gesehen, und der Bart in seinem Gesicht ließ ihn noch verwegener erscheinen. Aber er hatte so sanfte Augen.

Und Skylar wusste, wenn irgendjemand ihre Gedanken hören könnte, würde er denken, dass sie nachweislich verrückt war. Sanfte Augen?

Aber sie wusste, dass sie nicht verrückt war. Dort zu leben, wo sie lebte, und an der Schule zu arbeiten hatte auch seine Schattenseiten. Sie kam mit vielen Mietern und Eltern in Kontakt, die betrunken, high oder einfach nur stinksauer auf die Welt waren. Und sie hatte gelernt, dass man sich von ihnen fernhielt, wenn sie einen verrückten Ausdruck in den Augen hatten.

Als sie in Carsons Augen blickte, sah sie eine Sehnsucht, die so stark war, dass sie sich zu ihm hingezogen fühlte anstatt abgestoßen. Sie wollte genau herausfinden, was seine Dämonen waren, und jeden einzelnen von ihnen erschlagen. Was verrückt war. Carson war kein Mann, der so aussah, als würde er zulassen, dass überhaupt jemand für ihn kämpfte. Er konnte auf sich selbst aufpassen.

Kopfschüttelnd murmelte Skylar: »Nimm dich zusammen, Sky. Du hast den Mann gerade erst kennengelernt, er schleppt deinen Wagen ab. Er macht nur seinen Job.«

Sie drehte sich auf ihrem Sitz um und sah durch das Rückfenster, wie Carson ihren kleinen Wagen an den Haken nahm, um ihn zu *Stanley Automotive* abzuschleppen. Sie war sich nicht sicher, wie sie von der Werkstatt nach Hause kommen sollte, aber das würde sie sich überlegen, wenn sie dort war.

Skylar betrachtete ihre Umgebung und versuchte, ihre Gedanken von dem Mann abzulenken, der aufgetaucht war, um ihr zu helfen, und bemerkte den Kindersitz auf dem Rücksitz des Abschleppwagens. Er sah fehl am Platz aus und sie fragte sich unwillkürlich, warum er dort war. Auch andere Dinge fielen ihr auf. Das Innere des Wagens war makellos. Kein einziges Fitzelchen Müll war zu sehen, und als sie tief einatmete, roch es ein wenig nach altem Rauch, aber der Geruch von frischer Wäsche war viel stärker. Sie war etwas überrascht, denn sie hatte gedacht, dass ein Arbeitsfahrzeug wie dieses nach Fett, Schmutz und vielleicht noch viel stärker nach Rauch riechen würde.

Sie hielt sich fester an den zerzausten Blumen fest und erschrak sehr, als sich die Fahrertür plötzlich öffnete und Carson auf den Sitz neben ihr stieg, was ihre Gedanken abrupt unterbrach.

»Alles in Ordnung?«, fragte er, da er offensichtlich gesehen hatte, dass sie zusammengezuckt war.

»Ja. Das ging aber schnell.«

Er verzog die Lippen zu einem halben Lächeln. »Ich mache das jetzt schon eine Weile, Liebes. Es ist nicht schwer, einen Wagen anzukoppeln. Bist du bereit?«

Sie hätte ihm sagen sollen, dass es anmaßend war, sie *Liebes* zu nennen, da sie sich gerade erst kennengelernt hatten, aber stattdessen nickte sie einfach.

Carson nickte zu ihrem Sicherheitsgurt. »Schnall dich an.«

Innerlich schüttelte Skylar den Kopf und griff nach dem Gurt. Sie konnte nicht glauben, dass sie das vergessen hatte. Sie hatte sich bisher immer angeschnallt. Immer. Sogar im

Schulbus legte sie den Hüftgurt an. Sie war von Natur aus vorsichtig und es überraschte sie ein wenig, dass sie von dem großen Mann neben ihr daran erinnert werden musste, sich anzuschnallen.

»Hier, ich halte das«, sagte Carson und griff nach dem kleinen Strauß, den sie immer noch umklammert hielt. Seine Finger berührten die ihren, als er sie nahm, und Skylar unterdrückte gerade noch ein Erschaudern, als sie seine Berührung wieder spürte. Als er sich vorhin vorgestellt und sie seine Hand genommen hatte, war es ihr vorgekommen, als hätte sie einen Strom führenden Draht ergriffen. Ein Ruck war durch sie gegangen und hatte sie ein wenig aus dem Gleichgewicht gebracht.

Sie schnallte sich an und nahm Carson die Blumen wieder ab, wobei sie diesmal darauf achtete, ihn nicht zu berühren. »Fürs Protokoll«, platzte sie heraus, »ich bin normalerweise nicht so sorglos mit meiner Sicherheit.«

Er blinzelte überrascht über ihre Worte und zuckte dann mit den Schultern.

»Die Situation hat mich einfach aus der Fassung gebracht«, erklärte sie weiter.

Carson schaltete seine Warnblinkanlage ein und fuhr auf den Seitenstreifen der Schnellstraße. Als er schnell genug war, bog er auf die Fahrbahn ab. »Wenn man aufgeregt und unsicher ist, sollte man noch vorsichtiger sein.«

Skylar wollte verärgert sein, aber sie wusste, dass er recht hatte. »Ich weiß. Und ich weiß es zu schätzen, dass du mich ermutigt hast, bei Silverstone anzurufen, um zu überprüfen, ob du von der Zentrale geschickt wurdest.«

Sie war sich nicht sicher, was sie von Carson als Antwort erwartet hatte. Vielleicht etwas darüber, dass sie beim nächsten Mal vorsichtiger sein sollte. Oder dass er froh sei, dass alles gut gegangen sei. Aber was auch immer sie erwartet hatte, es war nicht das, was er tatsächlich sagte.

»Es gibt zu viele Menschen auf der Welt, die diejenigen ausnutzen wollen, die sie für schwächer halten als sich selbst. Sie werden ausnutzen, stehlen und einschüchtern, wen immer sie können, um zu bekommen, was sie wollen, ohne Rücksicht auf die Konsequenzen.«

Seine Worte hingen schwer in der Fahrerkabine des Abschleppwagens und Skylar wusste nicht, was sie sagen sollte.

Aber sie brauchte nichts zu sagen.

»Tut mir leid«, murmelte Carson. »Es waren lange vierundzwanzig Stunden.«

Und auch das kam ihr seltsam vor. Er hatte nicht gesagt, dass es ein langer Tag gewesen war. Sondern lange vierundzwanzig Stunden. Es war subtil, aber es gab einen Unterschied zwischen den beiden Sätzen.

»Wann hast du zuletzt geschlafen?«, fragte sie sanft. Jetzt, da sie näher an ihm dran war und mehr oder weniger auf Augenhöhe, konnte sie die dunklen Ringe unter seinen Augen sehen.

»Ich kann noch fahren«, sagte er, anstatt auf ihre Frage zu antworten. »Ich würde weder dich noch sonst jemanden je in Gefahr bringen.«

Skylar nickte. »Okay.« Seine Aussage beantwortete ihre Frage nicht, aber indirekt tat sie es doch.

»Erzähl mir von deinen Kindern«, bat er nach einem Moment.

Skylar blinzelte überrascht und fragte: »Meine Kinder?«

»Ja. Du hast gesagt, du wärst Kindergärtnerin. Ich wette, du hast ein paar süße Kinder in deiner Klasse.«

Normalerweise sprach sie nicht über ihre Kinder. Sie wollte sie beschützen, und wie er schon gesagt hatte, mochte manch einer Hintergedanken haben. Aber sie musste Carson einfach vertrauen. Sie wusste nicht, was es mit ihm auf sich hatte, vielleicht weil er alles getan hatte, um ihr Sicherheitsbewusstsein zu stärken, aber sie zögerte nicht einmal, seine Frage zu beantworten.

»In meiner Klasse sind vierzehn Kinder. Sie kommen alle aus einkommensschwachen Familien, weil Eastlake in der Nähe liegt. Aber ich habe noch nie so viele engagierte Eltern gehabt wie in diesem Jahr. Sie haben vielleicht nicht viele Möglichkeiten zu Hause, aber sie wollen alle das Gleiche für ihre Kinder: dass sie glücklich sind und geliebt werden. Und dass sie eine Ausbildung bekommen, damit sie einen guten Job bekommen und hoffentlich aus der Schublade ausbrechen können, in der ihre Eltern festzustecken scheinen.«

»Das ist gut«, murmelte Carson.

Als er sah, dass er wirklich interessiert zu sein schien, fuhr Skylar fort: »Ich habe dieses Jahr eine gute Mischung aus verschiedenen Ethnien in meiner Klasse. Die Anzahl ist ziemlich gleichmäßig zwischen hispanischen, afroamerikanischen und weißen Schülern aufgeteilt. Das gefällt mir, denn so kann ich ihnen hoffentlich beibringen, dass es nicht die Hautfarbe ist, die jemanden gut oder schlecht macht, sondern das, was in ihm steckt.«

Carson nickte. »Hast du irgendwelche Lieblinge?«, fragte er.

»Natürlich nicht«, sagte Skylar sofort. »Sie sind mir alle gleich wichtig.«

Sie konnte sich ein Lächeln nicht verkneifen, als Carson skeptisch zu ihr hinüberblickte.

»Das ist der offizielle Standpunkt, das verstehe ich. Aber komm schon, es muss doch welche geben, die dir mehr ans Herz gewachsen sind als andere«, hakte Carson nach.

»Wenn du es jemandem erzählst, werde ich es leugnen«, warnte sie ihn streng, aber innerlich hätte sie am liebsten gegrinst.

»Wem sollte ich es erzählen? Stan? Ich glaube nicht, dass es ihn interessiert, wen die kleine Lehrerin lieber mag.«

»Na schön. Mal sehen ... da sind Chad und Brodie, die supersüß sind. Chad ist schwarz und Brodie ist weiß, und sie halten sich wirklich für Zwillinge. Sie sind unzertrennlich und machen alles zusammen. Eines Tages trugen sie beide ähnliche marineblaue Hemden, kamen auf mich zu, legten ihre Arme umeinander und sagten: ›Sehen Sie, Miss Reid, wir sind Zwillinge! Ich wette, Sie können uns nicht auseinanderhalten.‹ Für den Rest des Tages spielte ich also mit und nannte die beiden beim jeweils anderen Namen und schlug mir selbst auf die Stirn, wenn sie mich darauf hinwiesen, dass ich sie verwechselt hatte. Es war lustig und liebenswert ... vor allem weil Brodie knallrotes Haar hat und Chad die dunkelste Haut, die ich seit Langem gesehen habe.«

Sie musterte Carson, um zu sehen, ob sie ihn langweilte, und er nickte ihr mit einem kleinen Lächeln zu, also fuhr sie fort: »Ignacios Eltern stammen aus Mexiko, und soweit ich weiß, halten sie sich wahrscheinlich illegal im Land auf, aber er wurde hier geboren. Sie arbeiten sehr hart und er ist eines der klügsten Kinder in der Klasse. Vieles spricht gegen ihn, aber ich habe das Gefühl, dass er es im Leben weit bringen wird. Gwens Mutter ist nachts eine Stripperin und tagsüber eine Kellnerin. Sie ist alleinerziehend und verbringt jeden Augenblick ihrer Freizeit mit ihrer Tochter, wenn man den Erzählungen von Gwen glauben kann. Es fällt ihr schwer, lesen zu lernen, aber ich glaube, das liegt daran, dass sie nicht viel Geld für Bücher haben. Jeder Cent geht dafür drauf, dass sie ein Dach über dem Kopf und eine Mahlzeit im Bauch haben.«

»Lass mich raten, du hast es geschafft, Bücher für sie zu besorgen«, meinte Carson.

Skylar zuckte mit den Schultern. »Die öffentliche Bibliothek hat immer Ausverkäufe von alten Beständen, und dort werden die Bücher praktisch verschenkt. Es ist keine große Sache für mich, ein paar mitzunehmen und sie meinen Kindern zu geben.« Ihr gefiel der warme Blick, den er ihr dabei zuwarf.

»Jedenfalls halten Karlee und Marisol zusammen wie Pech und Schwefel ... und wenn es Ärger gibt, sind die beiden meistens dabei. Sie sind superschlau und ich kann nicht anders, als über ihre Versuche zu lachen, unschuldig auszusehen, wenn sie auf frischer Tat ertappt werden. Zahir kommt aus Afghanistan, und obwohl er noch nicht viel Englisch spricht, kann ich sehen, dass er von Tag zu Tag mehr versteht. In der ersten Woche in der Klasse nahm Cedric ihn an die Hand und zog ihn über den Spielplatz, um ihm alle Geräte und deren Funktionsweise zu zeigen. Jetzt spielen sie jeden Tag zusammen.

Keilanis Eltern stammen aus Hawaii und sind letztes Jahr auf das Festland gezogen, als ihr Vater hier in Indiana einen Job bekam. Ich glaube, sie vermissen alle den Strand. Keilani friert immer, deshalb kuschle ich während des Mittagsschlafs immer gern mit ihr. Und dann ist da noch Sandra ...«

»Sandra?«, fragte Carson, als sie nicht fortfuhr.

Skylar seufzte. »Ihre Mutter ist letztes Jahr gestorben und ihr Vater zieht sie auf, aber er arbeitet die ganze Zeit. Seine Eltern scheinen in ihrem Leben keine Rolle zu spielen und ich schätze, seine Schwiegereltern – die wohlhabend sind – waren nicht damit einverstanden, dass ihre Tochter einen Weißen heiratet, und sie weigern sich, ihm in irgendeiner Weise zu helfen. Sie haben Sandra noch nicht einmal kennengelernt. Er hat drei Jobs, und obwohl ich bewundere, wie sehr er sich bemüht, für seine Tochter zu sorgen, mache ich mir Gedanken darüber, dass sie zu viel Zeit mit sich selbst verbringt. Sie nimmt an dem Programm für Kinder nach der Schule teil, deren Eltern arbeiten, aber sie wird immer als Letzte abgeholt, und meistens bleibe ich nach dem Programm, damit sie nicht allein ist, bis ihr Vater sie abholen kann. Sie scheint glücklich zu sein, aber ich kann die Sorgen in ihren Augen sehen. Sie ist zu jung, um sich so viele Sorgen zu machen.«

»Was macht ihr Vater?«

»Ich habe ihn nur einmal getroffen. Er konnte bisher nicht zu den Elternabenden kommen, weil er immer arbeitet, aber er hat mir zu Beginn des Schuljahres ihre Situation erklärt. Morgens arbeitet er als Schnellkoch in einem Imbiss, dann kehrt er zurück in die Wohnanlage und beginnt seine Arbeit als Landschaftsgärtner ... mäht den Rasen, schippt Schnee und macht alles, was sonst noch anfällt. Abends, wenn Sandra zu Hause ist, macht er ihr das Abendessen und geht dann zu seinem dritten Job als Hausmeister.«

Carson pfiff. »Das ist eine ganze Menge. Lässt er seine Tochter allein zu Hause?«

»Ja, ich glaube schon. Aber das ist bei vielen Schülern so«, erklärte sie ihm mit einem leichten Kopfschütteln. »Ich weiß, dass er das Mädchen mehr als alles auf der Welt liebt. Sie hat mir erzählt, dass er sie in den Schönheitssalon mitgenommen hat, damit die Damen dort ihm beibringen, wie er ihr die Haare flechten kann. Sie ist gemischtrassig und sieht wohl ihrer Mutter sehr ähnlich, die Afroamerikanerin war ... und sie hat auf jeden Fall ihre Haare. Sie spricht immer sehr liebevoll von ihrem Vater. Sie ist nicht vernachlässigt, obwohl ich glaube, dass sie nach Beachtung sucht.«

»Hmmm«, entgegnete Carson. »Wie heißt er?«

»Wer? Ihr Vater?«

»Ja.«

»Ähm ... Shawn Archer. Warum?«

Carson zuckte mit den Schultern. »Ich frage nur so.«

»Jedenfalls gibt es noch ein paar andere Kinder in meiner Klasse, aber ich liebe sie alle. Es ist ein Privileg, sie zu unterrichten, und es ist aufregend zu sehen, wie sie heranwachsen und zu tollen Jungen und Mädchen werden. Ich gehe immer zu den Abschlussfeiern der fünften Klasse und weine, wenn ich sehe, wie die kleinen Kinder, die ich kannte, weiterziehen.«

Sie schaute zu Carson hinüber und sah, dass er ein kleines Lächeln auf dem Gesicht hatte, während er fuhr. »Was?«

Sein Blick glitt zu ihr hinüber, bevor er wieder auf die Straße sah. »Nichts.«

»Nein, ernsthaft, was?«

»Ich hoffe, diese Kinder wissen, was für ein Glück sie haben, dass sie dich an ihrer Seite haben.«

Skylar wusste, dass sie rot wurde, aber sie hoffte, dass die Dunkelheit es verbarg. »Es sind gute Kinder. Sie stammen vielleicht nicht aus reichen Familien, aber das heißt nicht, dass ihre Eltern sich nicht engagieren. Oder dass die Kinder es nicht verdienen, die beste Ausbildung zu bekommen, die sie kriegen können. Sie haben schon genügend Probleme, ich will nur nicht, dass ihre Ausbildung oder der Mangel daran ein weiteres ist.«

»Wie ich schon sagte, sie haben Glück. Und was ist mit dir? Wo bist du aufgewachsen? Du hast gesagt, dass du dein ganzes Leben in der Gegend von Indiana verbracht hast.«

»Ja, das stimmt. Ich bin in Carmel aufgewachsen und habe an der Indiana University – Purdue University Indianapolis in der Innenstadt studiert. Ich habe nie woanders gelebt. Ich liebe es hier. Und ja, ich bin mit allen Privilegien aufgewachsen, die ein Kind haben kann ... und dafür bin ich sehr dankbar.«

»Leben deine Eltern noch hier?«

»Ja. Sie sind immer noch in Carmel.«

»Was halten sie davon, dass ihr kleines Mädchen in einem nicht so schönen Teil von Indianapolis arbeitet und lebt?«

Skylar zog die Nase kraus. »Mein Vater will meine Miete bezahlen und mich in einem anderen Wohnhaus unterbringen, aber auch wenn die Nachbarschaft nicht die beste ist, mag ich die meisten Leute, die in den Wohnungen um mich herum wohnen. Wir versuchen alle nur, unser Geld zu verdienen und so gut wie möglich durchs Leben zu kommen. Anfangs waren sie mir gegenüber wegen meiner Hautfarbe misstrauisch, genau wie ich ihnen gegenüber, aber als die Wohnungen im Gebäude nebenan Feuer fingen, haben wir uns alle irgendwie zusammengerauft. Das hätten wir sein können. Seitdem passen wir gegenseitig auf uns auf.«

»Hast du Geschwister?«

»Nein. Ich bin ein Einzelkind. Mein Vater macht sich über mich lustig und sagt, dass sie nach mir nicht noch ein Baby ertragen konnten. Ich schätze, ich war ein echter Quälgeist.«

Carson lachte. »Das haben wir gemeinsam.«

»Du warst auch ein Quälgeist?«, stichelte Skylar.

»Ich meinte, dass wir Einzelkinder sind. Meine Mom war nicht begeistert, mich zu bekommen, und sie hat deutlich gemacht, dass sie weder mit meinem Dad noch mit mir etwas zu tun haben will, indem sie uns verlassen hat.«

Skylar musste nach Luft schnappen. Sie streckte die Hand aus und legte sie Carson auf den Arm. »Ich schwöre, ich trete nicht ständig ins Fettnäpfchen. Es tut mir so leid.«

Carson sah sie an, dann auf ihre Hand hinunter, die immer noch auf seinem Arm lag. Dann bedeckte er ihre Hand mit seiner und drückte sie sanft.

Skylar erstarrte sichtlich. Aber als sie seine warme, schwielige Hand auf ihrer spürte, bekam sie weiche Knie und ihr wurde flau im Magen. Seine Hand war größer als ihre, und sie hatte den Drang, ihre umzudrehen und ihre Finger zu verschränken.

Das war verrückt.

Wahnsinnig.

Lächerlich.

Oder etwa nicht?

Aber als er wieder zu sprechen begann, war es fast so, als bemerkte er nicht, dass seine Hand immer noch auf ihrer lag. Er sagte nichts Anzügliches. Er sprach einfach weiter, als würde er nicht praktisch mit einer Frau Händchen halten, die er am Straßenrand aufgelesen hatte.

»Du brauchst kein Mitleid mit mir zu haben«, sagte er zu ihr. »Mein Vater war großartig. Ich vermisse ihn jeden Tag. Obwohl meine Mutter ihn wie den letzten Dreck behandelt und ihn allein mit einem schreienden Kind zurückgelassen hat, war er nie verbittert darüber. Er nahm das Vatersein an, als wäre es das Einfachste auf der Welt. Als ich klein war, hatten wir nicht viel Geld, aber er verbrachte so viel Zeit mit mir, wie er konnte. Wir gingen ständig campen, meistens, weil es kostenlos war, aber ich werde diese Ausflüge nie vergessen. Es gab nur mich und ihn und den riesigen Himmel über uns.

Er sagte mir, dass das Leben hart sei und dass ich, wenn ich erwartete, dass es einfach sei, zwangsläufig enttäuscht und desillusioniert sein würde. Er lehrte mich, dass es wichtiger ist, wahre Freunde zu haben als Geld, und dass man einen guten Menschen daran erkennt, dass er andere mit Respekt behandelt. Vor allem aber hat er mir beigebracht, dass, wenn die Zeit gekommen ist und ich eine Frau gefunden habe, mit der ich den Rest meines Lebens verbringen möchte, es meine Aufgabe ist, sie zu beschützen ... nicht weil sie schwach ist, sondern weil sie so wertvoll ist, dass sie beschützt werden muss.«

Skylar starrte den Mann neben ihr einfach nur an. Sie hatte ihn gerade erst kennengelernt, aber irgendwie hatte sie das Gefühl, als wären sie schon ewig befreundet. Sie hatte keine Ahnung, ob er ihr mit dem letzten Satz, dass er seine Frau so behandelte, als sei sie wichtig, nur etwas vorgaukelte, aber sie glaubte nicht, dass er das tat.

Er fuhr fort, als hätte er ihr nicht gerade die Sprache verschlagen.

»Als er starb, als ich siebzehn war, hat es mich eine Zeit lang aus der Bahn geworfen, aber schließlich raufte ich mich zusammen, machte meinen Highschool-Abschluss und ging zur Armee. Dort lernte ich die besten Freunde kennen, die ich mir je hätte erträumen können, und erfuhr nicht zum ersten Mal, dass mein Vater recht gehabt hatte. Wahre Freunde zu haben ist wichtiger als alles andere.«

»Hast du noch Kontakt zu ihnen?«, fragte Skylar.

Er sah sie an und lächelte. Und es war ein ehrliches, aufrichtiges Lächeln, das ihn von innen heraus zu erhellen schien. »Oh ja. Sie sind zusammen mit mir Eigentümer von *Silverstone Towing*.«

Skylar blinzelte überrascht. »Dir gehört *Silverstone Towing*? Ich dachte, du arbeitest nur dort. Warum um alles in der Welt rettest du gestrandete Autofahrer?«

Er drückte ihre Hand und beantwortete damit ihre Frage, ob er merkte, dass er sie immer noch berührte. Allerdings hatte sie das Gefühl, dass er sie sofort loslassen würde, wenn sie auch nur ein bisschen an ihrer Hand zog. »Der beste Weg, dafür zu sorgen, dass die Dinge reibungslos laufen, besteht darin, sozusagen direkt an der Front zu sein«, erklärte er. »Außerdem ... brauchte ich heute Abend die Ablenkung.«

Skylar wollte fragen warum, aber Carson wurde langsamer, als er die Schnellstraße verließ. Er ließ ihre Hand los und legte seine Hände auf das Lenkrad. »Stans Werkstatt ist nicht weit von hier. Ich habe ihn angerufen, als ich deinen Wagen angekoppelt habe, und er wird uns dort treffen, um den Papierkram zu erledigen und dir den Schlüssel für deinen Leihwagen zu geben.«

»Wow, wirklich?«

»Ja.«

»Ich wollte mir gerade ein Taxi oder so bestellen.«

»Auf keinen Fall«, erklärte Carson und schüttelte den Kopf. »Wenn du auch nur einen Moment lang gedacht hast, ich würde dich einfach so allein lassen, hast du dich getäuscht.«

»Nun ... danke. Ich weiß es zu schätzen.«

»Nichts zu danken.«

»Darf ich eine Frage stellen?«, wollte Skylar wissen.

»Aber natürlich. Du kannst mich alles fragen«, antwortete Carson ihr.

»Was hat es mit dem Kindersitz auf dem Rücksitz auf sich?«

Sie beobachtete ihn genau, um zu sehen, ob er wegen irgendetwas schuldbewusst aussah oder versuchte, sie zu belügen, aber sein Gesichtsausdruck änderte sich nicht im Geringsten. »Wir haben in etwa der Hälfte unserer Abschleppwagen Sitze, und die Leute im Büro sind darauf geschult zu fragen, ob in dem abzuschleppenden Fahrzeug Kinder sind. Wir wollen einfach darauf vorbereitet sein, kleine Kinder mitzunehmen, wenn es nötig ist.«

Das war eine gute Antwort. Eine sehr gute Antwort.

»Und unter deinem Sitz befindet sich eine Tasche mit Kuscheltieren«, fuhr er fort. »Wir werden zu vielen Unfällen gerufen, und manchmal sind die Kinder verängstigt und nervös. Wenn die Feuerwehr oder die Polizei ihnen nicht schon ein Spielzeug gegeben hat, tun wir es eben.«

»Das ist ... fantastisch.«

Carson zuckte mit den Schultern. »Das gehört alles dazu, ein anständiger Mensch zu sein. Sich für andere Menschen zu interessieren. Meine Freunde und ich wollen, dass *Silverstone Towing* ein guter Arbeitsplatz ist und Menschen in Not einen sicheren Service bieten kann. Meistens, wenn unsere Dienste benötigt werden, hat jemand keinen sonderlich guten Tag. Wenn wir ihnen das Leben mit einem Kinderautositz erleichtern oder ihr Kind mit einem Stofftier zum Lächeln bringen, macht das die Sache nur ein bisschen besser. Zumindest hoffen wir das.«

Dann lächelte er. »Und wenn sie eine gute Erfahrung mit *Silverstone Towing* gemacht haben, werden sie vielleicht ihren Freunden davon erzählen, und unser Geschäft wird weiter wachsen und gedeihen.«

Skylar lachte. »Ich würde sagen, dieses Geschäftsmodell funktioniert für euch. *Silverstone Towing* war das erste Abschleppunternehmen, an das ich dachte, als ich an den Straßenrand gefahren bin.«

»Gut. Das ist genau das, was wir wollen.« Carson setzte den Blinker, und ehe Skylar sichs versah, fuhren sie in eine Werkstatt ein. Er manövrierte den Abschleppwagen mit ihrem Wagen dahinter so leicht, als würde er einen Kleinwagen fahren. Er hielt vor der Eingangstür des Geschäfts an und sagte: »Warte hier, ich komme gleich wieder«, bevor er aus dem Wagen sprang.

Skylar schüttelte den Kopf und löste ihren Sicherheitsgurt. Sie schaffte es ganz gut, allein aus dem Wagen zu steigen. Sie öffnete ihre Tür ...

Okay, vielleicht konnte sie es doch nicht. Sie wusste, dass der Abschleppwagen hoch war, aber sie wusste nicht genau, *wie* hoch, bis sie von innen auf den Boden sah.

Dann stand Carson vor ihr und grinste wissend. »Komm, ich helfe dir«, erklärte er, ohne die Tatsache zu kommentieren, dass sie offensichtlich nicht vorhatte, auf ihn zu warten.

Skylar war sich nicht sicher, wie das funktionieren sollte, und kreischte überrascht auf, als er sie mit seinen großen Händen um die Taille fasste und sie förmlich vom Sitz hob. Sie schaffte es, die Blumen weiterhin festzuhalten, während sie sich an seinen Bizeps krallte, um nicht aus dem Gleichgewicht zu geraten, als er sie auf die Füße stellte.

»Danke«, sagte sie ein wenig atemlos.

»Gern geschehen«, erwiderte er.

Einen Moment lang bewegte sich keiner von beiden. Carson ließ seine Hände an ihrer Taille, und sie stand da, hielt sich an seinen Armen fest, starrte zu ihm hinauf und konnte keinen klaren Gedanken mehr fassen.

»Hey!«, ertönte eine laute, fröhliche Stimme, die sie beide aufschreckte.

Doch anstatt die Hände fallen zu lassen, als wäre er bei etwas erwischt worden, was er nicht tun sollte, platzierte Carson seine Hände einfach neu. Er drehte sich um, sodass er neben ihr stand, und eine seiner Hände ruhte leicht auf ihrem Rücken.

Es hätte sich merkwürdig anfühlen müssen. Dass ein Mann, den sie eigentlich gar nicht kannte, seine Hände auf ihren Rücken legte. Aber das tat es nicht.

»Hey, Stan«, erklärte Carson und reichte dem anderen Mann die Hand. »Danke, dass du so spät noch gekommen bist.«

Der große schwarze Mann zuckte nur mit den Schultern, als er Carsons Hand schüttelte. »Du hast gesagt, es sei wichtig, und ich weiß, dass du das nicht einfach so sagst. Also bin ich hier.«

»*So* wichtig war es nicht«, protestierte Skylar.

Beide Männer ignorierten sie. »Skylar ist Kindergärtnerin drüben in Eastlake und ihr Wagen fing auf der 465 an, Probleme zu machen. Er machte komische Geräusche. Sie ist an den Straßenrand gefahren, und jetzt sind wir hier. Sie braucht etwas, das sie sicher nach Eastlake und zurück zu den Southpoint Apartments bringt, bis ihr Wagen repariert ist.«

»Ich habe einen Neffen, der in Eastlake zur Schule geht«, erklärte Stan.

»Ja? Welche Klasse?«, fragte Skylar.

»In die vierte. Sein Name ist Terrell Johnson.«

»Ich kenne Terrell!« Skylar lächelte. »Ich hatte ihn nicht in meiner Klasse, aber ich habe gehört, dass er sehr klug ist.«

Stan lachte leise. »Manchmal ein bisschen schlauer als mir lieb ist. Aber ich mag ihn. Du wohnst in Southpoint?«, fragte er.

Skylar nickte. »Ja. Und bevor du etwas Negatives sagst, ich liebe es dort. Ich habe tolle Nachbarinnen, und wir passen alle aufeinander auf.«

»Ich wollte gar nichts sagen«, entgegnete Stan mit einem Lächeln.

Skylar verdrehte die Augen.

»Komm schon, während Bull dein Fahrzeug abkoppelt, kannst du ein paar Papiere ausfüllen, und dann kannst du dir aussuchen, welchen Wagen du benutzen willst, während ich an deinem arbeite.«

»Oh, mir ist egal, welcher Wagen. Ich bin nicht wählerisch.«

Skylar drehte sich um, als sie an der Tür zum Gebäude ankamen, und sie sah, dass Carson noch nicht angefangen hatte, ihren Wagen abzukoppeln. Stattdessen starrte er sie an. Eine Gänsehaut breitete sich auf ihren Armen aus, aber sie sah ihn mit fragend hochgezogener Augenbraue an.

Da lächelte er, und es gefiel ihr. Sie spürte, dass er nicht oft lächelte, und es tat ihr gut zu wissen, dass sie der Anlass dafür war. Er nickte ihr zu und wandte sich ab, um zum hinteren Teil des Abschleppwagens zu gehen.

Nach zehn Minuten Papierkram und Neckereien von Stan folgte Skylar ihm wieder nach draußen und sah ihren Wagen auf einem Parkplatz vor der Werkstatt stehen. Sie hatte ihren Schlüssel stecken lassen und nahm an, dass Carson ihn weggefahren hatte.

»Ich habe gesagt, dass ich dir die Wahl des Leihwagens überlasse, aber ich habe es mir anders überlegt«, erklärte Stan und hielt ihr einen Schlüsselbund hin. »Du nimmst den Volvo.«

Skylar war es ziemlich egal, welchen Wagen sie fuhr, solange er sie heil zur Schule und nach Hause brachte. Aber als sie den fraglichen Wagen sah, konnte sie nicht anders, als zusammenzuzucken. Der weiße Wagen älteren Baujahrs sah aus, als hätte er schon bessere Tage gesehen. Der Lack blätterte ab und an den Rändern war Rost zu sehen. Er sah aus wie ein Schrotthaufen, aber das würde sie Stan nie sagen.

»Zieh keine voreiligen Schlüsse«, erklärte Carson, der ihre Bestürzung offensichtlich sah. »Er sieht aus wie eine Rostlaube, aber ich kann garantieren, dass er schnurrt wie ein Kätzchen. Wenn einer seiner Leihwagen eine Panne hätte, würde Stan es persönlich nehmen.«

»Ich bin sicher, der Wagen ist in Ordnung«, erwiderte Skylar höflich.

Sowohl Stan als auch Carson lachte.

»Er hat erst vor ein paar Monaten einen neuen Motor bekommen«, beruhigte Stan sie. »Er wurde komplett überholt. Du wirst nie wieder ein so perfekt funktionierendes Fahrzeug fahren, das verspreche ich dir. Aber in Anbetracht der Tatsache, dass du in Southpoint wohnst, kannst du dort nicht einfach mit einem Mercedes vorfahren. Das würde zu viel Aufmerksamkeit erregen. Niemand wird einen zweiten Blick auf diese Schrottkiste werfen. Kein Mensch wird versuchen, den Wagen zu stehlen, weil er annimmt, dass er nicht gut läuft. Los, steig ein und lass ihn an. Du wirst schon sehen.«

Skylar stimmte ihm zu, obwohl sie nicht ganz sicher war, dass der Wagen nicht um sie herum auseinanderfallen würde. Aber als Carson die Hand nach dem Blumenstrauß ausstreckte, hatte sie keine andere Wahl. Sie lächelte Stan an, stieg hinter das Steuer und steckte den Schlüssel ins Zündschloss. Als der Motor ansprang, blickte sie überrascht auf.

Wieder lachten beide Männer.

»Hab's dir doch gesagt«, sagte Stan.

»Der Wagen läuft so leise!«, rief Skylar aus.

»Ja. Er wird dich sicher ans Ziel bringen. Sie ist kein optisches Highlight, aber du brauchst nicht noch mehr Aufmerksamkeit, als du ohnehin schon hast.«

Stirnrunzelnd fragte Skylar: »Was soll das heißen?«

Anstatt ihr zu antworten, wandte Stan sich an Carson. »Meint sie das ernst?«

Carson nickte. »Ja.«

»Verdammt. In Ordnung, ich habe deine Nummer. Ich rufe dich an, wenn ich morgen unter die Haube deines Wagens geschaut habe«, versicherte Stan ihr.

Skylar sah, wie die Männer einen Blick wechselten, den sie nicht deuten konnte. Sie hatte das Gefühl, dass ihr eine Menge Dinge nicht klar waren, aber sie wollte nicht fragen. Sie war schon immer ziemlich naiv gewesen, wenn es um Anspielungen ging, also ließ sie es bleiben.

»Klingt gut«, sagte sie zu Stan. »Und ich weiß es wirklich zu schätzen, dass du heute Abend hergekommen bist, um dich mit uns zu treffen.«

»Aber natürlich. Bull ist ein guter Mann. Einer der besten. Wenn du Terrell siehst, sag ihm, dass du bei mir warst und ich gesagt habe, er soll brav sein«, erwiderte Stan. Dann drehte er sich um und ging zurück zu seinem Laden. Er schloss die Eingangstür ab und ging um die Ecke, wahrscheinlich zu seinem eigenen Wagen.

»Alles in Ordnung?«, fragte Carson, als er ihr die Blumen überreichte, die er immer noch in der Hand hielt. Er hatte sich auch ihre Umhängetasche geschnappt und gab sie ihr ebenfalls.

Skylar sah zu ihm auf, nachdem sie den Blumenstrauß und die Tasche auf den Sitz neben sich gelegt hatte, und fühlte sich benachteiligt, weil er so groß war und sie im Wagen saß.

Als könnte er ihre Gedanken lesen, ging Carson neben ihrer Tür in die Hocke, sodass sie sich mehr oder weniger Auge in Auge gegenüberstanden.

»Es ist alles in Ordnung«, versicherte sie ihm. »Danke, dass du gekommen bist.«

»Natürlich.« Er hielt inne, dann sagte er: »Ich werde dir nach Hause folgen. Nicht weil ich merkwürdig bin, sondern weil ich sichergehen will, dass du gut ankommst.«

»Stans Leihwagen ist vielleicht doch nicht so gut, wie er behauptet?«, fragte sie.

»Nein, das ist es nicht. Dieser Wagen würde dich ohne Probleme bis nach Kalifornien und zurück bringen. Ich will nur dafür sorgen, dass du gut nach Hause kommst. Es ist schon spät und …«

»Und es gefällt dir nicht, wo ich wohne«, beendete Skylar seinen Satz für ihn.

Er zuckte nur mit den Schultern.

»Es ist noch nicht so spät«, protestierte sie. »Es ist erst neun.«

»Trotzdem«, entgegnete Carson.

»Nichts, was ich sage, wird deine Meinung ändern, oder?«, fragte sie.

Carson unterdrückte nicht einmal sein Lächeln. »Wenn du mir ehrlich sagen würdest, dass es dir unangenehm ist und du nicht willst, dass ich dir folge, würde ich das respektieren. Aber ich schwöre, dass ich nur dein Bestes im Sinn habe.«

»Es ist in Ordnung, wenn du mir folgst«, versicherte Skylar ihm.

Seine Lippen zuckten amüsiert.

»Aber ich habe es mir zur Regel gemacht, dass Streuner

nicht bleiben dürfen, wenn sie mir nach Hause folgen«, scherzte sie.

Das Zucken verwandelte sich in ein echtes Lächeln, und ihr Herz schwoll an.

»Was würdest du sagen, wenn ich dich fragen würde, ob du mal mit mir auf einen Kaffee oder zum Mittagessen ausgehen möchtest?«, fragte er.

Skylar erstarrte. Sie konnte nicht glauben, dass dieser schöne Mann sie um eine Verabredung bat. Manche Leute würden vielleicht annehmen, dass er jede Frau, die er abschleppte, um eine Verabredung bat, aber sie hatte das Gefühl, dass das nicht die Norm war. Und als sie ein wenig zu lange zögerte, bevor sie antwortete, wusste sie mit Sicherheit, dass er so etwas nicht ständig tat. Eine Maske schien über sein Gesicht zu fallen, als fühlte er überhaupt nichts. Als würde ihn ihre Antwort in keiner Weise stören.

Sie hasste diese leere Maske mehr, als sie zugeben wollte, vor allem, nachdem sie ihn an diesem Abend mehrmals zum Lächeln und Lachen gebracht hatte, und sie legte ihre Hand auf seinen Unterarm. Er hatte ihn auf sein Knie gestützt, und es spannte sich bei ihrer Berührung an.

»Das würde ich gern. Aber vor dem Wochenende habe ich nicht frei ... weil, du weißt schon ... Lehrer.«

»Hast du in der Schule keine Zeit für das Mittagessen?«

»Doch, aber ich esse normalerweise mit den Kindern. So habe ich Zeit, mich mit ehemaligen Schülern auszutauschen, oder wenn eines meiner Kinder etwas zusätzliche Zuneigung braucht, ist das eine gute Gelegenheit, sie zu geben, ohne vom Unterricht oder anderen Dingen im Klassenzimmer abgelenkt zu werden, die während der regulären Unterrichtszeit meine Aufmerksamkeit erfordern.«

Er sagte einen Moment lang nichts.

»Carson?«, fragte sie zaghaft. »Ist das in Ordnung? Ich lasse dich nicht auflaufen.«

»Ich weiß, dass du das nicht tust«, erklärte er ihr. »Ich wette, du bist eine fantastische Lehrerin. Deine Schüler haben großes Glück, dich zu haben.«

Skylar wusste, dass sie wieder einmal rot wurde. »Da bin ich mir nicht so sicher.«

»Ich schon«, sagte er nachdrücklich. »Und wenn du diesen Samstag Zeit hast, würde ich dich gern zum Mittagessen einladen.«

Samstag. Das war in drei Tagen. Skylar war sich nicht sicher, ob sie so lange warten konnte. Aber sie zwang sich zu einem ruhigen Lächeln. »Klingt gut.«

Der ausdruckslose Blick war aus seinem Gesicht gewichen, und er sah wieder entspannt und glücklich aus. Das gefiel ihr.

Bevor sie nach seiner Nummer fragen oder ihm ihre geben konnte, nahm er ihre Hand von seinem Arm, küsste ihren Handrücken und stand auf. »Fahr vorsichtig«, sagte er und schloss ihre Tür.

Skylar starrte ihn verwirrt an, als er selbstbewusst auf seinen Abschleppwagen zuging. Sie war sich nicht sicher, wie sie ihre Verabredung organisieren sollten. Sie wusste nicht, wohin sie fuhren, wann sie sich trafen oder sonst irgendetwas.

Aber obwohl sie Carson noch nicht so lange kannte, hatte sie das Gefühl, dass er sich darum kümmern würde. Er wusste, wo sie arbeitete, er war dabei herauszufinden, wo genau sie wohnte, und er kannte den Mann, der ihren Wagen hatte. Es war nicht so, dass Carson sie nicht finden konnte.

Eigentlich sollte sie sich mehr Sorgen darüber machen, wie viel der Mann über sie wusste und wie viel sie *nicht* über ihn wusste, aber er strahlte eine gewisse Ausstrahlung aus, die ihr trotzdem ein sicheres Gefühl gab.

Sie beschloss, den Dingen ihren Lauf zu lassen und sich am

Samstagmorgen Sorgen zu machen, wenn sie nichts von ihm gehört hatte, fuhr aus ihrer Parklücke und wartete, bis der große Abschleppwagen hinter ihr war, bevor sie vom Parkplatz und nach Hause fuhr.

Und Stan hatte recht gehabt. Sie war noch nie mit einem Wagen gefahren, der so gut lief wie dieser Leihwagen.

Sie lächelte in sich hinein und beschloss, dass sie für einen Abend, der nicht besonders gut begonnen hatte, verdammt zufrieden damit war, wie die Dinge geendet hatten.

KAPITEL VIER

Bull saß mit seinen drei Freunden im Schutzraum unter *Silverstone Towing*. Es war Freitag, zwei Tage nach ihrer Rückkehr aus Peru, und es war Zeit, wieder an die Arbeit zu gehen. Jeden Morgen trafen sie sich, um die Nachrichten aus aller Welt zu durchforsten und die Berichte des FBI und des Ministeriums für Innere Sicherheit zu prüfen, die Gregory Willis ihnen sicher als Computerdateien geschickt hatte.

Als sie sich vor fünf Jahren zusammengesetzt hatten, um den Umbau der Autowerkstatt zu besprechen, hatten alle vier beschlossen, dass sie sich in einem Raum wohler fühlen würden, von dem sie wussten, dass er hundert Prozent sicher war. Es war eine der besten Entscheidungen, die sie getroffen hatten. Die Angestellten wussten von dem Raum, da er zum Keller gehörte, aber nicht, was darin vor sich ging.

Links vom Eingang befand sich ein runder Tisch, an dem die Silverstone-Männer die meisten ihrer Besprechungen abhielten. Er war groß genug, um Karten auszubreiten und die von Willis geschickten Informationen zu begutachten. Der Raum hatte keine Fenster, aber auf der rechten Seite befanden sich eine Spüle, eine Mikrowelle und ein kleiner Kühlschrank. Die Schränke über der kleinen Küche waren mit Fertiggerichten und anderen Lebensmitteln gefüllt, die nicht verderben würden.

In einem Schrank an der hinteren Wand befanden sich Decken und Feldbetten für den Fall, dass sie in dem Schutzraum übernachten mussten oder eine ihrer Besprechungen länger dauerte und sie nicht nach Hause fahren wollten, weil die Zimmer im Obergeschoss bereits belegt waren. Hinter einer anderen Tür befand sich auch ein kleines Badezimmer.

In diesem Raum befanden sich mehrere Computer, deren Bildschirme alle von der Tür abgewandt waren, für den Fall, dass jemand Unbefugtes den Raum betrat. Sie wollten nicht riskieren, dass jemand sah, woran sie gerade arbeiteten.

Alles in allem war der Raum ziemlich zweckmäßig eingerichtet. Die Annehmlichkeiten der Räume im Obergeschoss und des ausgebauten Kellers direkt vor der Tür waren hier nicht zu finden. Dies war eher ein Arbeitszimmer, in dem sehr ernste Dinge vor sich gingen.

Während Bull es sich am Tisch so bequem wie möglich machte, sah er sich die neuesten Akten an, die sie erhalten hatten.

Es gab ein paar Männer und eine Frau, die *Silverstone Towing* generell im Auge behielt. Der Mann, der derzeit ganz oben auf der Liste der Personen stand, die sie zur Strecke bringen wollten, war Abubakar Shekau. Er war der Anführer von Boko Haram, einer dschihadistischen Terrororganisation im Nordosten Nigerias. Sie hatte auch Verbindungen zu Al-Qaida. Die Gruppe erlangte größere Bekanntheit, nachdem sie über zweihundert Schulmädchen in Nigeria entführt hatte, weil sie der Meinung war, dass Mädchen keine Bildung erhalten, sondern stattdessen Ehefrauen oder Sklavinnen sein sollten.

All das war inakzeptabel, aber was den Mann auf *Silverstone Towings* Radar brachte, war die Nachricht, dass er einen weiteren Überfall plante. Diesmal sollte eine Grundschule überfallen werden mit der Absicht, Mädchen im Alter von sieben Jahren zu versklaven und zu verheiraten. Bull wurde bei dem bloßen Gedanken schlecht, und er wusste, dass es seinen Freunden genauso ging.

»Also ...«, begann Eagle. »Bart hat mir erzählt, dass du nach unserer Rückkehr aus Peru einen Auftrag hattest und ungewöhnlich lange weg warst ... und als du zurückkamst, hast du ihm gesagt, du wärst für diesen Abend fertig, und bist verschwunden. Willst du uns sagen, was los ist?«

Bull wusste, dass sein Freund ihn nur aufziehen wollte. Er liebte Eagle und die anderen, als wären sie Brüder, und sie hatten über Frauen gesprochen, mit denen sie in der Vergangenheit ausgegangen waren, aber das hier schien irgendwie anders zu sein. Skylar war nicht wie jede andere Frau, an der er interessiert gewesen war, und es war ihm unangenehm, das zuzugeben. Also zuckte er mit den Schultern und sagte: »Ich musste mich einfach mal entspannen. Ich habe eine Frau zu Stans Werkstatt abgeschleppt, dafür gesorgt, dass sie gut nach Hause kommt, und dann hat mich alles wieder eingeholt. Ich bin nach Hause gefahren und sofort eingeschlafen.«

Die Erklärung ließ eine Menge aus, aber Bull war sich nicht sicher, ob er schon bereit war, seinen Freunden von Skylar zu erzählen.

Aber natürlich wollten sie das Thema nicht auf sich beruhen lassen.

»Hast du dafür gesorgt, dass sie gut nach Hause gekommen ist?«, fragte Smoke mit einer hochgezogenen Augenbraue. »Das sieht dir gar nicht ähnlich. Ich erinnere mich sogar daran, dass wir unseren Angestellten gesagt haben, dass sie keine Zeit für solche Dinge haben, wenn sie im Einsatz sind.«

»Ja, aber als Miteigentümer bin ich nicht an die gleichen Regeln gebunden wie unsere Fahrer, oder?«, entgegnete Bull ein wenig defensiver, als es in dieser Situation angezeigt war.

»Das ist in Ordnung«, erwiderte Gramps. »Du kannst machen, was du willst, und das weißt du auch. Ich bin sicher, du hattest einen guten Grund, dafür zu sorgen, dass sie sicher nach Hause kommt.« Letzteres sagte er mit einem fragenden Neigen des Kopfes.

Bull seufzte. Er war sich immer noch nicht sicher, ob er in Worte fassen konnte, was Skylar in ihm auslöste, aber dies waren seine Freunde. Seine Familie. Wenn er nicht mit ihnen reden konnte, mit wem dann?

»Sie wohnt in Southpoint«, erklärte er.

Alle drei Männer am Tisch nickten, als würde das alles erklären. Aber Bull wusste, dass dies nur die Spitze des Eisbergs war, was seine Gefühle betraf. »Sie behauptet, dass sie sich dort sicher fühlt und dass ihre Nachbarinnen aufeinander aufpassen, aber wir alle kennen den Ruf dieser Wohnanlage.«

Eagle nickte. »Laut Polizeibericht wurden dort gestern Abend Schüsse abgefeuert. Die Polizei hat nachgeforscht, aber nichts gefunden.«

Bei den Worten seines Freundes krampfte sich Bulls Magen zusammen, aber er fuhr mit seiner Erklärung fort. »Skylar unterrichtet an der Eastlake Elementary School im Kindergarten. Der Motor ihres Wagens hat am Mittwochabend seltsame Geräusche gemacht, als sie auf dem Heimweg von einem Elternabend war. Es war stockdunkel und sie saß am Straßenrand fest. Ich weiß, das ist nichts Neues für uns, wir sehen jeden Tag Menschen in der gleichen Situation. Aber irgendetwas an ihr hat in mir das Bedürfnis geweckt, dafür zu sorgen, dass sie gut nach Hause kommt.«

»Ist sie zierlich?«, fragte Smoke, der wusste, dass Bull eine Schwäche für kleine Frauen hatte.

»Ja. Ungefähr eins sechzig oder eins dreiundsechzig. Aber das ist nicht das, was mich wirklich gereizt hat.« Da er wusste, dass er sich mit dem Eingeständnis seines Interesses an Skylar eine Menge Ärger bei seinen Freunden einhandelte, fuhr Bull schnell fort: »Es war die Aura der Unschuld, die sie wie ein Mantel umgab. Da stand sie mit ihrem kaputten Wagen am Straßenrand, eine Baumgruppe direkt hinter uns, Fahrzeuge rasten mit hundertzwanzig Stundenkilometern an uns vorbei und sie benahm sich, als würden wir uns auf einer verdammten Teeparty befinden. Sie wäre in meinen Wagen gestiegen, ohne anzurufen und sich zu vergewissern, dass ich tatsächlich von der Abschleppfirma war, die sie beauftragt hatte. Nach del Rio, und da ich weiß, was er getan hat und wie leicht er an Frauen herankam – auch hier in den Staaten –, hat mich das mitgenommen. Und zwar sehr.«

»Und?«, fragte Gramps.

»Und was?«, erwiderte Bull.

»Versteh mich nicht falsch. Del Rio war ein Dreckskerl, der alles verdient hat, was ihm passiert ist. Aber die meisten Leute, die wir abschleppen, sind genauso ahnungslos wie diese Frau. Sie denken nicht daran, anzurufen und zu überprüfen, wer wir sind. Was macht gerade sie so besonders?«

Bull nahm es ihm nicht übel, denn er merkte, dass Gramps aufrichtig versuchte zu verstehen. Das Problem war nur, dass Bull nicht wusste, ob er in Worte fassen konnte, was ihn an Skylar so sehr bewegt hatte. »Ich kann es nicht erklären«, sagte er etwas lahm. »Wenn du sie kennenlernst, wirst du es verstehen. Sie hat einfach etwas an sich, das mich dazu bringt, sie vor der bösen Welt beschützen zu wollen. Sie ist ... etwas Besonderes. Sie ist eine verdammte Kindergärtnerin, um Himmels willen.«

»Das heißt gar nichts«, bemerkte Eagle. »Ich war mal mit einer Vorschullehrerin zusammen, und sie war die perverseste

Frau, die ich je getroffen hatte. Unersättlich im Bett. Ich habe mir sogar Ausreden ausgedacht, warum ich sie nicht sehen konnte, weil sie mich völlig fertiggemacht hat. Kinder zu unterrichten ist nicht automatisch gleichbedeutend mit Unschuld, Bull.«

»Ich weiß«, stimmte Bull zu. Und das tat er tatsächlich. Vom Kopf her wusste er, dass das, was jemand beruflich tat, nicht bedeutete, dass er gut oder schlecht, unschuldig oder abgestumpft war. »Aber bei Skylar ist es anders. Sie ist unschuldig. Und das ist Teil ihres Charmes. Sie hat mich nicht angeglotzt, wie viele Frauen es tun, wenn sie in das Führerhaus des Abschleppwagens steigen. Sie hat sich sogar Mühe gegeben, *nicht* aufzufallen. Und du hättest hören sollen, wie sie über die Kinder in ihrer Klasse gesprochen hat. Sie liebt jedes einzelne von ihnen für das, was es ist, und nicht wegen seiner Hautfarbe oder seiner Intelligenz. Sie will den Eltern helfen, einfach weil es das Richtige ist. Sie wohnt in einem miesen Wohnblock, aber sie hat mir versichert, dass sie jeden der Menschen, die um sie herum wohnen, persönlich kennengelernt hat und dass sie ihre eigene kleine Gemeinschaft gebildet haben. Wie gut kennt ihr *eure* Nachbarn?«

Alle drei seiner Freunde zuckten mit den Schultern. Bull hatte keinen blassen Schimmer, wer in den Wohnungen um ihn herum wohnte. Wenn er nach Hause kam, wollte er sich nicht mit Fremden abgeben. Solange sie leise waren und die Wohnung nicht niederbrannten, war es ihm egal, wer sie waren.

»Hast du sie gefragt, ob sie mit dir ausgeht?«, fragte Smoke.

Bull nickte. »Morgen zum Mittagessen.«

»Es hört sich ja fast so an, als wäre es dir ernst mit ihr«, bemerkte Gramps. »Hast du über die langfristigen Folgen einer Beziehung mit ihr nachgedacht? Dass das, was du tust, zu viel für ihre zarten Gefühle sein könnte?«

Bull wollte sauer sein, dass Gramps das Thema angesprochen hatte, aber er konnte nicht leugnen, dass er in den Tagen, seit er von Skylars Wohnanlage weggefahren war, viel darüber nachgedacht hatte. Keiner von ihnen hatte sich ernsthaft mit jemandem eingelassen, seit sie aus der Armee entlassen worden waren und bei *Silverstone Towing* angefangen hatten ... und mit ihrem Nebenjob. Und ehrlich gesagt war es lächerlich, überhaupt darüber nachzudenken, wie man Skylar die Nachricht beibringen sollte, dass er und seine Freunde nebenbei fragwürdige Söldnerarbeit für die Regierung machten.

Aber er hatte seit zwei Tagen nicht aufgehört, an sie zu denken. Er war noch nie, kein einziges Mal, so in eine Frau verliebt gewesen, dass er Tag und Nacht an sie dachte. Er fragte sich, was sie gerade tat und ob sie einen guten Tag hatte.

Mit der Liebe hatte es bei seinem Vater nicht geklappt, aber das hieß nicht, dass er es nicht gewollt hatte und dass er seinem Sohn nicht beigebracht hatte, wie man eine Frau richtig behandelt.

»Es besteht die Möglichkeit, dass sie nicht in der Lage ist, damit umzugehen«, gab Bull zu.

»Und du gehst das Risiko trotzdem ein, nicht wahr?«, fragte Smoke.

Bull nickte. »Ja. Irgendetwas sagt mir, dass sie es wert ist, sich die Mühe zu machen, sie kennenzulernen. Sie könnte mich zurückweisen, wenn sie erfährt, was ich tue, aber das Risiko muss ich eingehen.«

»Du bringst sie doch mit, damit wir sie kennenlernen können, oder?«, fragte Eagle.

»Ja. Obwohl ... sie war sehr skeptisch, als Stan ihr den Leihwagen zeigte, den sie benutzen sollte. Ich konnte es ihr am Gesicht ablesen. Sie konnte nicht glauben, dass sie so einen Schrotthaufen fahren sollte.«

Die anderen lachten alle. »Stan macht das gern«, erklärte

Gramps. »Einen Wagen, der aussieht, als würde er aus dem letzten Loch pfeifen, besser zum Laufen zu bringen als einen nagelneuen aus der Fabrik.«

»Ja. Sie hat ihn angelassen und war hin und weg. Es war urkomisch. Ich kann es also kaum erwarten, ihr *Silverstone Towing* zu zeigen«, erklärte Bull und lachte.

»Weil es von außen wie ein einsturzgefährdetes Gebäude aussieht, aber innen ist es ziemlich palastartig?«, fragte Eagle mit einem Lächeln.

»Palastartig?«, hakte Smoke nach. »Bist du jetzt ein verdammter Thesaurus?«

»Verpiss dich«, erklärte Eagle seinem Freund.

»Oh, da gibt es noch etwas, das ich euch erzählen wollte«, bemerkte Bull, bevor die beiden Männer es übertrieben, sich gegenseitig auf die Schippe zu nehmen. »Skylar erwähnte, dass eines der Kinder in ihrer Klasse von einem alleinerziehenden Vater aufgezogen wird ... und er hat es schwer. Er hat drei Jobs und nicht viel Zeit, die er mit seiner Tochter verbringen kann.«

»Was macht er denn?«, fragte Gramps.

»Morgens arbeitet er als Koch, nachmittags arbeitet er für einen Landschaftsgärtner und abends ist er Hausmeister.«

Smoke, Eagle und Gramps sahen sich gegenseitig an, und Bull sah den genauen Moment, in dem sie zu demselben Schluss kamen wie er.

»Mir scheint, dass so ein Mann hier ziemlich nützlich wäre«, bemerkte Smoke.

»Ja, niemand kann wirklich gut kochen und ich habe es satt, hier hereinzukommen und verbranntes Essen zu riechen«, stimmte Eagle zu.

»Und obwohl alle sich Mühe geben aufzuräumen, riecht es hier manchmal wie in der Umkleidekabine einer verdammten Mittelschule«, mischte Gramps sich ein.

»Ich habe kein Problem damit, dass die Büsche und der

ganze Mist ein bisschen zugewachsen sind, aber neulich habe ich meinen Schlüssel fallen lassen und ihn fast im Unkraut verloren«, warf Bull ein.

»Wann kann er wohl anfangen?«, fragte Smoke.

Bull lächelte. Er liebte diese Männer. Nach außen hin waren sie knallharte Kerle. Sie hatten alle ohne einen Moment der Reue gemordet, aber sie waren immer dabei, wenn es darum ging, jemandem in Not zu helfen. Smoke hatte das Geschäft in den ersten paar Jahren finanziert, aber jetzt machte *Silverstone Towing* gutes Geld. Sehr gutes Geld. Und das, wofür sie dieses Einkommen ausgaben – Rentenbeiträge für ihre Angestellten, steuerlich absetzbare Versicherungen und überdurchschnittliche Löhne –, war jeden Cent wert. Die Männer und Frauen, die bei *Silverstone Towing* beschäftigt waren, waren loyal und fleißig. Es war eine Kombination, von der alle profitierten.

»Ich weiß es nicht. Ich muss mit Skylar sprechen und sehen, was ich über den Vater des Kindergartenkindes herausfinden kann. Wir müssen auch eine Hintergrundüberprüfung machen und ihn natürlich befragen ... falls er überhaupt interessiert ist«, gab Bull zu bedenken.

»Er wird interessiert sein«, entgegnete Eagle.

Bull wusste, dass er recht hatte. Der Job würde es ihm ermöglichen, mehr Zeit mit seiner Tochter zu verbringen, für den Ruhestand zu sparen und genauso viel oder mehr Geld zu verdienen, als er jetzt mit drei verschiedenen Jobs verdiente. Er wäre verrückt, wenn er die Gelegenheit, für *Silverstone Towing* zu arbeiten, ausschlagen würde.

»Ich freue mich für dich«, entgegnete Gramps leise.

Bull schnaubte. »Das ist noch etwas verfrüht. Wir hatten noch nicht einmal eine Verabredung.«

»Ja, aber ich kenne dich. Und wenn du so interessiert bist, nachdem du sie gerade erst kennengelernt hast, dann ist sie etwas Besonderes. Und glaub mir, du wirst es bereuen, wenn du sie ziehen lässt, ohne dich wenigstens darum zu bemühen herauszufinden, was zwischen euch beiden sein könnte.«

Bull beäugte seinen Freund. Er und sein Silverstone-Team standen sich *sehr* nahe ... aber er konnte sich nicht erinnern, dass Gramps jemals über eine Beziehung in seiner Vergangenheit gesprochen hatte, die nicht funktioniert hatte. Und als Gramps schnell den Blick abwandte, wusste Bull, dass jetzt nicht der richtige Zeitpunkt war, um nach weiteren Details zu fragen. »Ich werde sehen, ob mir nicht eine Ausrede einfällt, um am Samstag nach dem Mittagessen hier vorbeizukommen.«

»Wir werden hier sein«, versicherte Eagle ihm.

»Können wir jetzt weiter über Abubakar Shekau und seinen Plan, weitere Mädchen zu entführen, sprechen?«, fragte Smoke.

Alle nickten und wandten sich wieder den Informationen zu, die Willis ihnen geschickt hatte.

Aber Bull dachte noch einen Moment über Skylar nach ... und über die Überraschung, die er später am Nachmittag für sie hatte.

Skylar stand hinter Sandra und schob sie an, während sie auf der Schaukel im hinteren Teil des Schulhofs schaukelte. Der Bereich war kleiner als der Hauptspielplatz und wurde hauptsächlich von den unteren Klassen genutzt. Es war siebzehn Uhr fünfundvierzig und der Vater des kleinen Mädchens hatte sich wieder einmal verspätet, um sie abzuholen ... aber da es ihr wirklich nichts ausmachte, mit Sandra zu spielen, konnte Skylar sich nicht aufregen.

Während sie Sandra abwesend höher und höher schaukeln ließ, schweiften Skylars Gedanken wie so oft in letzter Zeit zu

Carson. Als sie am Mittwochabend nach Hause gekommen war, hatte sie die Tür aufgeschlossen und sich umgedreht, um ihm zuzuwinken. Er hatte zwei Finger vom Lenkrad des großen Abschleppwagens gehoben und war davongefahren.

Seitdem hatte sie nicht mehr aufhören können, an ihn zu denken. Sie war schon lange nicht mehr so aufgeregt wegen einer Verabredung gewesen.

Okay, zum Teil lag das daran, dass sie schon ewig nicht mehr zu so etwas eingeladen worden war. Aber zum ersten Mal seit einer Ewigkeit wollte sie wirklich, dass es klappte. Sie wollte bei ihrer Verabredung nichts Dummes sagen oder ihm einen Grund geben, sich nicht noch einmal mit ihr zu treffen. Skylar wusste, dass sie ihn um eine Verabredung bitten konnte, aber sie war in vielerlei Hinsicht altmodisch, und vor allem wollte sie sich nie jemandem aufdrängen, wenn er nicht interessiert war.

»Miss Reid, hören Sie auf, mich anzuschubsen!«, schrie Sandra und holte Skylar aus ihren Gedanken. »Ich will da drüben spielen!«

Skylar ergriff die Ketten der Schaukel und hielt sie an. Sie lachte, als Sandra von der Schaukel hüpfte und mit vollem Schwung zum Rand des kleinen Gartens lief, um sich an das Klettergerüst zu hängen. Da sie wusste, dass das kleine Mädchen in ein oder zwei Minuten etwas anderes finden würde, um sich zu beschäftigen, folgte Skylar ihr nicht. Sie beobachtete aus der Ferne, wie eines der letzten Fahrzeuge vom Parkplatz für Lehrkräfte und Angestellte hinter dem Spielplatz fuhr. Fast alle waren schon ins Wochenende aufgebrochen, aber Skylar war es gewohnt, eine der Letzten zu sein, die das Gebäude verließen.

Eigentlich sollte sie ungeduldig sein, nach Hause zu kommen, aber in ihrer kleinen Wohnung gab es nichts, worauf sie sich freuen konnte. Keiner wartete auf sie. Keine großen

Pläne für einen Freitagabend. Sie hatte gehofft, vor ihrer Verabredung etwas von Carson zu hören, aber bis jetzt hatte sie keine einzige E-Mail, Nachricht, Facebook-Nachricht oder einen Anruf erhalten. Natürlich hatten sie nicht gerade Kontaktinformationen ausgetauscht ...

Seufzend beobachtete sie, wie Sandra auf die Knie fiel, dann, eine Millisekunde später, aufstand und ihrer Lehrerin den Daumen hoch zeigte. Skylar erwiderte die Geste mit einem Lächeln.

Aus den Augenwinkeln heraus glaubte sie, jemanden am hinteren Ende des Lehrerparkplatzes stehen zu sehen.

Sandra nutzte diesen Moment, um etwas zu rufen. Als Skylar sich umdrehte, um zu ihrem Kindergartenkind und dann wieder zum Parkplatz zu schauen, war die Person schon weg.

Achselzuckend und in der Annahme, dass sie sich entweder geirrt hatte oder einfach nur Dinge sah, gab Skylar Sandra ein Zeichen, zurück zu den Türen des Gebäudes zu gehen. Laut der Notiz, die sie von der Sekretärin des Schulleiters erhalten hatte, würde Sandras Vater in etwa zwanzig Minuten eintreffen. Sie musste Sandra startklar machen und ein paar Bücher in ihren Rucksack packen, um sie übers Wochenende zu unterhalten. Shawn würde wahrscheinlich arbeiten, und so sehr Skylar auch protestieren wollte, dass Sandra zu jung war, um allein gelassen zu werden, wusste sie doch, dass der Mann kein Geld für einen Babysitter hatte.

Vieles, was mit ihren Schülern passierte, gefiel ihr nicht, aber das hieß nicht, dass sie etwas daran ändern konnte.

Sandra lief auf sie zu und schlang ihre kleinen Arme um Skylars Taille. Sie sah zu ihrer Lehrerin auf und sagte: »Ich werde Sie dieses Wochenende vermissen. Ich wünschte, ich könnte jeden Tag in den Kindergarten gehen!«

Skylar lächelte nur. Eine Sieben-Tage-Arbeitswoche kam

ihr wie die Hölle vor, aber sie verstand, warum Sandra sich das wünschte. Sie musste einsam sein, allein in ihrer Wohnung, während ihr Vater arbeitete. Einsam und wahrscheinlich auch ein wenig verängstigt.

»Ich weiß, ich werde dich auch vermissen«, entgegnete Skylar, als die beiden in Richtung Schultür gingen. Sie legte einen Arm um die Schultern des kleinen Mädchens und sagte: »Ich habe ein paar besondere Bücher für dich, die du mit nach Hause nehmen kannst. Aber du musst sehr gut auf sie aufpassen. Kannst du das für mich tun?«

Sandra nickte feierlich.

Das kleine Mädchen war außerordentlich klug. Und wenn sie nicht gerade auf dem Spielplatz herumlief, wirkte sie in der Regel viel älter als ihre fünf Jahre. Aufgrund ihrer finanziellen Situation war ihr eine Menge Verantwortung auferlegt worden.

»Und weißt du, was noch?«

»Was?«, fragte Sandra.

»Ich habe morgen eine Verabredung.«

Sandra blieb stehen und schaute ihre Lehrerin erstaunt an. »Mit einem Jungen?«

Skylar lachte. »Ja. Sein Name ist Carson, aber seine Freunde nennen ihn Bull.«

Sandra rümpfte die Nase. »Das ist ein komischer Name.«

»Ich weiß. Ich weiß nicht, woher der Name kommt.«

»Hat er einen Ring in der Nase wie Ferdinand?«

Skylar lächelte wieder. Sie hatte ihrer Klasse gerade die Geschichte *Ferdinand, der Stier* vorgelesen und Sandra dachte offensichtlich an den Ring in der Nase des Stiers. »Nein«, entgegnete sie.

»Hat er Hörner?«

Dieses Mal lachte Skylar laut auf. »Nein. Wie wäre es damit ... ich werde ihn fragen, warum seine Freunde ihn so nennen, und dir am Montag Bescheid geben.«

Sandra strahlte. »Okay!«

In der Vergangenheit hatte Skylar solche Dinge zu ihren Schülern gesagt, weil sie dachte, sie würden es übers Wochenende vergessen, aber zu ihrer Überraschung erinnerten sich die Kinder am Montagmorgen immer daran. Sie fragten immer nach dem, was sie versprochen hatte, ihnen zu erzählen, sobald sie sie sahen. Sie wusste, dass es bei Sandra nicht anders sein würde. Sie hatte sich vorgenommen, Carson nach seinem Spitznamen zu fragen ... und wenn er aus irgendeinem Grund ihre Verabredung absagte, würde sie sich etwas ausdenken müssen, um es später dem kleinen Mädchen zu erzählen.

Sie ging mit Sandra hinein und half ihr, ihren kleinen abgewetzten Rucksack mit so vielen Büchern wie möglich zu packen. Skylar steckte auch einige der Snacks hinein, die sie in ihrem Klassenzimmer für Kinder aufbewahrte, die nicht gefrühstückt hatten oder den Tag nicht ohne etwas zu essen überstehen konnten. Sie wollte noch mehr tun. Sie wollte am liebsten anbieten, kostenlos zu babysitten, aber sie wusste, dass sie die zweitägige Pause brauchte, die ihr das Wochenende bescheren würde. Sandra würde schon klarkommen. Sie war ein kluges kleines Mädchen, das ihrem Vater immer gehorchte.

Um kurz nach sechs ging Skylar mit Sandra aus dem Klassenzimmer in Richtung des Schulbüros. Ihr Vater holte sie dort immer ab, nachdem er seine Tochter bei der Sekretärin abgemeldet hatte. Diesmal jedoch sah sie, als sie sich dem Büro näherte, dass ein anderer Mann mit Mr. Archer im Büro stand.

In dem Moment, in dem der andere Mann sich umdrehte, keuchte Skylar überrascht auf. Es war Carson.

Sie hatte keine Ahnung, was er dort machte, aber als sie ihn beobachtete, schüttelte er Mr. Archer die Hand. Shawn grinste von einem Ohr zum anderen, und als er Sandra sah, wurde sein Grinsen noch breiter.

»Wie geht es meinem Mädchen?«, fragte er, während er die Arme öffnete.

Sandra rannte geradewegs zu ihrem Vater, sprang in seine Arme und quietschte vor Glück, als er aufstand und sich im Kreis drehte. Sandra mochte viele ihrer körperlichen Eigenschaften von ihrer Mutter geerbt haben, aber es bestand kein Zweifel, dass sie und ihr Vater eine besondere Verbindung hatten.

Skylar folgte etwas langsamer und lächelte Mr. Archer an.

»Tut mir leid, dass ich heute wieder zu spät komme«, erklärte der Mann.

»Ist schon okay. Wir haben ein bisschen draußen gespielt. Sandra hat sich mit zusätzlichen Büchern und anderen Dingen eingedeckt«, erklärte sie ihm.

»Ich schätze alles, was Sie für uns tun, Miss Reid«, entgegnete Shawn.

»Es ist mir ein Vergnügen«, erwiderte sie und versuchte, nicht unter Carsons Blick, den sie förmlich auf sich spüren konnte, zu zappeln.

»Ich hoffe, dass mein Glück sich bald wendet und ich dann nicht mehr so eine Last bin«, erklärte Shawn geheimnisvoll, während er zu Carson hinüber und dann zu Sandra hinunter blickte.

»Sie sind keine Last«, erklärte Skylar ihm ehrlich. Ja, es stand nicht in ihrem Vertrag, länger auf die Kinder aufzupassen, aber es war auch nicht wirklich eine große Last. Sie mochte Sandra wirklich.

»Bist du bereit, nach Hause zu fahren, Schatz?«, fragte Shawn seine Tochter.

Sandra nickte enthusiastisch. »Ich bin hingefallen und habe mir die Knie aufgeschürft«, erzählte sie ihrem Vater.

»Ach ja? Ich schätze, du wirst ein Pflaster brauchen, was?«

Sandra schüttelte den Kopf. »Miss Reid hat mir schon eins gegeben. Es ist sogar Elsa drauf.«

»Cool«, erwiderte ihr Vater, sah Skylar noch einmal an, als sie hinausgingen, und sagte leise: »Danke.«

Skylar winkte ihnen zu und drehte sich schließlich zu Carson um. »Hi«, begrüßte sie ihn etwas unsicher.

»Hi«, antwortete er, und seine tiefe Stimme machte seltsame Dinge mit ihrem Inneren.

»Kennst du Mr. Archer?«, fragte sie und erinnerte sich daran, wie die beiden Männer sich die Hände geschüttelt hatten, als sie hereingekommen war.

»Ich habe ihn gerade erst kennengelernt«, antwortete Carson leichthin.

Skylar zuckte innerlich mit den Schultern. »Was machst du hier?«, fragte sie, als er nichts weiter sagte.

Er sah die Sekretärin an, die die beiden vom anderen Ende des Raumes aus mit Ungeduld und etwas zu viel Interesse beobachtete. »Bist du bereit, nach Hause zu gehen?«, entgegnete er, anstatt auf ihre Frage zu antworten.

»Ja. Ich muss nur noch in mein Klassenzimmer gehen und meine Sachen holen.« Sie zögerte, dann fragte sie: »Willst du mitkommen und sehen, wo ich die meiste Zeit meines Tages verbringe?«

»Ich dachte schon, du würdest nie fragen«, erwiderte er und seine Lippen zuckten amüsiert.

Es war kein vollwertiges Lächeln, aber Skylar freute sich trotzdem darüber.

»Sandra war die letzte Schülerin, die abgeholt wurde«, bemerkte die Sekretärin. »Ich werde jetzt gehen ... wenn das in Ordnung ist.«

»Tut mir leid, dass du warten musstest«, sagte Skylar zu ihr. »Wir sehen uns dann Montag.«

»Tschüss!«

Carson sah, wie die andere Frau nach ihrem Mantel griff, als sie das Büro verließen. Er drehte sich zu ihr um. »Du bist oft die Letzte, die geht, nicht wahr?«, fragte er.

Skylar zuckte mit den Schultern, als sie den Flur entlang zu ihrem Zimmer gingen. »Ja. Die meisten anderen Lehrer sind verheiratet und haben Kinder, also wollen sie so schnell wie möglich hier raus. Nach Hause zu ihren Familien.«

»Es ist nicht sicher, zu Fuß zu deinem Wagen zu gehen, wenn es dunkel ist.«

Skylar nickte. »Ich weiß, aber ich habe keine andere Wahl.«

»Habt ihr niemanden, der für die Sicherheit verantwortlich ist?«

»Für eine Grundschule? Nein. Die Mittel- und Oberschulen haben Sicherheitsbeamte, aber die sind normalerweise nicht für Grundschulen zuständig. Aber der hintere Parkplatz ist gut beleuchtet, und ich versuche, nicht auf den letzten Plätzen bei den Bäumen zu parken, wo es dunkler ist.« Sie sah ihn an, als sie weitergingen. »Ich weiß, ich bin klein und eine Frau, aber die Welt ist nicht so furchterregend, wie du sie dir vorstellst.«

»Da liegst du allerdings ziemlich falsch«, sagte er in einem so ernsten Ton, wie sie ihn noch nie bei ihm gehört hatte. »Sie ist sogar noch viel furchterregender. Aber ich finde es einfach großartig, dass du nichts über diese Seite des Lebens weißt. Ich möchte, dass es so bleibt. Hast du eine Taschenlampe? Pfefferspray? Hast du dein Handy dabei und die Nummer des Notrufs schon eingegeben, wenn du zu deinem Wagen gehst?«

»Äh ... ich habe meinen Schlüsselbund in der Hand, wobei einer der Schlüssel zwischen den Fingern steckt«, erklärte sie ihm.

Carson schüttelte den Kopf. »Das reicht nicht. Wenn du jemanden schlagen musst, wirst du dich so selbst mehr verletzen als deinen Angreifer. Du bist besser dran, wenn du Pfefferspray bei dir trägst.«

»Ich fühle mich nicht wohl dabei, das Zeug in meiner Handtasche zu haben. Ich stelle mir immer vor, wie es aus Versehen losgeht und ich mein Klassenzimmer evakuieren muss, damit meine Kinder nicht krank werden.«

»Die Dosen haben eine Kindersicherung«, erklärte Carson ihr.

»Richtig, Kindersicherungen, die mir überhaupt nichts nützen, wenn ich selber erst mal rumfummeln muss, bevor ich das Pfefferspray bedienen kann, wenn jemand auf einem Parkplatz auf mich zuläuft. Ich würde das blöde Ding sowieso fallen lassen und dann trotzdem angegriffen werden«, entgegnete sie. Skylar wusste nicht, warum sie sich so sehr dagegen wehrte. Sie konnte sich einfach nicht vorstellen, jemals Pfefferspray mit sich herumzutragen. »Ich kann nicht einmal diese blöden Aspirinflaschen öffnen, die kindersicher sind. Und von den Waschmitteldeckeln will ich gar nicht erst reden. Wenn ich es einmal geschafft habe, das Ding abzubekommen, bleibt es auch ab.«

Sie sah, wie seine Lippen erneut amüsiert zuckten, und freute sich, dass sie ihn schon wieder fast zum Lächeln gebracht hatte.

»Stimmt. Was ist mit Wespenspray?«

Skylar blinzelte überrascht zu ihm auf, als sie ihr Zimmer erreichten. »Was?«

»Wespenspray. Das bekommt man überall, und ich gehe davon aus, du findest es nicht so unheimlich wie Pfefferspray.«

Sie runzelte die Stirn. »Es ist nicht unheimlich. Es sind die Wespen, die beängstigend sind.«

»Falsch«, entgegnete er erneut. »Ich meine, nicht wegen der Wespen, ich hasse diese kleinen Mistviecher. Aber Wespenspray ist genauso wirksam wie Pfefferspray, vielleicht sogar noch wirksamer. Es ist so gemacht, dass es auf große Entfernungen genau trifft, sodass man einem Angreifer ins Gesicht oder zumindest in die Brust schießen kann, und das aus großer

Entfernung. Das Spray ist ätzend und brennt wie die Hölle. Das gibt dir die Möglichkeit, Lärm zu machen, dein Telefon zu benutzen, um Hilfe zu rufen oder einfach wegzulaufen. Und jetzt, da ich darüber nachdenke, solltest du das Zeug in deinem Klassenzimmer aufbewahren, für den Fall, dass du in eine Schießerei gerätst.«

Skylar konnte nicht anders, als den Kopf zu schütteln. »Du willst, dass ich Wespenspray von hier zu meinem Wagen auf dem Parkplatz mit mir herumtrage?«

Diesmal zuckte er nicht einmal mit der Wimper. »Nein. Ich möchte, dass du in Sicherheit bist. Dass du tust, was du tun musst, um dich zu schützen. Ich schätze, du verbringst deine ganze Zeit damit, dich um deine Kinder und deren Familien zu sorgen und nicht genügend um dich selbst.«

»Mir geht es gut, Carson«, erklärte Skylar leise und merkte zum ersten Mal, dass er das alles hundertprozentig ernst meinte. Er machte keine Scherze, nicht einmal ein bisschen. Er machte keine unüberlegten Vorschläge.

»Ich will nur, dass es so bleibt«, versicherte er ihr.

»Ich wäre dumm, wenn ich nicht an die Sicherheit meiner Kinder denken würde. Ich würde gern sagen, dass nie jemand nach Eastlake kommt und hier eine Schießerei veranstaltet, aber leider kann ich das nicht. Und ich muss zugeben, dass mir eine Flasche Wespenspray im Klassenzimmer viel lieber ist als mögliche Alternativen.«

»Gut«, entgegnete er mit einem Nicken. »Wir werden uns etwas einfallen lassen, wie du im Dunkeln zu deinem Wagen kommst. Wir werden etwas finden, mit dem du dich wohlfühlst und das trotzdem wirksam ist, falls jemand versucht, dich zu überfallen.«

Skylar wollte nicht daran denken, dass sich jemand auf sie stürzen könnte, also wechselte sie das Thema. »Ich war mir nicht sicher, ob du das mit morgen ernst meinst. Ich habe nichts mehr von dir gehört«, platzte sie heraus.

»Oh, ich meine es ernst«, erwiderte er und sah auch *wirklich* ernst aus. »Ich wollte dich nicht erschrecken, indem ich dein Telefon mit Nachrichten wie ›Ich kann es nicht erwarten, dich zu sehen‹ und ›Ich freue mich auf Samstag‹ bombardiere.«

»Aber du hast meine Telefonnummer nicht«, bemerkte sie unnötigerweise, als sie ihr Klassenzimmer erreichten.

Carson grinste und sein Gesicht leuchtete auf. Skylar wusste, dass sie alles tun würde, um dieses Lächeln in Zukunft öfter auf sein Gesicht zu zaubern.

Er zog sein Handy aus der Gesäßtasche und fummelte einen Moment lang daran herum, seine Finger flogen über die Tasten.

Auf der anderen Seite des Raumes, in ihrer Handtasche, klingelte Skylars Telefon mit dem speziellen Ton, den sie für SMS eingestellt hatte.

»Ich habe deine Nummer«, versicherte Carson ihr.

Skylar konnte den Blick nicht von ihm abwenden. »Oh. Richtig.« Ja natürlich. Sie hatte ihre Nummer angeben müssen, als sie *Silverstone Towing* angerufen hatte, um abgeschleppt zu werden.

»Verdammt, bist du süß«, bemerkte Carson und strich ihr eine Haarsträhne, die sich gelöst hatte, hinters Ohr. »Wie alt bist du?«

»Du meinst, das hast du noch nicht herausfinden können?«, fragte Skylar frech.

Sein Grinsen wurde breiter. »Nein. Ich wollte es von dir *persönlich* erfahren.«

»Ich bin zweiunddreißig«, erklärte sie ihm ohne Umschweife und ihr gefiel, dass er aufrichtig zu sein schien. Dass er mit ihr *reden* wollte, um mehr über sie zu erfahren. »Und bevor du etwas sagst, ich weiß, dass ich jünger aussehe.

Ich denke, das liegt daran, dass ich nicht viel Make-up trage und klein bin. Wie alt bist du?«

»Du bist perfekt, so wie du bist«, versicherte er ihr. »Und ich bin sechsunddreißig. Ich bin einen Meter dreiundachtzig groß und seit fünf Jahren Teilhaber von *Silverstone Towing*.«

»Davor warst du bei der Armee, stimmt's?« Skylar wusste, dass sie ihre Sachen holen sollte, damit sie gehen konnten, aber sie konnte sich nicht zurückhalten, Fragen zu stellen. Sie wollte so viel wie möglich über den Mann wissen, der vor ihr stand. Außerdem würde sie, wenn sie gingen, in ihre langweilige Wohnung zurückkehren müssen. Mit Carson zu reden war viel interessanter und aufregender.

»Ja. Meine Freunde und ich haben zusammen gedient.«

Skylar nickte. »Sind sie so groß wie du?«

Diesmal erntete sie ein Lachen. »Ich bin der Kleinste.«

»Oh Gott«, erwiderte Skylar leise.

Carson sah sich im Klassenzimmer um und sie hielt den Atem an. Es war verrückt zu wollen, dass er von ihrem Zimmer beeindruckt war. Aber sie hatte sich beim Einrichten große Mühe gegeben. Sie hatte viel Arbeit hineingesteckt, um es für ihre Schüler gemütlich und einladend zu gestalten und ihnen dennoch eine Atmosphäre zu bieten, in der sie gut lernen konnten.

»Hier sind aber viele Lastwagen«, stellte er fest.

Skylar grinste. »Ja, meine Schüler in diesem Jahr lieben Lastwagen aller Art. Sie sind geradezu besessen. Zu Beginn des Jahres habe ich ihnen *Der kleine blaue Lastwagen* vorgelesen, und jetzt wollen sie nur noch darüber lesen. Feuerwehrautos, Kipplaster, Sattelschlepper, sogar große alte Pritschenwagen ... sie lieben sie alle.«

»Meinst du, sie ... oder du ... wären daran interessiert, dass *Silverstone Towing* einige unserer Abschleppwagen hierher- bringt, damit sie sie aus erster Hand begutachten können?«, fragte Carson. »Ich weiß nicht, wie so etwas funktioniert und welche Genehmigungen wir dafür benötigen würden. Aber wir könnten sie hinten auf dem Parkplatz parken, und sie könnten sich in die Kabinen setzen, und wir könnten sogar einen Wagen von jemandem ankoppeln, um ihnen das auch zu zeigen ... wenn du denkst, dass es ihnen Spaß machen würde.«

Skylar starrte Carson mit großen Augen an. »Im Ernst?«

»Ja, na klar«, erwiderte er achselzuckend. »Ich hätte es nicht angeboten, wenn ich es nicht ernst meinen würde.«

»Das würde ihnen *wahnsinnig* gefallen!«, rief Skylar fröhlich aus. »Ich könnte ihnen eine ganze Lektion über die Sicherheit im Wagen erteilen und warum Sicherheitsgurte wichtig sind ... du weißt schon, für den Fall, dass es einen Unfall gibt. Und ich könnte erklären, dass Abschleppwagen nötig sind, um die verunglückten Fahrzeuge abzuholen. Vielleicht könnte ich mit den Jungs von der Feuerwehr und sogar mit der Polizei sprechen. Oh, ich wette, die anderen Klassen würden sich auch dafür interessieren! Du könntest mit den älteren Kindern über Berufe und so reden.«

Skylar merkte, dass sie sich verplappert hatte, und wurde verlegen, aber als sie zu Carson aufsah, schien er nicht im Geringsten irritiert zu sein.

»Ich werde mit Eagle, Smoke und Gramps reden. Ich bin sicher, dass sie gern mitkommen.«

»Sind das deine Freunde?«, fragte Skylar.

»Ja. Und Miteigentümer von *Silverstone Towing*. Ich werde dich bald mit ihnen bekannt machen.«

»Ich freue mich schon darauf, sie kennenzulernen«, erwiderte sie ehrlich.

»Komm schon«, sagte er und legte eine Hand unter ihren Ellbogen. »Lass uns deine Sachen holen, damit wir dich nach Hause bringen können.«

Sie bemerkte, dass er das Pluralpronomen benutzte, sprach

ihn aber nicht darauf an. Sie ging zu ihrem Schreibtisch und griff nach ihrer Handtasche. Ihr Zimmer war unordentlich und normalerweise räumte sie es auf, bevor sie ging, damit sie es nicht tun musste, wenn sie am nächsten Morgen zur Arbeit kam, aber sie würde sich am Montag darum kümmern müssen. Im Moment wollte sie Zeit mit Carson verbringen.

Er hatte an der Tür gewartet, während sie ihre Tasche geholt hatte, und sie konnte nicht umhin zu bemerken, dass er sie die ganze Zeit im Auge behielt. Und falls ihre Hüften ein wenig mehr als sonst schwangen, als sie zu ihm zurückging, würde sie es nie zugeben.

Er berührte sie nicht, als sie sich neben ihn stellte, aber er blieb dicht bei ihr, als sie den Flur zurück in Richtung der Tür gingen, die zum Lehrerparkplatz im hinteren Teil des Gebäudes führte. Skylar konnte die Wärme seines Körpers spüren, als er neben ihr ging.

Carson stieß die Tür auf und hielt sie ihr auf, und sie duckte sich unter seinem erhobenen Arm durch, um an ihm vorbeizukommen. In dem Moment, in dem sie den Kopf hob, um einen Blick auf den Parkplatz zu werfen, stieß sie einen überraschten Schrei aus.

»Mein Wagen!«, rief sie aus. Sie drehte sich um und sah Carson an: »Wie kommt mein Wagen hierher? Stan hat gesagt, er würde nicht vor nächster Woche fertig sein!«

»Er hat gelogen«, erklärte Carson ihr. »Ich habe gestern mit ihm gesprochen und es gab nicht viel zu tun. Also hat er es erledigt und ich habe Eagle gebeten, mir zu helfen, ihn hierherzubringen. Ich bringe den Leihwagen zu Stan zurück, wenn du mir den Schlüssel gibst.«

»Aber ... ich habe den Leihwagen noch nicht bezahlt«, bemerkte Skylar besorgt. »Was war mit meinem Wagen los? Ist er jetzt wieder ganz in Ordnung? Muss ich mir Sorgen machen, dass er wieder kaputtgeht?«

»Glaubst du, ich würde dir deinen Wagen zurückbringen, wenn es nicht hundertprozentig sicher wäre, dass du damit fahren kannst?«, fragte Carson in einem fast enttäuschten Ton.

Skylar sah zu ihm auf. »Nun ... ich kenne dich ja eigentlich gar nicht. Und du kennst mich nicht. Warum sollte dich das interessieren?«

»Es interessiert mich aber«, antwortete er sofort. »Ich verstehe zwar nicht warum, wenn ich dich noch nicht so lange kenne, aber ich tue es. Und es spielt keine Rolle, was daran kaputt war. Dein Wagen ist jetzt in Ordnung.«

Skylar kniff die Augen zusammen. »Du hast doch nicht eine dieser übertriebenen Alphasachen gemacht und Stan gesagt, er solle den ganzen Motor überholen, um mir dann zu erzählen, dass es nur ein bisschen verschüttetes Öl oder so war, das das komische Geräusch verursacht hat, oder?«

»Du brauchst einen zuverlässigen Wagen«, erklärte er ihr, ohne auf ihre Frage einzugehen. Kein einziger Muskel in seinem Gesicht zuckte, aber Skylar wusste irgendwie, dass er genau das getan hatte.

Sie seufzte. Sie könnte wütend sein und mit dem Fuß aufstampfen und verlangen, dass sie erfährt, was gemacht wurde und wie viel es gekostet hatte, aber sie hatte das Gefühl, dass Carson es ihr nicht sagen würde.

Sie konnte sich nicht gerade eine hohe Rechnung leisten. Ihr Vater würde sicherlich helfen, die Kosten für die Reparatur zu übernehmen, aber sie hasste es, sich an ihn wenden zu müssen. Sie war erwachsen, und ihre Eltern hatten in ihrem Leben schon mehr als genug für sie getan. »Ich rufe Stan morgen an und bezahle ihn«, erklärte sie stattdessen.

Überraschenderweise nickte Carson nur.

Sie zog eine Augenbraue hoch. »Du meinst, du hast es nicht schon bezahlt?«

Diesmal zuckten seine Lippen amüsiert und Skylar wusste,

dass sie in Schwierigkeiten steckte. Ein Lächeln von ihm, und sie würde ihm alles verzeihen.

»Nein. Ich wusste, du würdest sauer werden, wenn ich so was machen würde.«

»Ich weiß es zu schätzen, dass du es mir gesagt hast«, erklärte sie ihm.

»Ich dachte mir, wenn ich es dir heute Abend bringe, müssen wir morgen nicht unsere Zeit damit verschwenden, uns damit zu befassen.«

»Wo wir gerade dabei sind ... wo gehen wir hin? Um wie viel Uhr? Was soll ich anziehen? Soll ich dich irgendwo treffen? Muss ich etwas mitbringen?«

Carson lachte amüsiert. »Du hast dir darüber Gedanken gemacht, nicht wahr?«

»Nein«, entgegnete Skylar sofort und zog die Nase kraus. »Vielleicht. Ich bin jemand, der gern Pläne macht. Das ist mein Job.«

»Ich würde dich gern damit überraschen, wohin wir gehen, wenn das in Ordnung ist. Ich dachte, ich könnte dich gegen halb zwölf abholen, wenn das geht. Was die Klamotten betrifft, zieh was Bequemes an. Und du musst nur dich selbst mitbringen«, erwiderte er.

»Sind Jeans okay?«, fragte sie. »Da ich sie bei der Arbeit nicht tragen kann, ziehe ich mich an den Wochenenden lieber bequem an. Aber ich kann auch ein Kleid oder einen Rock tragen, wenn es nötig ist.«

Ihr gefiel die Art, wie Carson sie ansah. Als konnte er nicht glauben, dass sie tatsächlich vor ihm stand. Als wäre sie in diesem Moment das Wichtigste auf der Welt. Er sah sich nicht um, obwohl sie das Gefühl hatte, dass er jeden Wagen, der vorbeifuhr, und jedes Stück Müll, das auf dem Parkplatz herumwehte, genauestens wahrnahm.

»Jeans sind perfekt«, versicherte er ihr.

»Okay. Elf Uhr dreißig. Das kriege ich hin«, erklärte sie ein wenig nervös. Verdammt, wenn er gesagt hätte, er käme um sechs Uhr morgens, hätte sie zugestimmt.

»Komm schon«, sagte er und legte eine Hand auf ihren Rücken, um sie zu ermutigen, zu ihrem Wagen zu gehen.

Seine Hand schien durch ihre Bluse zu brennen, aber auf eine gute Art. Als sie neben ihm ging, fühlte Skylar sich sicher. Sie brauchte sich nicht umzusehen, brauchte sich nicht zu fragen, ob sich jemand hinter ihrem Wagen versteckte oder irgendwie eingebrochen war und auf dem Rücksitz auf sie wartete. Sie wusste, dass er sie für naiv hielt, und das war sie in vielerlei Hinsicht auch, aber sie übertrieb es, wenn sie nach dem Einkaufen oder der Arbeit in ihren Wagen stieg.

Er öffnete die Fahrertür ihres nun makellosen Corolla und sie stieg mit einem Lächeln ein. Keuchend stellte sie fest, dass der Wagen sowohl innen als auch außen gründlich gereinigt worden war. Er roch frisch und sauber, und sie konnte kaum glauben, dass es ihr alter, ramponierter Toyota war.

»Wow, er sieht toll aus«, erklärte sie.

»Lass ihn an«, befahl Carson.

Also steckte sie den Schlüssel ins Zündschloss und grinste, als sie merkte, wie leicht und leise der Motor ansprang. »Wow.« Skylar drehte sich zu Carson um. »Hat Stan etwa den ganzen Motor überholt?«

Er lachte. »Nicht dass ich wüsste. Er hat nur ein paar Dinge gesäubert und Zündkerzen und so weiter ausgetauscht.«

Skylar wusste, dass das nicht alles war, was an ihrem alten Wagen gemacht wurde, aber sie war mehr als dankbar. »Danke«, hauchte sie.

»Ich habe nichts gemacht«, wehrte Carson ab.

»Aber du hast mich zu Stan gebracht. Und ich bin mir sicher, dass du dich mit ihm mindestens einmal über meinen Wagen unterhalten hast, und deshalb läuft er jetzt so gut. Und du hast ihn zu mir gebracht, damit ich mich nicht um die Rückholung kümmern muss. *Und* du willst den Leihwagen zurückbringen. Also ... danke.«

»Gern geschehen«, sagte Carson zu ihr. »Ist es okay, wenn ich dir nach Hause folge, um mich davon zu überzeugen, dass mit deinem Wagen alles in Ordnung ist?«

Skylar hatte keinen Zweifel daran, dass er sich bereits vergewissert hatte, dass mit ihrem Wagen alles in Ordnung war, aber sie hatte auch kein Problem damit, dass er ihr folgte ... schon wieder. »Ja«, versicherte sie ihm.

»Gut. Fahr vorsichtig. Wir sehen uns morgen um elf Uhr dreißig«, sagte er, bevor er die Tür schloss und zu seinem roten Altima ging, der zwei Plätze weiter parkte.

Fünfzehn Minuten später winkte Skylar Carson erneut aus ihrer Wohnungstür zu. Er hob, wie schon beim letzten Mal, zwei Finger und fuhr vom Parkplatz. Als Skylar die Tür schloss, erinnerte sie sich an die Nachricht, die Carson ihr geschickt hatte, als sie in ihrem Klassenzimmer gewesen waren. Sie hatte sich erst jetzt wieder daran erinnert.

Als sie vor der geschlossenen und verschlossenen Tür stand, holte sie ihr Handy heraus.

Ich kann es nicht erwarten, dich wiederzusehen. Ich freue mich schon auf Samstag.

Sie lächelte. Er hatte ihr gesagt, dass er sie nicht erschrecken wollte, indem er ihr eine Reihe von Nachrichten schickte, in denen genau das stand. Sie tippte eine kurze Antwort ein und speicherte seine Kontaktinformationen.

Skylar: **Geht mir genauso.**

Ohne sich darum zu kümmern, dass es Freitagabend war und sie ihn wieder einmal allein in ihrer Wohnung verbrachte, steckte Skylar ihr Handy zurück in ihre Handtasche und zog sich ihren Schlafanzug an. Morgen hatte sie eine Verabredung.

Mit einem Mann, der immer besser zu werden schien, je besser sie ihn kennenlernte.

Skylar wusste, dass niemand perfekt war. *Sie* war es sicher nicht. Aber zum ersten Mal seit Langem hatte sie große Hoffnungen, dass es vielleicht, nur vielleicht, mit Carson klappen könnte.

KAPITEL FÜNF

Bull fuhr um elf Uhr fünfzehn bei Skylars Wohnanlage vor. Er war zu früh dran, aber er hatte alles getan, was ihm einfiel, um es hinauszuzögern, damit er nicht schon Stunden vor der verabredeten Zeit ankam. Als er an diesem Morgen aufgewacht war, war sein allererster Gedanke, dass er heute ein paar Stunden mit Skylar verbringen würde.

Er hatte ihre Nachricht am Abend zuvor erhalten, und obwohl sie nur drei Worte lang war, hatte er sich richtig gut gefühlt, als er ihre Antwort auf seinem Handy gesehen hatte. Es war lächerlich. Sie könnte sich als Psychopathin entpuppen, aber das glaubte er nicht.

Nachdem er am Vortag Shawn Archer getroffen und gehört hatte, wie wunderbar Miss Reid war und dass er ohne ihre Hilfe mit Sandra am Nachmittag nach der Schule nicht in der Lage wäre, seine Arbeit zu machen, wusste Bull, dass sein Gefühl ihr gegenüber genau richtig war.

Er hatte noch keine Zeit gehabt, mit Archer ausführlich über seine Situation zu sprechen, aber er hatte kurz erwähnt, dass *Silverstone Towing* vielleicht einen Mitarbeiter suchte, der mehrere Aufgaben gleichzeitig ausführen konnte. Die Augen des anderen Mannes hatten aufgeleuchtet und er hatte gesagt, dass er auf jeden Fall interessiert sei. Bull hatte sich seine Telefonnummer geben lassen und ihm versichert, er würde sich melden. Sie mussten noch einige Nachforschungen über den Mann anstellen, um sich davon zu überzeugen, dass er eine saubere Weste hatte, aber nach dem zu urteilen, was Skylar Bull erzählt hatte, und angesichts dessen, wie hart der Mann arbeitete, um seiner Tochter ein sicheres Dach über dem Kopf und genügend Nahrung zu geben, hatte Bull das Gefühl, dass er sich perfekt als Mitarbeiter für *Silverstone Towing* eignen würde.

Aber im Moment war der Gedanke, Archer einzustellen, nicht seine höchste Priorität. Bull konnte an nichts anderes denken als an Skylar. Er war nervös wegen der Verabredung. Er, *nervös*. Es war Wahnsinn. Er war ein ehemaliger Soldat, der in den härtesten Kämpfen gekämpft hatte und in der ganzen Welt unterwegs gewesen war, wo er es mit einigen richtig bösen Typen zu tun bekommen hatte.

Wie er nervös sein konnte, weil er ein paar Stunden mit einer Frau zusammen sein würde, war Bull ein Rätsel. Aber das änderte nichts an der Situation. Er hatte lange über seine Pläne für die heutige Verabredung nachgedacht. Er wollte nicht, dass es so aussah, als würde er sich zu sehr anstrengen, aber andererseits wollte er auch nicht, dass sie dachte, er würde sich gar nicht bemühen, sie zu beeindrucken.

Bull verdrehte innerlich die Augen, weil er sich so lächerlich benahm, stellte seinen Wagen ab und atmete tief durch. Er war früh dran. Er hätte noch zehn Minuten auf dem Parkplatz warten können, bevor er nach oben ging und an Skylars Tür klopfte, aber das erschien ihm albern. Er war da, und er wollte keinen Moment länger warten, um sie wiederzusehen.

Bull stieg aus seinem Altima, atmete tief durch und ging die

Außentreppe in den ersten Stock hinauf. Die Southpoint Apartments hatten alle Außentüren. Es sah fast wie ein Motel aus, da alle Türen zum Parkplatz hin gingen.

Als er auf dem Weg zu Skylars Wohnung an einer der Türen vorbeikam, öffnete sich diese und eine lateinamerikanische Frau mittleren Alters streckte den Kopf heraus.

»Du musst Carson sein«, sagte sie mit einem Lächeln. Ihr fehlte ein Vorderzahn, aber das tat ihrer freundlichen Ausstrahlung keinen Abbruch.

»Der bin ich«, erwiderte er mit einem höflichen Nicken.

Dann öffnete sich die Tür auf der anderen Seite von Skylars Wohnung und eine afroamerikanische Frau trat auf den Korridor hinaus. Sie war etwa einen Meter achtzig groß und sehr schlank. »Bist du Carson?«, fragte sie, etwas weniger freundlich als die erste Frau.

Bull wusste nicht, warum oder woher diese Frauen zu wissen schienen, wer er war, aber da sie Skylars Nachbarinnen waren, wollte er nichts Unhöfliches tun oder sagen. Er erinnerte sich daran, wie Skylar gesagt hatte, dass die Leute, die in ihrem Haus wohnten, zusammenhielten. »Ja«, antwortete er der zweiten Frau.

Sie verschränkte die Arme über ihren ziemlich eindrucksvollen Brüsten und warf ihm einen bösen Blick zu, als er vor Skylars Tür stehen blieb.

»Sky ist eine gute Frau«, erklärte sie und verriet Bull damit nichts Neues. »Manchmal ist sie etwas naiv in Bezug auf die Dinge um sie herum, aber sie ist gutherzig. Behandele sie genauso gut, oder du wirst dich vor uns verantworten müssen.«

Bevor Bull etwas erwidern konnte, öffnete sich Skylars Tür und sie trat hinaus. »Tiana, lass Carson in Ruhe. Ich will auf keinen Fall, dass du ihn vergraulst, bevor wir überhaupt unsere erste Verabredung hatten.« Dann wandte sie sich an die Frau auf der anderen Seite. »Maria, hast du dich benommen?«

Sie hob abwehrend die Hände. »Hey, ich habe doch nur gefragt, ob er deine Verabredung ist. Es ist wahrscheinlich gut, dass Susan nicht zu Hause ist«, erwiderte Maria und deutete auf die Tür neben ihrer eigenen. »Sie ist noch beschützerischer als wir. Außerdem ist Tiana immer schlecht gelaunt.«

»Du weißt, dass du genauso schlecht gelaunt bist«, spottete Tiana, und Bull fühlte sich langsam, als stünde er zwischen zwei Hunden, die um einen saftigen Knochen kreisen. Er wandte den Kopf zwischen den beiden Frauen hin und her, während sie sich gegenseitig neckten.

»Vielleicht, vielleicht auch nicht, aber wenigstens bin ich Skys Verabredung nicht gleich bei seiner Ankunft an die Gurgel gesprungen!«

»Ich will nur sichergehen, dass er sie gut behandelt. Sie ist schon ewig nicht mehr mit jemandem ausgegangen, und sie braucht auf keinen Fall irgendeinen Vollidioten, der ihr bei der ersten Verabredung gleich an die Wäsche will.«

»Ich würde am liebsten im Erdboden versinken«, flüsterte Skylar, und Bull ignorierte die beiden anderen Frauen, um sich die Frau anzusehen, die ihm nicht mehr aus dem Kopf ging. Sie trug eine Jeans, die jede Kurve ihrer Beine umschmeichelte. Ein Paar Riemchensandalen verlieh ihr zusätzliche sieben Zentimeter Höhe. Sie trug eine waldgrüne Bluse mit ausgeschnittenen Schultern, und der Anblick ihrer cremefarbenen Haut – mit ein paar Sommersprossen – weckte in ihm den Wunsch, mit seinen Lippen über ihre Schulter zu streichen, um herauszufinden, ob sie so weich war, wie sie aussah.

Und ihr kastanienbraunes Haar fiel ihr bis zu den Schultern. Es war das erste Mal, dass er es offen und ohne den Dutt sah, den sie bei ihren letzten beiden Begegnungen getragen hatte. Die Strähnen umrahmten ihr hübsches Gesicht ... und Bull wollte seine Hand in die üppigen Strähnen schieben und sie so richtig küssen.

Er hörte vage, wie Tiana und Maria sich immer noch stritten, aber er hatte nur Augen für Skylar. »Du siehst wunderschön aus«, erklärte er ihr.

Sie sah auf und begegnete seinem Blick. »Danke. Du siehst auch gut aus.«

Bull trug eine Jeans, seine üblichen schwarzen Arbeitsstiefel und ein marineblaues, kurzärmeliges Polohemd. Für ihn war das schick.

Er wollte unbedingt mit der Verabredung beginnen, aber zuerst wollte er Skylar die Nervosität nehmen, die er ihr ansehen konnte. Er drehte den Kopf und unterbrach Tiana mitten im Satz. »Ich nehme an, ihr steht Skylar nahe und wollt das Beste für sie«, sagte er zu den beiden Frauen.

Sie starrten ihn einen Moment lang an und nickten dann.

»Also solltet ihr wissen, dass ihr sie in Verlegenheit bringt – und das ist nicht in Ordnung. Wir gehen zum Mittagessen, nicht zu einem mittäglichen Stelldichein in einem Stundenhotel. Wir werden reden und uns besser kennenlernen. Ich hoffe, dass es ihr gefällt und sie Ja sagt, wenn ich sie wieder um eine Verabredung bitte. Aber wenn ihr ihr von vornherein ein schlechtes Gewissen macht, weil sie sich mit mir verabredet hat, wird sie vielleicht beschließen, dass es sich nicht lohnt, sich mit mir zu treffen. Ich bin sicher, sie wird euch alles über mich und unsere gemeinsame Zeit erzählen, wenn sie nach Hause kommt.«

»Und ob sie das wird«, erwiderte Tiana.

»Wir wollten nur sichergehen, dass du weißt, dass Sky Leute hat, die auf sie aufpassen«, fügte Maria hinzu.

»Das ist offensichtlich. Und obwohl ich froh bin, dass ihr beide ihr Rückendeckung gebt, ist es ihr unangenehm, wenn wir über Sky reden, während sie hier ist. Ich weiß, dass ihr beide ihr am Herzen liegt und dass ihr euch umeinander kümmert, was ich zu schätzen weiß. Aber ihr müsst jetzt aufhören, damit ich nicht etwas sage, das Skylar verärgert und die Sache aus dem Ruder laufen lässt.«

Er war erleichtert, als sowohl Tiana als auch Maria grinste.

»Er ist gar nicht so schlecht«, entgegnete Tiana. »Viel Spaß, Sky. Wir unterhalten uns, wenn du zurückkommmst.«

»Tu nichts, was ich nicht auch tun würde«, warf Maria ein.

Sie winkten beide und verschwanden hinter ihrer jeweiligen Tür.

»Wow, tut mir leid«, erklärte Skylar, als sie wieder allein waren.

Bull wusste, dass beide Frauen sie vermutlich durch die Vorhänge weiter beobachteten. »Mir tut es nicht leid«, entgegnete er. »Ich bin froh, dass du so gute Freundinnen hast, die auf dich aufpassen.«

Sie lachte leise. »Würdest du es als aufpassen bezeichnen? Ich dachte, sie würden versuchen, dich mir abspenstig zu machen.«

Bull war froh, dass sie die Verlegenheit, die sie vorhin empfunden hatte, abschütteln konnte. Es machte ihm nichts aus, ihr zu versichern, dass ihre Freundinnen ihn nicht störten, aber wenn sie sich weiterhin für sie entschuldigte oder sich von ihrem Verhalten die Laune verderben ließe, hätte das keine guten Aussichten für ihre Beziehung bedeutet.

Und ja, er würde das, was zwischen den beiden vor sich ging, bereits als eine Beziehung einstufen.

»Bist du bereit zu gehen?«, fragte er.

Skylar nickte. »Ja. Verrätst du mir, wohin wir gehen?«

»Noch nicht«, entgegnete er, als sie auf den Treppenabsatz trat und sich umdrehte, um ihre Tür abzuschließen.

Bull öffnete den Mund, um sie daran zu erinnern, dass es nicht klug war, einem Mann, den sie gerade erst kennengelernt hatte, den Rücken zuzukehren, dass er sie leicht in ihre Wohnung drängen und sie überwältigen konnte, aber die

Worte blieben ihm im Hals stecken. Denn obwohl er ihre Jeans schon von vorn fantastisch gefunden hatte, war das nichts im Vergleich dazu, wie sie aus diesem Winkel aussah. Ihr Hintern war prall und perfekt, und es kostete Bull alles an Selbstbeherrschung, was er aufbringen konnte, nicht die Hände auszustrecken, um ihn zu berühren.

Sie drehte sich um und er wusste, dass sie ihn dabei erwischt hatte, wie er auf ihren Hintern starrte. Aber er entschuldigte sich nicht und ihre Wangen röteten sich zwar leicht, doch sie sprach ihn nicht darauf an.

Er gab ihr ein Zeichen, vor ihm zu gehen, und er konnte nicht widerstehen, seine Hand auf ihren Rücken zu legen, als sie zur Treppe gingen. Als sie an seinem Wagen ankamen, öffnete er ihr die Tür und wartete, bis sie eingestiegen war, bevor er sie schloss und zur Fahrerseite ging.

Als er saß, ließ er nicht sofort den Motor an, sondern drehte sich um und sah Skylar an. »Tut mir leid, dass ich zu früh dran war«, entschuldigte er sich bei ihr. »Ich konnte es einfach nicht erwarten.«

Sie lächelte ihn an. »Ist schon okay. Ich war schon vor eineinhalb Stunden fertig und bin in meiner Wohnung auf und ab gegangen, weil ich auf dich gewartet habe.«

Erleichtert seufzend nickte Bull. »Wenn du mich fragst, ich mag deine Freundinnen.«

Skylar schüttelte den Kopf. »Sie sind ein bisschen frech, aber sie haben das Herz am rechten Fleck.«

»Du hast Glück, dass du deinen Nachbarinnen nahestehst.«

»Ich meine, wir hängen nicht zusammen ab oder so. Wir unterhalten uns eher, wenn wir uns zufällig sehen, und teilen uns gegenseitig mit, wenn in der Wohnanlage etwas passiert ist.«

»Ich *kenne* meine Nachbarn nicht einmal«, entgegnete Bull. »Ich glaube, einer ist ein älterer Herr und der andere ist eine

Frau, die viel zu viel arbeitet, weil ich sie buchstäblich nie sehe.«

»Carson?«

»Ja?«

»Tiana hatte in einem Punkt recht ... es ist schon lange her, dass ich eine Verabredung hatte. Ich verbringe die meiste Zeit mit fünfjährigen Kindern. Wenn ich etwas Unangemessenes tue oder sage, könntest du bitte darüber hinwegsehen und mich nicht für eine Spinnerin halten?«

Bull konnte sich ein Lachen nicht verkneifen. »Für mich ist es auch eine lange Zeit gewesen. Ich dachte mir, dass ich es heute einfach mal ruhig angehen lasse. Kein übertriebenes Getue, um dich zu beeindrucken. Nicht weit von der Arbeit entfernt gibt es ein Restaurant, das die besten Gerichte serviert, die ich je gegessen habe. Ich dachte, wir könnten dorthin fahren, und wenn du Interesse hast, zeige ich dir dann *Silverstone Towing*. Aber wenn du direkt nach Hause zurückkehren willst, ist das auch okay.«

Er beobachtete, wie sie sich auf dem Sitz neben ihm sichtlich entspannte. »Das klingt gut.«

Bull wollte nichts weiter tun, als dazusitzen und sie anzustarren, und zwang sich, den Motor anzulassen und aus der Parklücke zu fahren. Er war sich durchaus bewusst, dass er und Skylar wahrscheinlich von ihren Nachbarinnen beobachtet wurden. Es fühlte sich ein bisschen so an wie damals in der Highschool, als er mit seiner Verabredung im Wagen rummachen wollte, aber wusste, dass ihr Vater oder ihre Brüder von zu Hause aus zusahen.

Sie unterhielten sich, während er zum Restaurant fuhr. Er bog auf den Parkplatz ein und zuckte beim Anblick des Lokals zusammen. Das Dach musste repariert werden und das Schild über der Tür hatte schon bessere Tage gesehen. Dinge, die ihn normalerweise nicht interessierten und die ihm auch nicht auffielen. Und er hatte nicht gelogen, *Rosie's Diner* hatte mit die leckersten Gerichte in der Gegend. Er hatte schon sehr viel Zeit in dem Restaurant verbracht.

Er parkte und eilte um den Wagen herum, um Skylars Ellbogen zu nehmen, als sie ausstieg. Er schloss ihre Tür und ging, nachdem er sich vergewissert hatte, dass sich keine Herumtreiber auf dem Parkplatz aufhielten, etwas hinter ihr zur Tür. Als er sie öffnete, machte Bull sich auf die Begrüßung gefasst, von der er wusste, dass sie kommen würde.

»Bull!«, rief eine laute und ungestüme Stimme, nachdem er hinter Skylar eingetreten war. Eine große, schlanke Frau eilte hinter dem Tresen hervor. Sie packte ihn an den Armen und gab ihm einen Luftkuss auf beide Wangen. »Ich habe dich schon ewig nicht mehr gesehen ... wie lange ist es her, eine Woche oder so?«

»Frechdachs.« Bull grinste. Dann zeigte er auf Skylar. »Rosie, ich möchte dir jemanden vorstellen. Das ist Skylar. Sie ist Kindergärtnerin drüben in Eastlake. Skylar, das ist Rosie Spencer. Ihr gehört der Laden und sie führt ihn mit eiserner Faust.«

»Ach, du«, erklärte Rosie und gab Bull einen Klaps auf den Arm. Dann drehte sie sich zu Skylar um. Bull verkrampfte leicht; wie Skylars Nachbarinnen nahm Rosie kein Blatt vor den Mund. Wenn sie jemanden mochte, ließ sie es jeden schnell wissen. Aber wenn man ihr auf die Nerven ging, war's das. Man bekam nie eine zweite Chance und sie hatte kein Problem damit, einem mitzuteilen, dass man nicht auf der Liste ihrer Lieblingsmenschen stand.

Aber er hätte sich keine Sorgen machen müssen.

»Ich freue mich, dich kennenzulernen«, begann Skylar, bevor Rosie etwas sagen konnte. »Carson hat mir wunderbare Dinge über dieses Restaurant erzählt. Und ich bezweifle nicht, dass er hundertprozentig ehrlich war, denn in Anbetracht der leckeren Düfte werde ich mir eine Matratze mitbringen und für den Rest meines Lebens hier wohnen wollen.«

Rosie lachte und Bull konnte sehen, dass Skylar mit nur wenigen Sätzen einen weiteren Fan gewonnen hatte. »Carson, hm?«, fragte Rosie. Sie warf Bull einen Seitenblick zu, bevor sie sich wieder an Skylar wandte. »Du bist also Kindergärtnerin?«

Skylar nickte. »Ja, drüben in Eastlake.«

»Das ist ein raues Viertel«, bemerkte Rosie.

»Mal ehrlich, warum sagen das alle?«, beklagte Skylar sich gut gelaunt. »Ich meine, ja, in dem Viertel gibt es ein paar Probleme, aber die Kinder sind nicht schuld daran. Sie sind sehr klug und saugen jedes bisschen Information auf, das sie bekommen können. Wenn die Leute nicht nur auf ihre Hautfarbe achten würden, darauf, wie viel Geld ihre Eltern verdienen, oder darauf, wo sie wohnen, dann würden sie keinen Unterschied zwischen ihnen und den Kindern sehen, mit denen ich in Carmel aufgewachsen bin.«

Rosie nickte und sah wieder zu Bull hinüber. »Ich mag sie. Geh schon, Bull, such dir einen Platz aus und ich schicke so schnell wie möglich jemanden vorbei. Es ist schön, dich wiederzusehen.«

»Danke, Rosie«, erwiderte Bull und legte Skylar noch einmal die Hand auf den Rücken. Er nutzte jeden Vorwand, um sie zu berühren. Es war noch zu früh, um ihre Hand zu halten oder seinen Arm um ihre Schultern oder Taille zu legen, also musste er sich damit begnügen, sie zu einem Tisch an der Seite des Restaurants zu führen.

Er wartete, bis sie sich auf der einen Seite des Tisches niedergelassen hatte, bevor er sich auf der anderen Seite hinsetzte. Er stützte die Ellbogen auf den Tisch und musterte sie.

»Anscheinend kennst du Rosie ziemlich gut«, stellte sie fest.

»Ich komme schon seit fünf Jahren hierher, seit wir mit

Silverstone Towing angefangen haben. Wie du von außen sehen kannst, sieht es nicht nach etwas Besonderem aus. Aber als ich im Vorbeifahren diesen unglaublichen Duft gerochen habe, musste ich einfach umdrehen und reingehen, um es mir anzusehen. Nach der ersten Mahlzeit war ich süchtig.«

»Er ist wie ein Streuner, den wir nicht mehr loswerden«, sagte eine Frau neben ihrem Tisch.

Bull sah auf und lächelte. Er stand auf und umarmte sie, bevor er sich wieder hinsetzte. »Skylar, das ist Julie. Sie ist eine von mehreren Kellnerinnen, die hier arbeiten.«

»Hi«, begrüßte Skylar sie. »Freut mich, dich kennenzulernen.«

»Gleichfalls«, entgegnete Julie. »Weißt du schon, was du willst?«

»Oh!«, erwiderte Skylar überrascht. »Ich hatte noch gar keine Gelegenheit, in die Speisekarte zu schauen.«

»Du solltest Bull für dich bestellen lassen. Er hat buchstäblich jedes Gericht auf der Speisekarte probiert. Er wird dir nichts Falsches empfehlen.«

»Julie, das ist unsere erste Verabredung«, sagte Bull zu ihr. »Ich bin sicher, dass Skylar es vorziehen würde, ihr Gericht selbst auszusuchen. Ich weiß noch nicht einmal, was sie mag und was nicht.«

»Bist du gegen irgendetwas allergisch?«, fragte Julie Skylar.

»Nein.«

»Vegetarierin?«

»Nein.«

»Musst du glutenfrei oder kohlenhydratarm essen, oder machst du eine Diät?«

»Nein, nein und nein«, entgegnete Skylar mit einem Lächeln.

»Dann ist ja alles in Ordnung«, sagte Julie zu Bull.

Da er wusste, dass die ältere Frau nicht von der Seite ihres

Tisches weichen würde, bis sie bestellt hatten, gab Bull nach.
»Ich hätte gern ein Wasser und ich nehme die Nummer vier.
Ich glaube, für die Dame die Nummer zehn.«

»Gute Wahl«, sagte Julie. »Und zu trinken?«, fragte sie und
sah Skylar an.

»Eistee bitte.«

»Kommt sofort«, teilte Julie ihnen mit. Sie hatte die Bestellung nicht notiert und drehte sich um, um der Köchin ihre
Bestellung zu geben und die Getränke vorzubereiten.

»Also, was hast du für mich bestellt?«, fragte Skylar.

»Tut mir leid wegen der Inquisition«, bemerkte Bull. »Vielleicht war das keine so gute Idee. Ich hätte dich ins *Chili's* oder
TGI Fridays oder so mitnehmen sollen.«

Sie griff über den Tisch und legte ihre Hand auf seine. »Es
ist in Ordnung. Das hier ist großartig. Ich bin nicht so wählerisch, und ich weiß, dass mir alles schmecken wird, was du für
mich bestellt hast.«

»Ich habe mir ein Gyros mit Tsatsiki bestellt, und für dich
habe ich das Philly Cheesesteak genommen.«

»Lecker«, sagte Skylar. »Hast du wirklich alles auf der Speisekarte gegessen?«

»Ja«, erklärte Bull ihr. »Es ist auch alles fantastisch.«

Sie sahen sich einen Moment lang an, dann war Julie mit
ihren Getränken da.

Nachdem sie gegangen war, beugte Bull sich noch einmal
vor. Er hätte Skylar ewig ansehen können. Er würde sich wohl
nie an ihr sattsehen können.

»Frag mich irgendetwas«, sagte er.

»Was?«

»Frag mich alles, was du möchtest«, wiederholte er. »Ich
will nicht, dass das hier seltsam wird. Ich möchte, dass du das
Gefühl hast, mit mir über alles reden zu können, was dir am
Herzen liegt.«

Sie lachte. »Was mir am Herzen liegt? Wer redet so?«

»Ich glaube, das habe ich gerade«, teilte Bull ihr mit.

»Also gut. Warum nennen die Leute dich Bull? Sandra hat mich gefragt, warum du so einen komischen Namen hast, und ich musste ihr gestehen, dass ich es nicht weiß. Ich habe versprochen, nachzufragen und ihr zu berichten.«

Bull wusste, dass er bei dieser Frage wie ein Verrückter lächelte, aber er konnte es nicht verhindern. Er hatte noch nie so viel gelächelt wie in ihrer Gegenwart. Sie hatte eine unheimliche Fähigkeit, ihn zu überraschen. Er hoffte, das würde sich nie ändern. »Ich habe den Spitznamen bekommen, als ich beim Militär war. Ich bin ein guter Schütze. Ich treffe jedes Mal ins Schwarze.« Er zuckte mit den Schultern. »Aus Bullseye wurde schließlich Bull, und das ist hängengeblieben.«

»Ich nehme an, das ist besser als das, was Sandra vermutet hat.«

Nachdem sie ihm einige der Dinge erzählt hatte, die das kleine Mädchen vorgeschlagen hatte, musste Bull ihr zustimmen.

»Jetzt du«, sagte Skylar.

»Jetzt ich was?«

»Frag mich was. Ist es nicht so, dass diese Dinge so ablaufen sollten?«

»Diese Dinge? Du meinst Verabredungen?«, fragte Bull.

»Ja.«

»Nun, da es schon sehr lange her ist, dass ich eine Verabredung hatte, weiß ich es nicht. Ich will nicht, dass sich das wie eine Fragestunde anfühlt«, gab er zu.

»Wenn du mir Fragen stellst, fühle ich mich besser, wenn ich dir Fragen stelle«, erwiderte Skylar.

»Wolltest du schon immer Kindergärtnerin werden?«, fragte er sofort, um zu verhindern, dass sie sich auch nur einen Moment lang unwohl fühlte.

Und damit war das Eis gebrochen. Julie brachte ihnen ihre Mahlzeit, und während sie aßen, stellten und beantworteten sie Fragen und lernten einander kennen ... und je mehr Bull über Skylar erfuhr, desto unruhiger wurde er.

Sie war lustig, hübsch, bodenständig, und sie schien keine gefährlichen Laster zu haben. Er konnte nichts finden, was ihn nicht faszinierte.

Bull seinerseits verbarg ein großes Geheimnis vor ihr. Es passte ihm nicht, aber er konnte nicht einfach damit herausplatzen, dass er und seine Freunde einem Killerkommando angehörten. Er hatte das ungute Gefühl, dass es das Einzige sein könnte, was ihre Beziehung kaputt machen könnte. Und das wollte er auf keinen Fall, wo es doch so gut zu laufen schien.

Schließlich beschloss er, ihr diese Seite von sich zu verschweigen, bis er sicher war, dass es zwischen ihnen klappen würde. Wer wusste schon, ob sie nicht in ein oder zwei Wochen oder ein paar Monaten herausfinden würden, dass sie nicht so gut zueinanderpassten, wie es in diesem Moment schien. Nur weil er nichts finden konnte, was ihn zur Flucht bewegte, hieß das nicht, dass eine langfristige Beziehung zu erwarten war.

Es gab keinen Grund, ihr zu sagen, was er für seine wahre Bestimmung im Leben hielt ... noch nicht.

»Ich kann es kaum erwarten, deine Freunde kennenzulernen. Die hören sich ja witzig an. Kannst du mir mehr über sie erzählen?«, fragte Skylar.

Bull nahm einen großen Schluck Wasser, spülte den letzten Rest seines Gyros hinunter und lehnte sich in seinem Sitz zurück. »Kellan, auch bekannt als Eagle, ist genauso alt wie ich, und wir sind vom Aussehen her völlig gegensätzlich. Er ist heller als ich ... mit seinen blonden Haaren und blauen Augen sieht er eher wie ein Surfer aus, und ich sehe aus, als könnte ich einer von Darth Vaders Schergen sein.«

»Irgendwie siehst du aus wie ein böser Junge«, sagte Skylar grinsend. »Aber stehen Frauen nicht auf so etwas?«

»Ich weiß nicht, tun sie das?«, fragte Bull.

»Na ja, ich anscheinend schon«, erwiderte Skylar ein wenig schüchtern.

Sie saßen da und sahen sich einen Moment lang tief in die Augen, bevor Bull fortfuhr, seine Freunde zu beschreiben. »Eagle hat die einzigartige Fähigkeit, jeden wiederzuerkennen, nachdem er die Person oder ein Bild von ihr nur einmal gesehen hat. Es ist eigentlich ziemlich verblüffend.«

»Wow, das ist erstaunlich. Ich wette, er wäre großartig bei einer polizeilichen Gegenüberstellung oder als Zeuge bei einem Verbrechen.«

Sie wusste nicht, wie nahe sie damit der Wahrheit kam. Bull fuhr fort: »Smoke – der eigentlich Mark heißt – ist achtunddreißig, und wenn du ihn kennenlernst, weißt du, warum er seinen Spitznamen hat. Er ist völlig durchschnittlich. Mit seinen Einsfünfundachtzig, dem unscheinbaren braunen Haar und den braunen Augen sieht er aus wie die meisten Männer. Er scheint einfach in einer Menschenmenge zu verschwinden.«

»Wie eine Rauchwolke, richtig?«, fragte Skylar.

Bull nickte. »Ja. Im einen Moment ist er noch neben dir und im nächsten ist er weg. Am besten spielt man niemals Verstecken mit Smoke ... da verliert man nämlich garantiert«, erklärte Bull lächelnd.

»Verstanden. Kein Versteckspiel. Passt«, neckte Skylar ihn. »Was ist mit Gramps? Ich nehme an, er ist der Älteste im Bunde?«

»Da liegst du richtig«, entgegnete Bull. »Mit fünfundvierzig ist er uralt. Er ist erst spät zur Armee gegangen, aber da er schwer aus der Ruhe zu bringen ist und neunundneunzig

Prozent der Zeit ruhig bleibt, hat er sich ausgezeichnet geschlagen. Und bevor du fragst: Sein richtiger Name ist Leonardo. Seine Großeltern kamen aus Mexiko in die USA und er wuchs in El Paso auf. Er ist stolz auf seine Herkunft, auch wenn seine Eltern keine Vollblutmexikaner sind. Und man kann ihn nicht übersehen, wenn man alle kennenlernt, denn er ist mit seinen ein Meter dreiundneunzig der Größte.«

»Ach du meine Güte. Ich fühle mich die meiste Zeit klein, aber in eurer Nähe werde ich mir wie eine Garnele vorkommen«, stöhnte Skylar.

»Du hast die perfekte Größe«, versicherte Bull ihr ganz ehrlich.

»Danke. Meine Mutter ist auch klein, ungefähr so groß wie ich, aber mein Vater ist fast ein Meter achtzig groß. Ich habe lange gebraucht, um mir einzugestehen, dass ich nicht größer werde, als ich jetzt bin. Dass ich mein ganzes Leben lang klein und pummelig sein würde.«

Bull nahm ihre Hand in seine und schaute ihr tief in die Augen. »Du bist nicht pummelig«, erklärte er ein bisschen zu heftig. »Du bist kurvig. Und glaub mir, kurvig ist gut. Es ist sehr gut.«

Skylar leckte sich über die Lippen und Bull konnte nicht anders, als dieser Bewegung mit seinen Augen zu folgen. Es kostete ihn all seine Selbstbeherrschung, um sie nicht über den Tisch zu zerren und selbst herauszufinden, wie weich und feucht diese Lippen waren.

»Danke«, erklärte sie nach einem aufgeheizten Moment.

»Seid ihr fertig?«, fragte Rosie, die neben dem Tisch aufgetaucht war.

Bull spürte, wie Skylar überrascht zusammenzuckte, obwohl er gewusst hatte, dass die Frau sich ihnen näherte, lange bevor sie an ihrem Tisch angekommen war. Das war einer der wenigen Gründe, warum er Skylar nicht sofort geküsst hatte. Er hielt ihre Hand fest, bis er merkte, dass sie sich beruhigt hatte, dann lehnte Bull sich zurück und griff nach seiner Brieftasche.

»Wir sind fertig«, sagte er zu ihr. »Hast du unsere Rechnung?«

Wie er es sich gedacht hatte, verdrehte Rosie die Augen. »Du bezahlst nicht, Bull«, schimpfte sie.

»Rosie«, mahnte er.

»Nein, du wirst nicht zahlen. Du und *Silverstone Towing* habt mehr für diesen Ort getan, als ihr zugeben wollt. Ihr habt uns nach dem Küchenbrand geholfen, wieder auf die Beine zu kommen. Ihr habt eine Menge Geld gespendet, um den Obdachlosen zu helfen. Und wir alle wissen, dass du und deine Freunde uns bei jedem anpreist, der es hören will, und dass wir die meisten Gäste, die wir heute haben, euch zu verdanken haben. Nein, du wirst deine Mahlzeit nicht bezahlen, weder heute noch sonst irgendwann.«

Bull knurrte leise vor sich hin.

»Und du machst mir keine Angst mit diesem Blödsinn. Sag einfach ›Danke, Rosie‹ und nimm dein Mädchen und zeige ihr etwas Besseres als diese Absteige«, befahl die Frau.

»Dies ist keine Absteige«, protestierte Skylar. »Hier ist es fantastisch. Die Atmosphäre hier ist heimelig und gemütlich, und der Service war perfekt. Julie war aufmerksam, aber nicht aufdringlich. Du kannst stolz auf diesen Laden sein.«

Rosie strahlte, und Bull wusste, dass Skylar eine Freundin fürs Leben gefunden hatte, ohne es überhaupt darauf angelegt zu haben. *Rosie's Diner* zu loben war so, als würde sie ihr sagen, dass ihr Baby das hübscheste kleine Mädchen war, das sie je gesehen hatte.

»Stimmt. Und jetzt raus«, erklärte Rosie. »Und sag den anderen, sie sollen ihre Hintern hierher bewegen. Es ist schon zu lange her, dass sie sich eine leckere Mahlzeit von Rosie geholt haben.«

»Ja, Ma'am«, erwiderte Bull.

Rosie zwinkerte ihm zu, dann drehte sie sich um und ging zurück zum Tresen. Das Lokal war inzwischen recht gut besucht und Bull kannte viele der Männer und Frauen, die dort zu Mittag aßen. Die meisten waren Geschäftsinhaber aus der Gegend. Sie alle erkannten Qualität, wenn sie sie schmeckten, und in *Rosie's Diner* war die Qualität definitiv gut.

»Willst du zu *Silverstone Towing* fahren oder hast du genug von mir?«, fragte Bull.

»Oh, ich will auf jeden Fall zu *Silverstone Towing*«, versicherte Skylar ihm. »Werden deine Freunde dort sein?«

»Wahrscheinlich.« Bull wusste, dass sie auf jeden Fall da sein würden. Er hatte ihnen erzählt, dass er Skylar zum Mittagessen ausführen und ihr eine Führung durch *Silverstone Towing* geben wollte, und alle drei hatten gesagt, dass sie sie kennenlernen wollten. Sie waren neugierig darauf, was für eine Frau Bulls Aufmerksamkeit auf sich gezogen hatte. Jeder von ihnen hatte schon einige Frauen gehabt, aber mit keiner von ihnen war es auch nur annähernd ernst geworden. Bulls Interesse an Skylar machte sie also alle neugierig.

Er stand auf und hielt Skylar die Hand hin. Genau wie bei ihrer ersten Begegnung schienen die Funken zu sprühen, als sie ihre Hand in seine legte. Als sie aufgestanden war, griff Bull in seine Brieftasche, nahm fünfzig Dollar heraus und legte sie als Trinkgeld für Julie auf den Tisch. Das war sein und Rosies Spiel. Sie weigerte sich, ihm seine Mahlzeiten in Rechnung zu stellen, und er gab so großzügig wie möglich Trinkgeld. Julie und die anderen Kellnerinnen konnten das zusätzliche Geld gut gebrauchen. Alle Beteiligten waren mit dieser Vereinbarung zufrieden. Bull, weil er ein hervorragendes Gericht bekam, die Kellnerinnen, weil sie wussten, dass sie ein großzügiges Trinkgeld bekommen würden, und Rosie, weil ein zufriedener Mitarbeiter ein glücklicher Mitarbeiter ist. Es war eine Win-win-win-Situation.

Skylar lächelte ihn an, als sie sah, was er getan hatte, aber sie kommentierte es nicht.

Als sie wieder in seinem Wagen saßen und auf dem Weg zu *Silverstone Towing* waren, sagte sie: »Vielen Dank für das Mittagessen.«

»Gern geschehen.«

»Hast du wirklich all die Dinge getan, die Rosie aufgezählt hat?«, fragte sie.

Bull zuckte mit den Schultern. »Ja. Aber das haben Eagle, Smoke und Gramps auch getan. Ich fliege nicht allein als Weltverbesserer Superman in der Stadt herum.«

Skylar lachte, und Bull freute sich darüber.

»Und jetzt werde ich für den Rest des Tages dieses Bild im Kopf haben. Du in Umhang und Strumpfhose, wie du Hundertdollarscheine verteilst.«

Bull konnte nicht anders, als mit ihr zu lachen. »Bei den Strumpfhosen bin ich mir nicht sicher«, scherzte er, was Skylar noch mehr zum Lachen brachte. Sie war so damit beschäftigt, Witze zu machen, dass sie offensichtlich nicht bemerkt hatte, dass sie fast bei *Silverstone Towing* angekommen waren.

»Hier ist es«, erklärte Bull ihr, als sie sich der Halle näherten.

Skylar blickte auf und ihre Augen weiteten sich, während sie zusammenzuckte.

»Was?«, fragte Bull, besorgt über ihre Reaktion.

»Du bist heimlich in einer Motorradgang, oder?«, platzte sie heraus.

»Was? Nein. Wie kommst du denn darauf?«, fragte er.

Skylar gestikulierte wortlos in Richtung des Gebäudes.

Bull blickte in Richtung *Silverstone Towing* und versuchte, es mit ihren Augen zu sehen. Dann lachte er. Es sah in der Tat wie ein Gelände aus ... eines, das ein Motorradklub für seine schändlichen Aktivitäten nutzen könnte. »Warte, bis du es von innen gesehen hast«, bat er sie und fuhr an den Zaun um das Grundstück heran, der mit Stacheldraht versehen war, um einen Code in das Sicherheitssystem einzugeben. Er wartete, bis sich das Tor öffnete, und fuhr dann hinein.

KAPITEL SECHS

Skylar konnte den Blick nicht von der Katastrophe vor ihr abwenden. Sie hatte den Eindruck gewonnen, dass es Bull und seinen Freunden ziemlich gut ging. Nach allem, was er über die vielen Abschleppwagen, die *Silverstone Towing* besaß, gesagt hatte, nach dem Ruf zu urteilen, den *Silverstone* genoss, nach dem, was Rosie über seine ehrenamtliche Arbeit gesagt hatte, und nach dem großzügigen Trinkgeld hatte sie gedacht, dass sein Geschäft florieren würde.

Aber was sie sah, sah alles andere als das aus.

Es war nicht nur der gewaltige Zaun, der das große Grundstück umgab, sondern auch das haushohe Unkraut und Gras, das um die verschiedenen Gebäude herum wuchs. Es war die abblätternde Farbe an den Lagerhallen. Die nüchternen Betonblockgebäude, in denen wahrscheinlich die Abschleppwagen untergebracht waren, wenn sie nicht in Gebrauch waren, trugen ebenfalls nicht zu einem tollen ersten Eindruck bei.

Über dem vermeintlichen Hauptgebäude prangte ein großes Schild, auf dem der Name des Unternehmens SILVERSTONE TOWING zu lesen war. Das zweite S in *Silverstone* war schief und sah aus, als würde es gleich ganz vom Schild fallen. Vor der Eingangstür war ein Motorrad geparkt, aber sie sah keine anderen Fahrzeuge. Sie nahm an, dass die Fahrzeuge der Angestellten hinter den Gebäuden geparkt waren.

»Es ist ... ziemlich weitläufig«, erklärte sie diplomatisch.

Sie wusste, dass Carson sie auslachte, aber sie konnte ihre Überraschung einfach nicht verbergen. Sie wollte beeindruckt von seinem Geschäft wirken, aber es war schwer, das, was wie ein heruntergekommenes, schäbiges Gebäude aussah, mit allem in Einklang zu bringen, was sie bis jetzt über *Silverstone Towing* gehört hatte.

Carson parkte seinen Wagen neben dem Motorrad und stellte den Motor ab. Er drehte sich zu ihr um. »Du hast mir vertraut, dass ich das Mittagessen für dich bestelle. Kannst du mir nicht auch jetzt vertrauen?«

Skylar gab sich Mühe, ihn beruhigend anzulächeln. »Natürlich.«

Aber natürlich durchschaute Carson sie sofort. »Ich weiß, es sieht schlimm aus. Aber sieh dich um. Siehst du die Gegend, in der wir sind?«

Skylar drehte den Kopf, um über den Zaun und die Gebäude hinwegzusehen, und sah, was er meinte. Ihre Schule lag nicht im besten Teil der Stadt, aber im Vergleich zu dem, wo sie jetzt waren, sah es wie das Paradies aus. Auf der anderen Straßenseite befand sich eine verlassene Tankstelle, deren Zapfsäulen längst entfernt worden waren. Das Glas war zerbrochen und die Wände waren mit Graffiti bedeckt.

»Wir sind nicht dafür verantwortlich, dass die Tankstelle nicht mehr in Betrieb ist, falls du dich das fragst«, bemerkte Carson. »Sie war bereits verlassen, als wir vor fünf Jahren eingezogen sind. Ebenso wie die beiden Geschäfte auf beiden Seiten des Hauptgebäudes. Wir kauften die Grundstücke, errichteten den Zaun, bauten die neuen Abstellhallen für unsere Abschleppwagen, und so sieht es heute aus.«

Skylar nickte und tat ihr Bestes, um ihren ersten Eindruck zu verdrängen, und sah sich noch einmal um. Jetzt, da sie wusste, dass die großen Hallen nur ein paar Jahre alt waren, konnte sie sehen, dass sie ziemlich stabil aussahen. Sie waren aus Ziegelsteinen gebaut und nicht gestrichen, aber sie konnte große silberne Schlösser an den Schiebetüren und an der Tür an der Seite des nächsten Gebäudes erkennen. Auf der Silverstone-Seite des Zauns war kein Graffiti zu sehen ... und es gab diese Sicherheitskonsole, an der Bull Zahlen eintippen musste, bevor er das Grundstück betreten konnte. Und er hatte eine Menge Ziffern eingegeben. Mindestens zehn. Das wäre für jeden, der vorbeikam und versuchte, das Tor zu überwinden, das das Grundstück umgab, fast unmöglich zu knacken.

Skylar wurde klar, dass sie extrem unhöflich gewesen war und voreilige Schlüsse gezogen hatte. Sie hatte das getan, was sie am meisten hasste: Sie hatte *Silverstone Towing* nach dem beurteilt, was sie von außen sah, und nicht nach dem, was im Inneren war.

»Es tut mir leid«, erklärte sie leise.

»Es muss dir nicht leidtun«, entgegnete Carson nachdrücklich. »Du hast genau das gesehen, was wir dich sehen lassen wollten. Ein heruntergekommenes, schäbiges Geschäft, in das niemand, der bei Verstand ist, einbrechen möchte.«

Plötzlich ergab alles, was sie sah, einen Sinn. »Verdammt«, erklärte Skylar leise. »Das ist wie bei dem Wagen, den Stan mir geliehen hat. Es ist genial.«

»Das war alles Smokes Idee. Das Haus gehörte einst seinem Großvater, bevor sein Onkel es geerbt hat. Es war eine richtige Werkstatt, wie die von Stan. Aber sie stand eine Weile leer, und als wir aus der Armee ausschieden, beschlossen wir, etwas daraus zu machen. Da keiner von uns etwas davon verstand,

Kraftfahrzeuge zu reparieren, mussten wir den Geschäftsplan ein wenig umstellen. Und ... voilà. *Silverstone Towing* war geboren. Der Standort ist eigentlich perfekt, denn wir sind in der Nähe der 465 und der I-65 und können auch leicht in die Stadt gelangen. Es ist eine gute Ausgangsbasis, und den Kunden ist es egal, wo wir uns befinden ... sie wollen nur, dass wir so schnell wie möglich zu ihnen kommen.«

»Sehr richtig«, bemerkte Skylar.

»Komm schon«, drängte Carson. »Ich kann es kaum erwarten, es dir von innen zu zeigen.«

»Ich nehme an, es entspricht nicht dem Äußeren?«, fragte sie.

»Komm rein und sieh es dir selbst an«, erklärte Carson.

Er war schon an der Tür, als sie aus dem Wagen stieg, und sie lehnte sich leicht an ihn, als sie seine Handfläche auf ihrem Rücken spürte. Skylar liebte das Gefühl seiner Hand dort. Seine Finger fühlten sich an, als würden sie ihren gesamten Rücken umspannen. Die Wärme seiner Hand drang durch ihr Hemd und sie wünschte sich, er würde ihre Haut berühren.

Sie schüttelte den Kopf und versuchte, sich zusammenzureißen, als Carson um sie herumgriff und einen weiteren Zahlencode in das Eingabefeld neben der Tür eintippte, die sich nach einem Klicken öffnete. Er hielt sie ihr auf.

»Nach dir.«

Skylar atmete tief durch und trat ein.

Der Raum, den sie betrat, war unscheinbar und schlicht. An der einen Wand standen ein abgenutztes Sofa und ein paar ungemütlich wirkende Stühle. Skylar warf einen Blick auf die Zeitschriften auf dem einen Tisch im Raum und sah, dass sie schon ein paar Jahre alt waren. Sie wandte sich Carson zu und zog eine Augenbraue hoch.

Er lächelte, sagte aber nichts. Er ging zu einer Tür im hinteren Teil des Raumes und tippte eine weitere Reihe von

Zahlen auf einem weiteren Tastenfeld ein. Die Tür öffnete sich, und wieder bedeutete er ihr mit einer Geste einzutreten.

»Warum fühle ich mich wie eine Fliege, die in die Stube der Spinne eingeladen wird?«, scherzte Skylar.

Sie zuckte zusammen, als Carson in Gelächter ausbrach.

Sie konnte ihn nur ungläubig anstarren. Er hatte gelacht. Tatsächlich *gelacht*. Lauthals. Und es war wunderbar.

»Ich glaube, du wirst angenehm überrascht sein, was dich auf der anderen Seite dieser Tür erwartet«, erklärte er ihr.

Da sie wusste, dass sie alles tun würde, was er verlangte, solange er sie nur anlächelte, ging Skylar an Carson vorbei in einen kleinen Eingangsbereich. Aber es war das, was hinter diesem Bereich lag, das ihr den Mund vor Schreck offen stehen ließ. »Heiliger Strohsack!«

»Ich hab's dir gesagt«, erklärte Carson stolz. »Komm, ich zeige dir alles.«

Skylar wusste nicht, wohin sie zuerst schauen sollte. Es war, als hätte sie ein Multimillionen-Dollar-Haus betreten. Die Böden waren aus Hartholz und die Ledersofas in dem Raum sahen äußerst bequem aus. An der Wand hingen ein riesiger Fernseher und außerdem das Bild einer Werkstatt mit einem Silverstone-Schild. Sie stellte sich vor, dass es die alte Werkstatt war, bevor Carsons Freund Smoke sie übernommen hatte.

Aber es war die Küche, die sich an einer Seite des Raumes befand, die sie zum Staunen brachte. Geräte aus rostfreiem Stahl, Arbeitsflächen aus Granit ... alles war vom Feinsten. Nachdem sie begriffen hatte, dass das Äußere des Unternehmens absichtlich ungepflegt war, hatte sie durchaus erwartet, im Inneren etwas Schönes zu sehen, aber das hier übertraf ihre Vorstellungskraft.

»Dies ist der Hauptraum«, erklärte Carson ihr. Er ging zum Sofa, rückte ein Kissen zurecht und nahm ein leeres Glas, das auf dem Couchtisch stand. »Wenn unsere Mitarbeiter nicht arbeiten, halten sie sich manchmal hier auf. Ihre Schichten dauern acht Stunden, und sie können sich ansehen, was sie wollen, und sich an den Speisen in der Küche bedienen. Ich würde gern sagen, dass der Herd gut ausgelastet ist, aber das ist leider nicht der Fall.« Er schnaubte. »Wem will ich was vormachen? Keiner von uns kann wirklich gut kochen, also essen wir eine Menge Sandwiches und Tiefkühlgerichte. Komm, es gibt noch mehr zu sehen«, erklärte er und deutete mit dem Kopf in Richtung eines Flurs.

Skylar folgte ihm verblüfft. Mehr?

»Hier unten sind die kleineren Zimmer, die wir angebaut haben. In einigen stehen Betten und in anderen sind Playstations und Xboxen aufgestellt. So hat jeder die Möglichkeit zu schlafen, wenn er es braucht, oder sich mit einem Spiel zu unterhalten. Als wir eröffneten, wurden diese Räume viel mehr genutzt als heute. Damals war nicht so viel los.« Carson zuckte mit den Schultern. »Am Ende des Flurs ist der Telefonraum, wo wir die Aufträge annehmen. Ich bin mir nicht sicher, wer heute dort arbeitet, aber ich möchte dich vorstellen.«

In Skylars Kopf drehte sich alles. Sie warf einen Blick in einen der kleinen Räume und sah, dass es sich nicht um eine gebrauchte Einrichtung handelte. Es gab einen weiteren großen Fernseher, wenn auch nicht so groß wie der im Hauptraum, und einen Ledersessel im Zimmer sowie einen kleinen Sessel. Es war ein bisschen unordentlicher als das große Zimmer. Sie konnte eine Tasse und einige Lebensmittelverpackungen sehen, aber es war bei Weitem kein Schweinestall.

Carson öffnete die Tür am Ende des Flurs und trat zurück, um sie zuerst eintreten zu lassen. Auf der rechten Seite stand ein Schreibtisch vor einem großen Fenster und Sonnenlicht strömte hinein. Eine Frau saß vor drei großen Computerbildschirmen, und als sie die beiden eintreten hörte, drehte sie sich um, um sie zu begrüßen.

»Bull! Hey! Hätte dich heute nicht erwartet. Ist alles in Ordnung?«, fragte sie.

»Ja, alles bestens. Skylar, das ist Leigh Coleman. Leigh, das ist meine Freundin Skylar.«

»Hi!«, erklärte Leigh fröhlich, stand auf und streckte die Hand aus.

Skylar schüttelte sie, ein wenig überrascht von der Freundlichkeit der anderen Frau. Nicht dass sie gedacht hätte, sie würde gemein oder besonders mürrisch sein, aber es war ein schöner Samstag und sie saß hinter einem Computer fest.

»Wie läuft's denn so?«, fragte Carson.

»Viel zu tun, wie immer«, entgegnete Leigh, als sie sich wieder setzte. »Ich habe acht Abschleppwagen im Einsatz, aber bis jetzt haben wir noch keinen Stau, was gut ist. Bart und Thomas haben gerade Pause und werden in etwa dreißig Minuten wieder einsatzbereit sein. Christine ist gerade mit einem Verkehrsunfall fertig geworden; Rob hat gerade den Abschlepphof der Polizei verlassen und ist auf dem Weg zu einer Reifenpanne auf der I-65; Jose hat über Funk mitgeteilt, dass er eine Frau und ihre Tochter zu Hause abliefert – die er auf der East Side aufgegabelt hat –, nachdem er ihren Wagen beim Ford-Händler abgegeben hat; und Shane ist gerade an einer Einsatzstelle eingetroffen, wo ein Fahrer trotz Entzug der Fahrerlaubnis gefahren ist.«

Skylar drehte sich der Kopf bei all den Informationen, die Leigh herunterrasselte. Sie hatte keine Ahnung, wie die Frau den Überblick behalten konnte.

In diesem Moment erwachte das Funkgerät zum Leben, und Leigh schenkte ihnen ein kleines Lächeln und wandte sich wieder dem Computer zu.

»Wow«, erklärte Skylar und sah zu Carson auf.

»Ein guter Disponent weiß immer, wo seine Leute sind. Wir haben zur Sicherheit Peilsender in jedem der Abschleppwagen, aber die Dinge können innerhalb kürzester Zeit aus dem Ruder laufen, und wenn Leigh Hilfe rufen muss, muss sie genau wissen, wohin sie die Polizei schickt.«

»Laufen die Dinge oft aus dem Ruder?«, fragte Skylar nervös.

»Eigentlich nicht«, bemerkte Carson mit einem lässigen Achselzucken, aber das beruhigte sie nicht gerade.

»Sie sieht zufrieden mit ihrer Aufgabe aus«, bemerkte sie nach einem Moment leise.

»Die Fahrer wechseln sich alle in der Zentrale ab«, erklärte Carson ihr. »Keiner kann sich drücken. Das gehört dazu, wenn man ein Silverstone-Fahrer ist. Am Anfang gab es Vorbehalte, aber nach einer Weile haben sie es verstanden. Hinter dem Funkgerät zu sitzen macht sie zu besseren Fahrern. Und hier zu arbeiten macht jeden geduldiger, wenn er hinter dem Lenkrad sitzt. So ist es ideal.«

»Acht-Stunden-Schichten, Pausen, dieses erstaunliche Gebäude ... es scheint ein guter Ort zum Arbeiten zu sein«, bemerkte Skylar mehr zu sich selbst als zu Carson.

Aber es war Leigh, die antwortete: »Es ist die *beste* Firma, für die ich je gearbeitet habe«, erklärte sie. Sie hatte sich in ihrem Sitz umgedreht und sah sie jetzt wieder an. »Bull, Eagle, Smoke und Gramps kümmern sich wirklich um ihre Angestellten. Wir sind für sie nicht nur ein Name auf einem Stück Papier. Sie wissen alles über uns. Stimmt's, Bull?«

Er lächelte. »Wie war Larrys Mathearbeit diese Woche?«

Leigh sah Skylar mit hochgezogenen Augenbrauen an, als wollte sie sagen: »Siehst du?« Dann sagte sie: »Er hat mit Bravour bestanden, weil du ihm neulich Nachhilfe gegeben hast.« Dann wandte sie sich wieder an Skylar. »Dank meines Jobs hier konnte ich in eine sicherere Wohnung ziehen. Das Gehalt ist viel höher als alles, was ich ohne Highschool-Abschluss finden konnte. Ich habe eine Altersvorsorge,

Urlaubsgeld – bei eineinhalbfachem Gehalt –, Gratisverpfle-
gung während meiner Schicht und Chefs, die sich wirklich für
mich interessieren. Manche Leute mögen auf mich herabse-
hen, weil ich einen Abschleppwagen fahre, aber ich werde
jeden Tag meines Lebens dankbar sein, dass ich hier eingestellt
wurde.«

Skylar merkte, dass Leigh jedes Wort, das aus ihrem Mund
kam, ernst meinte. Carson hatte das nicht fingiert. Er hatte sie
nicht dazu gebracht, all die netten Dinge über seine Firma zu
sagen. Sie war wirklich dankbar dafür, dort zu arbeiten ... und
das sah man.

»Das ist großartig«, entgegnete Skylar.

»Tut mir leid«, entschuldigte sich Leigh und verzog das
Gesicht. »Ich neige dazu, es zu übertreiben, wenn ich über
Silverstone spreche. Mir tun einfach alle leid, die sich da
draußen für einen Hungerlohn den Hintern abarbeiten und
keinen Respekt bekommen. Wie zum Beispiel die Lehrerin
meines Sohnes. Sie kommt morgens um sechs Uhr in die
Schule und verlässt sie erst gegen sechs Uhr abends. Sie muss
sich den ganzen verdammten Tag mit undankbaren Kindern
und unkooperativen Eltern herumschlagen. Ich verdiene im
Jahr mindestens zehntausend mehr als sie, und ich arbeite nur
acht Stunden am Tag *und* bekomme eine Menge zusätzlicher
Vergünstigungen.«

Skylar trat unbehaglich von einem Bein aufs andere.

»Leigh«, warnte Carson.

»Ich meine ja nur«, fuhr Leigh fort, ohne Skylars Unbehagen zu bemerken. »Lehrer sind nur ein Beispiel. Die Eltern
eines Freundes von Larry sind Verwaltungsangestellte an der
Universität, und ich verdiene sogar *mehr* als sie. Sie hat einen
Hochschulabschluss! Und ich muss mich einfach ein bisschen
darüber freuen, dass jemand wie ich, die als Kellnerin in einer
heruntergekommenen Kneipe gearbeitet hat und kaum über

die Runden gekommen ist und ihren Sohn nie gesehen hat, jetzt eine verdammte Altersvorsorge und Stabilität in ihrem Leben hat. Der Personalwechsel hier bei *Silverstone Towing* ist gleich null. Keiner, der eingestellt wird, würde freiwillig kündigen.«

»Skylar ist Lehrerin«, erklärte Carson unverblümt.

Leigh wurde bleich. »Oh verdammt. Das tut mir leid. Ich habe das alles nicht so gemeint. Ich habe nur gesagt, dass ihr euch den Hintern abarbeitet und mehr Geld verdienen solltet ...«

»Ist schon okay«, erwiderte Skylar und fühlte sich schlecht, weil die *andere* Frau sich schlecht fühlte. »Ich weiß, was du gemeint hast.«

»Ich wollte dir nur mitteilen, dass Bull ein guter Kerl ist. Der Beste. Und seine Freunde sind es auch. Sie haben mein Leben zum Besseren verändert. Offensichtlich habe ich es falsch angepackt, aber ich werde ständig von meiner Familie und meinen Freundinnen beschimpft, die nicht verstehen, warum ich hier arbeite, anstatt mir einen ›richtigen Job‹ zu suchen – das sind ihre Worte, nicht meine.«

In diesem Moment erwachte das Funkgerät wieder zum Leben und Leigh drehte sich um, um ihrer Arbeit nach-zukommen.

»Komm«, bat Carson sie.

Skylar erlaubte ihm, sie aus dem Raum zu führen. »Es war schön, dich kennenzulernen«, rief sie leise, bevor sich die Tür hinter ihr schloss. Leigh hob eine Hand als Zeichen, dass sie sie gehört hatte, aber da sie immer noch mit dem Fahrer beschäftigt war, mit dem sie sprach, antwortete sie nicht mit Worten.

Carson hielt sie auf, als sie vor der Tür standen. »Alles in Ordnung?«, fragte er.

Skylar blickte überrascht zu ihm auf. »Ja, warum?«

»Nun, meine Angestellte hat dich gerade aufs Übelste beleidigt.«

»Nein, das hat sie nicht«, protestierte Skylar. »Sie war nur ehrlich. Sie arbeitet gern hier, und es ist offensichtlich, dass deine Angestellten dir am Herzen liegen. Ich kann mich davon nicht beleidigen lassen. Vielleicht sollte ich mich bei *Silverstone Towing* bewerben«, stichelte sie.

»Nein«, erwiderte Carson ernst, und einen Moment lang war Skylar über seine schnelle Antwort etwas beleidigt. Aber dann fuhr er fort.

»Du bist genau da, wo du hingehörst. Du bist eine gute Kindergärtnerin. Du kümmerst dich um deine Kinder. Und die meisten von ihnen brauchen diese Art von Fürsorge. Du verbringst mehr Zeit mit ihnen als ihre Eltern ... ich will ihre Mütter und Väter nicht schlechtmachen; es kann brutal sein, genügend Geld zu verdienen, um ein Kind großzuziehen. Ich hasse es einfach, dass die Gesellschaft den Wert von Lehrern nicht erkennt. Sie sollten doppelt so viel verdienen, wie sie es jetzt tun. Wenn die Staaten anfangen würden, ihren Lehrern das zu zahlen, was ihnen zusteht, würden vielleicht die Testergebnisse besser ausfallen, wir könnten die guten Lehrer in den Klassenzimmern halten und unsere jungen Leute wären glücklicher und dankbarer, überhaupt zur Schule gehen zu können.«

Skylar hätte bei seinen Worten am liebsten geweint. Sie hatte sich schon vor langer Zeit mit der Tatsache abgefunden, dass ihr Job nicht besonders prestigeträchtig war. Sie war von Eltern angeschrien worden, weil sie es gewagt hatte, von ihnen zu verlangen, ihren Kindern etwas vorzulesen. Man hatte ihr gesagt, sie würde ihre Arbeit nicht machen, wenn ein Kind einen Test nicht bestanden hatte, obwohl sie sich so sehr bemüht hatte, ihm beim Lernen zu helfen. Und ein- oder zweimal war sie sogar von wütenden Vätern angespuckt worden.

Aber tief im Inneren liebte sie ihre Arbeit. Sie liebte es, die kleinen Gesichter zu sehen, die sich jeden Morgen freuten, sie zu sehen. Sie liebte den Moment, wenn ein Kind »begriffen« hatte, was sie ihm beizubringen versuchte. Sie liebte es, das Lachen und die Freude zu hören, wenn ihre Schüler spielten. Ja, ihre Bezahlung war extrem schlecht. Ja, ihr Job bereitete ihr viel Kopfzerbrechen und sie arbeitete sehr lange. Aber Carson hatte recht, sie hatte das Gefühl, dass sie genau da war, wo sie hingehörte.

»Danke«, erklärte sie aufrichtig.

»Willst du den Rest des Hauses sehen und meine Freunde kennenlernen? Oder ich kann dich nach Hause bringen ...«

»Da ist noch mehr?«, fragte Skylar erstaunt.

Wieder einmal wurde sie durch ein Lächeln auf seinen Lippen belohnt. »Wir haben unten einen ausgebauten Keller. Dort können die Angestellten auch hingehen, wenn draußen etwas schiefgeht.«

Skylar machte große Augen. »Mussten sie ihn jemals benutzen?«

»Einmal«, erzählte Carson ihr. »Da gab es eine Schießerei in einigen Wohnungen. Die Polizei ist aufgetaucht. Die Dinge wurden ziemlich heftig. Die drei Angestellten, die hier waren, gingen vorsichtshalber hinunter. Es hat sich herausgestellt, dass nichts passiert ist, aber ich fühle mich besser, wenn ich weiß, dass sie einen sicheren Ort haben, falls die Dinge aus dem Ruder laufen.«

»Ich bin mir sicher, deine Angestellten auch«, entgegnete Skylar schlicht. Carson hatte sich nicht von der Stelle bewegt, und sie konnte die Seife riechen, die er am Morgen in der Dusche benutzt hatte. Er überragte sie, und Skylar wünschte sich nichts sehnlicher, als ihre Stirn an seine Brust zu legen und sich an ihn zu schmiegen. Aber da er noch nicht einmal ihre Hand gehalten hatte, erschien es ihr ein wenig zu dreist, sich an ihn zu kuscheln.

Als könnte er ihre Gedanken lesen, ließ Carson seine Hand ihren Arm hinauf bis zu ihrem Nacken gleiten. Sanft massierte er sie dort, was dafür sorgte, dass Skylar die Knie weich wurden. Sie schloss die Augen und lehnte sich in seine Berührung.

»Fühlt sich das gut an?«

Sie nickte.

»Du bist verspannt«, murmelte er.

»Es war eine lange Woche«, erwiderte sie.

»Was würdest du heute tun, wenn du nicht mit mir zusammen wärst?«, fragte er. »Wie sieht ein typischer Samstag für dich aus?«

»Ausschlafen, dann ein paar Besorgungen machen, bevor die ganzen Verrückten unterwegs sind. Danach faulenze ich wahrscheinlich noch eine Weile in meiner Wohnung herum, sehe fern oder lese ein Buch. Am Wochenende spreche ich normalerweise mindestens einmal mit meinen Eltern und manchmal fahre ich nach Carmel, um sie zu besuchen. Wenn ich dorthin fahre, esse ich mit ihnen zu Abend. Wenn nicht, koche ich mir etwas, kuschle mich unter eine Decke und vegetiere vor mich hin. Sonntagabends arbeite ich dann an meinen Unterrichtsplänen für die kommende Woche.«

»Es tut mir leid, dass ich deine Routine gestört habe«, erklärte er ihr.

Skylar öffnete die Augen und sah auf, wobei sie sich der Tatsache, dass er seine Hand nicht von ihrem Nacken genommen hatte, durchaus bewusst war. »Das tut mir nicht leid. Ich bin zweiunddreißig und mein Leben ist langweilig. Ich wäre viel lieber hier bei dir, würde sehen, wo du arbeitest, und deine Freunde kennenlernen, als mich durch den Supermarkt zu schleppen, zu viel Junkfood zu kaufen und mir zu überlegen, ob ich später *Polizei im Einsatz* anschauen soll.«

Sie starrten sich einen Moment lang an. Dann senkte Carson den Kopf um wenige Millimeter.

Skylars Herz setzte einen Moment lang aus. Wollte er sie küssen? *Bitte lass ihn mich gleich küssen.*

»Sky?«, flüsterte er.

»Ja«, flüsterte sie eifrig und gab ihm damit die Erlaubnis zu tun, was immer er wollte. Sie stellte sich auf die Zehenspitzen, um zu zeigen, dass sie hundertprozentig damit einverstanden war, dass er sie küsste.

Er streifte mit den Lippen einmal sanft über die ihren. Für einen so großen Mann war er äußerst vorsichtig mit ihr. Skylar wollte mehr. Es war schon sehr lange her, dass sie jemanden so begehrt hatte wie Carson. Sie mochte klein sein, aber sie würde nicht zerbrechen.

Sie bewegte ihre Hand nach oben, streichelte seinen Hinterkopf, genoss es, wie sich sein kurzes Haar auf ihrer Haut anfühlte, und drängte ihn näher zu sich.

Er verstand den Wink, neigte den Kopf und küsste ihre Unterlippe. Skylar keuchte und er nutzte die Gelegenheit, um seine Zunge in ihren Mund zu schieben.

Stöhnend vertiefte sie nun den Kuss.

Skylar hatte keine Ahnung, wie lange sie vor der Zentrale im Flur standen und sich küssten, aber als Carson schließlich seine Lippen von ihren löste, atmete sie schwer und ihr war fast ein bisschen schwindelig.

Carson Rhodes konnte küssen. *Verdammt*, konnte er küssen.

Sie leckte sich über die Lippen und Skylar gefiel es, wie sein Blick der Bewegung folgte. Mit dem Daumen strich er über die empfindliche Haut ihres Halses und Skylar wurde klar, dass sie sich an seine Brust gepresst hatte, während sie sich geküsst hatten. Oder vielleicht hatte er sie dorthin gezogen. Sie wusste es nicht, und es war ihr auch egal.

Sie hatte eine Hand auf seinen Hinterkopf gelegt und die andere an seinen Brustkorb gepresst. Er streichelte immer noch ihren Nacken und seine andere Hand lag auf ihrem Rücken, seine Finger ruhten an ihrem Poansatz.

Skylar atmete tief ein und füllte ihre Sinne mit seinem Duft. Sie konnte nur *ihn* riechen. Sie war so erregt, dass sie nur noch zu Carson hochstarrte.

»Wir müssen aufhören«, erklärte er ihr nach einem Moment.

»Warum?«, platzte sie heraus, ohne nachzudenken, und errötete dann, weil sie sich so unersättlich anhörte.

Carson strich mit den Fingerspitzen über ihre Wange. »Weil es bei *Silverstone Towing* Kameras gibt. Eagle, Smoke und Gramps sehen wahrscheinlich zu und beurteilen meine Leistung. Und ich will dich auf keinen Fall in Verlegenheit bringen.«

»Oh«, erklärte Skylar, ohne sich darum zu sorgen, dass seine Freunde wahrscheinlich gerade gesehen hatten, wie Carson sie geküsst hatte.

»Ja, oh«, erwiderte Carson ernst. »Falls ich es später vergesse zu sagen, ich hatte wirklich viel Spaß bei unserer Verabredung. Und ich möchte wieder mit dir ausgehen.«

»Okay«, entgegnete sie, ohne zu zögern.

»Verdammt«, fluchte Carson.

Skylar hatte keine Ahnung, worüber er fluchte, aber da er nicht sauer auf sie zu sein schien, dachte sie nicht weiter darüber nach.

Keiner von beiden bewegte sich. Sie hielten sich einfach weiter im Arm und blieben dort im Flur stehen.

KAPITEL SIEBEN

Verdammt, dachte sich Bull, während er Skylar in den Armen hielt.

Sie passte perfekt zu ihm. Er konnte ihre Brüste an seinem Oberkörper spüren und sie hatte sich ihm so vertrauensvoll geöffnet, dass er sie am liebsten auf den Boden geworfen hätte, um sie gleich auf dem Gang zu nehmen.

Ihre unschuldige Reaktion auf seinen Kuss verdeutlichte ihre Unterschiede nur noch mehr. Wie zum Teufel sollte das funktionieren? Sie war eine Kindergärtnerin, verdammt noch mal. Und er war ...

Was war er? Miteigentümer eines erfolgreichen Unternehmens, ja, aber letztendlich war er Teil eines Killerkommandos. Er hatte mehr Blut an seinen Händen, als er jemals abwaschen konnte. Er war der Sensenmann, und sie war ein schöner, unschuldiger Engel.

Und er konnte nur daran denken, sie zu der Seinen zu machen.

Es würde nie klappen. Er sollte das hier beenden, was auch immer es war, jetzt sofort.

Aber dann legte Skylar ihre Wange an seine Brust und seufzte zufrieden, und es war um ihn geschehen. Sie hatte ihre Finger in sein Hemd gekrallt, als wollte sie sich an ihm festhalten, und er wusste, dass er nicht zurückweichen würde. Er würde alles annehmen, was sie ihm gab, und wenn es an der Zeit war, ihr zu sagen, was er und seine Freunde taten – und er *würde* es ihr sagen –, würde sie hoffentlich so verliebt in ihn sein, dass es keine Rolle mehr spielte. Sie würde akzeptieren, wer er war, und sie würden glücklich bis ans Ende ihrer Tage leben.

Verdammt, fluchte Bull erneut. Herrgott, er plante praktisch ihre Hochzeit in seinem Kopf, und das bei ihrer ersten verdammten Verabredung. Er war ein Idiot. Wahrscheinlich würde er etwas Dummes tun, bevor sie eine Beziehung eingehen konnten, und das war's dann.

»Carson?«, fragte sie zögernd.

Er wusste, dass er schon zu lange geschwiegen hatte und dass sie nach unten gehen sollten, wo seine Freunde bestimmt schon ungeduldig warteten. »Ja?«

»Du bist ein guter Mann.«

Ihre Worte trafen einen Nerv. Das war er eigentlich nicht. Aber er versuchte, das, was er getan hatte, wiedergutzumachen, indem er anderen so oft wie möglich half. Er glaubte nicht, dass er seine Weste jemals so reinwaschen konnte, dass man ihn *gut* nennen konnte, aber er tat, was er konnte. »Wenn wir nicht nach unten gehen, kommt Eagle wahrscheinlich hochgestapft, um uns zu holen«, bemerkte er und lenkte ihre Worte leicht ab.

Bull zog sich zurück und sein Magen krampfte sich bei dem kalten Luftzug zusammen, der über seinen Körper strömte, wo sie sich an ihn geschmiegt hatte. Er ließ die Arme sinken, hielt aber ihre Hand fest. Er lächelte, drückte ihre Hand und wandte sich der nahen Tür zu, durch die sie nach unten gelangen würden.

Sie gingen die schlichte Treppe hinunter, durch eine schwere Sicherheitstür aus Stahl und in die untere Etage von *Silverstone Towing*. Es gab Tischtennis- und Kickertische, einen Flipperautomaten, ein altes *Pac-Man*-Videospiel und einige bequeme Stühle im Raum.

Eagle, Smoke und Gramps saßen an einem Tisch und spielten Gin Rommé. Bull ermutigte sie, zu seinen Freunden hinüberzugehen, und sie standen alle auf und warteten geduldig darauf, dass er sie vorstellte.

»Skylar, ich möchte dir meine allerbesten Freunde vorstellen. Das sind Eagle, Smoke und Gramps.«

Sie schüttelte jedem von ihnen nacheinander die Hand. »Es ist sehr schön, euch alle kennenzulernen.« Sie sah Gramps an. »Ich glaube, du hast einen Spitznamen bekommen, der nicht sonderlich gut zu dir passt. Wenn ich dich ansehe, denke ich auf keinen Fall an einen *alten Mann*.«

Das Eis war gebrochen, und alle brachen in Gelächter aus.

Gramps griff nach ihr und legte sie nach hinten in seinen Arm. »Lauf mit mir weg, Miss Skylar. Ich kann mich viel besser um dich kümmern als dieser junge Schnösel.«

Bull befürchtete einen Moment lang, dass Skylar in Panik geraten oder sich anderweitig unwohl fühlen würde, weil sein Freund sich im Grunde genommen zu viele Freiheiten herausnahm, aber er entspannte sich, als sie die Augen verdrehte und ihm einen Klaps auf den Arm gab.

»Ich würde ja gern, aber ich fürchte, du bist einfach zu groß für mich.«

Gramps lachte und richtete Skylar auf. Er war in der Tat mindestens einen Kopf größer als sie, und sie sah neben Bulls Freund wirklich winzig aus.

»Verdammt«, entgegnete Gramps theatralisch.

Bull zögerte nicht lange und holte Skylar zu sich zurück. Er legte seinen Arm um ihre Taille und zog sie an seine Seite. Zu seiner Erleichterung schlang sie sofort ihren Arm um ihn und lehnte sich ein wenig an ihn.

»Was ist hinter dieser Tür?«, fragte sie und deutete den kurzen Gang hinunter.

Bull verkrampfte sich, bemühte sich aber, einen lockeren Tonfall anzuschlagen. »Ein weiteres Badezimmer, ein Abstellraum, ein Schrank und so weiter.« Er sagte allerdings nicht, dass es sich bei dem Raum ganz am Ende um einen Schutzraum handelte, der durch ein biometrisches Schloss geschützt war. Hier recherchierten und besprachen er und sein Team die Missionen, auf die sie gingen. Er vertraute Skylar, aber eine erste Verabredung war weder der richtige Zeitpunkt noch die richtige Gelegenheit, um ihr das zu sagen.

»Cool«, erklärte sie mit einem Nicken.

»Spielst du Rommé?«, fragte Eagle und lenkte ihre Aufmerksamkeit wieder auf die beiden.

»Ich spiele nicht nur Rommé«, erklärte Skylar ihm, »ich bin praktisch ein Gin-Rommé-Profi.«

»Ein Profi, hm?«, bemerkte Eagle, während er einen Stuhl vom Tisch wegzog. »Das muss ich sehen.«

Die anderen lachten alle und Bull grinste. »Willst du etwas trinken?«, fragte er, bevor er sich setzte.

»Nein danke«, antwortete sie ihm. »Ich bin bereit, ein bisschen Gin Rommé zu spielen.«

Eine Stunde später merkte Bull, dass er breit grinste, aber er konnte nicht anders. Er hatte gehofft, dass seine Freunde mit Skylar auskommen würden, aber sie verstanden sich nicht nur gut, sondern es war, als würden sie sich schon ihr ganzes Leben lang kennen. Sie trat ihnen beim Kartenspiel *tatsächlich* in den Hintern und freute sich mit jedem Blatt, das sie spielten, mehr darüber.

»Wie zum Teufel kannst du so gut sein?«, beschwerte sich Eagle.

Skylar lächelte und legte vier Achten auf. Bull zog innerlich eine Grimasse. Er hatte gehofft, eine Acht zu bekommen, um die Sechs, die Sieben und die Neun zu ergänzen, die er in seiner Hand hielt. Verdammt.

»Mein Vater hat mir das Spielen beigebracht, als ich neun Jahre alt war«, erzählte sie Eagle mit einem Lächeln. »Wir spielen jedes Mal, wenn wir uns treffen. Niemand sonst in der Familie spielt mehr gern mit uns.«

»Ich kann verstehen warum«, brummte Smoke. Er legte drei Zweier hin und blickte sie finster an.

»Bull sagte, du seist in Carmel aufgewachsen«, bemerkte Gramps, als das Spiel weiterging.

»Bin ich auch.«

»Was machen deine Eltern?«, fragte er.

Bull wusste, dass die Frage nicht so unschuldig war, wie sie klingen mochte. Er warf Gramps einen warnenden Blick zu, aber sein Freund ignorierte ihn.

»Mein Vater ist der Finanzchef von *ADESA*, und meine Mutter ist dieses Jahr bei *Assembly Biosciences* in den Ruhestand gegangen.«

Smoke pfiff. »Wow. Beeindruckend.«

Skylar zuckte mit den Schultern. »Ist es auch. Aber für mich waren sie immer nur Mom und Dad.«

»Wir haben einen unserer Abschleppwagen von *ADESA* gekauft«, erklärte Smoke. »Ihre Fahrzeugauktionen sind gut geführt und sie verkaufen zu fairen Preisen. Wir hatten auch noch keine Probleme mit dem Fahrzeug, was wir zu schätzen wissen, denn das bedeutet, dass sie keinen Schrott verkaufen.«

»Mein Vater hat mit den Auktionen an sich nichts zu tun«, gab Skylar zu bedenken. »Er ist nur für die Finanzen zuständig.«

»Was hat deine Mutter bei *Assembly Biosciences* gemacht?«

»Sie war keine Wissenschaftlerin, also freut euch nicht zu sehr. Sie hat im Bereich Fundraising gearbeitet. Sie hat geholfen, Sponsoren zu finden und ihre Galas und Partys und so weiter zu planen. Sie ist froh, dass sie jetzt zu Hause bleiben kann, auch wenn Dad sich darüber beschwert, dass sie nun ihre ganze Zeit damit verbringt, sein Leben zu planen. Sie treffen sich öfter mit ihren Freunden als je zuvor, einfach weil Mom etwas zu tun braucht.«

Als Skylar wieder an der Reihe war, zog sie eine Karte vom obersten Stapel und lächelte dann breit.

Sie legte ihre Karten ab und sagte mit einem Grinsen: »Gin.«

»Verdammt«, stöhnte Smoke.

»So ein Mist«, sagte Eagle.

»Das gibt's doch gar nicht!«, fluchte Gramps.

Bull grinste nur und warf seine Karten auf den Tisch. Er liebte es, das glückliche Funkeln in Skylars Augen zu sehen. Sie hatte sie zum dritten Mal besiegt, fair und ehrlich.

Sie stützte ihre Ellbogen auf den Tisch und fragte in die Runde: »Ihr habt euch also beim Militär kennengelernt?«

»Ja«, entgegnete Eagle. »Wir waren zusammen in Fort Bragg, North Carolina stationiert. Wir wurden in dieselbe Einheit eingeteilt, und als es an der Zeit war, uns erneut zu verpflichten, baten wir alle darum zusammenzubleiben, und wurden gemeinsam nach Fort Hood in Texas versetzt.«

»Hat es euch gefallen?«

»Wir haben das Militär geliebt«, versicherte Smoke ihr.

»Warum?«

»Das ist schwer zu erklären«, bemerkte Bull. »Die Gefahr hat einfach etwas an sich, das dich deinen Kameraden näherbringt. Zu wissen, dass sie dir Rückendeckung geben und du ihnen, ist einfach großartig. Ganz zu schweigen von dem gemeinsamen Ziel, dafür zu sorgen, dass unser Land in Sicherheit ist.«

Sie nickte. »Ich nehme an, ihr wart oft im Einsatz?«, fragte sie.

Bull tauschte einen Blick mit seinen Freunden aus, bevor er sagte: »Ja, wir waren oft im Einsatz. Sogar ziemlich oft.«

»Oh, das ist so hart. Ich danke euch allen für euren Dienst. Ich weiß, dass das heutzutage viele Leute sagen, aber ich meine es wirklich so.«

»Gern geschehen«, sagten alle vier Männer wie aus einem Mund.

»Wenn es euch so gut gefallen hat, warum seid ihr dann ausgestiegen?«, fragte sie.

Diese Frage war etwas schwieriger zu beantworten und Bull wollte sie nicht anlügen. Er konnte zwar die Wahrheit umgehen, aber eine glatte Lüge schien ein schlechter Anfang für eine Beziehung zu sein. Und je länger er in ihrer Nähe war, desto mehr wünschte er sich diese Beziehung.

Bevor er antworten konnte, sagte Gramps: »Smokes Onkel ist gestorben. Er hat ihm *Silverstone* hinterlassen und wir vier haben beschlossen, es zu versuchen. Das Militär ist eine harte Geliebte. Es frisst dich auf und spuckt dich wieder aus, ohne dir noch einen zweiten Blick zu gönnen. Und die Bürokratie wurde uns zu viel. Wir wollten unsere eigenen Entscheidungen treffen und nicht daran gebunden sein, welche Befehle uns unsere vorgesetzten Offiziere gaben.«

»Nun, ich würde sagen, ihr macht euch ganz gut«, entgegnete Skylar mit einem Lächeln und akzeptierte seine Erklärung, ohne weiter darüber nachzudenken. »Ich finde es toll, dass ihr immer noch Freunde seid und zusammen arbeiten könnt.«

»Manche Leute finden das komisch«, erwiderte Eagle.

»Ich nicht«, erklärte Skylar mit Nachdruck. »Wenn ich

Freunde hätte, denen ich so nahestehe wie ihr einander, würde ich sie auch zu meinen Partnern machen und meine ganze Zeit mit ihnen verbringen wollen. Familie ist nicht unbedingt eine Frage der Blutsverwandtschaft. Es sind die Menschen, die alles dafür tun würden, um dir zu helfen, egal wie spät es ist oder ob sie Tausende von Kilometern fahren müssten, um zu dir zu gelangen.«

»Hast du solche Freunde?«, fragte Smoke. »Es hört sich nämlich so an, als wüsstest du, wovon du sprichst.«

Zum ersten Mal sah Bull, wie ihre natürliche Fröhlichkeit ein wenig nachließ. »Leider nicht. Ich meine, ich stehe den Lehrern an meiner Schule nahe, aber sie sind mit ihren eigenen Familien beschäftigt, und während des Schultages haben wir alle mit unseren Klassen zu tun. Ich hätte einen Freund angerufen, damit er mir mit meinem liegen gebliebenen Wagen hilft, wenn ich jemanden hätte, dem ich so nahestehe. Stattdessen musste ich *Silverstone Towing* anrufen.«

Sie klang so traurig, dass Bull nicht anders konnte, als ihr die Hand auf den Arm zu legen. Er wartete, bis sie zu ihm hinübersah, bevor er sagte: »Du hast *Silverstone Towing* angerufen und jetzt hast du mich.«

Er konnte sehen, dass seine Worte ankamen, denn sie hielt einen Moment lang inne, bevor sie nickte. »Ja, jetzt habe ich dich«, stimmte sie zu.

»Und uns«, warf Gramps ein. »Weißt du, die Sache ist die, dass wir so etwas wie ein Gesamtpaket sind. Nicht in dem Sinne, dass wir mit dir rumknutschen oder uns gegenseitig nackt sehen wollen oder so, aber wenn du Bull nicht erreichen kannst, kannst du einen von uns anrufen. Egal wie spät es ist, wir sind für dich da.«

Skylar sah jeden der Männer am Tisch mit einem merkwürdigen Gesichtsausdruck an.

»Was ist los?«, fragte Bull sie.

Sie begegnete seinem Blick. »Das ist unsere erste Verabredung«, antwortete sie.

»Und?«, fragte er.

»Ich bin einfach ... verwirrt. So laufen die Dinge normalerweise nicht ab.«

»Es ist mir egal, wie sie normalerweise ablaufen«, entgegnete Bull nachdrücklich. »Wir sind anders.«

Sie schluckte schwer und nickte.

»Das Leben ist verdammt kurz, um nicht darauf einzugehen, was zwischen uns passiert, Sky. Ich bitte dich nicht, mich zu heiraten. Aber wir haben uns bereits auf eine zweite Verabredung geeinigt. Wir werden einen Termin vereinbaren, an dem *Silverstone Towing* nach Eastlake kommt und den Kindern ein wenig Spaß bringt und ihnen hoffentlich etwas über Autosicherheit beibringt. Du hast meine Familie kennengelernt«, Bull nickte den Männern zu, die sie schweigend beobachteten, »und ich möchte deine kennenlernen. Wir werden die Dinge einen Tag nach dem anderen angehen.

Aber ich erkenne eine gute Sache, wenn ich sie sehe, und ich wäre ein verdammter Idiot, wenn ich dieser Beziehung nicht hundert Prozent meiner Zeit und meines Einsatzes widmen würde. Und glaube mir, Sky, ich bin kein Idiot. Und meine Freunde sind es auch nicht. Sie wissen, dass das hier anders ist. Du bist anders. Was glaubst du, wie viele Leute wir hier bei *Silverstone* in unser Allerheiligstes lassen?«

Skylar biss sich auf die Lippe und sah sich noch einmal im Raum um, dann blickte sie wieder zu ihm. Sie zuckte mit den Schultern.

»Abgesehen von den Familienmitgliedern unserer Mitarbeiter, die hier jederzeit willkommen sind, kommt niemand sonst in dieses Gebäude. Wir wollen, dass dies ein sicherer Ort ist, an dem sich unsere Mitarbeiter aufhalten können, ohne sich Gedanken machen zu müssen«, erklärte Bull ihr. »Ich erzähle dir das nicht, um dich zu erschrecken, sondern um dir zu erklären, warum Eagle, Smoke und Gramps dir ihre Freundschaft und Unterstützung so einfach und schnell anbieten. Ich weiß, ich bin etwas aufdringlich, und die Dinge zwischen uns scheinen sich schnell zu entwickeln, aber ... nun, ich hoffe, du fühlst auch nur ein Zehntel von dem, was ich fühle, wenn ich in deiner Nähe bin.«

Gramps lehnte sich in seinem Stuhl zurück und stand auf. »Wir lassen euch am besten einfach eine Weile allein«, bemerkte er.

Eagle und Smoke standen ebenfalls auf, aber Skylar sah zu ihnen und fragte: »Wie oft habt ihr Carson schon das Leben gerettet?«

Bulls Freunde starrten sie überrascht und verwirrt über ihre abrupte Frage an. »Äh ... wir haben nicht mitgezählt«, erklärte Gramps.

»Aber ihr *habt* ihm das Leben gerettet«, hakte sie nach.

»Ja. Und er hat unseres gerettet«, erwiderte Smoke.

»Dann habt ihr meiner Meinung nach ein Recht darauf hierzubleiben«, beendete sie.

Eagle ging zu Skylar hinüber und hielt ihr die Hand hin. Sie ergriff sie und er zog sie hoch, sodass sie stand. Dann gab er ihr eine kurze Umarmung. Smoke kam herüber und tat dasselbe. Dann Gramps.

»Wir mögen dich, Skylar«, sagte Eagle zu ihr. »Du bist gut für Bull, und ehrlich gesagt bist du auch gut für uns. Es ist schon lange her, dass wir alle nur rumsaßen und Karten gespielt haben, wie wir es heute getan haben. Also danke, dass du so bist, wie du bist.«

Und damit drehte er sich um und ging zur Treppe, gefolgt von Smoke und Gramps.

Als sie nur noch zu zweit waren, streckte Bull seine Finger

aus und strich Skylar sanft über die Wange. »Dir ist das Ganze zu viel«, stellte er leise fest.

Sie schüttelte den Kopf und zuckte dann mit den Schultern. »Vielleicht ein klein bisschen. Ich meine, ich mag dich wirklich, Carson. Sogar sehr. Aber das ist das erste Mal, dass wir überhaupt Zeit miteinander verbringen. Ich bin nur ein bisschen verwirrt.«

Bull wollte sie auf seinen Schoß ziehen und sie festhalten, um sie zu beruhigen, aber er wusste, dass sie das nur noch mehr verwirren würde. Und er wollte auf keinen Fall, dass sie sich von ihm zurückzog. Er mochte wissen, wie besonders sie war, und dass er ein Idiot wäre, wenn er sie entkommen ließe, aber sie hatte nicht gesehen, was er gesehen hatte. Sie hatte nicht das Böse gesehen, das in der Welt so weit verbreitet zu sein schien. Er mochte ihre Unschuld und würde alles tun, was nötig war, um das Böse von ihr fernzuhalten. Und wenn das bedeutete, sich zurückzuziehen, um ihr Raum zu geben, dann würde er das tun.

»Es tut mir leid«, sagte er zu ihr und ließ seine Hand sinken. »Ich weiß, dass ich es vielleicht ein bisschen übertreibe. Ich werde mein Bestes tun, um das besser unter Kontrolle zu halten.«

»Es ist nicht so, dass ich nicht mit dir zusammen sein möchte«, versicherte sie ihm. »Das will ich nämlich, aber ...«

»Aber du bist noch nicht bereit, mich zu Mom und Dad nach Hause zu bringen ... oder für eine solche Intensität, wie ich sie an den Tag lege«, beendete er den Satz für sie.

Sie biss sich auf die Lippe und nickte.

»Ich habe es zur Kenntnis genommen«, erklärte er ihr. »Bist du trotzdem noch bereit, die Jungs und mich in deine Schule kommen zu lassen, um die Kinder zu unterhalten?«

»Ja«, erwiderte sie, ohne zu zögern. »Es wird ihnen unglaublich gefallen. Ich werde mit meinem Direktor und einigen anderen Lehrern sprechen und sehen, ob wir nicht eine ›Kraftfahrzeugwoche‹ oder so etwas veranstalten können.«

»Gut. Und die zweite Verabredung? Ich bin doch nicht zu schnell vorgeprescht, sodass du es dir anders überlegt hast, oder?«

Sie schüttelte den Kopf. »Nein. Ich will dich wiedersehen.«

Bull stieß einen Seufzer der Erleichterung aus und erwiderte ihr kleines Lächeln. »Es ist schon ziemlich spät am Nachmittag. Ich weiß, dass du noch etwas zu tun hast, und ich habe genug von deinem Samstag in Anspruch genommen«, bemerkte er.

»Ich habe mich sehr amüsiert«, sagte sie zu ihm. »Ich kann mich nicht erinnern, wann ich je eine so nette erste Verabredung hatte.«

Bull riss sich zusammen, um nicht zusammenzuzucken. *Nett* war nicht gerade das Adjektiv, das er sich zu hören gewünscht hätte, aber er nickte trotzdem.

»Carson?«

»Ja?«

»Ich bin in der Vergangenheit von einem Mann sehr enttäuscht worden, der zu gut schien, um wahr zu sein. Ich hatte mich schwer in ihn verliebt. Und zwar rasend schnell. Mein Vater bat mich, es langsamer anzugehen, aber ich habe nicht auf ihn gehört. Ich wollte heiraten. Ich wollte eine Familie gründen. Wollte die Nähe, die ein liebender Ehemann mit sich bringt. Aber am Ende war er nicht das, was er zu sein vorgab.«

»Hat er dir wehgetan?«, knurrte Bull, denn er konnte den Gedanken nicht ertragen, dass jemand Hand an Skylar gelegt hatte.

»Nein. Nicht körperlich. Aber er hat mir alles nur vorgemacht. Er hat behauptet, Waise zu sein, dabei waren seine Eltern gesund und munter und lebten in Chicago ... er wollte mich ihnen nur nicht vorstellen. Er sagte, er sei nie verheiratet gewesen, was eine weitere Lüge war. Er hatte zwei Ex-Frauen. Er erzählte mir, er arbeite in der Subaru-Fabrik in der Gegend von Lafayette, weshalb er mich wochentags nicht sehen konnte, weil er arbeitete, aber auch das war eine Lüge. Es war ... ziemlich schwer, das zu verarbeiten.«

Bull kam wieder auf sie zu und legte seine Hände auf ihre Schultern. »Ich war nie verheiratet. Ich weiß nicht, wo meine Mutter ist, und ich würde sie jetzt auch nicht suchen wollen, nicht nachdem sie meinen Vater und mich verlassen hat. Mein Vater ist wirklich gestorben, und ich werde dich auf keinen Fall ausnutzen. Ehrlich gesagt habe ich das nicht nötig. Nichts für ungut, aber ich habe das Gefühl, dass ich viel mehr Geld auf der Bank habe als du.«

»Du bist anders als alle anderen Männer, die sich je für mich interessiert haben, und obwohl ich nicht denke, dass ich ein schlechter Mensch bin oder so etwas, habe ich irgendwie das Gefühl, als wärst du außerhalb meiner Liga. Ich bin mir nicht einmal sicher, warum du dich für mich interessierst«, bemerkte sie.

»Ich würde dich wirklich gern umarmen«, erklärte er ihr und konnte nicht länger widerstehen. Er wollte sie in seinen Armen halten. Aber er wollte auch nichts tun, womit sie sich unwohl fühlte.

Sie nickte, trat an ihn heran und legte ihren Kopf auf seine Brust. Er spürte, wie sie ihre Arme um seinen Rücken schlang, und ihre Wärme schien ihm bis in die Knochen zu dringen. »Ich bin mir nicht sicher, ob ich es erklären kann«, sagte er zu ihr.

»Versuch es«, entgegnete sie trocken.

Bull lachte leise. »Gut. Du hast mich in der kurzen Zeit, in der ich dich kenne, mehr zum Lächeln und Lachen gebracht, als ich im ganzen letzten Jahr gelacht habe. Du erinnerst mich daran, dass die Welt voll von guten Menschen ist, nicht nur von denen, die andere ausnutzen und verletzen wollen. Es schadet sicher nicht, dass ich mich auch körperlich zu dir hingezogen fühle. Du bist voller Kurven, und ich *liebe* Kurven, und dein Haar ist so schön, dass ich am liebsten mit den Händen hindurchfahren und es nie wieder loslassen würde. Du strahlst eine Unschuld aus, die ich am liebsten in Flaschen abfüllen und vor der Welt verstecken würde. Aber vor allem ... gibst du mir das Gefühl, ein besserer Mensch zu sein, wenn ich in deiner Nähe bin.«

»Wow«, flüsterte sie. »Ich würde sagen, du hast es gut erklärt.«

Bull zog sich ein wenig zurück, ließ sie aber nicht los. »Ich bitte dich nur um eine Chance, dich kennenzulernen. Ich möchte wissen, was dich zum Lachen bringt, was dich zum Weinen bringt ... und ich möchte eine Chance haben, dich zu trösten. Ich möchte sehen, wie du mit deinen Kindern in der Schule umgehst, und ich möchte sehen, wie du meinen Freunden beim Gin Rommé wieder in den Hintern trittst.«

Er konnte ihr nicht am Gesicht ablesen, was sie dachte, als sie zu ihm aufblickte, und Bull hoffte, dass er nicht gerade alles ruiniert hatte.

»Du bist anders als alle anderen, mit denen ich je ausgegangen bin«, erwiderte sie schließlich.

»Ist das gut oder schlecht?«, wollte er wissen.

»Ich habe mich noch nicht entschieden«, entgegnete sie ehrlich. »Ich fühle mich wohl mit dir. Was irgendwie beängstigend ist. Ich meine, hier bin ich, im Keller deines Unternehmens. Niemand weiß, dass ich hier bin, und du könntest mich überwältigen und mit mir machen, was du willst, und ich hätte absolut keine Möglichkeit zu fliehen. Aber anstatt Angst zu haben oder unsicher zu sein, bin ich vollkommen zuversichtlich, dass du mir nichts tun wirst.«

»Das werde ich nicht«, versicherte er ihr mit Nachdruck.

»Vielleicht liegt es daran, wie wir uns kennengelernt haben, wie du mir als Erstes gesagt hast, ich solle deine Identität überprüfen. Auch wenn du ein wenig unhöflich warst, warst du von Anfang an offen und ehrlich zu mir. Ich vertraue dir, Carson.«

»Du kannst mir vertrauen, dass ich immer nur das tue, was in deinem Interesse ist«, sagte er zu ihr, wobei ihm ihre Einschätzung, dass er offen und ehrlich war, nicht gefiel, vor allem weil er wusste, dass er ein großes Geheimnis für sich behalten hatte.

»Und nur damit das klar ist, ich fühle mich auch zu dir hingezogen. Ich müsste tot sein, um es nicht zu tun«, sagte sie mit einem kleinen Lächeln. »Du hast Muskeln über Muskeln, und etwas an dem Wissen, dass du mich locker hochheben könntest, mir aber nicht wehtun würdest, macht mich total an. Aber ich bitte dich, Geduld mit mir zu haben. Es liegt nicht in meiner Natur, gleich mit einem Mann ins Bett zu springen, was in der Vergangenheit ein Problem war.«

»Ich werde dich nie unter Druck setzen«, entgegnete Bull.

»Siehst du, das sagen die Kerle, und zwei Wochen später behaupten sie, sie halten es kaum noch aus vor Druck, und fragen, warum ich sie hinhalte«, bemerkte sie ein wenig sarkastisch.

»Süße, ich habe eine Hand, und ich weiß, wie man sie benutzt. Ich hatte ein Jahr lang keinen Sex, ich werde nicht verschrumpeln und sterben, wenn wir nicht bald miteinander schlafen.«

»Ein Jahr?«, fragte sie und machte große Augen.

Er nickte. »Ja. Ich war sehr beschäftigt. Was ist mit dir?« Bull konnte nicht glauben, dass er das gefragt hatte, aber er hätte die Frage nicht verhindern können, selbst wenn sein Leben davon abgehangen hätte.

»Ähm ...« Sie wandte den Blick von ihm ab.

Bull legte einen Finger unter ihr Kinn und neigte ihren

Kopf nach oben, sodass sie keine andere Wahl hatte, als ihn anzuschauen. »Ich verurteile dich nicht, Sky, egal wie deine Antwort ausfällt.«

»Es war vor etwa neun Monaten. Aber es war nur ein einziges Mal, und der Typ hat sich als Idiot entpuppt. Er hat mir nicht einmal einen Orgasmus verschafft. Er hat nur sein Ding gemacht und sich danach umgedreht.«

Bull zuckte zusammen und versprach dann: »Wenn du mich jemals in dein Bett lässt oder ich dich in meins nehme, *garantiere* ich dir, dass du voll und ganz auf deine Kosten kommen wirst.«

»Aus irgendeinem Grund glaube ich dir«, sagte sie leise zu ihm.

»Das solltest du auch. Ich gebe dir mein Wort, dass ich dich nicht unter Druck setzen werde, mit mir Sex zu haben. Wir machen das, was du willst. Wenn wir jemals an diesen Punkt in unserer Beziehung kommen, bedeutet das, dass ich voll dabei bin. Dass dies nicht nur eine beiläufige Sache für mich ist. Ich bin zu alt, um an Sex nur um des Sexes willen interessiert zu sein.«

Sie leckte sich über die Lippen und er schluckte ein Stöhnen hinunter. Bull wollte nichts lieber tun, als sich herunterzubeugen und sie zu küssen. Aber er hatte gerade versprochen, es in ihrem Tempo angehen zu lassen. Er wollte nicht, dass sie so früh in ihrer Beziehung an ihm zweifelte.

»Wir gehen das Ganze also einen Tag nach dem anderen an?«, fragte sie.

»Auf jeden Fall. Ich weiß, dass du jeden Tag arbeitest, aber ich würde dich gern so oft wie möglich an den Wochenenden sehen. Ich weiß auch, dass du deinen Unterricht planen musst, aber vielleicht kann ich sogar währenddessen Zeit mit dir verbringen? Und ich kann deine Tüten schleppen, wenn du Besorgungen machst, wenn du mich mitkommen lässt.«

»Ich glaube, das würde mir gefallen«, bemerkte sie.

»Mir auch«, versicherte er ihr. »Jetzt ist es wahrscheinlich an der Zeit, dass ich dich nach Hause bringe, damit du über alles nachdenken kannst, worüber wir gesprochen haben. Ich bin ein intensiver Typ«, sagte er ehrlich, »aber du musst wissen, dass ich dich immer mit Umsicht behandeln werde. Ich möchte sehen, wohin die Dinge zwischen uns führen können.«

»Okay, Carson, das will ich auch.«

Er nickte und ließ zögernd die Hände sinken. Er gestikulierte in Richtung Treppe. »Nach Euch, Mylady.«

Sie verdrehte die Augen, ging aber vor ihm die Treppe hinauf und in den Hauptraum. Diesmal saßen zwei der Fahrer auf dem Sofa und sahen fern. Eagle und Smoke waren in der Küche und stritten sich über das, was sie gerade zubereiteten. Gramps war nirgends zu sehen.

»Bull!«, riefen Jose und Shane gleichzeitig.

»Wer ist die Kleine?«, fragte Shane.

»Meine Freundin, Skylar, und ich bitte dich, höflich zu sein, sonst muss ich dich vielleicht verprügeln«, sagte Bull zu dem anderen Mann.

Shane lachte, nickte Skylar aber respektvoll zu. »Tut mir leid, Ma'am.«

»Oh Gott«, erwiderte sie. »Da komme ich mir ja steinalt vor. Nenn mich einfach Skylar.«

»Du gehst schon? Bevor wir die Gelegenheit haben, deine Frau kennenzulernen?«, fragte Jose.

»Ja. Sie hat viel zu tun«, erklärte Bull seinen Mitarbeitern.

»Vielleicht kann ich ja wiederkommen und du spielst eine Runde Gin Rommé mit mir«, entgegnete Skylar mit einem verruchten Lächeln.

»Ooooh, ich kann dir alle Tricks beibringen und wie man gewinnt«, bemerkte Jose.

Daraufhin brachen Eagle und Smoke in der Küche in Gelächter aus.

»Was? Was habe ich denn gesagt?«, protestierte Jose.

»Das fände ich schön«, erwiderte Skylar, die sich bemühte, ihr Lächeln zu verbergen, was ihr nicht gelang.

Bull begleitete sie zur Tür. »Bin gleich wieder da«, sagte er zu seinen Freunden. »Sag Leigh, sie kann mich in den Fahrdienst aufnehmen, wenn ich zurückkomme.«

»Wird gemacht«, sagte Eagle zu ihm.

Bull begleitete Skylar zu seinem Wagen, und bald waren sie wieder auf dem Weg zu ihrer Wohnung.

»Du kommst wirklich gut mit deinen Mitarbeitern aus, nicht wahr?«, stellte sie fest.

»Ja«, stimmte er zu. »Ich mag sie. Sie arbeiten hart und es sind alles gute Leute.«

Den Rest des Weges zu ihrem Wohnhaus sagte sie nichts mehr, aber das Schweigen war eher angenehm als unangenehm. Bull hielt in einer Parklücke und stieg aus, um sie die Treppe hinauf zu ihrer Tür zu begleiten.

Diesmal steckten ihre Nachbarinnen nicht die Köpfe aus ihren Wohnungen, aber er fragte sich, ob sie sie immer noch beobachteten.

»Ich habe mich gut amüsiert«, sagte Skylar, als sie vor ihrer Tür stehen blieben.

»Ich mich auch.«

Sie blickte zu ihm auf und biss sich nervös auf die Lippe.

»Ich rufe dich später an, wenn das in Ordnung ist«, sagte Bull zu ihr.

Sie nickte. »Das fände ich schön.«

»Ich wünsche dir einen schönen Rest des Tages. Entspann dich, genieße deinen Samstag«, erklärte er.

»Das werde ich.«

Am liebsten hätte er sie in die Arme genommen und ihr

einen Kuss auf den Mund gedrückt, aber Bull zwang sich, sich herunterzubeugen und sie stattdessen kurz auf die Lippen zu küssen. Es war ein keuscher Kuss und er stöhnte fast auf, als sie sich über die Lippen leckte, nachdem er sich zurückgezogen hatte, als wollte sie seinen Geschmack genießen.

»Pass auf dich auf«, sagte er zu ihr, als wären die Worte aus dem Nichts aufgetaucht. Dann löste Bull sich von ihr, ging rückwärts und ließ sie nicht aus den Augen, während er ging. Als sie sich nicht bewegte, nickte er in Richtung ihrer Tür. »Geh rein, Süße, damit ich weiß, dass du sicher drinnen angekommen bist.«

Sie nickte und schloss ihre Tür auf. Sie öffnete sie und drehte sich noch einmal zu ihm um. »Tschüss«, verabschiedete sie sich.

»Tschüss«, rief er und nickte ihr zu. Dann zwang er sich, sich umzudrehen und zur Treppe zu gehen. Er wäre ihr am liebsten in ihre Wohnung gefolgt und hätte noch ein wenig mit ihr geredet. Er wollte mehr über ihre Kindheit erfahren, darüber, ob es ihr auf der Highschool gefallen hatte, über ihr Verhältnis zu ihren Eltern und über die Kinder in ihrer Klasse ... aber er ging trotzdem weiter. Er würde später Zeit haben, all diese Dinge zu erfahren. Hoffte er.

Er stieg in seinen Wagen und schaute zu ihrer Wohnung hinauf. Die Tür war geschlossen und er konnte keine Spur von Skylar sehen. Dann vibrierte sein Handy mit einer Nachricht. Bevor er den Parkplatz verließ, schaute er noch einmal auf sein Telefon.

Skylar: Danke für die tolle Zeit. Kann es nicht erwarten, später mit dir zu reden.

Er fand es wunderbar, dass sie nicht gezögert hatte, ihn zu kontaktieren. Dass sie keine Spielchen zu spielen schien. Und dass er von *nett* auf *toll* hochgestuft worden war. Er schickte ihr sofort eine Antwort.

Bull: **Beste erste Verabredung aller Zeiten.**

Bull: **Ich rufe dich später an.**

Bull: **Hab einen schönen restlichen Tag.**

Dann legte er sein Handy auf den Sitz neben sich und lächelte. Skylar Reid war das Beste, was ihm je passiert war ... und er würde alles tun, um sie davon zu überzeugen.

KAPITEL ACHT

Sonntagabend saß Skylar auf ihrem Sofa und starrte ins Leere. Carson hatte am Vorabend angerufen, genau wie er es versprochen hatte. Sie hatten etwa eine Stunde lang über alles Mögliche geredet. Dann hatte er heute Nachmittag angerufen und sie hatten sich tatsächlich per FaceTime ausgetauscht. Auch hier hatten sie nichts Konkretes besprochen, aber das Gespräch hatte sich zu keinem Zeitpunkt schleppend oder unangenehm angefühlt.

Tatsächlich fühlte sie sich mit Carson schon nach wenigen Tagen wohler als mit einigen der Männer, mit denen sie wochenlang zusammen gewesen war. Er schien sich für ihre Arbeit zu interessieren und fragte sie nach ihren Kindern und was sie diese Woche mit ihnen vorhatte. Sie sprachen darüber, wann er und die anderen von *Silverstone Towing* vorbeikommen könnten, um ihre Abschleppwagen vorzuführen. Je mehr Skylar mit ihm sprach, desto mehr gefiel er ihr.

Als sie heute Morgen vom Einkaufen zurückgekommen war, hatten Tiana und Maria sie in die Enge getrieben und alle Einzelheiten über ihre Verabredung mit Carson wissen wollen.

Sie hatten ihr auch gesagt, dass sie ihn gut fanden. Sie hatten nicht viel von ihm gesehen, aber nachdem sie von ihrer Verabredung gehört hatten und was im Restaurant mit dem Trinkgeld passiert war, waren sie beeindruckt gewesen.

Als ihr Telefon klingelte, sprang Skylar auf und wurde aus ihren Gedanken gerissen. Sie lachte über sich selbst und sah, dass die Nummer ihrer Eltern auf dem Display stand.

»Hey, Mom«, sagte sie zur Begrüßung.

»Ich hätte auch dein Vater sein können, weißt du«, bemerkte Dayana lachend.

»Mom, du rufst mich jeden Sonntagabend an, seit ich von zu Hause ausgezogen bin. Ich wusste, dass du es bist.«

»Auch wieder wahr. Und wie geht es dir? Hattest du ein schönes Wochenende?«

»Mir geht es gut. Ich hatte ein tolles Wochenende«, erklärte Skylar ihrer Mutter und konnte die Freude in ihrem Ton nicht verbergen.

»Ja? Was ist passiert?«

»Ich habe jemanden kennengelernt.«

»Einen Mann etwa?«, fragte ihre Mutter.

Skylar lachte. »Also, ja. Ich habe ihn letzte Woche kennengelernt, als mein Wagen auf der 465 liegen geblieben ist.«

»Ist alles in Ordnung mit dir?«, fragte Dayana besorgt und vergaß für einen Moment, dass sie einen Mann kennengelernt hatte. »Was war denn mit deinem Wagen los? Warum hast du nicht deinen Vater angerufen?«

»Mom, mir geht's gut. Dad hätte ewig gebraucht, um dorthin zu kommen, und er hätte sowieso nichts tun können. Ich habe einen Abschleppwagen gerufen.«

»Ich hoffe, es war nicht einer dieser anrüchigen Orte«, mahnte ihre Mutter. »Wo ist dein Wagen jetzt? Musst du dir einen von unseren leihen, bis deiner repariert ist?«

»Er war in einer respektablen Werkstatt und mein Wagen ist bereits repariert.«

»Wirklich? Was war denn kaputt?«

Skylar wollte nicht zugeben, dass sie sich nicht sicher war. Als Carson ihr den Wagen zu ihrer Schule zurückgebracht hatte, hatte er nicht genau gesagt, was gemacht worden war, und als sie Stan angerufen hatte, um die Rechnung zu begleichen, hatte er ihr einen lächerlichen Betrag genannt, von dem sie wusste, dass er nicht stimmen konnte. Als sie ihn darauf ansprach, erzählte er immer wieder von verstopften Luftfiltern und anderem Autokram, von dem sie keine Ahnung hatte. Am Ende war es einfacher, sich bei ihm zu bedanken, zu zahlen, was er verlangte, und die Sache auf sich beruhen zu lassen.

»Nichts Ernstes«, versicherte sie ihrer Mutter. »Aber der Mann, den ich getroffen habe, ist Teilhaber der Abschleppfirma, die ich angerufen habe. Er war derjenige, der aufgetaucht ist.«

»Wirklich? Erzähl mir mehr«, verlangte Dayana.

Skylar lachte. »Sein Name ist Carson und seine Firma heißt *Silverstone Towing*. Er ist groß, hat schwarzes Haar, war beim Militär und er gibt sehr viel Trinkgeld.«

»Hmmmm, das klingt alles gut, aber behandelt er dich auch gut?«

»Das tut er«, sagte Skylar zu ihrer Mutter. »Ich mache mir irgendwie Sorgen, dass er zu nett ist.«

»Inwiefern?«

»Ich weiß es nicht. Ich meine, wir hatten bisher nur eine Verabredung, ein Mittagessen gestern. Aber jeder bei *Silverstone Towing* scheint ihn wirklich zu mögen und zu respektieren. Ich habe seine Freunde kennengelernt, die Jungs, mit denen er das Geschäft betreibt, und sie waren auch alle sehr höflich. Dank Daddy habe ich sie beim Gin Rommé haushoch besiegt, und sie haben sich nicht einmal aufgeregt. Sie schienen zu denken, dass es amüsant ist, dass ich so gut darin war. Wie auch immer, ich war nur mit Carson essen, aber ... Mom ... wir haben uns gut verstanden.«

»Hast du seit eurer Verabredung mit ihm gesprochen?«

»Ja. Er hat gestern Abend angerufen und heute hatten wir einen Videoanruf.« Ihre Mutter war so lange still, dass Skylar befürchtete, die Verbindung sei abgebrochen. »Mom?«

»Ich bin noch da«, bemerkte Dayana.

»Was denkst du gerade?«

»Ich denke, dass *du* dir zu viele Gedanken über diesen Kerl machst. Du musst dich nicht sofort entscheiden, ob du ihn heiraten willst. Geh aus, hab Spaß, schau, wohin die Dinge führen können.«

»Aber was ist, wenn er mir wehtut?«

»Was, wenn er das tut? Skylar, du bist erwachsen. Nur weil ein Freund dir wehgetan hat, heißt das nicht, dass es alle tun werden. Du bist alt genug, um ihm mitzuteilen, wenn er zu weit geht und wenn er etwas tut, was dir nicht gefällt. Du weißt so gut wie ich, dass es selbst in den besten Beziehungen unvermeidlich ist, verletzt zu werden. Der wichtigste Punkt ist, wie du damit umgehst. Und ich spreche nicht von körperlichen Verletzungen. Wenn dieser Carson dir auch nur einen blauen Fleck verpasst, lass ihn fallen wie eine heiße Kartoffel. Aber wenn die Verletzung auf einem Kommunikationsfehler oder einem Missverständnis zwischen euch beruht, dann müsst ihr wie Erwachsene darüber reden.«

»Du bist in dieser Sache sehr ermutigend«, bemerkte Skylar. »Wenn ich dir in der Vergangenheit erzählt habe, dass ich mich mit jemandem treffe, hast du mich immer ermahnt, es langsam anzugehen, um mich davon zu überzeugen, dass ich nicht nur mit ihm zusammen bin, weil ich einsam bin oder weil alle anderen um mich herum verheiratet sind.«

»Du hast recht«, sagte Dayana zu ihrer Tochter. »Aber dieser Typ ist anders.«

Schockiert fragte Skylar: »Woher weißt du das?«

»Ich kann es an deiner Stimme hören«, erklärte ihre Mutter selbstbewusst. »Du hattest schon andere Männer, die dich direkt nach einer Verabredung angerufen haben, und das hat dich genervt. Du fandest, dass sie zu schnell vorgingen. Dass du nur eine Verabredung hattest und dir nicht sicher warst, ob du sie wiedersehen wolltest. Dieser Carson hat dich seit gestern zweimal angerufen, und statt genervt zu sein, klingst du, als wärst du begeistert.«

»Stimmt«, gab Skylar zu.

»Was macht ihn so anders?«

Skylar dachte einen Moment lang über die Frage ihrer Mutter nach und seufzte dann. »Das ist schwer zu sagen. Er scheint einfach ... unsicher zu sein. Und das klingt seltsam, denn er ist definitiv nicht unsicher, wenn er mit mir ausgehen will. Ich glaube, wenn es nach ihm ginge, würde ich seine College-Jacke tragen und seinen Klassenring an meinem Finger haben.«

Ihre Mutter lachte und Skylar fuhr fort: »Ich spüre einfach, dass er mit mir zusammen sein will, aber irgendetwas sagt ihm, dass er sich zurückhalten soll, dass er es nicht wert ist oder so. Ich weiß es nicht.«

»Was weißt du über ihn?«, fragte ihre Mutter.

»Seine Mutter hat ihn verlassen, als er noch klein war, und sein Vater ist gestorben, als er siebzehn war. Gleich nach der Highschool ging er zum Militär und lernte dort seine Freunde kennen. Sie haben die Armee alle zur gleichen Zeit verlassen und *Silverstone Towing* gegründet. Ich glaube, einer seiner Freunde hat eine Menge Geld geerbt, und so haben sie es zu etwas gebracht. Aber Mom, du solltest diesen Laden sehen. Von außen

sieht es furchtbar aus. Wie ein heruntergekommener Schrottplatz. Aber drinnen ist es schön. Ich meine, so *richtig* schön. Voll
ausgestattete Küche, Videospiele für die Angestellten, Schlafräume. Und alle Angestellten, die ich getroffen habe, schienen so
glücklich zu sein, dort zu arbeiten. Ich kann mir nicht helfen,
aber ich denke, das liegt an Carson und seinen Freunden und an
der Art, wie sie das Unternehmen führen. Es ist beeindruckend.«

»War er jemals verheiratet? Hat er irgendwelche Kinder?«

»Er hat gesagt, dass er noch nie verheiratet war, und ich
glaube, dass er auch keine Kinder hat, aber wir sind noch in
der Kennenlernphase«, erklärte Skylar ein wenig abwehrend.

»Ich wollte dich nicht kritisieren«, versicherte ihre Mutter
ihr sanft. »Du weißt, dein Dad und ich wollen, dass du glücklich bist. Und dieser Carson klingt fantastisch. Du weißt aber
auch, dass ich nicht deine Mutter wäre, wenn ich dich nicht
darauf aufmerksam machen würde, dass du erst einmal wissen
solltest, wer er im Inneren ist, bevor du blindlings akzeptierst,
was du von außen siehst. Er mag muskulös und gut aussehend
sein, aber wenn sich dahinter ein schwarzes Herz verbirgt, ist es
egal, *wie* süß er ist.«

»Ich weiß«, sagte Skylar, und das tat sie auch. Sie schätzte
die Meinung ihrer Mutter mehr als die von irgendjemand
anderem auf der Welt.

»Werden wir ihn kennenlernen?«, fragte sie und überraschte Skylar damit völlig.

»Wow, wirklich?«

»Ja. Du warst noch nie zuvor so begeistert von jemandem.
Wenn Carson dich nach einer einzigen Verabredung schon so
beeindruckt hat, dann wollen dein Vater und ich ihn so schnell
wie möglich kennenlernen.«

»Ich würde ihn gern mal zum Essen mitbringen, aber ich
weiß noch nicht wann.«

»Arbeitet er viel?«

Skylar dachte darüber nach. Auch da war sie sich nicht sicher. Ja, er war gekommen, um ihr zu helfen, als sie bei *Silverstone Towing* angerufen hatte, aber sie hatte den Eindruck gewonnen, dass er und seine Freunde arbeiteten, wann sie wollten, dass sie keinen festen Zeitplan hatten. »Ich bin mir nicht sicher. Ich meine, das würde ich annehmen, da er Mitinhaber des Unternehmens ist.«

»Okay, wenn er an einem Wochenende Zeit hat, sag uns Bescheid, und wir laden ihn zum Mittag- oder Abendessen ein.«

»Danke, Mom.«

»Aber natürlich. Wir lieben dich und wollen nur das Beste für dich. Und wenn dieser Carson das ist, dann freuen wir uns sehr. Also ... was macht die Arbeit? Wie geht es deinen bezaubernden Kindern?«

Während der nächsten zwanzig Minuten erzählte Skylar ihrer Mutter alles darüber, was mit ihren Schülern los war. Sie erzählte ihr, dass Sandras Situation sich nicht geändert hatte. Ihr Vater arbeitete immer noch unglaublich viel, um ein Dach über dem Kopf zu haben, was bedeutete, dass sie praktisch jeden Tag so lange blieb, bis die Kleine abgeholt wurde. Die Nachmittagsbetreuung ging nur bis siebzehn Uhr und Skylar leistete Sandra auf dem Spielplatz Gesellschaft, bis Shawn sie abholen konnte, was normalerweise frühestens um halb sechs der Fall war.

Sie erzählte ihr, wie sie im Wohltätigkeitsladen passende T-Shirts gefunden und sie Chad und Brodie geschenkt hatte, und wie stolz sie gewesen waren, sie zu tragen und zu beweisen, dass sie wirklich Zwillinge waren. Keilani brachte allen ein paar grundlegende Hula-Schritte bei, die sie im Tanzkurs in Hawaii gelernt hatte, und Zahir lernte so schnell Englisch, dass Skylar davon überzeugt war, er würde am Ende des Schuljahres der beste Leser der Klasse sein.

»Ich bin so froh, dass du deine Berufung gefunden hast«, bemerkte ihre Mutter, als Skylar schließlich nichts mehr über ihre Kinder zu sagen wusste. »Es ist offensichtlich, dass du nicht nur gut in deinem Beruf bist, sondern dass du ihn auch liebst.«

»Das tue ich«, bestätigte Skylar. »Sie sind alle so unschuldig in diesem Alter. Ich bin keine Närrin, ich weiß, dass Mobbing immer früher anfängt, aber zumindest in meiner Klasse gibt es so etwas dieses Jahr nicht. Ich liebe es zu sehen, wie Gwen Zahir mit seinen Farben hilft, und ich war so stolz, als Cedric letzte Woche Marisol getröstet hat, als sie auf dem Spielplatz hingefallen ist. Ich wünschte, sie könnten für immer so unschuldig bleiben.«

»Das habe ich mir früher auch für dich gewünscht«, bemerkte Skylars Mutter.

»Ich bin mir ziemlich sicher, dass Carson denkt, ich sei immer noch total naiv«, entgegnete Skylar. »Ich schätze, er hat durch seine Zeit beim Militär und dadurch, dass er so jung Waise wurde, schon eine Menge durchgemacht.«

»Sind wir wieder bei Carson, hm?«, bemerkte Dayana lachend.

»Oh ... Entschuldigung«, sagte Skylar verlegen.

»Du musst dich nicht entschuldigen. Ich finde es toll, wie begeistert du von ihm bist. So aufzuwachsen, wo und wie du aufgewachsen bist – mit viel Geld, Essen auf dem Tisch und ohne die Sorge, kein Dach über dem Kopf zu haben –, hat dich definitiv verwöhnt. Aber ich werde mich nicht dafür entschuldigen. Wenn Carson ein richtiger Mann ist, wird er alles tun, damit du die rosarote Brille, durch die du die Welt siehst, nicht verlierst.«

»Ich weiß, dass die Welt ein schlechter Ort sein kann«, protestierte Skylar. »Ich sehe es jeden Tag mit meinen Schülern.«

»Du siehst es, aber du lebst es nicht«, erwiderte Dayana. »Das ist ein Unterschied.«

»Ich weiß, Mom«, sagte Skylar und war ein wenig verärgert.

»Ich will damit nur sagen, dass ich froh bin, dass dein Carson sieht, wer du bist. Ich liebe es, wie du das Gute in den Menschen siehst. Dass du Mitgefühl für deine Mitmenschen hast. Du hast ein weiches Herz. Das hattest du schon immer.«

Skylar wusste, dass ihre Mutter recht hatte. Sie war immer zu Tränen gerührt, wenn sie obdachlose Familien sah, die bettelten. Manchmal arbeitete sie freiwillig in einem Obdachlosenheim in der Innenstadt, aber es deprimierte sie so sehr, dass sie nicht mehr tun konnte, um den Menschen dort zu helfen. Sie versuchte, mehr Trinkgeld zu geben, als sie konnte, und sie zögerte nie, ihre Zeit zu opfern, um anderen zu helfen ... wie den Archers. Sie glaubte fest an das Karma, dass diejenigen, die hart arbeiteten, belohnt würden, und dass diejenigen, die anderen Schaden zufügten, eines Tages bekommen würden, was sie verdienten. »Ich hab dich lieb, Mom.«

»Ich liebe dich auch, Sky. Halt mich auf dem Laufenden über deinen neuen Mann, okay?«

»Das werde ich. Sag Dad, dass ich ihn lieb habe.«

»Mache ich. Ich weiß, dass du am Sonntag noch Unterrichtspläne zu erledigen hast, also lasse ich dich jetzt in Ruhe. Ich wünsche dir eine schöne Woche.«

»Ich dir auch.«

»Tschüss.«

»Bis dann.« Skylar schaltete das Telefon aus und starrte ein paar Minuten ins Leere. Wenn sie mit ihrer Mutter gesprochen hatte, fühlte sie sich immer besser, egal was in ihrem Leben passierte.

Sie atmete tief durch, griff nach ihrem Computer und zog ihn auf ihren Schoß. Sie musste sich an die Arbeit machen und den Unterricht für die kommende Woche planen. Sie würde sich nie genau an ihren Plan halten können – wie sollte sie auch, bei vierzehn Kindergartenkindern –, aber wenn sie keinen Plan hatte, endete alles meistens im Chaos. Also hatte sie gelernt, jeden Tag so gut wie möglich zu planen und sich dann daran zu halten.

Mit Blick auf die Zukunft dachte Skylar, dass es ihr vielleicht gelingen würde, die anderen Lehrer in ihrer Einheit dazu zu bringen, sich in der übernächsten Woche auf Abschleppwagen zu konzentrieren. So hatten sie genügend Zeit, um Bücher zum Lesen zu sammeln, Pinnwände vorzubereiten und generell ihre Räume in ein Abschleppwagen-Zentrum zu verwandeln. Sie würde morgen mit allen sprechen, um zu sehen, was sie davon hielten. Dann würde sie mit Carson seinen Zeitplan besprechen.

Je mehr sie darüber nachdachte, dass die großen Abschleppwagen nach Eastlake kommen würden, desto aufgeregter wurde sie. Die Kinder, ob jung oder alt, würden es lieben. Und sie würde es auch. Sie würde Carson auch außerhalb des Wochenendes sehen.

Sie genoss das Gefühl der Vorfreude und hoffte, dass das, was wie eine vielversprechende Beziehung aussah, funktionieren würde, und wandte sich ihrem Computer und der Planung für die Woche zu.

Am nächsten Morgen saß Bull mit seinen Freunden im Sicherheitsraum.

»Wir mögen sie«, sagte Eagle, ohne um den heißen Brei herumzureden.

Bull brauchte die Zustimmung seiner Freunde nicht, aber er konnte nicht leugnen, dass er erleichtert war, sie trotzdem zu bekommen.

»Sie ist nicht zimperlich«, bemerkte Smoke.

»Ich verstehe, was du mit der Naivität meinst«, fügte Gramps hinzu. »Und das meine ich nicht böse.«

»Das weiß ich doch«, beruhigte Bull ihn.

»Es ist nur so, dass sie wie eine frische Brise Wind ist. Man kann ihre Emotionen direkt in ihrem Gesicht ablesen. Sie wusste nicht, ob es eine gute Idee ist, uns kennenzulernen, aber sie war trotzdem freundlich und offen. Und es schien ihr auch nichts auszumachen, dass *Silverstone Towing* ein Arbeiterbetrieb ist«, fuhr Gramps fort.

»Nun, du hast ihre Reaktion auf das Äußere nicht gesehen«, bemerkte Bull mit einem kleinen Lachen. »Die Tarnung, die wir geschaffen haben, scheint zu funktionieren.«

»Apropos, das Unkraut wuchert wirklich wie verrückt«, beschwerte sich Smoke.

»Ganz zu schweigen davon, dass der Laden heute Morgen, als wir ankamen, ein verdammtes Chaos war«, fügte Eagle hinzu. »Niemand hat gestern Abend abgewaschen und der Müll stank zum Himmel. Jemand hat chinesisches Essen mitgebracht und es nicht aufgegessen. Die Garnelen haben heute Morgen den Mülleimer verpestet.«

»Warum hat jemand was mitgebracht, wenn wir einen ganzen Kühlschrank voller Sachen haben, die er essen kann?«, fragte Smoke.

»Na ja … wir haben letzte Woche eingekauft, aber anscheinend ist so ziemlich alles aufgegessen worden, und heute Morgen ist die Ausbeute ziemlich mager«, bemerkte Gramps.

Bull machte es nichts aus, dass das Gesprächsthema von Skylar abgewichen war. Er dachte so gut wie immer an sie, aber das bedeutete nicht, dass er wirklich wollte, dass seine Freunde ihre Beziehung auseinandernahmen.

»Verdammt, ich hasse es, Lebensmittel einzukaufen«, erklärte Eagle.

»Ich habe vielleicht eine Lösung für den Mangel an Lebensmitteln, das außer Kontrolle geratene Unkraut und das Chaos in den Räumen hier«, erwiderte Bull.

Plötzlich waren drei Augenpaare auf ihn gerichtet.

»Ach ja?«, fragte Smoke durchaus interessiert.

Bull erklärte ihm, was er vorhatte, und keine zehn Minuten später hatten sie einen Plan. Bull war dafür zuständig, alles in die Wege zu leiten, was er so schnell wie möglich tun würde, und Eagle würde sich an den Computer setzen und einige Nachforschungen anstellen.

Sie beschlossen, am Nachmittag wiederzukommen und sich über die Neuigkeiten vom Wochenende zu informieren, aber in der Zwischenzeit würden Gramps und Smoke die öffentlichen Bereiche aufräumen und mit dem Waschen der Bettwäsche in den Schlafzimmern beginnen. Eagle erklärte sich widerwillig bereit, die Schränke und den Kühlschrank mit Lebensmitteln aufzufüllen, und Bull sollte dafür sorgen, dass alle Fahrzeuge mit Kinderspielzeug gefüllt und die Autositze noch gesichert waren, und er sollte sich vergewissern, dass alle Fahrzeuge über ausreichend Scheibenwaschmittel verfügten.

Als Bull nach draußen ging, konnte er nicht verhindern, dass seine Gedanken wieder zu Skylar schweiften ... und er wollte es auch nicht. Er hatte sie an diesem Wochenende zweimal angerufen, und für einen Mann, der nie telefonierte, war es schön gewesen, einfach da zu sitzen und mit ihr zu plaudern.

Skylar war witzig. Klug. Und sie gab ihm das Gefühl, normal zu sein.

Bull wusste, dass er nie normal sein würde. Er konnte es gut vortäuschen – das hatte er während seiner Zeit im Delta-Force-Team gelernt, und er hatte es während der letzten fünf Jahre in der zivilen Welt sicherlich perfektioniert. Aber er und seine

Freunde waren immer einen Schritt davon entfernt, die Normalität hinter sich zu lassen.

Bull wusste, dass Skylar unter der Woche nicht mit ihm zu Mittag essen und auch nicht wirklich mit ihm reden konnte, aber das hieß nicht, dass er sie nicht wissen lassen konnte, dass er an sie dachte. Je mehr er darüber nachdachte, desto mehr gefiel ihm der Gedanke.

Bevor er sich an die Arbeit mit den Fahrzeugen machte, rief er kurz an.

Gegen Mittag würde er genügend Zeit haben, um nach Eastlake zu fahren und ein kleines Geschenk für sie zu hinterlassen, bevor er zu *Silverstone Towing* zurückkehrte und sich an die Arbeit machte. Er sollte genügend Zeit haben, um alles zu erledigen. Außerdem würde es Eagle und den anderen nichts ausmachen, wenn er sich ein wenig verspätete. Sein flexibler Zeitplan war eines der vielen Dinge, die er an seinem eigenen Unternehmen liebte.

Skylar hatte gerade ihre Klasse im Musikraum abgesetzt und hatte dreißig Minuten für sich. Sie wollte gerade zurück in ihr Zimmer gehen, um die Ruhe zu genießen, als die Schulsekretärin sie auf dem Flur abfing. »Im Hauptbüro liegt eine Lieferung für dich.«

Skylar runzelte die Stirn. »Bist du sicher?«

»Ich bin mir sicher. Das Paket liegt auf meinem Schreibtisch. Ich mach nur schnell Mittagspause.«

Skylar bedankte sich bei der Frau und drehte sich um, um in die entgegengesetzte Richtung zu gehen, in Richtung des Büros am Eingang der Schule.

»Oh, und Skylar?«

Sie drehte sich wieder um. »Ja?«

»Er scheint einer von den Guten zu sein.«

Mit diesen Abschiedsworten eilte die Sekretärin in Richtung Lehrerzimmer.

Mit einem Kribbeln im Bauch machte Skylar sich auf den Weg zum Hauptbüro. Als sie die Tür öffnete, sah sie die Lieferung sofort. Auf dem Schreibtisch lag eine braune Papiertüte, auf der in großen Druckbuchstaben ihr Name stand. Sie ging hinüber, und anstatt in die Tüte zu schauen, löste sie den kleinen Umschlag, der an die Tüte geheftet war, und öffnete ihn.

Ich dachte, ich könnte vielleicht helfen, deine Schüler für die Kraftfahrzeugwoche zu begeistern.

Bull

Nach dem Hinweis der Sekretärin hatte sie vermutet, dass das Geschenk von Carson stammte, und sie hatte recht. Aber ihre Vermutung, dass er ihr ein Mittagessen oder ein anderes kleines Geschenk geschickt hatte, war völlig falsch gewesen. Als sie die Tüte öffnete, stiegen ihr die Tränen in die Augen.

Sie zog eines der in Zellophan verpackten Zuckerplätzchen heraus. Es war bunt verziert und hatte die Form eines Abschleppwagens. Derjenige, der die Kekse verziert hatte, hatte ganze Arbeit geleistet und sie so naturgetreu wie möglich gestaltet.

Carson hatte ihren *Kindern* ein Geschenk mitgebracht. Nicht ihr.

Nichts hätte sie schneller für ihn einnehmen können.

Sie steckte den Keks zurück in die Tüte, hob sie auf und trug sie in ihr Zimmer, als enthielte sie kostbare Juwelen.

Er wusste nicht, dass Ignacio unter Zöliakie litt und kein Gluten vertragen konnte. Oder dass Karlee Diabetikerin war. Er hatte nur versucht, etwas Nettes für sie und ihre Schüler zu tun. Sie hatte schon öfter Blumen von ihren Freunden bekommen. Ein Mann hatte ihr sogar eine Halskette gekauft. Aber kein

Geschenk bedeutete ihr so viel wie die zwei Dutzend Kekse in der schlichten braunen Papiertüte, die sie im Moment in den Händen hielt.

Sie hatte an diesem Morgen mit den anderen Lehrern gesprochen, und sie waren alle hundertprozentig für die Kraftfahrzeugwoche. Skylar musste sich nur noch mit der örtlichen Feuerwehr und der Polizei abstimmen, ob sie an einem Tag in der übernächsten Woche auch mit einigen ihrer Fahrzeuge kommen würden, dann wäre alles perfekt.

Sie würde ihren Schülern sagen, was auf sie zukommt, und sie würden Kekse in Form von Abschleppwagen bekommen. Das bedeutete zwar, dass sie an diesem Nachmittag aufgedreht sein würden, aber das war Skylar egal.

Sie stellte die Kekse bereit und schnappte sich einen der glutenfreien Snacks, die sie für Ignacio bereithielt, sowie ein paar zuckerarme Fruchtsnacks für Karlee. Ungeduldig warf Skylar einen Blick auf die Uhr. Die Kinder würden bald zurück sein und sie konnte sich ein Lächeln nicht verkneifen.

Bull studierte gerade das Datenblatt des Justizministeriums über Jehad Serwan Mostafa, als sein Mobiltelefon klingelte. Eagle, Smoke und Gramps waren ebenfalls auf der Suche nach weiteren Informationen über Mostafa, einen US-Bürger, der für eine in Somalia ansässige Terrororganisation kämpfte. Er war in San Diego aufgewachsen, hatte aber die Staaten verlassen und sich Al-Shabaab angeschlossen, nachdem sein muslimischer Glaube immer radikaler geworden war.

Sie hatten Berichte erhalten, dass er kürzlich identifiziert worden war und angeblich in einer kleinen Stadt in Kenia lebte. Wegen seiner Beteiligung an der Terrororganisation stand er auf der *Liste der meistgesuchten Personen* des FBI. Er spielte eine aktive Rolle bei Terroranschlägen und würde dies auch weiterhin tun, wenn er nicht ausgeschaltet wurde. Und wenn die letzten Informationen, die sie erhalten hatten, stimmten, würden die Silverstone Jungs wahrscheinlich eher früher als später geschickt werden, um ihn zu eliminieren.

Doch als Bull Skylars Namen auf dem Display seines Telefons sah, verschwanden alle Gedanken an ihre nächste Zielperson aus seinem Kopf.

»Alles in Ordnung?«, fragte er anstelle einer Begrüßung.

»Danke«, entgegnete Skylar sofort. »Dein Geschenk war perfekt.«

Bull tat sein Bestes, damit sein Herz nicht mehr so schnell schlug. Er hätte nicht so erschrocken sein sollen, als er ihren Namen auf seinem Handy gesehen hatte, aber aus irgendeinem Grund war er es doch. »Gern geschehen.«

»Im Ernst. Ich hatte nicht vor, den Kindern von der Kraftfahrzeugwoche zu erzählen, aber die Kekse waren eine perfekte Möglichkeit, das Thema anzusprechen und sie zu begeistern. Und glaub mir, sie sind begeistert.«

»Gut. Wir haben vor Kurzem einer Dame geholfen, die einen Keksladen besitzt, und ich dachte, sie könnte vielleicht ein paar Kekse in der Form unserer Abschleppwagen machen. Sie hat mir einen großen Preisnachlass gegeben, weil sie es zum ersten Mal versucht hat, aber wenn du mich fragst, sahen sie verdammt gut aus.«

»Sie waren perfekt«, versicherte sie ihm leise.

»Wo bist du jetzt?«, fragte er und schaute auf die Uhr. Es war sechzehn Uhr fünfzehn. Er hatte gar nicht bemerkt, dass er und die anderen schon so lange im Sicherheitsraum waren und über die Informationen nachdachten, die sie über Mostafa erhalten hatten.

»Ich bin noch in der Schule. Genauer gesagt, ich sehe Sandra auf dem Spielplatz zu. Ihr Vater hat angerufen und gesagt, dass er heute noch später kommt als sonst. Er hatte eine Besprechung, die lange gedauert hat, und dann wollten sie noch einen Landschaftsbauauftrag abschließen.«

Bull bekam ein schlechtes Gewissen und hätte fast zugegeben, was er an diesem Tag gemacht hatte, aber er beschloss, es für sich zu behalten, bis die Sache erledigt war. »Tut mir leid, dass du immer noch auf der Arbeit bist.«

»Das gehört zum Job«, erklärte sie und schien überhaupt nicht verärgert zu sein. Und Bull wurde klar, dass sie es wahrscheinlich wirklich nicht war. Es machte ihr ehrlich nichts aus, länger zu bleiben, um dafür zu sorgen, dass eine ihrer Schülerinnen in Sicherheit war.

»Ich habe meine ganze Planung gemacht, als Sandra im Hort war. Nach siebzehn Uhr noch ein bisschen Zeit mit ihr zu verbringen ist kein großes Problem. Ich wollte nur anrufen und dir danken. Das hättest du nicht tun müssen.«

»Ich weiß. Ich wollte es aber tun«, sagte Bull zu ihr.

»Und du hast einen guten Eindruck auf die Sekretärin gemacht«, bemerkte Skylar.

»Ich habe nicht viel zu ihr gesagt«, gab Bull zu. »Sie musste einen Blick in die Tüte werfen, um sich davon zu überzeugen, dass ich keinen Sprengstoff oder so etwas mitbringe, aber ansonsten habe ich ihr gesagt, dass es für dich ist, und sie sagte, sie würde dafür sorgen, dass du es bekommst. Das war's.«

»Nun, es kommt nicht jeden Tag vor, dass jemand etwas für eine ganze Klasse in die Schule bringt. Nicht jemand, der nicht mit einem der Schüler verwandt ist, meine ich.«

»Deine Schüler sind dir wichtig«, erwiderte Bull. »Deshalb sind sie mir auch wichtig.«

Einen Moment lang sagte sie nichts.

»Sky?«

»Ich bin hier. Ich ... du machst mir eine Heidenangst, Bull.«

Bull blickte auf und sah, dass seine Freunde ihn beobachteten und nicht einmal so taten, als würden sie nicht mithören. Dass sich einer von ihnen ernsthaft für eine Frau interessierte, war neu ... für jeden Einzelnen von ihnen.

»Du hast nichts von mir zu befürchten«, erklärte er ihr ehrlich.

»Gut.« Sie stieß ein Lachen aus. »Nur, dass du mir das Herz brechen wirst, wenn du es leid bist, dass ich so viel arbeite und du die zweite Geige nach einem Haufen Fünfjähriger spielst.«

»Ich arbeite auch«, rief er ihr ins Gedächtnis. »Und ich kann gar nicht in Worte fassen, wie beeindruckt ich von deiner Entschlossenheit bin, diesen Kindern einen guten Start ins Leben zu ermöglichen. Wie sich ein Mensch als Erwachsener entwickelt, wird in den meisten Fällen schon in der Kindheit geprägt. Und mit dir an ihrer Seite haben sie ein verdammt gutes Beispiel.«

»Danke, Carson.«

»Gern geschehen. Ich weiß, dass du damit beschäftigt bist, auf Sandra aufzupassen, und Archer wird wahrscheinlich bald da sein, um sie zu holen. Fahr vorsichtig und sag mir Bescheid, wenn du zu Hause bist.«

»Mache ich.«

»Hast du Lust, heute Abend noch ein bisschen zu reden?«, fragte er, weil er sich nicht beherrschen konnte. »Ich will dich nicht lange aufhalten. Ich würde nur gern später weiterreden.«

»Das würde ich gern«, versicherte sie ihm. »Normalerweise gehe ich gegen halb zehn ins Bett, also ... vielleicht können wir gegen neun reden?«

Bull tat sein Bestes, um nicht an Skylar im Bett zu denken. »Klingt perfekt. Wir sprechen uns später.«

»Okay. Tschüss, Carson.«

»Tschüss, mein Schatz.«

»Das war raffiniert«, kommentierte Smoke, nachdem er aufgelegt hatte.

»Kekse für ihre Klasse. Verdammt, du hast's drauf, Kamerad«, bemerkte Eagle mit einem Grinsen.

»Lasst mich in Ruhe«, sagte Bull zu seinen Freunden.

»Was habt ihr noch vor?«, fragte Gramps.

Bull war nicht überrascht, dass sein Freund diese Frage gestellt hatte. Gramps schien immer vorauszudenken, und er kannte Bull besser, als dieser sich selbst wahrscheinlich kannte. Er lächelte. »Oh, dies und das.«

»Verdammt, an dir kann ich mir echt ein Beispiel nehmen«, entgegnete Eagle. »Ich hätte ihr wahrscheinlich einfach Blumen oder so etwas geschickt.«

»Ich wollte etwas Überraschendes machen«, bemerkte Bull.

»Weiß sie von Archer?«, fragte Smoke.

Bull schüttelte den Kopf. »Nein. Ich will ihr keine Hoffnungen machen, bevor es nicht in trockenen Tüchern ist.«

»Aber er schien interessiert, als du heute mit ihm gesprochen hast, oder?«, fragte Gramps.

»Oh ja. Vor allem, als ich ihm gesagt habe, dass er acht Stunden am Tag und vierzig Stunden in der Woche arbeiten würde und das Doppelte von dem bekäme, was er bei den drei Jobs, die er jetzt hat, verdient, und dazu noch Sozialleistungen. Er ist definitiv interessiert. Er hat heute die Papiere für die Hintergrundüberprüfung unterschrieben und mir gesagt, dass er sauber ist. Ich glaube ihm. Niemand kann so hart arbeiten wie er und gleichzeitig Drogen nehmen oder sich die ganze Zeit volllaufen lassen.«

»Wir werden ja sehen, die Hintergrundüberprüfung und die Anfragen, die wir bei seinen derzeitigen Chefs gestellt haben, werden es zeigen«, erwiderte Smoke.

»Stimmt. Er hat gefragt, ob er vorerst bei seinen jetzigen Jobs bleiben kann. Er wollte eine angemessene Kündigungsfrist einhalten. Er wollte niemanden im Stich lassen, vor allem nicht im Restaurant. Er schien sehr besorgt darüber zu sein, seinen Chef ohne Frühstückskoch zurückzulassen.«

»Er ist nicht nur ein guter Arbeiter, sondern auch noch loyal. Eine gute Kombination«, bemerkte Gramps.

»Das habe ich auch gedacht. Ich habe ihm gesagt, dass es kein Problem darstellt. Dass er weiterarbeiten kann, bis sein Nachfolger eingestellt wurde, egal wie lange es dauert, und dass er hier jederzeit willkommen ist. Auch wenn er noch nicht offiziell hier arbeitet, ist er doch Teil der *Silverstone-Towing*-Familie«, bemerkte Bull. »Wir können herausfinden, welche Arbeitszeiten für ihn am besten geeignet sind, wenn er die Freigabe zur Einstellung erhalten hat.«

»Skylar wird dir wahrscheinlich ein *ausgesprochen* persönliches Dankeschön dafür geben wollen, dass du den Vater ihrer Schülerin eingestellt hast«, erklärte Eagle und wackelte anzüglich mit den Augenbrauen.

»Ich habe das nicht getan, um mich bei ihr einzuschmeicheln«, widersprach Bull. »Ich habe es getan, weil es das Richtige ist ... für *Silverstone Towing*, Archer *und* seine Tochter. Sie sollte nicht so oft allein sein, wie es jetzt der Fall ist. Letztes Wochenende hat Skylar mir erzählt, dass er Sandra um halb vier Uhr morgens weckt, um sie zum Nachbarhaus zu bringen, wenn er zum Restaurant zum Kochen geht. Die Nachbarin bringt das kleine Mädchen zur Bushaltestelle, damit sie zur Schule gehen kann. Sie sieht ihren Vater fast nie, und das ist einfach nicht richtig.«

»Da gebe ich dir recht«, erwiderte Smoke. »Ich halte es auch für richtig, es Skylar erst zu sagen, wenn es beschlossene Sache ist.«

Bull nickte. Er wusste, dass es so war. Er hatte auch nicht gelogen, als er gesagt hatte, dass er nicht versucht hatte, Archer bei *Silverstone Towing* einzustellen, um in Skylars Gunst zu kommen ... oder in ihr Bett.

»Ich weiß nicht, wie es euch geht«, sagte Gramps, »aber ich werde noch ganz verrückt, wenn ich mir diesen Mist ansehe. Der Tipp mit Mostafa scheint echt zu sein.«

»Ich finde es wirklich schrecklich, dass er in den USA aufgewachsen ist, in San Diego aufs College gegangen ist und jetzt Terroristen anleitet, wie man Amerikaner tötet«, bemerkte Eagle angewidert.

»Die Tatsache, dass er dort knietief in die Sache verwickelt ist, sich mit anderen Terrorgruppen verschworen hat und auf dem durchgesickerten Video zu sehen ist, wie er in einem ihrer Lager fröhlich Sprengstoff benutzt, um seine eigenen Landsleute in die Luft zu jagen, ist wirklich schlimm«, fügte Smoke hinzu.

»Wir sind uns also einig, dass er aufgehalten werden muss?«, fragte Bull.

Alle drei seiner Freunde nickten.

»Ich werde mit Willis reden«, erklärte Gramps. »Mal sehen, was er uns noch besorgen kann. Wenn wir nach Afrika fliegen, um diesen Dreckskerl zu finden, brauchen wir eine Menge mehr Informationen. Wir wollen dort nicht ziellos umherirren. Rein, raus. Das ist das Ziel dieses Einsatzes.«

»Ist das nicht das Ziel jedes Einsatzes?«, fragte Eagle mit einem Grinsen.

»Ja, aber du weißt, was ich meine«, erwiderte Gramps ebenfalls mit einem Grinsen.

»Das tue ich. Und heute Abend können wir nichts mehr tun. Lasst uns nach Hause gehen, und wir fangen morgen Nachmittag an, wenn Gramps Zeit hatte, sich mit Willis in Verbindung zu setzen«, schlug Smoke vor.

Bull stand auf, legte die Hände auf seinen Rücken und lehnte sich stöhnend zurück. Er hatte lange gesessen, und sein Körper ließ ihn das jetzt spüren.

Er verabschiedete sich von seinen Freunden und ging

durch den Keller die Treppe hinauf. Er konnte es kaum erwarten, später am Abend mit Skylar zu sprechen. Er hoffte, es würde zu einer schönen Angewohnheit werden. Er konnte sich nämlich nichts Schöneres vorstellen, als ihre Stimme zu hören, kurz bevor er ins Bett ging.

Jay Ricketts lag still im dichten Laub des Waldes, der an den Parkplatz der Eastlake-Grundschule grenzte. Er hatte keine Angst, entdeckt zu werden. Er hatte seine Tarnhose und sein Tarnhemd an. Außerdem beobachtete er den Spielplatz nun schon seit zwei Wochen, ohne dass ihn jemand bemerkt hatte.

Er wusste, dass er dort nichts zu suchen hatte, aber er konnte sich nicht zurückhalten. Er starrte die rothaarige Lehrerin an, die normalerweise jeden Tag mit dem kleinen schwarzen Mädchen auf dem Spielplatz war. Die Frau hatte gerade ihr Gespräch auf ihrem Handy beendet und es in die Tasche gesteckt und schubste nun das Mädchen auf der Schaukel an. Beide lachten, und Jays Herz tat bei diesem Anblick buchstäblich weh.

Sie war wunderschön. Er konnte den Blick nicht von ihr lassen.

Es war schon lange her, dass er sich in jemanden verliebt hatte, und sie war ihm eines Tages aufgefallen, als er an der Schule vorbeigegangen war. Er war fasziniert davon gewesen, wie hübsch sie war. Dann hatte er ihr Lachen gehört ... und es war um ihn geschehen.

Er wollte sie.

Und was Jay wollte, bekam er auch. Man musste nur zusehen und auf den richtigen Zeitpunkt warten.

Die Frau blickte auf die Uhr und hörte auf, das Mädchen anzuschubsen. Beide gingen gemeinsam zurück zur Tür der

Schule, und Jay sah auf die Uhr. Langsam zog er das kleine Notizbuch hervor, das er immer bei sich trug, und notierte die Zeit.

An den meisten Tagen verließ das Duo den Spielplatz früher als heute Abend. Er runzelte die Stirn. Er mochte es nicht, wenn sich der Zeitplan änderte.

Auf dem Parkplatz standen nur wenige Fahrzeuge, und Jay konnte das Tor an der Rückseite des Spielplatzes ohne Probleme sehen. Es war kaputt. Er war eines Nachts um zwei Uhr in die Schule eingebrochen und hatte dafür gesorgt, dass es sich leicht öffnen ließ, ohne dass es so aussah, als wäre es defekt. Er hatte den Schließmechanismus verbogen, sodass sich das Tor zwar schließen, aber nicht verriegeln ließ.

Sein Plan musste perfekt sein, ohne Fehlkalkulationen, wenn sie ihm gehören sollte.

Aber die späte Stunde, zu der sie auf dem Spielplatz waren, störte ihn. Er musste sich über seinen Zeitplan sicher sein. Wenn er sie entführen wollte, musste er in der Lage sein, alle Variablen zu berücksichtigen. Er würde nicht noch einmal im Gefängnis landen. Einen zweiten Aufenthalt im Gefängnis würde er nicht überleben. Er musste schlauer sein als die Bullen, schlauer als alle anderen.

Jay blieb genau dort, wo er war, bis die kleine Lehrerin aus der Schule kam und den Parkplatz betrat. Er beobachtete, wie sie sich nach allem umsah, was eine Gefahr für sie darstellen könnte. Sie wusste nicht, dass er in der Nähe lag – und sie, wenn er es darauf anlegte, innerhalb eines Sekundenbruchteils außer Gefecht setzen konnte.

Aber jetzt war nicht der richtige Zeitpunkt dafür. Noch nicht.

Sie öffnete die Verriegelung an ihrem alten Corolla und stieg ein. Jay wartete, bis sie längst weg war, bevor er sich langsam aus seinem Versteck schlich. Er bahnte sich einen Weg durch das kleine Waldstück zu dem verlassenen Reihenhaus, das er vorläufig sein Eigen nannte. Sein Plan war es, sein Opfer dorthin zu bringen, sich für ein paar Tage zu verstecken und dann mit seiner neuen Braut aus der Stadt zu verschwinden.

Sein Schwanz zuckte in der Hose, und Jay konnte sich ein Lächeln nicht verkneifen.

Um sicherzugehen, dass ihn niemand sah, duckte er sich unter dem Brett, das waagerecht über die Hintertür seiner vorübergehenden Behausung genagelt war. Auf dem Weg in den Keller störte er nicht die Spinnweben, die überall in den Räumen des Erdgeschosses hingen.

Im Müll hatte er eine Matratze gefunden, die nicht allzu schmutzig aussah, und hatte sie ins Haus gebracht. Er überprüfte die Kette, die er am Boden befestigt hatte, und war zufrieden, als sie sich nicht lösen ließ. Die Fessel am Ende würde sich um ihren Knöchel legen, und sie wäre endgültig gefangen. Er konnte mit ihr machen, was er wollte.

Jay legte sich auf die Matratze, die er für sie hergebracht hatte, und ließ seine Hand zu seinem Schwanz wandern. Als das schwindende Sonnenlicht durch das kleine Fenster hoch oben in der Wand in den Raum kroch, schloss er die Augen und fantasierte von der Einen, die ihm gehören würde.

»Bald«, stöhnte Jay, während er sich selbst befriedigte.

KAPITEL NEUN

Zwei Wochen. So lange war es her, dass sie sich zum ersten Mal getroffen hatten. Skylar konnte nicht glauben, dass erst vierzehn Tage vergangen waren. Es kam ihr vor, als würde sie Carson schon ewig kennen. Das lag wahrscheinlich daran, dass sie jeden Tag miteinander geredet hatten, seit er sie zum Restaurant mitgenommen und ihr eine Führung durch *Silverstone Towing* gegeben hatte.

Manchmal sprachen sie nur zehn Minuten, aber meistens waren sie mindestens eine Stunde am Telefon. Oft rief er an, wenn sie auf dem Heimweg von der Arbeit war, und sie unterhielten sich, während sie das Abendessen zubereitete und aß, während sie überlegte, was sie am nächsten Tag anziehen wollte, und nachdem sie es sich auf ihrem Sofa bequem gemacht hatte. Manchmal rief er sogar zurück, nachdem sie ihren Unterrichtsplan kontrolliert hatte, um sich zu vergewissern, dass sie für die Woche noch im Plan war, und nachdem sie ins Bett gegangen war.

Das waren die Momente, die sie am liebsten mochte. Es erschien ihr sehr intim, mit ihm zu sprechen, wenn sie unter ihrer Bettdecke eingekuschelt war. Eines Abends hatte er um FaceTime gebeten, und obwohl sie sich zunächst geweigert hatte, hatte sie sich von ihm schließlich dazu überreden lassen. Sie hatte das Telefon neben sich auf das Kissen gelegt und war tatsächlich eingeschlafen, während er geredet hatte. Als sie eine Stunde später aufwachte, stellte sie fest, dass er den Anruf nicht abgestellt hatte. Er hatte sie also beim Schlafen beobachtet.

Skylar wusste, wenn sie jemandem davon erzählte, würde derjenige sagen, es sei unheimlich, aber sie hatte sich nicht im Geringsten komisch gefühlt. Als sie aufgewacht war, hatte er gesagt: »Wenn es überhaupt möglich ist, siehst du noch unschuldiger aus, wenn du schläfst. Ich wollte die Verbindung nicht unterbrechen, damit du aufwachst und dich schämst, dass du während des Gesprächs mit mir eingeschlafen bist. Wir sprechen uns morgen, okay?«

Carson kannte sie so gut, selbst nach nur zwei Wochen. Es wäre ihr peinlich gewesen, eingeschlafen zu sein.

Das tägliche Gespräch hatte möglicherweise ein tieferes Band zwischen ihnen geknüpft, als wenn sie während der letzten vierzehn Tage jeden Tag eine Verabredung gehabt hätten. Sie sprachen oft über nichts Wichtiges, aber sie hatte auch mehr darüber erfahren, wie eng er und seine Freunde miteinander verbunden waren.

Carson hatte ihr erzählt, dass er und sein Team einem Disziplinarverfahren unterworfen worden waren, was sie veranlasst hatte, aus der Armee auszutreten. Sie kannte die Einzelheiten nicht, weil er gesagt hatte, dass sie geheim seien, aber dass der Ausstieg die beste Entscheidung gewesen sei, die sie getroffen hätten. Sie wusste auch, dass er und seine Freunde einmal von einem Feind gefangen genommen und gefoltert worden waren. Sie hatte geweint, als sie diese Geschichte gehört hatte, und er hatte ihr schnell versichert, dass sie nach ein paar Tagen gerettet worden waren und dass es ihnen allen gut ging.

Skylar hatte ihm von ihrem ersten Jahr als Lehrerin erzählt, wie furchtbar sie gewesen war. Sie war überhaupt nicht darauf vorbereitet gewesen und befürchtete, dass sie ihren jungen Schützlingen mehr schaden als helfen würde. Er war natürlich anderer Meinung und versuchte, sie zu beruhigen, indem er ihr erzählte, dass das erste Jahr bei *Silverstone Towing* ein Desaster gewesen sei. Jeder einzelne Mitarbeiter hatte irgendwann im Laufe des Jahres gekündigt. Sie hatten aus ihren Fehlern gelernt und erkannt, dass die Stärke von *Silverstone Towing* in den Mitarbeitern selbst lag. Nicht, wie schick die Abschleppwagen waren oder dass die Besitzer Veteranen waren.

Letztes Wochenende waren sie ausgegangen. Carson hatte sie am Samstag gegen zehn Uhr morgens abgeholt und sie hatten den ganzen Tag zusammen verbracht. Sie hatten zu Mittag gegessen, bei *Silverstone Towing* Karten gespielt und sich in einem der kleinen Schlafräume einen Film angesehen. Sie hatte sich an ihn geschmiegt und es einfach genossen, im Arm gehalten zu werden, während der Film lief. Er hatte sie nach Hause gebracht und sie in seinem Wagen geküsst, bevor er sie zu ihrer Wohnung brachte.

Dann hatte er ihr am Sonntag ein chinesisches Gericht mitgebracht. Er war nicht geblieben, weil er wusste, dass die Wochenenden die einzige Zeit waren, die sie hatte, um Erledigungen zu machen und ihre Woche zu planen, aber er wollte dafür sorgen, dass sie gut aß.

Und fast jeden Tag hatte er ihr etwas in die Schule geliefert. Manchmal war es ein Leckerbissen für die ganze Klasse, manchmal war es nur für sie.

Es waren erst zwei Wochen vergangen, aber Skylar wusste, dass sie sich bis über beide Ohren in Carson verliebt hatte. Ja, sie hatte sich schnell verliebt, aber wie sollte sie das auch nicht? Alles, was er tat, schien aufrichtig zu sein.

Doch hin und wieder bemerkte sie etwas in seinem Tonfall. Als wartete er nur darauf, dass etwas geschah und sie ihm sagen würde, dass sie nicht interessiert war.

Sie hatte keine Ahnung, warum jemand wie Carson ein so geringes Selbstwertgefühl hatte, aber sie verabscheute es. Er war rücksichtsvoll, geduldig, lustig, beschützend und sehr klug. Er hatte tolle Freunde, und jeder bei *Silverstone Towing* schien ihn zu respektieren und zu mögen.

Heute war Freitag und Carson holte sie von der Schule ab. Sie hatte ihren Schlüssel bei der Sekretärin hinterlegt, damit Carson ihren Wagen abholen und zu ihrer Wohnung fahren konnte. Einer seiner Freunde holte ihn dort ab und brachte ihn zurück zu *Silverstone Towing*, bis es Zeit für ihre Verabredung war. Sie waren zum Abendessen verabredet und sie konnte es kaum erwarten. Normalerweise würde sie nach Hause fahren, sich umziehen und aufhübschen, aber Carson hatte versprochen, dass es nicht nötig sein würde, sich zu schick zu machen.

Sandras Vater holte seine Tochter gegen siebzehn Uhr dreißig ab, und dann hatte Skylar den Rest des Wochenendes frei.

Sie waren wie immer draußen auf dem Spielplatz, als Skylar glaubte, in den Bäumen hinter dem Lehrerparkplatz etwas zu sehen. Es stand nur ein Wagen auf dem Parkplatz, nämlich der der Sekretärin, denn Carson hatte ihren bereits abgeholt.

Skylar legte den Kopf schief und blinzelte, um besser sehen zu können, aber sie konnte nichts Ungewöhnliches entdecken. Der Wind wehte die Blätter an den Bäumen und sie beschloss, dass es das sein musste, was sie gesehen hatte. Und sie wusste, dass das Gespräch mit Carson sie ein wenig paranoid gemacht hatte. Er ermahnte sie ständig, auf der Hut zu sein, nach jemandem Ausschau zu halten, der ihr bei ihren täglichen Aktivitäten etwas antun wollte. Sie hatte sogar eine Flasche Wespenspray auf einem der hohen Regale in ihrem Zimmer stehen, unerreichbar für kleine Kinderhände, aber dennoch griffbereit – für den Fall der Fälle.

Als sie aus dem Augenwinkel eine Bewegung wahrnahm, drehte sie sich um und sah, wie Shawns klappriger Wagen auf den Gästeparkplatz fuhr.

»Sandra! Dein Vater ist da!«

Das kleine Mädchen kletterte vom Klettergerüst und lief auf ihre Lehrerin zu, so schnell ihre kleinen Beine sie tragen konnten. Sie gingen hinein und schnappten sich ihren Rucksack, der mit weiteren Büchern und Snacks beladen war, die Skylar zuvor eingepackt hatte, und gingen hinunter ins Büro, um ihren Vater zu treffen.

Skylar lächelte über die begeisterte Begrüßung, die Sandra ihrem Vater gab. Sie freute sich immer, ihn zu sehen, und das tat Skylars Herz gut.

»Ich wollte mich noch einmal bei Ihnen bedanken«, erklärte Shawn.

»Wofür?«, fragte Skylar.

»Dafür, dass es Ihnen nichts ausmacht, wenn ich Sandra erst so spät abhole.«

»Ist schon in Ordnung. Wir haben das schon besprochen. Es macht mir *wirklich* nichts aus. So kann ich meine Arbeit für die Schule schon machen, bevor ich nach Hause komme.«

»Nun, ich wollte Ihnen auch sagen, dass das in naher Zukunft kein Thema mehr sein wird.«

»Inwiefern?«, wollte Skylar wissen.

»Ich habe einen neuen Job. Einen *guten*«, erklärte Shawn. »Ich werde von acht bis vier arbeiten, sodass ich pünktlich hier sein kann, um Sandra abzuholen.«

»Das sind tolle Neuigkeiten!«, bemerkte Skylar und freute sich aufrichtig für den Mann und für Sandra.

»Und das habe ich *Ihnen* zu verdanken.«

»Mir?«, fragte sie verwirrt.

»Ja. Ich weiß, dass Sie etwas zu Bull gesagt haben müssen. Als ich ihn vor ein paar Wochen traf, sagte er, er hätte viel Gutes über mich gehört und hätte ein Angebot für mich. Als er mir von dem Job erzählte, bin ich fast umgefallen. Es klang zu schön, um wahr zu sein, wenn ich ehrlich bin. Ich habe keine Ahnung von Fahrzeugen, aber das war ihm egal.«

Skylar war verblüfft. Carson hatte Shawn einen Job angeboten? »Was für eine Arbeit hat er Ihnen angeboten?«, fragte sie.

Shawn lachte leise. »Na ja, das, was ich jetzt tue. Putzen, Gärtnern und Kochen.« Er beugte sich zu ihr und sagte leise: »Mit *Sozialleistungen*. Er zahlt mir mehr, als ich mit allen drei Jobs zusammen verdient habe. Es ist ein Wunder, und ich muss Ihnen dafür danken. Also, in meinem und Sandys Namen, danke.«

Skylar schluckte schwer, legte ihre Hand auf den Bizeps des Mannes und drückte zu. Sie freute sich sowohl für Sandra als auch für ihren Vater. Das war ein Wunder für sie, und ihr Herz fühlte sich an, als würde es gleich zerspringen. »Ich freue mich so für Sie.«

»Ich wollte nicht kündigen, also werde ich Sandra noch etwa zwei Wochen lang nicht rechtzeitig abholen können, wenn das in Ordnung ist.«

»Das ist kein Problem«, versicherte Skylar ihm. »Sandra und ich verstehen uns sehr gut, und es ist mir ein Vergnügen, auf sie aufzupassen, bis Sie sie abholen können. Ich freue mich für Sie, Shawn. Ich weiß, wie hart Sie gearbeitet haben.«

»Danke.« Shawn sah auf sein kleines Mädchen hinunter. »Wollen wir anhalten und ein paar Chicken Nuggets zum Abendessen holen? Wir haben was zu feiern!«

»Juhu!«, jubelte Sandra fröhlich.

Shawn nickte ihr zu, dann drehte er sich um und ging aus dem kleinen Büro.

»Ich wusste schon bei der ersten Tüte Kekse, die er vorbeigebracht hat, dass dein Mann ein guter Kerl ist«, stellte die Sekretärin fest.

Skylar drehte sich zu ihr um und lächelte. »Ja, er ist wirklich ziemlich erstaunlich.«

»Und wenn man vom Teufel spricht«, bemerkte die andere Frau und nickte zu dem großen Fenster im Büro.

Skylar blickte in den Flur und sah, wie Carson mit Shawn sprach. Sie schüttelten einander die Hände, bevor Carson sich umdrehte, um ins Büro zu gehen. Er erblickte sie durch das Fenster und lächelte.

Sie hatte das Gefühl, dass dieses Lächeln ihr immer weiche Knie bescheren würde. Skylar grinste zurück, verabschiedete sich von der Sekretärin und verließ das Büro, um ihm entgegenzugehen.

»Hey«, begrüßte er sie, aber sie gab ihm keine Gelegenheit, etwas anderes zu sagen. Sie stellte sich auf die Zehenspitzen, legte eine Hand an seinen Hinterkopf und zog ihn zu sich herunter. Er wehrte sich nicht und ihre Lippen trafen einander in einem heftigen Kuss. Ohne Rücksicht darauf, dass sie mitten auf dem Flur einer Grundschule standen, zeigte Skylar ihm ohne Worte, wie toll sie ihn fand.

Sie keuchte, als sie sich von ihm zurückzog. Er hatte beide Arme um sie geschlungen und hielt sie an seinen Körper gedrückt. »Wofür war das denn?«, fragte er. »Nicht dass ich mich beschweren würde.«

Lachend erwiderte Skylar: »Weil du unglaublich bist. Ich habe gerade gehört, was du für Shawn getan hast.«

Carson zuckte nur mit den Schultern. »Du hast gesagt, er

sei ein fleißiger Arbeiter, und die Jobs, die er hatte, waren alle genau das, was wir bei *Silverstone Towing* brauchen.«

Sie streichelte seine Wange und fand nicht die richtigen Worte, um ihm zu sagen, wie glücklich sie war. Skylar wusste, dass sie ein Glückspilz war. Was auch immer dieser Mann von ihr verlangte, sie würde es ihm gern geben. Ohne Fragen zu stellen.

»Bist du bereit zu gehen?«, fragte er.

»Ich muss meine Handtasche und meine Tasche holen.«

Ohne ein weiteres Wort schlang Carson seinen Arm um ihre Taille und drehte sie in Richtung ihres Klassenzimmers. Sie gingen Arm in Arm den Flur entlang und Skylar wusste, dass sie noch nie so glücklich gewesen war.

Als sie in ihrem Zimmer ankamen, machte sie sich auf den Weg zu ihrem Schreibtisch, um ihre Sachen zu holen. Sie konnte es kaum erwarten, mit Carson etwas zu unternehmen. Es machte ihr Spaß, mit ihm zu telefonieren, aber sie liebte es noch viel mehr, mit ihm zusammen zu sein. Sie hoffte, dass sie dieses schwindelerregende Gefühl nie verlieren würde, das sie jedes Mal überkam, wenn sie ihn sah.

»Bist du sicher, dass ich gut genug aussehe für das, was wir vorhaben? Wenn du kurz mit zu mir kommst, kann ich mich ganz schnell umziehen. Es wird nicht länger als fünf Minuten dauern.«

»Du bist perfekt«, sagte Carson zu ihr. »Ich dachte, wenn es dir recht ist, könnten wir zu mir gehen. Und ich verspreche dir, dass ich dich nicht zu irgendetwas drängen will. Ich dachte nur, dass es dir nach einer langen Arbeitswoche vielleicht gefallen würde, dich ein bisschen zurückzulehnen und dir keine Gedanken darüber machen zu müssen, was du trägst oder was andere Leute tun. Ich habe bei *Mamma Carolla's* bestellt. Eagle hat gesagt, dass es ihm nichts ausmacht, es für uns abzuholen und zu mir nach Hause zu bringen. Ich weiß, italienisch ist nicht mehr angesagt, wegen der vielen Kohlenhydrate und so, aber ich garantiere dir, dass du noch nie so gut italienisch gegessen hast wie von *Mamma Carolla's*.«

Skylar lief das Wasser im Mund zusammen, als sie nur daran dachte. »Ich liebe dieses Restaurant«, erklärte sie. »Ich habe dort schon ewig nicht mehr gegessen.«

»Du hast also nichts dagegen, mit zu mir zu kommen? Ich schwöre, dass ich nicht versuchen werde, dich zu verführen. Wir können auch ausgehen, wenn dir das lieber ist.«

»Ich kann mir nichts Schöneres vorstellen, als es mir mit dir gemütlich zu machen«, entgegnete sie ehrlich.

Sein Lächeln kehrte zurück. »Gut.«

»Carson?«, fragte Skylar.

»Ja?«

»Ich habe mich in dich verliebt«, platzte sie heraus. Sie bemerkte seinen überraschten Gesichtsausdruck, fuhr aber fort, bevor sie die Nerven verlor. »Ich weiß, wir kennen uns erst seit ein paar Wochen, und wir haben uns noch nicht oft getroffen, aber ich habe das Gefühl, dass ich dich durch unsere vielen Telefongespräche sehr gut kenne. Aber ... ich bin irgendwie am Durchdrehen.«

»Weswegen?«

»Ich ... bitte führe mich nicht an der Nase herum. Wenn du mich dazu bringst, mich in dich zu verlieben, und dich dann als heimlicher Missbrauchstäter entpuppst, oder du eine große Show abziehst, wird mich das zerstören.«

Er legte seine Hände in ihren Nacken und hob ihren Kopf an, sodass sie keine andere Wahl hatte, als ihm in die Augen zu sehen. »Ich missbrauche niemanden«, erklärte er ihr ernst. »Ich würde mir lieber die Fingernägel ausreißen, als irgendetwas zu machen, was dich verletzen würde. Und ich sitze im selben Boot wie du. Ich schaue ständig auf die Uhr und warte ungeduldig darauf, dass es halb sechs wird, damit ich deine Stimme wieder hören kann. Ich bin nicht perfekt, aber wenn ich in deiner Nähe bin, will ich ein besserer Mensch sein. Manchmal wünsche ich mir, dass ich es *mehr* wert wäre, dein Mann zu sein. Aber wenn du dich in mich verliebt hast ... Sky, das habe ich schon längst. Ich kann nicht glauben, dass dich noch niemand weggeschnappt hat, aber das ist deren Verlust und mein Gewinn.«

»Carson«, flüsterte sie, und seine Worte sorgten dafür, dass sie eine Gänsehaut auf den Armen bekam.

»Ich habe Geheimnisse«, gab er zu. »Manche Leute würden sagen, dass du dich weit, weit von mir fernhalten solltest. Aber ich schwöre dir, dass dich nichts, was ich getan habe, und nichts, was ich in Zukunft tun werde, jemals berühren wird. Bei mir bist du sicher.«

Skylar war sich nicht sicher, was er meinte, und sie fühlte sich sowohl bei seinen Worten als auch bei der Intensität, die dahinter steckte, ein wenig unwohl. Aber jegliches Unbehagen darüber, was er gemeint hatte, verschwand bei seinen nächsten Worten.

»Lange Zeit gab es nur mich und meinen Vater gegen den Rest der Welt. Er hat mir alles bedeutet, und ich habe ihn verloren. Ich dachte, ich würde diese Art von Verbindung nie wieder spüren. Dann traf ich Eagle, Smoke und Gramps. Ich hatte eine neue Familie gefunden. Für diese Jungs würde ich alles tun. Aber während der letzten Wochen, als ich dich in meinem Leben hatte, wurde mir klar, dass sie mir zwar wichtig sind, aber du mir noch wichtiger bist. Ich möchte die Art von Mann sein, zu dem du aufschaust und den du respektierst. Ich möchte *alles* für dich sein, denn so langsam beginne ich zu spüren, dass du mein Ein und Alles bist.«

Skylar schluckte, nicht sicher, was sie sagen sollte.

»Verdammt, ich weiß. Zu früh. Tut mir leid. Du sollst nur wissen, dass ich dich nicht als selbstverständlich ansehe. Du kannst mir vertrauen. Ich werde da sein, wenn du mich brauchst, immer.«

In vielerlei Hinsicht hatte er recht. Es war tatsächlich noch zu früh. Aber tief im Inneren fühlte es sich richtig an.

Nachdem sie tief durchgeatmet hatte, sagte sie: »Wie wäre es, wenn wir heute Abend italienisch essen und dann sehen, wie es weitergeht?«

Für einen Moment wurde Carsons Griff um sie fester, dann nickte er und strich ihr mit dem Rücken seiner Finger über die Wange. »Abgemacht«, entgegnete er. Er griff nach ihrer Tasche und schwang sie sich über die Schulter, und sie gingen Hand in Hand aus dem Klassenzimmer in Richtung Besucherparkplatz.

Skylar starrte ihn an, als er vorn um den Wagen herum zur Fahrerseite ging, nachdem er sich vergewissert hatte, dass sie bequem saß, und war erstaunt, dass er ihr gehörte. Alles in ihrer Beziehung war im Schnelldurchlauf geschehen, aber wie versprochen hatte er sie nicht unter Druck gesetzt. Kein einziges Mal. Er hatte sie sogar mehr als einmal daran erinnert, dass sie alles in ihrem Tempo machen würden.

Aber als er sie zu seiner Wohnung fuhr, war Skylar sich sicherer denn je, dass Carson der Mann war, auf den sie ihr ganzes Leben lang gewartet hatte. Sie hatte schon geglaubt, dass sie ihn nie finden würde, aber plötzlich, nachdem ihr Fahrzeug liegen geblieben war ... war er da.

Skylar legte den Kopf an die Rückenlehne und atmete tief durch. Sie freute sich darauf, Carsons Wohnung zu sehen. Sie wusste nicht, was für Geheimnisse er haben mochte, aber wie schlimm konnten sie schon sein? Ihm gehörte zusammen mit seinen Freunden ein Abschleppunternehmen. Seine Angestellten respektierten ihn und sie wusste aus erster Hand, dass er ein guter Kerl war.

Wahrscheinlich machte er sich Sorgen über das, was er beim Militär getan hatte, und dachte, sie würde ihn dafür verurteilen. Nun, das würde sie nicht. In der Armee zu sein war ehrenhaft, und wenn er dachte, sie würde wegen seiner Vergangenheit davonlaufen, würde er herausfinden, dass sie aus härterem Holz geschnitzt war, als er dachte.

Bis er bereit war, seine Geheimnisse zu verraten, würde sie es genießen, Zeit mit ihm zu verbringen und ihn besser kennenzulernen.

Vier Stunden später saß Bull mit einer schläfrigen Skylar, die sich an ihn gekuschelt hatte, auf seinem Sofa. Sie hatte ihm erzählt, wie sehr sie seine geräumige Wohnung liebte. Sie hatte drei Schlafzimmer und ein großes Wohnzimmer, das sich zur Küche hin öffnete. Sie war modern, und sie hatte bemerkt, wie viele Sicherheitsvorkehrungen es gab, nur um in das Gebäude zu gelangen. Es gab einen Code, um in die Parkgarage zu gelangen, und einen weiteren, um in die Eingangshalle zu kommen. Dort war ein Sicherheitsbeamter stationiert, der den Ausweis eines jeden überprüfte, bevor er den Aufzug betreten durfte. Schließlich benutzte Bull eine Schlüsselkarte, um mit dem Aufzug in seine Wohnung im obersten Stockwerk zu gelangen.

Natürlich hatte er dann mehrere Schlösser an der Tür zu seiner Wohnung.

In Anbetracht dessen, was er für *Silverstone Towing* nebenbei tat, ging Bull bei seiner Sicherheit kein Risiko ein. Oder bei ihrer. Er wusste, dass sie es für übertrieben hielt, aber das war ihm egal. Niemand würde ihr etwas antun, wenn sie bei ihm war. Niemand.

Eagle war aufgetaucht, kurz nachdem sie nach Hause gekommen waren, und hatte ihre Leckereien von *Mamma Carolla's* geliefert. Bull war sich nicht sicher gewesen, was Skylar wohl essen wollte, also hatte er viel zu viele Speisen bestellt, aber italienisch war am nächsten Tag sowieso immer besser. Sie hatten sich an gebratenen Ravioli, Kalbfleisch Marsala, Hühnchen Involtini und Tiramisu zum Nachtisch satt gegessen. Ihm gefiel, dass Skylar nicht in ihrem Essen herumgestochert hatte. Sie hatte es stattdessen verschlungen, als hätte sie seit Wochen nichts gegessen.

Und die Unterhaltung war nie ins Stocken geraten. Kein einziges Mal. Sie hatten über ihre Kindergartenkinder geredet, darüber, was sie für die am Montag beginnende Kraftfahrzeugwoche geplant hatte, über die Jobs, an denen er gearbeitet hatte, und darüber, wie Archer zum neuesten Mitarbeiter bei *Silverstone Towing* geworden war.

Er hatte vorgeschlagen, dass sie sich einen Film ansehen sollten, und sie hatte eifrig zugestimmt. Sie hatten sich gutmütig darüber gestritten, was sie sich ansehen sollten, aber Bull war das ehrlich gesagt völlig egal. Es reichte ihm, neben Skylar zu sitzen und sich über ihre Anwesenheit zu freuen.

Am Ende hatte sie sich für *Central Intelligence* mit Kevin Hart und Dwayne »The Rock« Johnson entschieden. Er hatte den Film schon einige Male gesehen und fand ihn gut. Aber noch mehr gefiel es ihm, ihn mit Skylar zu sehen. Sie kicherte und schnappte nach Luft ... und am Ende saß sie praktisch auf seinem Schoß.

Es war zweiundzwanzig Uhr, und so sehr sie sich auch bemühte, das Gegenteil zu behaupten, war es offensichtlich, dass Skylar erschöpft war. Bull wollte egoistisch sein und sich weiter mit ihr unterhalten, vielleicht sogar noch einen Film einlegen, damit sie auf ihm einschlief. Er hasste den Gedanken, sie in ihren miesen Wohnblock zurückzuschicken, aber er wusste, dass er keine andere Wahl hatte.

»Bist du müde?«, fragte er.

»Mmmmm.«

Nachdem er leise gelacht hatte, küsste Bull sie auf den

Kopf. »Ich sollte dich nach Hause bringen.«

»Carson?«

»Ich bin hier, mein Schatz.«

»Willst du nächstes Wochenende mit mir zu meinen Eltern kommen?«

»Willst *du*, dass ich nächstes Wochenende mit dir zu deinen Eltern komme?«, fragte er.

Sie sah zu ihm auf, und selbst in dem schwachen Licht konnte er sehen, wie schön ihre grünen Augen waren. Im Moment schienen sie einen dunklen Waldton zu haben, aber im Sonnenlicht leuchteten sie eher jadefarben. »Das fände ich schön«, erklärte sie ihm.

»Dann wird mich nichts davon abhalten, dich zu begleiten«, versicherte er ihr.

Sie lächelte ihn an, und Bull schwor sich, alles zu tun, um ihr immer diesen Ausdruck auf das Gesicht zu zaubern.

»Es ist nichts Besonderes. Nur ein Mittagessen am Samstag. Ich versuche, mindestens einmal im Monat nach Carmel zu fahren.«

»Du hast *Silverstone Towing* für nächsten Freitag in der Schule eingeplant, richtig?«, fragte er.

Sie nickte. »Ja. Die Feuerwehr kommt am Mittwoch, die Polizei am Donnerstag und ihr Jungs schließt die Woche ab.«

»Wie wäre es, wenn du nächsten Freitag nach der Schule wieder mit mir kommst?«, schlug er vor. »Ich bringe den Abschleppwagen zu *Silverstone Towing* zurück, dann könnten wir das tun, was wir diese Woche getan haben ... hier zu Abend essen, uns entspannen, und dann komme ich am Samstag vorbei, hole dich ab, und wir fahren nach Carmel.«

»Klingt perfekt«, sagte sie und leckte sich über die Lippen.

Und einfach so war Bull verloren. Er bewegte sich, bevor er überhaupt darüber nachgedacht hatte, was er da tat. Sein Kopf senkte sich wie von selbst und er küsste sie leidenschaftlich.

Sie öffnete sich ihm sofort und er spürte, wie sich ihre Fingernägel leicht in die empfindliche Haut in seinem Nacken gruben. Sie stöhnte auf und er zog sie auf seinen Schoß, bis sie rittlings auf ihm saß.

Bull legte ihr eine Hand auf den Rücken und zog sie näher an sich heran, bis ihre Muschi gegen seinen steifen Schwanz gedrückt wurde. Dann neigte er den Kopf und küsste sie, als hinge sein Leben davon ab. Für einen Moment konzentrierte er sich nicht darauf, was Sky wollte. Er nahm sich, was er brauchte. Und zwar sie.

Als sie sich gegen ihn stemmte, kam Bull zur Besinnung und löste seinen Mund von ihrem. Er ließ die Arme sinken und schämte sich dafür, wie aggressiv er gerade gewesen war. Er hatte Angst, dass er sie erschreckt hatte.

Bull holte tief Luft und zwang sich, sie anzusehen.

Was er sah, ließ seine Erektion in seiner Jeans pochen.

Skylars Lippen waren rosa und geschwollen, und als er sie beobachtete, leckte sie sinnlich darüber. Sie lehnte sich an ihn und fuhr mit ihren Händen über seine Brust und in sein Haar. Ihre Brustwarzen waren unter der hellblauen Bluse, die sie trug, sichtbar, und er hätte schwören können, dass er die Hitze zwischen ihren Beinen spüren konnte, die ihn bei lebendigem Leib verbrannte.

Langsam ließ er seine Hände ihre Beine hinaufgleiten und legte sie auf ihre Hüften. Einen Moment lang hatte er sich selbst erschreckt, weil er sich einfach genommen hatte, was er wollte, anstatt sich zu vergewissern, dass sie damit einverstanden war. Er war ein großer Kerl und konnte jemanden, der so klein war wie Skylar, leicht überwältigen.

»Das war so viel besser als in meinen Träumen«, flüsterte sie schüchtern.

Bull stöhnte auf, seine Finger wurden fester. »Du hast von mir geträumt?«, fragte er.

Sie errötete, nickte aber.

»Erzähl mir davon«, befahl er.

Sie zögerte, und er schlug sich im Geiste gegen die Stirn.

»Ich meine ... natürlich nur, wenn du willst«, räumte er ein.

»Du weißt, dass du heiß bist, wenn du so knurrig und fordernd wirst, oder?«, fragte sie, anstatt ihm zu antworten.

»Ich will dich nicht erschrecken«, entgegnete Bull ehrlich. »Ich will nicht, dass du denkst, ich würde jemals etwas tun, was du nicht willst.«

»Ich weiß«, versicherte sie ihm. »Und glaub mir, dass du mich auf dich gezogen und mich geküsst hast, hat mir definitiv keine Angst eingejagt.«

Bull seufzte erleichtert auf und ließ eine Hand seitlich an ihrem Körper hinaufwandern, wobei er ihre Brust streifte. Er lächelte zufrieden, als ihre Brustwarze sich erneut verhärtete. »Sag mir, wovon du geträumt hast«, befahl er erneut. Er hoffte, dass sie nicht gelogen hatte, als sie sagte, dass sie seine dominante Seite mochte.

Ihre Wangen waren immer noch rosig und er konnte rosa Flecke auf ihrem Dekolleté sehen, aber er gab seinen Gelüsten nicht nach. Er wollte hören, was sie zu sagen hatte. *Musste* es hören.

Im Zimmer war es halbdunkel, nur das Licht aus der Küche und die Beleuchtung des Fernsehers erhellten den Raum. Mit ihr auf seinem Schoß und seinen Armen um sie war die Atmosphäre intim – und er hatte noch nie jemanden so sehr begehrt wie Skylar. Ihre sexuellen Fantasien zu hören könnte ihn umbringen, aber er hatte nicht vor, sie heute Abend zu nehmen. Er wollte sie mit verzweifelter Heftigkeit, aber dies war nicht der richtige Zeitpunkt.

»Wir waren in meiner Wohnung, von der ich weiß, dass du sie noch nicht von innen gesehen hast, aber da ich *deine* Wohnung noch nicht gesehen hatte, habe ich mir dich dort vorgestellt. Jedenfalls hast du mich in mein Zimmer geschleppt – aus irgendeinem Grund waren wir beide schon nackt – und als ich auf mein Bett fiel, bist du zwischen meine Beine gekrochen, hast sie weit aufgeschoben und bist sofort in mich eingedrungen.«

»Verdammt«, fluchte Bull, und ihre Worte vermittelten ihm ein Bild, das ihn dazu brachte, genau das tun zu wollen, was sie beschrieb.

Skylar sah von ihm weg und konzentrierte sich auf einen Punkt hinter seinem Kopf. »Ich war schon ganz feucht, also hast du mir überhaupt nicht wehgetan. Du warst wirklich leidenschaftlich, fast dominant, und hast mich bewegt, wie du wolltest, während du mich gestoßen hast. Niemand hat sich je dafür interessiert, ob sich das, was er tat, für mich gut anfühlte, aber du hast dich immer wieder vergewissert, dass du mir nicht wehtust und dass ich es genieße. Ich kam einmal zum Orgasmus und dachte, das war's, aber du hast weitergemacht. Du hast mich nicht runterkommen lassen. Es war unglaublich.«

Bulls Schwanz war so steif, dass er sich anfühlte, als würde er aus seiner Hose platzen. Er legte eine Hand an ihren Hinterkopf und vergrub seine Faust in ihrem Haar. Sie neigte den Kopf nach hinten und er wartete, bis sie ihn ansah, bevor er sprach. »Ich kann es kaum erwarten, es dir zu besorgen«, erklärte er in einem tiefen, rauen Ton. »Ich werde dich immer und immer wieder kommen lassen, bis du mich anflehst aufzuhören.«

»Carson«, sagte sie atemlos.

»Wenn wir zusammen sind, kommst du zuerst. Jedes Mal. Immer. Verstehst du? Jeder Mann, der nicht dafür sorgt, dass seine Frau im Bett zufrieden ist, ist ein Idiot. Und Skylar ... ich bin kein Idiot.«

Sie schluckte und nickte.

Bull hielt seine Hand in ihrem Haar und strich mit der anderen über ihre Brust. Skylars Atmung beschleunigte sich, aber sie wich nicht zurück. »Du bist sehr empfänglich, und es wird mir Spaß machen, dafür zu sorgen, dass du die Beherrschung verlierst«, murmelte Bull und zwang seinen Blick von ihren harten kleinen Brustwarzen weg. »Hab keine Angst vor mir«, befahl er. »Wenn wir zusammen sind, wird es intensiv werden. Ich werde vielleicht Dinge tun, die du noch nie getan hast, aber ich werde immer dafür sorgen, dass es gut für dich ist, okay?«

»Okay«, antwortete sie augenblicklich.

Zögernd löste Bull seine Finger und streichelte ihren Nacken, bevor er seine Handfläche auf ihren Rücken legte. »Danke, dass du mir das erzählt hast.«

Skylar zuckte mit den Schultern. »Du gibst mir eben das Gefühl, dass ich dir alles sagen kann.«

»Gut«, bemerkte er zufrieden, »weil du es nämlich immer kannst.«

»Danke, dass du die Situation jetzt nicht noch seltsamer machst ... zumindest nicht seltsamer, als sie es ohnehin schon ist.«

»Komm her«, sagte Bull und zog sie sanft nach vorn, bis sie an ihm lag. Ihr Gewicht auf seiner Brust fühlte sich gut an. Richtig gut. Ihr Haar kitzelte seinen Kiefer und sie war warm und entspannt, und nichts hatte ihn jemals zufriedener gemacht. Bull hatte keine Ahnung, was er getan hatte, um das zu verdienen. *Sie* zu verdienen.

Am liebsten hätte er jetzt von seiner Zweitbeschäftigung bei *Silverstone* erzählt, von dem, was er und seine Freunde getan hatten. Aber er wollte auch nicht, dass die Nähe, die er zu ihr empfand, endete. Er war zu egoistisch.

Und er wusste, dass sie enden *würde*. Jemandem zu erzählen, dass man für seinen Lebensunterhalt andere Menschen tötete, war nicht gerade eine warme und kuschelige Sache. Sie wäre schockiert und verwirrt ... und es könnte sogar sein, dass er sie deswegen verlor.

Er war nicht bereit, sie zu verlieren.

Wie lange er auf seinem Sofa saß und mit Skylar kuschelte, wusste Bull nicht, aber schließlich war klar, dass er sie nach Hause bringen musste. Er drehte sich um und stand mit ihr in seinen Armen auf. Sie zuckte nicht einmal und gab ihm das Gefühl, überlebensgroß zu sein. Sie vertraute ihm, dass er sie nicht fallen lassen würde, und dieses Vertrauen bedeutete ihm alles.

Vielleicht, nur vielleicht, würde sie mit dem, was er tat, umgehen können. Vielleicht würde sie es so sehen wie er ... dass er sein Land, ja sogar die Welt, vor dem Bösen beschützte, das in ihr wohnte.

»Sehen wir uns morgen?«, fragte Skylar schläfrig, als er sie zu seiner Tür trug.

Er stellte sie vorsichtig auf die Füße und hielt sie dicht an sich gedrückt, damit sie nicht fiel. »Willst du mich morgen sehen?«, fragte er.

»Ja.«

»Dann ja, wir sehen uns morgen«, versicherte er ihr.

»Und Sonntag?«

Bulls Lippen zuckten amüsiert. »Ja.«

»Gut. Du fehlst mir nämlich unter der Woche. Vielleicht kannst du ja mal zum Abendessen vorbeikommen? Ich meine, wir telefonieren doch, also könntest du doch auch persönlich vorbeischauen, oder?«

Bull schwoll das Herz an. »Ja, allerdings.«

Sie lächelte zu ihm hoch. »Carson?«

Es gefiel ihm, dass sie das so oft tat. Seinen Namen sagte, um ihn um Erlaubnis zu bitten, ihn etwas fragen zu dürfen. Als würde er ihr etwas verweigern. »Ja, Sky?«

»Ich bin glücklich.«

Diese drei Worte hätten Bull fast umgehauen. »Ich auch«, erklärte er ihr ehrlich. Bis er sie getroffen hatte, war ihm nicht bewusst gewesen, wie sehr er sein Leben einfach nur so hingenommen hatte. Er war vorher nicht *unglücklich* gewesen, aber er hatte auch nicht viel Grund zum Lächeln gehabt. Bis jetzt, da er Sky hatte.

Es dauerte nur ein oder zwei Minuten, bis sie ihre Schuhe angezogen und ihre Sachen geholt hatte, dann gingen sie wieder hinunter in den Eingangsbereich und in die Garage.

Bull begleitete sie bis zu ihrer Wohnung und stellte fest, dass zumindest auf dem Parkplatz mehrere Lichter brannten und dass alle um ihre Wohnung herum ihre Außenbeleuchtung eingeschaltet hatten. Sie öffnete ihre Wohnungstür und fragte schüchtern: »Willst du reinkommen?«

Sein Schwanz zuckte, aber Bull ignorierte es. »Nein. Nicht heute Abend. Du musst etwas schlafen. Du bist erschöpft. Ich kann die Ringe unter deinen Augen sehen.« Er fuhr sanft mit dem Finger über einen davon.

Sie zog die Nase kraus. »Danke, dass du darauf hingewiesen hast«, beschwerte sie sich.

»Du bist wunderschön, mit oder ohne diese Augenringe«, versicherte Bull ihr ehrlich. Dann beugte er sich vor und sagte leise: »Wenn wir das erste Mal miteinander ins Bett gehen, werden wir beide hellwach sein und nicht müde von der Arbeit des Tages. Ich möchte deine Wohnung sehen, aber wir haben Zeit. Ich werde nirgendwo hingehen.«

Sie nickte. »Ich hatte einen schönen Abend. Danke für alles.«

»Gern geschehen.« Er rückte noch näher und nahm sich Zeit, sie zum Abschied zu küssen. Bull wollte sie gegen die Wand drücken und sie so nehmen, wie er es sich erträumt hatte, aber er zwang sich, sich zurückzuziehen. »Schlaf schön.«

»Du auch«, keuchte sie atemlos.

»Ich rufe dich morgen früh an, und dann können wir entscheiden, was wir machen wollen, okay?«

»Hört sich gut an.«

Bull küsste sie noch einmal auf die Stirn, dann entfernte er sich von ihr. »Geh in deine Wohnung und schließ die Tür ab«, befahl er.

Skylar verdrehte die Augen, tat aber, was er verlangte.

Erst dann ging Bull den Gang entlang zur Treppe, um zurück zum Parkplatz zu gelangen.

Auf dem Heimweg dachte er viel darüber nach, warum er sich so zu Skylar hingezogen fühlte. Zum Teil war es ihre Unschuld, die ihn dazu brachte, sie in Watte packen und vor der Welt beschützen zu wollen, zum anderen Teil war es ihre Begeisterung für das Leben. Sie zögerte auch nicht, zu sagen, was sie dachte – er konnte nicht glauben, dass sie ihm tatsächlich von ihren Träumen von ihnen beiden erzählt hatte. Allein der Gedanke daran ließ seinen Schwanz wieder steif werden.

Während der letzten zwei Wochen hatte er öfter eine Erektion gehabt als während der letzten zwei Jahre. Und das nur, weil er ihr beim *Reden* zugehört hatte. Er konnte sich nicht vorstellen, wie es sich anfühlen würde, Haut an Haut mit ihr dazuliegen. In ihr zu sein.

Bull zwang sich, auf die Straße zu achten, und dachte stattdessen an die kommende Woche. Er und die anderen waren kurz davor, die Informationen zu bekommen, die sie brauchten, um nach Afrika zu reisen und Mostafa aufzuspüren. Wenn der Mann glaubte, er käme damit durch, dass er Terroristen ausbildete, um seine eigenen Landsleute zu töten, dann irrte er sich.

Aber Bull musste sich überlegen, was er Skylar über sein Reiseziel erzählen wollte. Sie hatten sich beide daran gewöhnt, jeden Tag miteinander zu reden. Er konnte ihr nicht einfach sagen, dass er das Land verlassen würde, ohne zu erklären warum. Er wollte ihr nicht schon so früh in ihrer Beziehung mitteilen, was er tat, aber er begann zu ahnen, dass er keine andere Wahl haben würde.

Vielleicht war es besser so. Wenn sie nicht akzeptieren konnte, wer er war und was er tat, hatten sie nicht die geringste Chance, dass die Dinge zwischen ihnen auf Dauer funktionierten.

Bei diesem Gedanken hätte er seine Wut am liebsten an irgendetwas abreagiert, aber stattdessen atmete er tief durch, nachdem er seinen Wagen geparkt hatte. Das Schlimmste war, dass er wusste, dass er sich bereits hundertprozentig auf diese Beziehung festgelegt hatte. Er wollte ihre Eltern kennenlernen, und er konnte sich nicht vorstellen, auch nur einen Tag zu verbringen, ohne mit ihr zu sprechen. Wenn sie mit *Silverstone* nicht zurechtkam, hatte er das Gefühl, dass er sich nie davon erholen würde.

Bull beschloss, dass er keine andere Wahl hatte, als die Dinge einen Tag nach dem anderen anzugehen, stieg aus seinem Wagen aus und machte sich auf den Weg zurück in seine Wohnung. Er würde sie morgen und am Sonntag wiedersehen. Dann würde er während der nächsten Woche auf ihre Einladung hin mindestens zweimal bei ihr zum Abendessen vorbeikommen. Am Freitag würde er den größten Teil des Tages mit ihr verbringen ... und mit ihrer Klasse ... aber an diesem Abend würde er sie ganz für sich allein haben. Er würde ihre Eltern kennenlernen, hoffentlich einen guten Eindruck machen ... und dann würde er sich Gedanken darüber machen, wie er ihr von *Silverstone* erzählen konnte.

Er hatte Zeit.

Zumindest hoffte er das.

KAPITEL ZEHN

Skylar blickte liebevoll auf ihre vierzehn Kindergartenkinder herab. Sie waren heute extrem aufgeregt und überdreht. Nach ein paar Tagen Unterricht über verschiedene Arten von Kraftfahrzeugen waren sie begeistert, als sie am Mittwochnachmittag auf das Feuerwehrauto klettern durften. Sie durften in einem Krankenwagen sitzen und auch den Löschwasserbehälter des Feuerwehrautos ansehen. Am Donnerstag hatten sie die Gelegenheit, die Sirene eines Polizeiautos zu betätigen und ein Sondereinsatzfahrzeug zu erkunden.

Heute war der Tag von *Silverstone Towing*. Carson und seine Freunde brachten zwei ihrer neueren Fahrzeuge mit, um sie den Kindern vorzuführen. Skylar war mit Carson das Programm durchgegangen, und er schien sich überhaupt keine Sorgen zu machen, eine Klasse voller Kinder unterhalten zu müssen. Sie war sich nicht sicher, ob er einfach keine Ahnung hatte, wie wild Kinder sein konnten, oder ob er sich seiner Fähigkeiten, mit ihnen klarzukommen, wirklich so sicher war.

»Denkt daran, Jungs und Mädchen«, sagte Skylar zu ihren

Kindern, »ihr dürft nichts ohne Erlaubnis anfassen und müsst immer gut zuhören, okay?«

Alle nickten zustimmend, und dann konnte Skylar nur noch auf das Beste hoffen.

Die letzte Woche war unglaublich gewesen. Am Samstag hatte Carson sie abgeholt, und sie waren mit dem Fahrrad den Monon Wanderweg entlanggefahren. Es handelte sich um eine ehemalige Eisenbahnstrecke, die zu einem Rad- und Wanderweg ausgebaut worden war. Natürlich hatte Carson irgendwie gewusst, dass sie keine gute Radfahrerin war, und hatte für sie ein Elektrofahrrad ausgeliehen. Sie hätte nie erwartet, dass ihr das Radfahren so viel Spaß machen würde ... aber das lag daran, dass sie mit Carson zusammen war. Danach hatte sie ihn mit in ihre Wohnung genommen und sie hatten den Rest des Nachmittags damit verbracht, sich zu unterhalten, zu Abend zu essen und sich noch einen Film anzusehen.

Skylar war enttäuscht gewesen, als er gegangen war, ohne mehr zu tun, als sie zu küssen, und das, obwohl sie gut dreißig Minuten lang herumgeknutscht hatten.

Am Sonntag hatte er sie abgeholt und war mit ihr in *Rosie's Diner* zum Frühstück gegangen. Dann hatte er sie widerwillig wieder zu Hause abgesetzt, damit sie ihre Wochenendbesorgungen erledigen konnte.

Und dann hatte er dem Ganzen das Sahnehäubchen aufgesetzt, als er sie gefragt hatte, ob er am Dienstag vorbeikommen und mit ihr zu Abend essen könne. Und dann am Mittwoch noch mal.

Skylar gestand sich selbst ein, dass sie süchtig nach diesem Mann war. Sie wollte die ganze Zeit mit ihm zusammen sein und lebte dafür, mit ihm zu telefonieren, wenn sie ihn nicht persönlich sehen konnte.

Er hatte sie in seinen Bann gezogen, mit Haut und Haaren – und sie war ausgesprochen glücklich darüber.

Ein Klopfen an der Tür lenkte sie ab, und als sie sich umdrehte, sah sie Carson mit Eagle, Smoke und Gramps dort stehen.

»Mädels und Jungs«, rief sie, »unsere Gäste sind da. Wie wäre es, wenn ihr ihnen zeigt, wie höflich und gastfreundlich wir sein können?«

»Willkommen in unserer Klasse!«, riefen alle vierzehn kleinen Stimmen auf einmal.

Skylar eilte zu den Männern hinüber. »Kommt herein«, forderte sie sie auf. Dann senkte sie die Stimme und scherzte: »Sie beißen nicht ... zumindest nicht sehr stark.«

Alle vier Männer lachten und Skylar entspannte sich. Die Sache würde schon gut gehen.

Sie hatte mit den Jungs gesprochen, bevor sie hier ankamen, und sie hatten alle zugestimmt, sich mit kleinen Gruppen von Schülern zusammenzusetzen und ihnen Geschichten vorzulesen und darüber zu diskutieren, bevor sie zu den Abschleppwagen hinausgingen. Sie hatte ein paar Bücher gefunden, die für diesen Anlass geeignet waren. Carson las *Abschleppwagen Joe*, Eagle las *Sunnys Abschleppwagen rettet den Tag*, Smoke hatte *Kleiner grüner Abschleppwagen* und Gramps las *Wie viele Laster kann ein Abschleppwagen abschleppen?*

Skylar wusste, dass sie ein breites Grinsen im Gesicht hatte, als sie den großen, muskulösen, sehr männlichen Männern dabei zusah, wie sie ihren Kindern die Kinderbücher vorlasen. Sie machte sogar heimlich ein paar Fotos, denn sie wollte diesen Tag nie vergessen.

Sandra, Brodie und Chad waren bei Carson, und er hatte ihre volle Aufmerksamkeit. Er war ein Naturtalent im Umgang mit Kindern, und Skylar hatte das Gefühl, als würden ihre Eierstöcke jeden Moment explodieren – was ein Schock war. Sie nahm an, dass ihre biologische Uhr inzwischen ticken *sollte*, aber selbst mit zweiunddreißig hatte sie noch nie ein großes

Bedürfnis nach Fortpflanzung verspürt. Sie verbrachte fast jeden Tag mit kleinen Kindern, und sie genoss die kinderfreie Zeit, wenn sie nach Hause kam.

Als sie jedoch sah, wie Sandra ihre kleine Hand auf Carsons Knie legte, sich an ihn lehnte und ihn mit bewundernden Augen ansah, die deutlich zeigten, dass sie an jedem seiner Worte hing, konnte Skylar sich vorstellen, wie es wäre, wenn Carson seine eigenen Kinder hätte.

Sie schüttelte den Kopf über ihre eigene Dummheit und ging durch den Raum, hörte den kleinen Gruppen zu und ermutigte die Kinder, Fragen zu stellen. Als es offensichtlich war, dass die Kinder es kaum erwarten konnten, nach draußen zu gehen und die Abschleppfahrzeuge selbst zu sehen, versammelte sie sie um sich auf dem speziellen Teppich in ihrem Klassenzimmer.

»Okay, Leute. Wir werden gleich nach draußen gehen und uns einen Abschleppwagen aus der Nähe ansehen. Aber bevor wir gehen ... wer kann uns sagen, wann man vielleicht einen Abschleppwagen braucht?«

Fast jede Hand ging in die Luft, was Skylar gefiel. Sie wollte, dass sich jedes einzelne ihrer Kindergartenkinder mit seinen Antworten sicher fühlte und sich daran gewöhnte, nicht nur vor seinen Mitschülern, sondern auch vor den Fremden im Raum zu sprechen.

»Ignacio?«

»Wenn Mamas Wagen einen Platten hat!«

»Gut«, lobte Skylar. »Wann sonst noch? Gwen?«

»Wenn Papa vergisst, den Wagen zu tanken, und er stehen bleibt.«

»Stimmt. Kein Benzin mehr zu haben ist nicht gut. Wann sonst noch?«

Sie holte noch ein paar Antworten aus ihren Schülern heraus, bevor ihnen keine anderen Gründe mehr einfielen.

»Wir haben gestern mit den netten Polizisten gesprochen. Glaubt ihr, dass unsere heutigen Gäste mit der Polizei zusammenarbeiten?«

»Ja!«, riefen ihre Schüler alle aus.

Lächelnd nickte Skylar. »Ihr habt recht. Wenn es einen Unfall gegeben hat, rufen die Polizisten manchmal einen Abschleppwagen herbei. Solltet ihr Angst vor den Männern und Frauen haben, die mit ihren *großen* Lastwagen auftauchen, um euer Fahrzeug abzuschleppen?«

Alle vierzehn Schüler schüttelten den Kopf.

»Genau. Sie sind da, um zu helfen.« Skylar senkte die Stimme und beugte sich vor, als würde sie ihren Schülern ein Geheimnis verraten. Sie lauschten gespannt und beugten sich zu ihr hinüber. »Aber manchmal«, sagte sie leise, »mögen es die Erwachsenen nicht, wenn ein Abschleppwagen kommen muss. Wisst ihr warum?«

»Wegen des Geldes«, wusste Zahir.

»Weil es bedeutet, dass unser Wagen kaputt ist«, antwortete Karlee.

»Weil der Fahrer groß und Furcht einflößend ist«, entgegnete Marisol schüchtern.

Skylar nickte. »Ja, zu all dem. Aber wisst ihr was?«

»Was?«, fragten alle.

»Der Fahrer des Abschleppwagens hat den Unfall nicht verursacht, und euer Wagen ist vielleicht kaputt, aber *ihr* seid es nicht, und wir haben schon oft darüber gesprochen, dass das Aussehen eines Menschen nichts darüber aussagt, was für ein Mensch er im Inneren ist, nicht wahr?«

Alle nickten.

»Unsere Gäste – sie sind groß, nicht wahr?«

Alle Kinder drehten den Kopf und starrten Carson, Eagle, Smoke und Gramps an. Sie waren sich alle einig, dass die vier Männer wirklich groß waren.

»Ich weiß aus zuverlässiger Quelle, dass sie alle sehr nett sind. Nicht nur das, sie haben auch kleine Geschenke für verängstigte Kinder, wenn sie zu einem Unfall gerufen werden.« Sie merkte, dass das ihre Aufmerksamkeit erregte. Wahrscheinlich hätte sie nichts sagen sollen, denn jetzt würden sie alle ein Spielzeug erwarten, wenn ihre Eltern einen Abschleppdienst rufen mussten, aber jetzt war es zu spät, es zurückzunehmen.

»Wer ist bereit, einen großen Abschleppwagen zu sehen?«

Alle vierzehn Kinder streckten die Hände in die Luft, und Skylar lachte. Sie stand auf und ließ sie sich in zwei Reihen vor der Tür aufstellen. Sie warf einen Blick zu Carson hinüber – und erstarrte fast bei dem Blick, den er ihr zuwarf. Sie sah Respekt und Bewunderung ... aber auch etwas, was sie für Lust hielt.

Was verrückt war. Sie wusste, dass ihr Haar sich aus dem Dutt löste, den sie an diesem Morgen gemacht hatte, dass sie kein Make-up trug und dass sie in ihrem »Lehrerinnenmodus« war.

Aber das Verlangen, das sie in seinem Blick sah, war nicht zu leugnen.

Es war unmöglich, Carson zu ignorieren – sie wusste immer, wo er war –, aber sie tat ihr Bestes, es sich nicht anmerken zu lassen.

Gramps und Smoke gingen am Ende der Reihe, und Eagle und Carson gingen mit ihr vorn. Sie gingen den Flur entlang und durch die Tür hinaus zum Lehrerparkplatz, wo das Personal einige Plätze für die Abschleppwagen abgesperrt hatte.

Sie nahmen die Abkürzung über den Spielplatz, weil das schneller ging, und steuerten auf das Tor im hinteren Teil der großen Wiese zu. Es ließ sich leicht öffnen, als Skylar darauf drückte; der Riegel war schon vor einiger Zeit kaputtgegangen und immer noch nicht repariert worden.

Ihre Schüler waren ganz aufgeregt und Skylar konnte es ihnen nicht verdenken. Sie hatten so viel Spaß mit den Feuerwehrautos und den Polizeifahrzeugen gehabt, dass sie auch mit den Abschleppwagen eine tolle Zeit erwarteten. Zwei von ihnen standen auf dem Parkplatz, und sie sahen im Vergleich zu den anderen Fahrzeugen riesig aus.

Skylar teilte die Kinder in zwei Gruppen ein. Gramps und Eagle übernahmen sieben Kinder, Carson und Smoke die anderen sieben.

Skylar beobachtete sie eine Weile, um sich davon zu überzeugen, dass die Männer alles unter Kontrolle hatten, und als es mehr als offensichtlich war, dass das der Fall war, trat sie zurück und sah einfach zu, wie die Männer von *Silverstone Towing* ihre Schüler begeisterten.

Die Kinder wollten natürlich jeden Schalter umlegen und die Abschleppwagen in Aktion sehen. Carson überredete sie, ihn ihren Wagen abschleppen zu lassen, damit alle sehen konnten, wie es gemacht wurde. Skylar hätte es zu Beginn der Woche nicht gedacht, aber die Abschleppwagen waren definitiv der Höhepunkt ... mehr noch als die Polizei- oder Feuerwehrautos.

Als die Vorführung vorbei war, war der Schultag auch schon zu Ende. Skylar brachte ihre aufgeregten Kinder zurück ins Klassenzimmer und sorgte für Ordnung. Diejenigen, die von ihren Eltern abgeholt wurden, diejenigen, die mit dem Schulbus fuhren, und diejenigen, die zum Nachmittagsunterricht gingen, wurden in Gruppen eingeteilt.

Eagle, Smoke und Gramps fuhren mit den Abschleppwagen weg, und Carson blieb mit ihr zurück. Sandra würde noch eine Weile in der Nachmittagsbetreuung bleiben. Danach würde sie ins Klassenzimmer zurückkehren, um auf ihren Vater zu warten.

Skylar seufzte erleichtert über die wohltuende Stille im Klassenzimmer und blickte zu Carson hinüber. Er stand an die Wand gelehnt an der Seite des Raumes. Er hatte die Arme vor der Brust verschränkt ... und starrte sie mit demselben Blick an, den sie vorhin gesehen hatte.

In dem Moment, in dem er merkte, dass er ihre Aufmerksamkeit hatte, stieß er sich von der Wand ab und schlenderte auf sie zu.

Einen Moment lang wollte Skylar zurückweichen, so stark war seine Intensität, aber sie blieb standhaft und hob den Kopf, um ihn anzusehen, als er sich näherte.

Er sagte nichts, nahm einfach ihr Gesicht in seine Hände und beugte sich hinunter, um sie zu küssen. Der Kuss dauerte nicht lange, er presste seine Lippen fest auf die ihren, aber er zog sich nicht zurück, als er fertig war. Er starrte sie einen Moment lang weiter an, bevor er sagte: »Du bist unglaublich.«

Skylar wusste, dass sie wahrscheinlich rot wurde, aber sie griff nach oben und hielt seine Handgelenke fest – nicht um ihn aufzuhalten, sondern um eine tiefere Verbindung mit ihm zu spüren. »Warum?«

»Warum du unglaublich bist?«, fragte er. Dann fuhr er fort, ohne ihr eine Chance zur Antwort zu geben. »Weil du diesen Kindern einen fantastischen Start in ihre Schulzeit ermöglichst. Du bist geduldig mit ihnen, beantwortest all ihre Fragen, ohne sie zu verärgern; du schenkst ihnen Zuneigung, ohne Bedingungen zu stellen; und es ist klar, dass du deine Arbeit liebst.«

»Ich mache nur meinen Job«, protestierte sie.

»Nein, du tust viel mehr als nur das. Als ich klein war, hatte ich viele Lehrer, die offensichtlich nur ihren Job gemacht haben. Die Bürokratie des Lehrerberufs hatte sie erdrückt, und sie vegetierten nur noch vor sich hin, waren froh, wenn der Tag vorbei war, und ihr einziges Ziel bestand darin, ihr Gehalt zu verdienen. Ich bin sicher, dass du unterbezahlt bist, vielleicht hast du sogar Probleme, deine eigenen Rechnungen zu bezahlen, aber glaube nicht, dass ich den Vorrat an Snacks hinter deinem Schreibtisch nicht bemerkt habe, für diejenigen, die sich nicht genügend zu essen leisten können, oder den Stapel an Aufklebern und kleinen Spielzeugen, die du sicher für gute Leistungen verteilst. Ganz zu schweigen von den Stiften, Büchern, dem Bastelpapier und den zahllosen anderen Dingen, die du selbst bezahlt hast, um dein Klassenzimmer zu einem einladenden und fröhlichen Ort zu machen.«

»Carson, es gibt Tausende von Kindergärtnerinnen wie mich da draußen«, argumentierte Skylar. »Wir alle geben unser eigenes Geld aus, weil die Schulbudgets einfach nicht ausreichen.«

Er schüttelte den Kopf. »Aber du sorgst dich *wirklich* um deine Kinder«, entgegnete er. »Weißt du, was Sandra mir heute erzählt hat?«

Skylar schluckte und schüttelte den Kopf. Sie hatte die beiden vorhin reden sehen, und sie sahen sehr vertraut aus, aber sie war beschäftigt gewesen und hatte keine Gelegenheit gehabt, hinüberzugehen und zu sehen, worüber sie sich so intensiv unterhalten hatten.

Sie wusste, dass Sandra ihn nach seinem Spitznamen gefragt hatte. Obwohl Skylar dem kleinen Mädchen alles erzählt hatte, war sie nicht überrascht gewesen, dass Sandra die Geschichte von ihm hören wollte. Sie wusste auch, dass Carson die Sache mit Bullseye heruntergespielt hatte – er konnte einem kleinen Mädchen nicht gerade sagen, dass er ein ausgezeichneter Schütze war –, aber sie hatte keine Bedenken, dass er etwas Unangemessenes gesagt haben könnte. Es war eine wunderbare Überraschung, aber er schien wirklich gut mit Kindern umgehen zu können.

»Sie hat mir erzählt, dass sie manchmal traurig ist, weil sie keine Mutter hat, aber wenn sie in die Schule kommt, kann sie so tun, als wärst *du* ihre Mutter«, bemerkte Carson und holte sie aus ihren Grübeleien heraus.

Als Skylar das hörte, füllten sich ihre Augen mit Tränen.

Aber er war noch nicht fertig.

»Sie hat mir gesagt, dass sie weiß, dass du es warst, der ihrem Daddy irgendwie einen neuen Job besorgt hat. Weil er traurig war, dass er nicht so oft bei ihr sein konnte, wie er wollte. Sie sagte, dass sie abends Angst hat, wenn sie allein ist, aber dass sie weiß, dass sie ihrem Papa weggenommen würde, wenn sie jemandem etwas sagt. Sie hat sich so gefreut, dass er bei *Silverstone Towing* arbeiten würde und dass er jetzt abends bei ihr zu Hause bleiben könnte. Und sie wusste, dass sie es *dir* zu verdanken hatte. Sie sagte, du bist ihr Engel.«

Skylar weinte jetzt regelrecht. Die Tränen liefen ihr über das Gesicht.

Carson wischte sie mit seinen Daumen weg.

»Ich habe ihrem Vater den Job nicht besorgt. Ich wusste nicht einmal, dass *Silverstone Towing* neue Leute einstellt«, protestierte sie.

»Aber du hast dir Sorgen um Sandra gemacht. *Und* um ihren Vater. Du wusstest vielleicht nicht, dass er perfekt für uns wäre, aber du sorgst dich so sehr um die beiden, dass du es mir gegenüber erwähnt hast. Dieses Einfühlungsvermögen macht dich nicht nur zu einer guten Lehrerin, sondern auch zu jemandem, dem ich nahe sein will. Ich möchte deine fürsorgliche Art in mich aufnehmen und mit mir tragen, um sie herauszuholen, wenn ich dem Schlimmsten begegne, was die Welt zu bieten hat.«

Die Art, wie er den letzten Teil sagte, brachte Skylar dazu, besorgt die Stirn zu runzeln. »Sind die Kunden, mit denen du in Kontakt kommst, wirklich so schlimm?«, fragte sie.

Ihre Frage schien ihn aus dem angespannten Moment herauszuholen, in dem er sich gerade befand, denn Carson schloss die Augen und atmete tief durch. »Sandra ist etwas Besonderes. All deine Kinder sind etwas Besonderes. Und du hast einen großen Unterschied in ihrem Leben gemacht, ob sie es wissen oder nicht. Du bist eine großartige Lehrerin, Skylar. Ich hoffe, das ist dir klar.«

Skylar machte sein übertriebenes Lob ein wenig verlegen und sie zuckte nur mit den Schultern.

»Was kann ich tun, um dir zu helfen, während wir darauf warten, dass es siebzehn Uhr wird und Sandra von Archer abgeholt wird?«

Skylar dachte sich, dass »Mit mir rumknutschen, bis mir die Spucke wegbleibt« nicht gerade die richtige Antwort war, da es weder der richtige Zeitpunkt noch der richtige Ort war, also seufzte sie und erwiderte stattdessen: »Wenn du wirklich helfen willst, kannst du alle Stühle unter die Tische stellen und sie für mich abräumen, während ich einen kurzen Wochenrückblick für die Direktorin tippe. Sie will ihn in ihrem monatlichen Bericht an die Schulbehörde verwenden.«

»Wird gemacht«, entgegnete er – trat aber nicht von ihr weg.

»Carson?«

»Ja?«

»Du musst mich loslassen, wenn ich etwas schreiben soll.«

»Ich weiß«, erklärte er, aber er ließ sie immer noch nicht los.

Wenn sie ehrlich zu sich selbst war, gefiel es Skylar, dass er nicht aufhören wollte, sie zu berühren. Ihr ging es auch so.

Und plötzlich wollte sie mehr. Mehr von seinen Berührungen. Mehr von seinen Küssen.

Sie wollte das alles.

Seit sie sich kennengelernt hatten, war er stets ein Gentleman gewesen, was sie zu schätzen gewusst hatte, aber jetzt sollte endgültig Schluss damit sein. Heute Abend würde sie dafür sorgen, dass er wusste, dass sie für den nächsten Schritt bereit war. Dass er sich nicht länger zurückhalten müsste.

»Was soll dieser Blick?«, fragte er mit schief gelegtem Kopf, da er offensichtlich etwas von dem, was sie dachte, an ihrem Gesicht ablesen konnte.

Skylar grinste. »Nichts.«

»Gott helfe dem Mann, dessen Frau ›Nichts‹ sagt und dann so lächelt«, entgegnete er.

Es gefiel ihr, dass er sie als *seine Frau* bezeichnete.

Carson beugte sich hinunter und küsste sie noch einmal. Diesmal war es sanfter, ehrfürchtiger. Dann ließ er die Hände sinken und trat einen Schritt zurück. Er hielt einen Moment lang Blickkontakt mit ihr, bevor er sich umdrehte und einen Stuhl hochnahm.

Skylar ging zu ihrem Schreibtisch und setzte sich, zog ihren Laptop heran und öffnete ihn. Es gab nichts, was sie jetzt weniger tun wollte, als eine Zusammenfassung des Wochenverlaufs zu schreiben, aber sie wusste, wenn sie das erledigte, würde sie sich später keine Gedanken mehr darüber machen müssen ... und sie konnte ihre ganze Aufmerksamkeit Carson widmen.

Während er also ihr Klassenzimmer aufräumte und wieder in Ordnung brachte, schrieb sie schnell und effizient einen glänzenden Rückblick auf die Kraftfahrzeugwoche.

Um kurz nach siebzehn Uhr stand Bull mit Skylar draußen auf dem Spielplatz und sah Sandra beim Herumtollen zu. Sie war ein äußerst glückliches kleines Mädchen. Wenn man sie ansah, konnte man nicht ahnen, wie wenig Geld sie und ihr Vater hatten. Manche Leute könnten Mitleid mit ihr haben, weil sie einer Minderheit angehörte und in einem nicht so wohlhabenden Teil von Indianapolis lebte, aber Bull hatte das Gefühl, dass sie zu einer unglaublichen Frau heranwachsen würde. Sie war klug und konnte sich bereits in andere hineinversetzen. Sie hatte einen Vater, der alles für sie tun würde, und mit Skylar als erster Lehrerin hatte sie den perfekten Start in ihre Bildungsreise.

»Sie ist glücklich«, bemerkte Skylar neben ihm. »Das gefällt mir.«

»Das ist sie«, stimmte Bull zu. Dann fragte er: »Was ist mit dir?«

Sie drehte sich um und sah ihn an. »Was soll mit mir sein?«

»Bist du glücklich?«

Anstatt sofort zu antworten, dachte sie einen Moment lang über seine Frage nach.

»Das bin ich. Ich habe einen Job, den ich liebe und der mir genügend Geld einbringt, um ausreichend Lebensmittel und ein Dach über dem Kopf zu haben. Ich habe tolle Eltern, die mich dazu erzogen haben, das Beste in den Menschen zu sehen, und die mich bedingungslos lieben. Ich habe tolle Nachbarinnen, die auf mich aufpassen, und auch wenn wir nicht die besten Freundinnen sind, weiß ich, dass ich sie anrufen kann, wenn ich sie brauche, und sie sind für mich da.« Dann errötete sie und sagte: »Und ich habe einen unglaublichen Freund. Ja, Carson, ich bin glücklich. Bist du es auch?«

Das hätte er kommen sehen müssen, aber aus irgendeinem Grund hatte er es nicht getan.

Bull runzelte die Stirn. War er glücklich? Wäre ihm diese Frage vor einem Monat oder so gestellt worden, hätte er mit den Schultern gezuckt und gesagt, er sei mit seinem Leben zufrieden. Es war nicht so, dass er *nicht* glücklich gewesen wäre, aber er hatte auch nicht gerade vor Freude gestrahlt.

Aber jetzt? Er wachte jeden Tag fröhlich auf, weil er wusste, dass er mit Skylar sprechen und sie hoffentlich sehen würde. Sie war wie ein Sonnenstrahl in seinem sonst so langweiligen Leben. Selbst wenn er sich Berichte über den Abschaum der Gesellschaft ansah und über die schrecklichen Dinge las, die ein Mensch einem anderen antun konnte, berührte ihn das nicht mehr so wie früher. Und das lag alles an der Frau, die vor ihm stand.

»Ja, Sky, das bin ich«, erklärte er schließlich einfach.

Sie strahlte ihn an und legte ihre Hand in seine. Sie standen einen Moment lang da und sahen Sandra an, bevor das kleine Mädchen rief: »Schubsen Sie mich an, Miss Reid!«

»Sieht aus, als riefe die Pflicht«, erklärte sie lächelnd.

Bull ließ ihre Hand nur widerwillig los. »Ich warte hier.«

»Okay.« Skylar schenkte ihm ein Lächeln und ging auf Sandra und die Schaukel zu.

Bull steckte die Hände in die Hosentaschen und sah ihr beim Weggehen zu. Je mehr Zeit er mit Sky verbrachte, desto mehr verliebte er sich in sie. Sie war ehrlich gesagt so verdammt *gutherzig*, dass ihm das Herz wehtat.

Er wusste, dass er die Sache abbrechen sollte. Er würde sie verderben. Daran gab es keinen Zweifel. Und schließlich konnte er seine Nebenbeschäftigung nicht für immer geheim halten. Er wollte nie in einer Beziehung sein, in der er seine Frau anlügen musste.

Leider rückte der Zeitpunkt immer näher, an dem er sich mit Skylar zusammensetzen und ein ernstes Gespräch führen musste. Er war noch nicht so weit. Es kam ihm nicht so vor, als wären sie schon lange genug zusammen. Es bestand die Möglichkeit, dass sie erfuhr, was er und sein Team taten, und sie ihn auf der Stelle verließ.

Es sah so aus, als würde das *Silverstone*-Team nächste Woche nach Afrika fliegen. Die bisherigen Berichte hatten sich bestätigt. Mostafa war dort und bereitete sich angeblich darauf vor, eine neue Gruppe von Terroristen auszubilden, die Amerikaner auf amerikanischem Boden angreifen sollten. Wenn Bull und die anderen einen weiteren Anschlag wie vom elften September verhindern könnten, würden sie es tun. Es stand außer Frage, dass sie den Job annehmen würden.

Als er beobachtete, wie Skylar Sandra auf der Schaukel anschubste, und die beiden lachen hörte, zog sein Bauch sich vor Angst zusammen. Er bemühte sich bewusst, sich zu entspannen, und versuchte stattdessen, an das bevorstehende Wochenende zu denken. Sky würde mit ihm nach Hause kommen, und sie würden zusammen zu Abend essen und etwas unternehmen. Dann würde er sie am Morgen abholen und sie in Richtung Norden nach Carmel fahren, um mit ihren Eltern zu Mittag zu essen.

Er würde fast das ganze Wochenende mit ihr verbringen können. Darauf musste er sich in der kommenden Woche konzentrieren, nicht auf den Tod und die Zerstörung, die er einem Mann bescheren würde, der es mehr als verdient hatte.

Jay Ricketts beobachtete den Spielplatz von seinem Aussichtspunkt in den Bäumen aus und runzelte die Stirn. Er wusste nicht, wer der Mann war, der an dem Gebäude stand, aber er mochte ihn auf den ersten Blick nicht. Er beobachtete sein Mädchen mit viel zu viel Interesse. Er war eine Komplikation, die Jay weder brauchte noch wollte.

Jay hatte ihn den ganzen Nachmittag über beobachtet. Er hatte *alle* Männer der Abschleppfirma beim Flirten beobachtet.

Sie waren ganz nahe an *sein* Mädchen herangekommen, und die Eifersucht fraß Jay innerlich auf.

Er wollte derjenige sein, den sie anlächelte. Derjenige, zu dem sie aufschaute.

Und jetzt war einer der Männer zurückgeblieben. Er und die Kindergärtnerin waren eindeutig ineinander verliebt. Der Mann könnte ihm einen gewaltigen Strich durch die Rechnung machen.

Er wusste, dass er sich zusammenreißen und seinen Zeitplan vorverlegen musste. Er konnte sich nicht ewig hier verstecken und sie nur beobachten. Er musste handeln, und zwar schnell. Er musste noch einige Details klären, wie er mit ihr nach Chicago kommen wollte, aber sobald das geklärt war, würde er loslegen.

Er hatte nicht erwartet, dass jemand sie vermissen würde, aber jetzt wusste er, dass das vielleicht doch der Fall war. Sie würden sich eine Zeit lang verstecken müssen. Wahrscheinlich würde es einen Suchtrupp geben, aber er konnte sich genau hier vor ihrer Nase verstecken, und wenn die Luft rein war, würden sie aus Indianapolis verschwinden und in Chicago neu anfangen.

Sie würde zuerst widerwillig sein. Sie würde wahrscheinlich weinen und ihn anflehen, sie gehen zu lassen, aber das würde er nicht tun. Er würde sie *nie* gehen lassen. Das war es, was ihn zum ersten Mal in Schwierigkeiten gebracht hatte. Beim letzten Mal hatte er ihr geglaubt, als sie versprochen hatte, niemandem zu erzählen, was er getan hatte. Er würde nicht wieder ins Gefängnis gehen. Niemals.

Er würde sie behalten. Sie würde für immer ihm gehören. Irgendwann würde sie lernen, dass sie ihm gehörte, und sie würde ihm gehorchen und alles tun, was er verlangte.

Er sollte gehen, bevor der Mann ihn entdeckte. Er hatte die gleiche Ausstrahlung wie die Wärter im Gefängnis, die ständig die Umgebung absuchten, um nach Gefahr Ausschau zu halten. Aber wenn Jay jetzt aufstand, würde er mit Sicherheit erwischt werden. Am besten blieb er, wo er war, bis sie alle den Spielplatz verlassen hatten.

»Sie gehört mir«, knurrte Jay, als er den Blick wieder zu den beiden bei der Schaukel wandern ließ. »Du kannst sie nicht haben. Ich habe sie zuerst entdeckt.«

KAPITEL ELF

Skylar war nervös. Sie kuschelte sich an Carson auf seinem Sofa. Sie hatte die Knie angezogen und er hatte einen Arm darübergelegt. Mit dem Daumen streichelte er sanft ihre Haut, während er sie festhielt.

Sie hatten zu Abend gegessen und taten beide so, als sähen sie fern, aber Skylar konnte ständig nur daran denken, wie sehr sie ihn wollte. Sie beschloss, dass der beste Weg, die Dinge zwischen ihnen voranzutreiben, darin bestand, ihm einfach zu sagen, was sie wollte, und holte tief Luft. »Carson?«

Seine Lippen zuckten amüsiert. Sie wusste, dass er es lustig fand, wenn sie seinen Namen wie eine Frage aussprach, wenn sie etwas fragen wollte.

»Ja, Sky?«

»Ich bin bereit«, platzte sie heraus.

Er zog verwirrt die Augenbrauen zusammen. »Wofür?«

Verdammt, war das peinlich. Skylar wusste, dass sie wahrscheinlich knallrot war, aber sie machte keinen Rückzieher. Sie war zweiunddreißig Jahre alt. Nicht fünfzehn. Sie waren beide erwachsen, sie führten ein Gespräch unter Erwachsenen über Sex. Sie konnte das durchziehen.

»Sex zu haben.«

Die drei Worte schienen in der Luft um sie herum widerzuhallen, und sie zuckte zusammen.

Aber sie hatte jetzt definitiv seine volle Aufmerksamkeit.

»Ich meine, wir haben jeden Tag miteinander gesprochen. Ich kenne dich besser als jeden anderen Mann, mit dem ich je geschlafen habe. Nicht dass es so viele gewesen wären, und es ist schon eine ganze Weile her, wie du weißt. Aber du hast mir gesagt, dass wir in meinem Tempo vorgehen würden, und ich bin bereit. Das heißt, natürlich nur, wenn du noch Interesse hast.«

In dem einen Moment lag sie noch an ihn gekuschelt da und im nächsten lag sie auf dem Rücken unter ihm auf dem Sofa. Er lag über ihr, sein Gewicht lastete schwer auf ihrem Körper. Sie starrte überrascht zu ihm auf.

»Bist du sicher?«, fragte er.

Skylar nickte. »Ja. Ich hätte es sonst nicht gesagt.«

»Wenn du deine Meinung änderst, sag mir Bescheid«, erwiderte Carson ernst.

»Das werde ich nicht«, entgegnete sie selbstbewusst.

»Nimmst du irgendwelche Verhütungsmittel?«, fragte er.

»Ich nehme die Pille ... um meine Periode zu kontrollieren, aber ich dachte, du solltest besser auch ein Kondom benutzen. Ich vertraue dir, aber ...«

»Das hatte ich sowieso vor«, versicherte er ihr.

»Hast du vielleicht ... also, ich habe keine da«, bemerkte Skylar. Über geschützten Sex zu reden war schwieriger, als sie gedacht hatte.

»Seitdem ich dich kennengelernt habe, trage ich eines mit mir herum«, erklärte Carson ihr mit einem kleinen Lächeln.

Skylar blickte zu ihm auf. »Tatsächlich?«

»Ja. Ich wusste schon, dass ich dich wollte, als ich dich an deiner Bruchbude von Wohnung abgesetzt habe und du dich umgedreht hast, um mir zuzuwinken, bevor du reingegangen bist. Ich meine, wer macht das schon? Winkt einem Fremden, den er gerade erst kennengelernt hat, zu, als hätte er schon haufenweise Zeit mit ihm verbracht?«

Skylar zuckte mit den Schultern. »Ich anscheinend.«

»Ja, mein Schatz, das tust du. Und es ist wirklich bezaubernd. Ich wollte dich damals, und ich will dich jetzt. Aber wenn du es dir irgendwann anders überlegst, brauchst du nur ein Wort zu sagen, und ich höre sofort auf.«

Skylar legte den Kopf schief und stichelte: »Willst du mir damit sagen, dass du einen außerirdischen Penis mit Widerhaken und Rippen und so einem Mist hast, der mir so Angst machen könnte, dass ich die Sache abbreche, wenn ich ihn sehe?«

Daraufhin brach Carson in Gelächter aus und Skylar starrte einfach zu ihm hoch. An einem normalen Tag sah er gut aus, aber wenn er so sehr lachte, dass er nicht aufhören konnte? Dann war er einfach wunderschön.

Als er sich wieder unter Kontrolle hatte, schaute Carson noch einmal auf sie herab. Sein schwarzes Haar war zerzaust und seine braunen Augen funkelten vor Belustigung. »Es tut mir leid, dich enttäuschen zu müssen, aber ich habe nur einen normalen Schwanz, Sky. Er ist nicht monstermäßig groß, aber er ist auch nicht klein. Du wirst mein Bett nicht unbefriedigt verlassen.«

»Wir sind nicht in deinem Bett«, platzte sie heraus.

Ohne ein Wort zu sagen, stand Carson auf, beugte sich dann vor und hob sie vom Sofa.

Mit einem überraschten Kreischen schlang Skylar die Arme um seinen Hals und hielt sich an ihm fest, als würde ihr Leben davon abhängen. Innerhalb kürzester Zeit gingen sie den Flur entlang in Richtung Schlafzimmer. Sie hatte es gesehen, als sie das erste Mal in seiner Wohnung gewesen war, als er sie herumgeführt hatte.

Carson stieß die Tür mit der Hüfte auf und schritt auf sein großes Doppelbett zu. Die Bettdecke war zurückgeschlagen, als wäre er gerade unter der Decke hervorgekrochen. Skylar hatte gerade noch Zeit zu bemerken, dass auf dem Tisch neben dem Bett ein Stapel Bücher lag und dass der Wäschekorb in der Ecke mit Kleidung überquoll, bevor sie kurzerhand auf die Matratze geworfen wurde.

Kichernd blickte Skylar auf und sah, dass Carson sich bereits das *Silverstone-Towing*-Polohemd auszog, das er den ganzen Tag über getragen hatte. Sein Blick traf den ihren, und ohne den Blick abzuwenden, öffnete er seinen Gürtel und seine Jeans und schob sie sich die Beine hinunter.

Skylar ließ den Blick an seinem Körper hinunterwandern und sie spürte, wie ihr Herz schneller zu schlagen begann.

Carson »Bull« Rhodes war der Inbegriff maskuliner Perfektion.

Er hatte so viel Brusthaar, dass sie am liebsten mit den Fingern hindurchgefahren wäre. Sein Bizeps war prall und er schien kein Gramm Fett an sich zu haben. Er war nicht so muskulös wie die Bodybuilder, die sie aus dem Fernsehen kannte, aber er hatte sich offensichtlich in Form gehalten, nachdem er das Militär verlassen hatte.

Sie ließ den Blick zu seiner Leiste wandern und schluckte schwer. Skylar wusste, dass er gesagt hatte, sein Spitzname käme von seiner Fähigkeit zu schießen, aber sie konnte nicht umhin zu bemerken, dass er auch wie ein Stier gebaut war.

Er trug einen engen schwarzen Baumwollslip, der seinen Schwanz perfekt in Szene setzte. Seine Oberschenkelmuskeln waren angespannt, und dann war er mit ihr auf der Matratze. Er kroch zu ihr hoch und machte über ihr halt. Obwohl sie noch vollständig bekleidet war, fühlte Skylar sich eindeutig im Nachteil.

Carson spreizte ihre Oberschenkel und legte seine Hände neben ihre Schultern auf die Matratze. Er beugte sich zu ihr hinunter, bis sie seine Brust an ihrer eigenen spüren konnte. Skylar konnte nicht leugnen, dass sie das Gefühl, unter ihm zu liegen, liebte. Sie hielt sich an seinen Armen fest und wartete darauf, dass er die Führung übernahm. Plötzlich war sie ganz kleinlaut, nachdem sie die Gespräche über das Miteinander-schlafen und die Geburtenkontrolle und den sicheren Geschlechtsverkehr begonnen hatte.

»Alles in Ordnung?«, fragte er sanft.

Skylar nickte.

»Bist du nervös?«

Sie nickte wieder. »Ein wenig.«

»Warum?«

»Warum?«, entgegnete sie ein wenig verwirrt.

»Ja. Warum?«, wiederholte er. »Ich werde dir nicht wehtun. Alles, was in diesem Bett passiert, wird dir sogar richtig guttun. Warum genau bist du denn nervös?«

Jetzt kam sie sich irgendwie dumm vor. Sie senkte den Blick und starrte auf den Puls, den sie in seinem Nacken schlagen sehen konnte. »Ich weiß es nicht.«

»Sieh mich an«, forderte Carson sie auf.

Skylar leckte sich die Lippen und tat, wie geheißen.

»Ich finde dich wunderschön«, erklärte er ihr sanft. »Und das ist mehr als nur körperlich. Ich fühle mich zu dir hingezo-gen, seit ich dich zum ersten Mal gesehen habe. Dein rotes Haar ist verdammt schön, und die Art, wie deine grünen Augen funkeln, wenn du aufgeregt bist, würde ich am liebsten in einem Bild festhalten, damit ich es immer bei mir habe. Ich konnte nicht aufhören, daran zu denken, deinen wunderbaren Körper zu sehen und zu berühren. Aber ich fühle mich noch mehr zu dir als Mensch hingezogen. Du bist gut, bis auf das Mark deiner Knochen. Du bist mitfühlend, großherzig, fürsorglich, und ich habe keinen Zweifel daran, dass du deinen letzten Dollar einem anderen Menschen geben würdest, wenn er ihn braucht. Du gibst mir das Gefühl, ein besserer Mensch zu sein, einfach nur, weil ich in deiner Nähe bin.«

»Carson«, flüsterte Skylar, überwältigt von seinen Worten.

»Wenn du nervös bist, weil du dich vor mir ausziehst, musst du es nicht sein. Wenn du nervös bist, ob du mir gefällst, musst du es nicht sein. Wenn du wegen der Größe meines Schwanzes nervös bist, *musst du es nicht sein.* Und wenn du nervös bist, weil es lange her ist, dass du mit jemandem geschlafen hast ... das ist bei mir nicht anders.«

Carsons Worte ließen jede Nervosität, die sie verspürt hatte, verschwinden. Dadurch, dass er ihr gestand, dass er sich seiner Sache auch nicht so sicher war, sorgte er dafür, dass sie sich nicht ganz so allein fühlte.

Sie lächelte zu ihm hoch. »Es würde dir ziemlich schwerfallen, mit mir zu schlafen, wenn ich komplett angezogen bin«, neckte sie ihn sanft. »Mir scheint, ich erinnere mich, dass wir beide nackt sein müssen, damit es funktioniert.«

Ohne ein Wort zu sagen, setzte Carson sich in Bewegung. Er richtete sich auf und führte seine Hände zum Saum ihrer Bluse, wobei er sein Gewicht von ihr nahm, aber immer noch auf ihr saß. Skylar wölbte den Rücken und hob ihre Arme, um ihm zu helfen, und atmete kaum, als er ihr das Oberteil über den Kopf zog. Er warf den Stoff zur Seite, ohne den Blick von ihrem Körper abzuwenden.

Skylar hatte den schwarzen Spitzen-BH heute nur aus einer Laune heraus angezogen. Normalerweise trug sie ihre bequemen Baumwoll- und Sport-BHs. Aber heute Morgen, als sie sich für die Arbeit fertig gemacht hatte, weil sie wusste, dass sie mit Carson nach Hause gehen würde, und weil sie alles tun wollte, um sich Selbstvertrauen zu geben, hatte sie die hübsche Unterwäsche angezogen.

Sie war sehr froh, dass sie es getan hatte.

Carsons konnte den Blick nicht von ihrer Brust abwenden. Ihr Dekolleté war noch beeindruckender, wenn sie nicht auf dem Rücken lag, aber sie war nicht enttäuscht von seiner Reaktion.

Er legte seine Hände auf ihren Bauch und schob sie langsam nach oben. Er ließ sie über ihre Brüste wandern und streichelte ihre Schultern. Dann beugte er sich vor und ließ seine Hände zu ihrem Rücken gleiten. Skylar wölbte sich noch einmal und gab ihm Zugang zu dem Verschluss. Innerhalb kürzester Zeit war sie von der Taille aufwärts nackt.

In Anbetracht der Tatsache, wie langsam Carson mit ihr vorgegangen war, war sie davon ausgegangen, dass er vorsichtig vorgehen würde, wenn sie an diesem Punkt angelangt waren. Aber sie hatte sich geirrt. Sehr geirrt. Im einen Moment starrte sie ihm noch in die Augen, deren Pupillen vor Lust geweitet waren, und im nächsten keuchte sie auf, als er sich herunterbeugte und eine ihrer Brustwarzen in den Mund nahm.

»Carson!«, rief sie atemlos.

Er antwortete nicht, sondern saugte fest an ihrer Brustwarze. Skylar wölbte den Rücken, griff mit einer Hand in sein Haar und hielt sich fest. Er ließ seine andere Hand zu ihrer Brust wandern, an der er nicht saugte, und drückte die runde Kugel. Er fing an, mit den Fingern mit ihrer Brustwarze zu spielen, zwickte und rollte sie, während er sein Bestes tat, ihr mit seinen Lippen und seiner Zunge den Verstand zu rauben.

»Verdammt noch mal«, keuchte Skylar, während ihr Gehirn versuchte zu verarbeiten, was sie fühlte. Was er machte, war fast schmerzhaft, aber eben nur fast. Sie öffnete ihre Beine so weit wie möglich, während er sie spreizte, und sie stieß ihr Becken nach oben, weil sie mehr wollte.

Carson ließ ihre Brustwarze mit einem lauten Schmatzen los und hob den Kopf, um ihr Gesicht sehen zu können. »Sag mir, wenn ich dir wehgetan habe«, forderte er, seine Stimme rauer und tiefer, als sie sie je gehört hatte.

Sie schüttelte den Kopf. »Du hast mir nicht wehgetan.«

»Ich bin so verdammt verrückt nach dir, Sky«, gab er zu und drückte die Brust, die er immer noch in der Hand hatte.

Skylar konnte nur nicken. Ihre Haut fühlte sich an, als stünde sie in Flammen, und sie wollte ihn in sich spüren. Und zwar sofort.

Als sie einwilligte, ließ er von ihr ab und setzte sich wieder auf. Er ließ seine Hände zu dem Knopf an ihrer Jeans wandern und öffnete den Reißverschluss. Er rührte sich nicht von der Stelle, sondern zog ihr nur die Hose und die Unterwäsche über die Hüften.

Skylar half, so gut sie konnte, und tat ihr Bestes, um die Jeans auszuziehen, ohne ihn dabei zu treten. Carson richtete sich auf den Knien auf, schob seine eigene Unterwäsche nach unten, rollte sich dann blitzschnell auf eine Hüfte neben ihr und zog sie aus, bevor er sich wieder auf sie legte.

Sie erhaschte nur einen flüchtigen Blick auf seinen steifen Schwanz, bevor er sich dieses Mal zwischen ihren Beinen positionierte. Er drückte mit seinen Händen auf ihre Innenschenkel, bis sie direkt vor seinem Gesicht gespreizt war.

»Carson, bitte, ich brauche dich.«

»Und du wirst mich bekommen«, versicherte er ihr. »Sobald ich mich versichert habe, dass du mich ohne Schmerzen aufnehmen kannst.«

»Ich weiß nicht ... ich fühle mich dabei nicht wohl.«

Bei ihren Worten wurde Carson stockSteif, aber er bewegte sich nicht zwischen ihren Beinen. »Was meinst du?«, fragte er verwirrt und musterte ihr Gesicht.

Verlegen deutete Skylar mit ihrer Hand zwischen ihre Beine. »Du weißt schon, das.«

»Dass ich dich ansehe? Dass ich dich lecke? Dass du zum Orgasmus kommst, während ich zusehe? Was meinst du genau?«

»Ja!«, entgegnete sie hitzig. »Das alles.«

»Warum?«

»Verdammt, nicht schon wieder«, beschwerte sie sich.

»Ich mein's ernst. Warum?«, fragte Carson. »Hast du eine schlechte Erfahrung gemacht? Hat dir jemand wehgetan?«

»Nein, nichts dergleichen«, sagte sie, lehnte sich zurück und starrte an die Decke. »Ich habe nur ... ich habe es noch nie getan. Keiner der anderen Jungs hat sich die Mühe gemacht. Und es ist mir einfach peinlich, dass du mich so genau ansiehst.«

»Erstens ... können wir bitte nicht über andere Männer reden, wenn du in meinem Bett liegst?«, knurrte Carson. »Zweitens muss ich zugeben, dass ich es irgendwie liebe, dass es dir peinlich ist. Deine Unschuld macht mich verdammt an.«

»Ich bin nicht unschuldig«, protestierte sie.

»Doch, das bist du – und ich werde dich so richtig verderben.«

Einen Moment lang war Skylar nicht sicher, ob sie ihn richtig verstanden hatte, aber als sie seine Worte begriff, konnte sie nicht anders, als zu lachen. »Ernsthaft? Wenn du mich verdirbst, werde ich nicht mehr unschuldig sein«, gab sie zu bedenken.

»Doch, das wirst du«, konterte er. »Aber du wirst dich nach mir sehnen und nur nach mir. Niemand sonst wird in der Lage sein, mit dir zu machen, was ich mit dir machen kann.«

Er klang furchtbar selbstsicher und ziemlich eingebildet, aber Skylar stellte fest, dass es ihr egal war. Außerdem hatte er wahrscheinlich recht. Sie sehnte sich bereits nach ihm, und sie hatten noch nicht mehr getan, als miteinander zu knutschen. Sie war sich sicher, dass alles zwischen ihnen anders sein würde, nachdem sie miteinander geschlafen hatten. Viel intensiver.

Skylar war sich nicht sicher, was sie sagen sollte, und sie wusste nicht, worauf er wartete. Er lag geduldig zwischen ihren Beinen, mit den Daumen streichelte er die Innenseiten ihrer Oberschenkel und beobachtete sie erwartungsvoll.

Nachdem sie sich über die Lippen geleckt hatte, fragte sie: »Warum siehst du mich so an?«

»Ich warte darauf, dass du mir die Erlaubnis gibst, dich zu lecken. Um dir einen Orgasmus zu verpassen, der dich alles vergessen lässt, außer wie gut du dich fühlst. Wenn du dich wirklich unwohl fühlst, werde ich aufhören. Aber davon habe ich wochenlang geträumt. Davon, dich unter mir zu haben und dein Wimmern zu hören, wenn ich dich koste.«

Wie konnte sie dazu Nein sagen? Sie konnte es nicht.

»Okay«, flüsterte sie.

»Okay was?«, hakte er nach.

Verdammt, er nahm die Sache mit der Einwilligung ernst. »Du kannst mich dort lecken, wenn ich mich revanchieren darf.«

Bei ihren Worten zuckten seine Hüften einmal, als er mit dem Schwanz in die Matratze unter sich stieß. Er schloss die Augen für den Bruchteil einer Sekunde, bevor sie sich wieder öffneten, und dann fixierte er sie mit seinem Blick. »Willst du meinen Schwanz lutschen?«, fragte er.

Bei seinen Worten wurde ihr ganz flau im Magen. Sie nickte.

»*Verdammt. Davon* habe ich auch schon geträumt«, erklärte Carson ihr. »Deine Lippen an meinem Schwanz, wie du ihn leckst und saugst.«

Eigentlich war Blasen nicht gerade ihre Lieblingsbeschäftigung, aber Skylar hatte das Gefühl, dass es mit Carson eine völlig neue Erfahrung sein würde. Genauso wie es eine neue Erfahrung sein würde, wenn er sie oral befriedigen würde.

Dann, ohne ein weiteres Wort, senkte Carson den Kopf – und genau wie gerade, als er an ihrer Brustwarze gesaugt hatte, ließ er nicht mehr locker. Er schloss seine Lippen um ihre Klitoris und benutzte seine Zunge, um das kleine Nervenbündel zu liebkosen.

Skylar wand sich in seiner Umarmung, und sie war nicht überrascht, als er die Matratze ein Stück nach oben kroch, einen Arm über ihren Bauch legte, um sie ruhig zu halten, und sie weiter um den Verstand brachte.

Seine Zunge fühlte sich an wie ein Vibrator, und als er abwechselnd leckte, saugte und ihre Klitoris liebkoste, spürte Skylar, wie sie vor Erregung immer feuchter wurde. Sie war so feucht, dass sie sich selbst riechen konnte. Einen Moment lang machte sie sich Gedanken darüber, wie sie für ihn roch und schmeckte, aber als er dann mit der freien Hand ihre Spalte erkundete, vergaß sie alles um sich herum und konzentrierte sich auf das Gefühl, das er ihr gab.

Sein Finger war sanft im Vergleich zu dem, was seine Zunge mit ihrer Klitoris anstellte. Er drückte in ihren Körper und zog sich dann zurück, um jeden Zentimeter ihrer Falten zu streicheln. Dann fügte er einen zweiten Finger hinzu.

Skylar stöhnte auf, als sie spürte, wie er sie ausfüllte, und stieß sowohl gegen seine Hand als auch gegen sein Gesicht, während er sie weiter zum Orgasmus trieb.

Wie lange er sie am Rand des Orgasmus hielt, wusste Skylar nicht. Irgendwann schaute sie nach unten, weil er aufgehört hatte, an ihr zu saugen. Seine Finger drangen immer noch immer wieder in ihren Körper ein, und sie stemmte sich ihm immer noch entgegen, während Carson sie dabei beobachtete, wie sie sich unter ihm wand, als hätte er in seinem ganzen Leben noch nie etwas so Erstaunliches gesehen.

Sein Kinn und seine Lippen glänzten von ihren Säften und er machte keine Anstalten, sich das Gesicht abzuwischen. Er schien von ihrem Körper und dem, was er mit ihm anstellte, fasziniert zu sein. Er hielt ihren Blick gefangen, und Skylar konnte nicht einmal die braunen Iriden in seinen Augen sehen, so geweitet waren seine Pupillen.

Dann schaute er wieder zwischen ihre Beine und senkte die Hand, die auf ihrem Bauch lag, bis er mit dem Daumen auf ihre Klitoris drückte.

»Oh Gott!«, rief sie aus.

Er sagte kein Wort, und bevor er den Kopf senkte, sah sie nur noch, wie Carson sich die Lippen leckte.

Dann begann er erneut, an ihrer Klitoris zu saugen. Aber dieses Mal war es offensichtlich, dass er nicht nur versuchte, sie zu erregen. Es gab kein Necken. Er stieß mit den Fingern in sie hinein und drehte seine Hand so, dass die Handfläche nach oben zeigte. Dann begann er, gegen ihre Innenwände zu drücken, als wäre er auf der Suche nach … etwas.

Skylar keuchte auf, als er mit seinen Fingerspitzen ihren G-Punkt traf, und ihr Körper zuckte heftig.

Sie spürte, wie er lächelte, aber er hob den Kopf nicht. Er saugte so fest an ihrer Klitoris, dass es fast schmerzhaft wurde, während er sie tief in ihrem Körper massierte.

Der Orgasmus fegte ohne Vorwarnung über Skylar hinweg. Sie war kurz davor, seinen Kopf und seine Hände von sich zu stoßen, weil sie nicht glaubte, noch einen Augenblick länger diese erotische Folter aushalten zu können, aber dann spannte sich jeder Muskel in ihrem Körper an und sie krümmte den Rücken, als sie zum Orgasmus kam.

Carson hörte immer noch nicht auf. Mit den Fingern stieß er immer schneller in sie hinein, traf mit jedem Stoß ihren G-

Punkt, und Skylar wusste, dass sie seine Hand vögelte, als könnte sie nicht genug bekommen.

Schließlich hob er den Kopf, aber fing wieder an, seinen Daumen zu bewegen. Er drückte fest auf ihre Klitoris und verlängerte ihren Orgasmus, bis sie dachte, ihr Herz würde ihr aus der Brust springen.

Ihre Schenkel zuckten noch immer, und sie schnappte nach Luft, als sie spürte, wie Carson von ihr abließ. Sie registrierte kaum, dass er nach seiner Hose griff, die noch auf der Bettkante lag. Er rollte ein Kondom über seinen beeindruckenden Schwanz und war dann wieder zwischen ihren Beinen. Er rutschte auf seinen Knien nach vorn und spreizte ihre Beine noch weiter als zuvor.

Skylar wusste, dass sie am nächsten Morgen Muskelkater haben würde, denn sie hatte ihre Muskeln schon lange nicht mehr so gedehnt, wenn überhaupt jemals. Aber im Moment konnte sie an nichts anderes denken als daran, dass Carson in sie eindrang. Ohne ihn fühlte sie sich leer.

Die Luft im Raum war kühl an ihrer völlig durchweichten Muschi, aber auch das war ihr egal. Skylar konnte den Blick nicht von Carsons Schwanz abwenden. Aus diesem Blickwinkel, als er über ihr kniete und seinen Schwanz in der Hand hielt, sah er riesig aus.

»Alles in Ordnung?«, fragte er noch einmal.

»Besorg es mir, verdammt noch mal«, flüsterte Skylar, die ihn unbedingt in sich spüren wollte.

»Ich habe dich noch nie fluchen hören«, bemerkte Carson, während er die Spitze seines Schwanzes zwischen ihre Falten führte und sich mit ihrem Saft benetzte. »Das ist verdammt sexy.«

Skylar grub ihre Fingernägel in Carsons Oberschenkel und flehte: »Bitte, Carson!«

Dann beugte er sich vor und nahm sie, ohne zu zögern, so

wie er alles andere an diesem Abend getan hatte. Er versenkte seinen Schwanz in ihrem Körper, ohne ihr eine Pause zu gönnen, damit sie sich anpassen konnte.

Obwohl sie total feucht war, schmerzte es ein wenig, als er in sie eindrang. Aber als er ganz drin war, bewegte er sich nicht mehr und gab ihr die Zeit, die sie brauchte, um sich an seine Größe zu gewöhnen.

Skylar keuchte, hielt sich an ihm fest und blickte Carson ins Gesicht.

Er hatte den Kopf zurückgeworfen und ein Muskel in seinem Kiefer zuckte heftig. Es war mehr als offensichtlich, dass es für ihn absolute Ekstase war, in ihr zu sein.

Und plötzlich spürte Skylar keinen Schmerz mehr. Diesen Mann in ihrer Gewalt zu haben war so berauschend wie nichts anderes, das sie je in ihrem Leben erlebt hatte.

»Ich gehöre dir«, sagte sie leise. »Nimm mich.«

Für Bull hatte sich noch nie etwas so gut angefühlt, wie in Skylar zu sein.

Seit er zum ersten Mal ihre perfekten Brüste gesehen hatte, war er kurz davor gewesen, den Verstand zu verlieren. Sein Schwanz hatte gegen die Matratze gezuckt, während er sie leckte. Als Skylar begonnen hatte, seine Hand zu reiten, hatte er gedacht, er würde durchdrehen.

Er hatte nicht gelogen; sie so zu verführen war verdammt erregend. Er wusste, ohne zu fragen, dass sie noch nie so erregt gewesen war wie in diesem Moment. Seine Hand war vollkommen nass, und als er ihren G-Punkt gefunden hatte, war es offensichtlich, dass sie dort noch nie berührt worden war.

Nach ihrem Orgasmus hatte er beim Überziehen des Kondoms damit herumgefummelt.

Als sie »Besorg es mir, verdammt noch mal« gesagt hatte, war ihm klar geworden, dass er sie noch nie hatte fluchen hören. Er hatte alles getan, um sich davon abzulenken, wie sehr er in sie eindringen wollte, aber dann hatte sie ihn angefleht ...

Das war es gewesen. Er hatte ihr jede Gelegenheit gegeben, Nein zu ihm zu sagen, falls sie ihre Meinung geändert hatte. Dass sie nicht mit ihm schlafen wolle. Aber das hatte sie nicht. Sie hatte ihn *angefleht*, es ihr zu besorgen.

Also hatte er es getan.

Er hatte es langsam angehen wollen, aber sobald sich ihre Hitze um die Spitze seines Schwanzes geschlossen hatte, war es um ihn geschehen. Er war bis zum Anschlag in sie einge-drungen und hatte sich dabei jeden Moment gehasst, aber er hatte nicht aufhören können.

Er hatte gesehen, wie Skylar zusammenzuckte, und Bull hatte seine Lust mit all seiner inneren Kraft zurückgehalten. Er hatte stillgehalten, um ihr Zeit zu geben, sich darauf einzu-stellen, auch wenn es ein bisschen zu spät gewesen war. Er hatte den Kopf zurückgeworfen und mit den Zähnen geknirscht, um die Kontrolle zu erlangen, von der er wusste, dass er sie brauchte, um die kostbare Frau unter ihm nicht zu verletzen.

»Ich gehöre dir«, hörte er sie sagen. »Nimm mich.«

Seine Hüften bewegten sich, ohne dass er darüber nach-denken musste. Bull zog sich zurück und stieß in sie hinein. Als sie weder vor Schmerz aufschrie noch versuchte, ihn wegzusto-ßen, tat er es wieder. Und noch einmal.

Dann besorgte er es ihr richtig. Sie machten nicht Liebe. Er besorgte es seiner Frau so heftig, dass ihre Brüste bei der Bewe-gung auf und ab hüpften. Aber ein Blick in Skylars Gesicht zeigte Bull, dass sie es genoss. Sie umklammerte seine Arme so fest, dass er Abdrücke von ihren Fingernägeln bekommen würde.

Bei jedem Stoß stöhnte sie auf und drückte ihm ihre Hüften entgegen, um ihn anzuspornen. Ermutigte ihn.

In diesem Moment wusste Bull, dass er sie liebte.

So hatte er noch nie für eine Frau empfunden. Noch nie. Skylar Reid war wie geschaffen für ihn.

Er griff nach unten, packte eine ihrer Pobacken und öffnete sie noch ein wenig mehr. Sie stöhnte in Ekstase.

»Du gehörst *mir*«, knurrte Bull, während er es ihr noch heftiger besorgte.

»Dir!«, stöhnte sie.

Bull wollte spüren, wie sie an seinem Schwanz kam. Mit schierer Willenskraft stoppte er seine Stöße, setzte sich auf seine Fersen und zog Skylars Po auf seine Oberschenkel. Die Position zwang ihr Becken nach oben und er konnte nicht wirklich in sie eindringen, aber im Moment wollte er sie nur erneut zum Orgasmus kommen sehen und spüren, das war wichtiger, als sie zu nehmen.

Er ließ seinen Daumen zwischen sie gleiten, wobei er etwas von ihrem Saft aufnahm, und drückte fest auf ihre Klitoris. Bei dieser Berührung zuckte sie so heftig zusammen, dass er sie fast nicht festhalten konnte.

»Carson!«, rief sie aus. »Ich bin zu empfindlich.«

»Komm noch einmal für mich zum Orgasmus, Sky«, bat er sie. »Du kannst es. Lass mich spüren, wie du dich um meinen Schwanz herum zusammenziehst.«

Ihre Brustwarzen richteten sich auf und Bull wünschte sich, er hätte vier Hände, um sie überall gleichzeitig anfassen zu können.

»Ich kann nicht!«, jammerte sie.

»Doch, du kannst«, versicherte er ihr. Er war sich nicht hundertprozentig sicher, dass sie *tatsächlich* noch einmal zum Orgasmus kommen konnte, aber er wollte sie hart rannehmen. Sie gehörte *ihm*. Ihm, damit er sie verderben konnte.

Bull stöhnte auf, als ihre inneren Muskeln sich fast schmerzhaft um ihn herum zusammenzogen. Er griff mit seiner freien Hand nach oben und kniff erbarmungslos in eine ihrer Brustwarzen.

Das war's. Skylar explodierte so heftig zu einem Orgasmus, dass sie fast von seinem Schoß sprang. Bull packte sie und hielt sie an sich gedrückt, während sie sich wand und sich um seinen Schwanz herum zusammenzog. Er hatte in seinem ganzen Leben noch nie etwas so Erstaunliches gefühlt. Er schwor, dass er ihre Lust spüren konnte, als wäre es seine eigene.

Dann ergriff ihn das überwältigende Bedürfnis, sie zu stoßen. Bull nahm sie von seinem Schoß, hob ihre Beine hoch, legte ihre Knie über seine Arme und beugte sich über ihren erschöpften Körper. Er faltete sie fast in der Mitte zusammen, hielt aber nicht inne, um sie zu fragen, ob es ihr gut ginge. Er nahm sich, was er wollte.

Und was er wollte, war Skylar.

Die Geräusche, die ihre Körper machten, als er es ihr besorgte, waren laut und überschatteten fast alles, was er fühlte. Das Klatschen ihrer Haut, als seine Schenkel gegen ihren Hintern schlugen, verstärkte die Intensität des Erlebnisses noch.

Bull spürte, wie seine Eier sich an seinen Körper heranzogen, und wusste, dass er gleich kommen würde.

Er stieß noch zweimal in Skylar hinein, dann schob er sich so tief in sie hinein, wie er konnte, und explodierte. Ihm war fast schwindelig, als er zum Orgasmus kam. Es schien, als würde er nie wieder aufhören zu kommen. Er machte sich kurz Gedanken darüber, ob das Kondom wirklich all das verdammte Sperma halten konnte, das er ausstieß, aber er beschloss, dass es ihm egal war.

Als er wieder zu Atem kam, merkte Bull, dass er Skylar

praktisch unter sich zerquetschte. Schnell lehnte er sich zurück und half ihr, die Beine zu senken. Er zog sich jedoch nicht aus ihr zurück. Er wusste, dass er es sollte. Er musste das Kondom entsorgen, aber er konnte sich noch nicht dazu durchringen, sie zu verlassen.

Er legte sich auf sie, wobei er darauf achtete, dass nicht sein ganzes Gewicht auf ihr lastete. Er stützte seine Ellbogen neben ihrem Kopf ab und streichelte ihr verschwitztes Gesicht mit seinen Fingerspitzen. Sie hatte die Augen geschlossen und keuchte schwer. Er konnte spüren, wie ihr Herz gegen seine Brust schlug.

»Sky?«, fragte er.

»Hmmm?«, antwortete sie, ohne die Augen zu öffnen.

»Es tut mir leid.«

Daraufhin riss sie die Augen auf und starrte ihn verwirrt an.

»Es tut mir leid, dass ich so ... grob war. Ich wollte bei unserem ersten Mal mit dir eigentlich schön langsam Liebe machen.«

Skylars Mundwinkel verzogen sich zu einem Lächeln und sie schüttelte den Kopf. »Ich hatte schon langsam. Ich hatte es auch schön. Das war ... *so was* hatte ich noch nie, und ich bin mir nicht sicher, ob ich jemals wieder zurückgehen kann. Ich glaube, ich habe die Engel singen gehört, so heftig bin ich zum Orgasmus gekommen.«

Bull lachte und kam sich dabei verdammt groß vor. »Also ... ich habe dich verdorben?«

»Ja, Carson. Du hast mich definitiv verdorben«, stimmte sie zu. »Ich war nicht ... war es auch gut für dich?«

Er starrte sie ungläubig an. »Machst du Witze? Ich konnte es nicht erwarten, in dich einzudringen, und ich weiß, dass ich dir dabei wehgetan habe. Dann habe ich nicht mehr als ein paar Stöße durchgehalten, weil das Gefühl, dass du an meinem Schwanz zum Orgasmus kommst, so überwältigend gut war, dass meine Eier fast sofort explodiert wären. Wenn es noch besser für mich gewesen wäre, wäre ich jetzt tot.«

Dann lächelte sie. Ein breites, ehrliches Lächeln, bei dem Bull fast das Herz wehtat. Er konnte nicht glauben, dass sie auch nur einen Moment lang unsicher gewesen war. Er notierte sich in Gedanken, dass sie in Zukunft wissen sollte, wie sehr sie ihm gefiel. Es war inakzeptabel, dass sie kein Vertrauen in ihre Fähigkeit hatte, ihn zu erregen.

Sie seufzte zufrieden und schloss die Augen.

»Ich muss das Kondom entsorgen. Ich bin gleich wieder da«, erklärte Bull, als er sich langsam aus ihrem Körper zurückzog.

Beide stöhnten auf, als sie spürten, wie er sie verließ. Skylar drehte sich auf die Seite und Bull zog die Decke zurecht, um sie zuzudecken. Dann ging er ins Bad und entledigte sich des Kondoms, bevor er schnell zu ihr zurückkehrte.

In der Mitte des Zimmers blieb er stehen und starrte auf die Frau in seinem Bett.

Sie lag immer noch auf der Seite. Ihr Haar hatte sich aus dem Dutt gelöst, den sie immer trug, und lag auf dem Kopfkissen verteilt. Er konnte ihre nackten Schultern sehen, die unter der Decke hervorlugten, und sein Herz tat ihm bei diesem Anblick buchstäblich weh. Bull legte eine Hand auf seine Brust und wusste, dass Skylar die Macht hatte, ihn mehr zu verletzen als irgendjemand sonst in seinem Leben.

Er hatte nie gewollt, dass dies geschah. Nicht bevor er ihr vom *Silverstone*-Team erzählt hatte. Er hatte sein Herz schützen wollen, damit er gehen konnte, ohne verletzt zu werden, wenn sie damit nicht umgehen konnte. Aber jetzt war es zu spät. Er hatte sich bereits zu sehr in sie verliebt. Es war schnell passiert, sie hatte sich so wahnsinnig schnell unter seinen Schutzschild geschlichen.

Bull holte tief Luft und ging zum Bett.

Er schlüpfte unter die Decke und Skylar kuschelte sich an seine Seite. Sie legte den Kopf auf seine Schulter und schlang einen Arm um seinen Bauch. Sie legte ihm eines ihrer Beine über den Oberschenkel. Er fühlte sich in Besitz genommen, und das fühlte sich verdammt erstaunlich an.

»Soll ich dich heute Abend nach Hause bringen?«, fragte er.

Bull spürte, wie Skylar sich gegen ihn versteifte, bevor sie fragte: »Willst du, dass ich gehe?«

»Nein!«, versicherte er ihr sofort. »Aber wenn du gehen willst, würde ich dich nie zwingen zu bleiben.«

»Ich möchte bleiben«, erklärte sie, während sie sich an ihn schmiegte. »Wenn es für dich in Ordnung ist.«

»Es ist mehr als in Ordnung für mich«, erklärte Bull ihr.

»Ich muss morgen nach Hause, bevor wir zu meinen Eltern fahren, damit ich mich umziehen und duschen kann.«

»Du kannst hier duschen«, sagte Bull zu ihr. »Und weißt du, um Wasser zu sparen, sollten wir wahrscheinlich zusammen duschen.«

Er spürte ihr Lächeln an seiner Brust. »Natürlich«, stimmte sie zu. »Carson?«

Bull konnte sich wie immer ein Lächeln nicht verkneifen. »Ja?«

»Danke, dass du so unglaublich bist. Nicht nur im Bett, sondern ganz allgemein. Du bist einer der besten Männer, die ich je kennengelernt habe, und manchmal denke ich, du bist zu gut, um wahr zu sein.«

Bull zog sich das Herz zusammen. Vorhin hatte er für den Bruchteil einer Sekunde daran gedacht, ihr alles über *Silverstone* zu erzählen. Und er hätte es tun sollen. Er musste mit ihr reden, bevor er und die anderen nach Afrika aufbrachen. Aber jetzt, in diesem Moment, wollte er die entspannte und befriedigte Frau in seinen Armen genießen ... vielleicht zum letzten Mal.

»Schlaf, mein Schatz«, sagte er zu ihr und küsste sie auf die Stirn.

Es schien, als wäre sie innerhalb von wenigen Augenblicken eingeschlafen.

Bull lag mindestens eine Stunde lang wach und überlegte, wie er ihr am besten sagen konnte, dass er nicht der Mann war, für den sie ihn hielt. Er war ein Mörder. Schlicht und einfach. Und es tat ihm auch nicht leid.

Es wäre besonders schwer, das zuzugeben. Dass er das, was er tat, gern so lange wie möglich tun würde, weil es dafür sorgte, dass Frauen wie sie sicherer waren.

Bull hielt Skylar fest im Arm und tat sein Bestes, um das Gespräch, das er mit ihr führen musste, zu verdrängen. Morgen würde er ihre Eltern kennenlernen, und er wusste, dass sie deswegen nervös war. Heute Abend hatten sie ihre Beziehung auf die nächste Stufe gebracht. Sie waren nicht nur so intim gewesen, wie zwei Menschen nur sein konnten, sondern sie *schliefen* auch zusammen. Er konnte die Anzahl der Frauen, mit denen er eine ganze Nacht verbracht hatte, an einer Hand abzählen.

Er wollte diesen Moment und dieses Wochenende so gut wie möglich genießen, denn er wusste, dass das Glück und wunderbare Gefühl, mit Skylar zusammen zu sein, ihm schon nächste Woche entrissen werden könnte.

KAPITEL ZWÖLF

Skylar konnte kaum glauben, dass dies ihr Leben war. Sie hatte erwartet, dass der Morgen mit Carson unangenehm werden würde. Aber als sie aufgewacht war, war er schon wach gewesen und hatte sie leise beobachtet.

»Wie sieht deine Morgenroutine aus?«, hatte er gefragt.

»Was meinst du?«

»Duschst du gern sofort oder musst du dich erst ein bisschen entspannen und richtig aufwachen? Trinkst du Kaffee? Siehst du dir die Nachrichten an? Ich weiß, was du gern zum Frühstück isst, da ich schon ein paarmal mit dir frühstücken war, aber ich weiß nichts über deine Routine.«

Das stimmte. Sie wusste auch viel über Carson, aber eben nicht so viel über die Dinge, die er gerade erwähnt hatte. »Ich dusche normalerweise als Erstes. Das hilft mir beim Aufwachen. Ich schlafe so lange aus, wie ich kann, für mich gibt es keine Schlummertaste, dann stehe ich einfach auf und mache mich für die Arbeit fertig. Nachdem ich geduscht und angezogen bin, trinke ich meinen Kaffee und überprüfe meine SMS und so weiter. Ich mag es nicht, morgens gleich die Nachrichten zu lesen oder anzusehen – das ist zu deprimierend.«

Sie hatte seinen Gesichtsausdruck nicht deuten können, aber sie hatte sich entspannt, als er genickt hatte. »Ich dusche auch gern sofort, und ich benutze auch nicht die Schlummerfunktion. Die meiste Zeit brauche ich dank meines Trainings beim Militär keinen Wecker. Ich scheine auch so immer rechtzeitig aufzuwachen. Also ... bereit, aufzustehen und zu duschen?«

Skylar hatte genickt, und fünf Minuten später hatte sie mit Carson unter der Dusche gestanden.

Er hatte sie geküsst, als wäre es das erste Mal, dann hatte er sie mit der Hand befriedigt. Es war gut, dass er da war, denn beim Orgasmus waren ihr die Knie weich geworden, und sie wäre auf den Boden gefallen, wenn er sie nicht gestützt hätte.

Um sich zu revanchieren, war sie auf die Knie gegangen und hatte seinen Schwanz in den Mund genommen. Er hatte versucht, ihr zu sagen, dass sie das nicht tun musste, aber Sky hatte es *gewollt*. Sie wollte sehen, wie er seine unglaubliche Selbstbeherrschung verlor. Am Ende hatte sie ihre Hand benutzen müssen, um ihn zum Orgasmus zu bringen, aber als er ihr auf die Brüste gespritzt hatte, war der Blick in seinen Augen ihre wunden Knie und die Zweifel darüber, ob sie es richtig machte, absolut wert gewesen.

Sie hatten sich gegenseitig gewaschen und angezogen, und er hatte ihnen Frühstück gemacht. Dann hatte er sie zu ihrer Wohnung gefahren, damit sie sich umziehen konnte. Tiana hatte den Kopf aus ihrer Wohnung gestreckt und sie in Verlegenheit gebracht, indem sie Bemerkungen darüber machte, dass Sky es am Abend zuvor nicht nach Hause geschafft hatte, und hinzufügte, dass sie stolz auf sie war.

Carson hatte während ihres gesamten Gesprächs einfach nur gelächelt. Er wirkte nicht im Geringsten beschämt, und dadurch hatte Skylar sich nur noch mehr in ihn verliebt. Die meisten Männer, mit denen sie zusammen gewesen war, hätten sich unwohl gefühlt, wenn ihre Nachbarin sie geneckt hätte ... und angestarrt. Aber Carson hatte nur gegrinst und Tiana ihren Spaß gelassen.

Jetzt waren sie auf dem Weg in Richtung Norden nach Carmel.

»Carson?«

Er grinste. »Ja?«

Sie hatte versucht, das zu unterlassen. Nicht mehr jede Frage mit seinem Namen zu beginnen, als würde sie um Erlaubnis bitten zu sprechen. Aber da sie wusste, dass er sich darüber amüsierte, und über *sie*, tat sie es jetzt absichtlich.

»Mein Vater hat einen ausgeprägten Beschützerinstinkt. Ich weiß, dass ich über dreißig bin, aber er kann es sich einfach nicht verkneifen, die Kerle, mit denen ich ausgehe, zur Seite zu nehmen und sie wissen zu lassen, dass sie es mit ihm zu tun bekommen, wenn sie mir wehtun.«

Carson sah nicht im Geringsten verärgert aus. »Wie viele Typen hat er denn schon kennengelernt?«

»Ähm ... ich glaube, drei vor dir.«

Dann sah er zu ihr hinüber. »Nur drei?«

Skylar errötete. »Ja, also, es gab da einen an der Highschool, also bin ich mir nicht sicher, ob er wirklich zählt, aber Dad hat ihm so viel Angst eingejagt, dass er mich den ganzen Abend über kaum angefasst hat. Er hat mich nicht um eine zweite Verabredung gebeten. Der andere war ein Typ, von dem ich dachte, er wäre der Richtige. Ich habe ihn auf dem College kennengelernt und ihn in den Herbstferien mit nach Hause gebracht. Mein Vater hielt ihn für einen Idioten, und ich war am Boden zerstört, weil sie sich nicht verstanden haben. Nach den Weihnachtsferien hat er mit mir Schluss gemacht und gesagt, er sei wieder mit seiner Highschool-Freundin zusammen, mit der er viel Zeit verbracht habe, während er zu Hause war.«

»Vollidiot«, murmelte Carson.

»Der andere Typ war jemand, den ich vor vier Jahren kennengelernt habe. Ich war etwa ein halbes Jahr lang mit ihm zusammen, bevor ich ihn nach Hause eingeladen habe.«

»Was ist passiert?«

Skylar zuckte mit den Schultern. »Meine Eltern mochten ihn beide. Er war ein netter Kerl, aber …«

»Aber du mochtest ihn nicht genügend«, beendete Carson den Satz für sie.

»So ziemlich. Er war nett. Richtig nett. Fast *zu* nett. Ich meine, ich will nicht mit einem Mistkerl zusammen sein, aber ich will auch nicht alle Entscheidungen in unserer Beziehung treffen müssen. Ich habe ihn ständig gefragt, wann wir uns wieder treffen können und wohin er gehen will. Und nicht nur das, ich habe einfach … na ja, egal.«

»Nein, sag es mir. Es interessiert mich wirklich«, drängte Carson.

Sie atmete tief durch. »Na schön. Ich habe mich bei ihm nicht *sicher* gefühlt. Ich hatte immer das Gefühl, dass ich diejenige war, die wachsam sein musste, wenn wir auf Parkplätzen und so waren. Er begleitete mich nie bis zu meiner Wohnung, ich glaube, weil er Angst hatte. Eines Tages wimmelte es in unserem Viertel von Polizisten, weil eine Frau, gegen die ein Haftbefehl wegen Mordes vorlag, nach einer Verfolgungsjagd ihren Wagen stehen gelassen hatte und auf der Flucht war. Er sagte mir einfach, ich solle aufpassen, und setzte mich auf dem Parkplatz ab. Das hat mir irgendwie Angst gemacht.«

»Das ist wirklich unentschuldbar«, knurrte Carson. »So was würde ich nie tun. Wenn es nach mir ginge, würdest du aus deinem Wohnhaus ausziehen und in ein sichereres Viertel ziehen.«

Es war eine kühne Behauptung, aber seltsamerweise gefiel Skylar der Gedanke. Er befahl ihr nicht auszuziehen, und es war ja nicht so, als wüsste sie nicht, dass ihre Wohnung nicht im besten Teil der Stadt lag. »Ich fühle mich bei dir sicher«, erklärte sie ihm. »Seit wir uns kennen, sagst du mir immer wieder, wie wichtig dir meine persönliche Sicherheit ist. Und wenn wir zusammen sind, übertreibst du es fast mit der Sicherheit.«

»Das liegt daran, dass du mir wichtig bist«, entgegnete Carson achselzuckend. »Wenn ich die Frau, mit der ich zusammen bin, nicht beschützen kann, dann verdiene ich sie nicht.«

»Ich muss nicht ständig beschützt werden«, fühlte sie sich verpflichtet zu sagen.

»Ich weiß, dass du nicht beschützt werden musst. Du bist eine erwachsene Frau, die bereits bewiesen hat, dass sie selbst auf sich aufpassen kann. Aber das bedeutet nicht, dass ich zulassen werde, dass irgendetwas passiert, wenn wir zusammen sind.«

»So bist du nun mal«, erklärte Skylar selbstbewusst.

Carson nickte.

»Mein Dad wird dich lieben«, bemerkte sie leise.

»Gut. Nicht dass ich mir Sorgen um *mich* mache. Es gibt eine Menge Leute, die mich nicht mögen. Aber es ist wichtig für dich, also hoffe ich, dass es heute gut läuft.«

Das tat Skylar auch. Es gab Zeiten, in denen sie das Gefühl hatte, Carson sei zu perfekt, und sie wollte unbedingt mit ihrer Mutter über ihn reden. Sehen, welche Schwingungen sie von ihm bekam. Zu diesem Zeitpunkt dachte Skylar, dass sie zu voreingenommen war, um etwas anderes zu sehen als den erstaunlichen Mann, der er war. Er musste einige Schwächen haben, aber bisher fiel es ihr schwer, sie zu bemerken.

Es war schon eine Weile her, dass sie zu Hause gewesen

war, und als sie in ihre Straße einbogen, war Skylar einen Moment lang dankbar, dass sie dort aufgewachsen war. Nachdem sie ein paar Jahre in ihrer Wohnung gelebt hatte, war sie sich ihrer Hautfarbe in Carmel mehr als bewusst. Sie wurde nicht schief angeschaut, wenn sie im Supermarkt einkaufte, und niemand folgte ihr, um zu fragen, ob sie vorhatte, etwas zu stehlen. Sie hatte kein gestörtes Verhältnis zur Polizei.

Die Unterschiede waren noch deutlicher geworden, als sie in Eastlake angefangen hatte. Sie konnte leicht Kinderbücher finden, in denen alle Charaktere weiß waren, aber sie musste lange suchen, um gute Bücher mit hispanischen, schwarzen, asiatischen, arabischen und anderen ethnischen Charakteren zu finden. Und das Wichtigste: Sie hatte das Privileg, von den täglichen Auswirkungen des Rassismus abgeschirmt zu sein. Sie konnte ihrem Leben nachgehen, ohne sich Sorgen machen zu müssen, diskriminiert oder aufgrund ihrer Hautfarbe angegriffen zu werden. Das konnte sie von ihren Schülern oder deren Eltern nicht behaupten, was ihr das Herz brach.

Skylar wusste, dass sie nicht perfekt war. Sie bemühte sich, bei den Menschen nicht nur das Äußere zu sehen, aber es kam immer wieder vor, dass sie jemandem, den sie auf der Straße sah, aufgrund seines Aussehens bewusst aus dem Weg ging.

In Carmel aufzuwachsen war gut gewesen. Eigentlich sogar großartig. Sie liebte ihre Eltern, und sie hatten hart gearbeitet, um ihr einen guten Start ins Leben zu ermöglichen. Aber wenn sie nach Hause kam, fühlte sie sich manchmal unwohl, weil sie nicht umhin kam, ihre Kindheit mit der der Kindergartenkinder in ihrer Klasse zu vergleichen.

»Es ist schön hier«, erklärte Carson, als er in die Einfahrt des Hauses fuhr, in dem sie aufgewachsen war.

Skylar nickte. »Das ist es«, stimmte sie zu.

»Alles in Ordnung?«, wollte er wissen.

Sie holte tief Luft. »Ja. Ich möchte nur, dass der heutige Tag gut verläuft.«

Carson löste seinen Sicherheitsgurt, legte seine Hand in ihren Nacken und zog sie an sich. »Es wird großartig werden. Willst du wissen, woher ich das weiß?«

Sie nickte.

»Weil es deine Eltern sind, die wir heute besuchen. Sie haben dich zu dem wunderbaren Menschen erzogen, der du heute bist. Wie könnte ich mich nicht mit ihnen verstehen?«

Skylar lächelte ihn an. »Danke.«

Dann küsste Carson sie sanft. Es war ein beiläufiger Kuss, der mehr Intimität zeigte als alles andere, was er hätte tun können. Es gefiel ihr sehr, dass er sie so sehr berührte. Dass es ihm nicht unangenehm war, ihre Hand zu halten oder sie an sich zu ziehen. Oder sie in seinem Wagen in der Einfahrt ihrer Eltern zu küssen.

Er sah ihr einen Moment lang in die Augen, dann, als er offensichtlich fand, was er suchte, nickte er. »Komm schon. Gehen wir es an, damit du dich entspannen kannst.«

Carson kam um den Wagen herum und ergriff ihre Hand, als sie ausstieg. Selbstbewusst ging er auf die Haustür zu. »Sollen wir klopfen?«, fragte er.

Die Frage überraschte Skylar. Sie grinste und griff nach dem Türknauf. »Nein. Mom würde sich wahrscheinlich fragen, wer zum Teufel an der Tür ist, wenn wir es täten.« Sie gingen Hand in Hand in das Haus ihrer Kindheit und sie rief: »Mom? Dad? Wir sind da!«

Innerhalb weniger Augenblicke erschienen Dayana und Cory Reid.

Skylar sah, wie der Blick ihres Vaters auf ihre und Carsons ineinander verschlungenen Hände fiel, und dann hatte er sie auch schon in seine Arme gezogen.

»Hey, meine kleine Tochter«, sagte er sanft in ihr Ohr.

»Hi, Daddy«, erwiderte sie. In seinen Armen zu liegen gab ihr immer ein Gefühl der Sicherheit. Er hatte sie schon als kleines Mädchen beschützt, und Skylar hatte keine einzige seiner Umarmungen vergessen, die er ihr gegeben hatte, und mit denen er sie getröstet hatte, wenn sie traurig war.

Sie drehte sich zu ihrer Mutter und umarmte sie ebenfalls, und als sie sich umdrehte, sah sie, dass Carson gerade seine Hand sinken ließ, nachdem er die ihres Vaters geschüttelt hatte.

»Mom, Dad, das ist Carson Rhodes. Carson, das sind meine Mutter und mein Vater. Dayana und Cory Reid.«

»Es ist mir ein Vergnügen, Sie kennenzulernen«, erklärte Carson, während er die Hand ihrer Mutter schüttelte. »Skylar hat nur Gutes über Sie beide zu sagen.«

»Dann lügt sie«, entgegnete ihr Vater grinsend.

»Dad«, warnte Skylar.

»Was? Du kannst dich doch nicht hinstellen und deinem Freund erzählen, dass du nie stinksauer auf mich warst. Was ist mit dem einen Mal, als du ...«

»Können wir uns die peinlichen Geschichten wenigstens bis nach dem Mittagessen aufheben?«, unterbrach sie und verdrehte die Augen.

»Kommt schon«, sagte ihre Mutter diplomatisch, »ich habe noch ein paar Häppchen vorbereitet, bis das Mittagessen fertig ist.«

Skylar wollte am liebsten den Kopf schütteln. Wer hatte schon davon gehört, dass man vor dem Mittagessen Häppchen anbietet? Aber sie nickte einfach und sagte nichts. Sie spürte, wie Carson ihre Hand berührte, und sie ergriff sie bereitwillig. Es gefiel ihr, dass er sich nicht scheute, ihr gegenüber in Gegenwart ihrer Eltern ein wenig Zuneigung zu zeigen. Es wäre etwas anderes und zu viel gewesen, wenn er sie an sich gezogen und seinen Arm über ihre Schulter gelegt hätte. Aber seine Hand zu halten fühlte sich schön an ... und richtig.

Zwei Stunden später, nach einem köstlichen Mittagessen, passierte es, wie Skylar es vorausgesehen hatte.

Ihre Mutter sagte: »Schatz, du hast schon viel zu lange nichts mehr über deine Kinder erzählt. Warum lässt du deinen Dad und Carson nicht ein bisschen reden, während wir uns unterhalten?«

Das war die nicht ganz so subtile Art ihrer Mutter, ihrem Vater Zeit zu geben, mit ihrem Freund unter vier Augen zu sprechen. Es ärgerte sie ein wenig, aber da sie wusste, dass es kommen würde, drehte Skylar sich nur zu Carson um und zog fragend die Augenbrauen hoch. Sie würde ihn nicht mit ihrem Vater allein lassen, wenn er sich unwohl fühlte.

Aber er nickte nur. »Geh schon. Tauscht die neuesten Neuigkeiten aus. Wir kommen schon zurecht.«

»Bist du sicher?«

»Natürlich«, entgegnete Carson und lächelte. »Hast du Angst, dass dein Dad die Fotoalben rausholt und mir alle deine Teenagerfotos zeigt?«

Skylar zuckte zusammen. »Äh ... versprich mir, dass du dich wie ein Gentleman verhältst und dich weigerst, sie anzusehen, wenn er das tut.«

Carson lachte leise. »Das verspreche ich dir.«

Sie wusste, dass er nach Strich und Faden log. Er würde die Gelegenheit nutzen herauszufinden, wie sie als Teenager ausgesehen hatte. Sie drehte sich zu ihrem Vater um. »Benimm dich«, warnte sie.

Ihr Vater verdrehte unschuldig die Augen, als wollte er sagen: »Wer, ich?«

Skylar seufzte und schüttelte verärgert den Kopf, aber sie stand auf und folgte ihrer Mutter aus dem Zimmer. Kurz bevor sie den Raum verließ, blickte sie zurück und sah, dass Carson so entspannt aussah wie den ganzen Tag über, während ihr

Vater sich nach vorn lehnte, als wollte er mit dem Verhör beginnen.

In der Hoffnung, dass Carson nicht gelogen hatte, als er gesagt hatte, dass es ihm nichts ausmachte, wenn ihr Vater ihn ins Kreuzverhör nahm, folgte sie ihrer Mutter.

———

Bull freute sich schon fast auf dieses Gespräch mit Skylars Vater. Es war ein wenig lächerlich, dass der Mann den Freund seiner Tochter verhören wollte, obwohl sie schon in den Drei-ßigern war, aber andererseits wusste er, dass er genauso empfinden würde, *falls* er jemals eine Tochter haben sollte. Es machte ihm also nichts aus, dass Cory seine Meinung äußerte. Bull hatte nicht die Absicht, Skylar zu verletzen, und das würde er ihrem Vater unmissverständlich zu verstehen geben.

Cory ließ Bull nicht lange warten. Sobald sie hörten, wie oben eine Tür geschlossen wurde, wandte sich der andere Mann an ihn. »Erstens ist mir klar, dass meine Tochter eine erwachsene Frau ist und dass sie schon sehr lange selbst Entscheidungen trifft. Aber sie ist immer noch mein Baby. Also werde ich sagen, was ich zu sagen habe, und dann können wir weitermachen.

Skylar war schon immer die Art von Frau, die sich Hals über Kopf in alles hineinstürzt. Sie hat ein weiches Herz und denkt manchmal nicht über die Motive hinter den Handlungen anderer nach. Sie zögert nicht, denen zu helfen, von denen sie glaubt, dass sie in Not sind. Sie gibt Obdachlosen, die nicht obdachlos sind, Geld. Sie hat schon Lebensmittel für Leute bezahlt, die behauptet haben, ihre Kreditkarte verloren zu haben, obwohl sie sich wahrscheinlich mehr als nur ihre Lebensmittel leisten konnten.

Meine Tochter könnte auch behaupten, dass sie glücklich

ist, Single zu sein und ein sorgloses Leben zu führen, aber das ist nicht das, was sie im Grunde will. Sie will jemanden, der zu ihr gehört. Jemanden, zu dem sie nach Hause kommen kann, den sie zum Lachen bringen kann. Manchmal denke ich, sie wurde im falschen Jahrhundert geboren. Sie will einen Mann, um den sie sich kümmern kann. Für ihn kochen, seine Wäsche waschen und generell alles tun, um ihm das Leben leichter zu machen. Das heißt nicht, dass sie nicht arbeiten will, denn das will sie. Sie ist eine verdammt gute Kindergärtnerin, und ihr Mitgefühl sorgt dafür, dass sie für ihre Kinder von unschätzbarem Wert ist.«

»Sie erzählen mir nichts, was ich nicht schon weiß«, entgegnete Bull, als der andere Mann eine Pause machte. »Nun, vielleicht abgesehen davon, dass sie einen Mann will. Soweit ich gesehen habe, hatte sie keinerlei Probleme damit, allein zu sein.«

Cory zuckte mit den Schultern. »Ich denke, das liegt daran, dass sie ein paarmal zu oft mit irgendwelchen Vollidioten auf die Nase gefallen ist, die ihre nachgiebige Art ausgenutzt haben. Ich will damit nur sagen, dass Skylar sich in der Vergangenheit schnell in Männer verliebt hat, mit denen sie ausgegangen ist, und einige waren es nicht wert, dass sie auch nur eine Sekunde ihrer Zeit und Energie in sie investiert hat. Sie wurde schon oft verletzt, und jedes Mal konnten ihre Mutter und ich nichts weiter tun, als zuzusehen und ihr zu sagen, dass es irgendwo da draußen einen Mann gibt, der genau für sie gemacht ist. Sie muss nur geduldig sein.«

Bei Corys Worten setzte Bull sich ein wenig aufrechter hin. Dieser Gedanke gefiel ihm. Und zwar verdammt gut.

»Wir haben ihr versichert, dass es da draußen einen Mann gibt, der genau ihre Art von Naivität braucht. Jemand, der sie so sein lässt, wie sie ist ... ein bisschen naiv und sehr großzügig. Wenn du mit meinem Mädchen zusammen bist, um dich zu vergnügen, oder weil du denkst, dass sie ein leichtes Opfer ist, kannst du gleich abhauen. Es wird sie viel weniger verletzen, wenn du die Sache jetzt beendest, als wenn sie sich erst bis über beide Ohren in dich verliebt hat. Ich werde mich nicht zurücklehnen und zulassen, dass sie noch einmal ausgenutzt wird. Wenn du nicht darauf vorbereitet bist, dass Skylar sich in dich verliebt, solltest du die Sache noch einmal überdenken. Denn als ihr Vater kann ich mit Sicherheit sagen, dass sie fast so weit ist.«

Bulls Herz fühlte sich an, als würde es gleich zerspringen. Er musste an den gestrigen Abend und den heutigen Morgen zurückdenken. Wie sorglos und zufrieden er sich mit Skylar in seinen Armen gefühlt hatte. Es gefiel ihm, dass ihr Vater glaubte, sie sei in ihn verliebt, denn er war sich verdammt sicher, dass er es bereits war.

Er lehnte sich vor, stützte die Ellbogen auf die Knie und sah Cory in die Augen. »Was zwischen Skylar und mir ist, ist nicht einfach nur ein Techtelmechtel«, sagte er vorsichtig. Er wollte Skylars Vater nicht sagen, dass er sie liebte, bevor er es *ihr* gesagt hatte. »Ich stimme zu, dass Ihre Tochter naiv ist. Sie ist wohlbehütet aufgewachsen, aber das ist nichts Schlechtes. Sie hat mehr Mitgefühl in ihrem kleinen Finger, als die meisten Menschen in ihrem ganzen Körper haben. Sie und Ihre Frau haben sie großartig erzogen.«

Cory schüttelte den Kopf. »Das hat sie nicht uns zu verdanken«, protestierte er. »So ist sie eben einfach.«

Bull nickte anerkennend, dann fuhr er fort: »Ihre Tochter und ich sind noch nicht so lange zusammen, und ich weiß nicht, was die Zukunft für uns bereithält, aber ich habe mich noch nie so zufrieden in einer Beziehung gefühlt. Skylar ist alles, was Sie gesagt haben, und noch mehr. Ich will sie nicht verändern. Ich finde, dass es zu den aufregendsten und interessantesten Dingen in meinem Leben gehört, ihr dabei zuzusehen, wie sie mit der Welt interagiert, und sie gleichzeitig vor denen zu beschützen, die sie vielleicht ausnutzen wollen. Ich würde mir eher die Augen ausstechen, als etwas zu tun, was Skylar schadet. Bei mir ist sie sicher.«

Cory sah ihn einen Moment lang an, dann nickte er schließlich. »Sie hatte einen Freund auf dem College, der sie geschlagen hat.«

Bull setzte sich aufrecht hin, als er das hörte.

»Sie hat es uns gegenüber nie zugegeben, hat uns erzählt, dass sie gegen eine Tür gelaufen ist, aber meine Tochter ist nicht tollpatschig. Ganz und gar nicht. Ich glaube, es war ihr peinlich, dass sie diesen Mistkerl so sehr geliebt hat. Sie mag naiv sein, aber Skylar ist nicht dumm. Sie hat sich das nicht gefallen lassen, nicht mal einen Moment lang. Sie hat uns gesagt, dass es zwischen ihnen nicht funktioniert hat und sie sich deshalb getrennt haben, aber sie war danach lange Zeit nicht mehr dieselbe.« Der ältere Mann seufzte. »Ich will nicht, dass meine Tochter jemals wieder in eine solche Situation gerät.«

»Ich werde niemals im Zorn Hand an Skylar legen«, versicherte Bull ihm. »Ich kann nicht mal den Gedanken daran ertragen«, entgegnete er ehrlich. »Ich kann nicht versprechen, dass wir nie eine Meinungsverschiedenheit haben werden oder dass sie nicht aus irgendeinem Grund sauer auf mich sein wird, aber ich *kann* versprechen, dass ich immer ihr Wohlergehen im Auge haben werde.«

Die beiden Männer starrten einander lange an, bevor Cory wieder nickte. »Ich danke dir.«

Bull seufzte innerlich erleichtert auf. Er hatte Corys Zustimmung nicht gebraucht, aber er hatte sie sich gewünscht. Und es war lange her, dass Bull sich nach der Anerkennung *irgendeines* anderen Menschen gesehnt hatte. Zu wissen, dass Skylars Vater einverstanden war, dass er der

Freund seiner Tochter war, war ein gutes Gefühl. Ein sehr gutes Gefühl.

In vielerlei Hinsicht erinnerte er ihn an seinen eigenen Vater. Und es gefiel ihm auf jeden Fall, dass er Skylar so vehement beschützte. »Sie haben ein wunderschönes Zuhause«, sagte er zu Cory und wechselte das Thema.

»Danke.«

»Mir ist allerdings aufgefallen, dass es ein paar Dinge gibt, die Sie tun könnten, um es sicherer zu machen.«

Cory legte den Kopf leicht schief. »Ach tatsächlich?«

»Ja.«

»Was zum Beispiel?«

»Die Büsche an den Fenstern vorn sind riesig. Sie sind sehr schön, verstehen Sie mich nicht falsch, aber sie sind groß genug, um einen Mann meiner Größe zu verbergen. Er könnte sich dort verstecken und jemanden überrumpeln, der an der Haustür stehen bleibt, um sie aufzuschließen und einzutreten.« Bull hatte eigentlich nicht vorgehabt, dem anderen Mann Sicherheitstipps zu geben, aber als er daran dachte, dass *Skylar* diejenige sein könnte, die von jemandem, der im Gebüsch lauert, überrumpelt wird, konnte er nicht anders, als ihren Vater darauf hinzuweisen.

»Hmmm. Ich wollte schon lange einen Gärtner beauftragen, sie zu beschneiden«, erwiderte Cory. »Was noch?«

»Das Bedienfeld für die Alarmanlage befindet sich dort, wo man es von einem der Fenster bei der Garage aus sehen kann«, erklärte Bull ihm.

»Und?«, fragte Cory.

»Und jeder, der wissen will, ob die Alarmanlage aktiviert ist, braucht nur durch das Fenster zu schauen, um zu sehen, ob sie an ist oder nicht. Als wir das Haus besichtigt haben, war sie ausgeschaltet, und der große rote Knopf auf dem Gerät würde jedem, der durch das Fenster schaut, das zeigen.«

»Wow, okay, daran hatte ich gar nicht gedacht«, bemerkte Cory und runzelte die Stirn.

»Der Garten ist wunderschön, aber das Tor zum Zaun befindet sich an der Seite des Hauses und nicht an der Vorderseite, wo es für die Nachbarn offensichtlicher wäre, wenn jemand versuchen würde, sich widerrechtlich Zugang zu verschaffen. Ich schlage außerdem vor, dass Sie ein besseres Schloss an diesem Tor anbringen. Und Sie haben eine Leiter unter Ihrer Veranda gelagert. Diebe könnten sie nutzen, um sich das Leben leichter zu machen. Warum sollten Sie ihnen eine Möglichkeit geben, in den ersten Stock zu gelangen?«

Cory sagte einen Moment lang nichts und Bull dachte, er sei zu weit gegangen. Kein Mann wollte zugeben, dass er es vermasselt hatte, dass das Haus, das er für sicher gehalten hatte, es nicht war.

Dann nickte Skylars Vater. »Ich sehe, meine Sky ist in guten Händen«, sagte er schließlich. »Danke für die Tipps. Ich werde sehen, was ich tun kann, um diese Dinge zu beheben und jemanden zu holen, der herausfindet, was wir noch tun können, um unser Heim sicherer zu machen.«

Danach drehte sich das Gespräch um allgemeinere Themen. Cory wollte wissen, wie lange Bull schon bei *Silverstone Towing* arbeitete, und sie sprachen ein wenig über das Militär, bevor Skylar und Dayana zurückkamen.

Bull stand auf, um sie zu begrüßen.

»Du bist immer noch hier«, scherzte Skylar grinsend. »Das heißt wohl, dass Daddy keine Zeit hatte, meine Teenagerbilder hervorzuholen.«

Bull konnte nicht anders, als sie an seine Seite zu ziehen und ihr einen Kuss auf die Schläfe zu geben. Sie starrte zu ihm auf und es war, als wären sie die einzigen beiden Menschen im Raum. »Habt ihr euch gut unterhalten?«, fragte sie leise.

»Natürlich«, entgegnete Bull. »Ich habe gehört, dass du in der Highschool im Theaterklub warst.«

Skylar lachte. »Ich war eine schreckliche Schauspielerin. Ich hatte nie eine Hauptrolle und war immer nur ein ›Bürger‹ oder hatte eine andere x-beliebige Rolle in den Stücken.«

Bull gefiel es, neue Dinge über Skylar zu erfahren. Obwohl er sauer gewesen war, als ihr Vater ihm erzählt hatte, dass einer ihrer Ex-Freunde, dem sie vertraut hatte, sie aus Wut geschlagen hatte. Trotzdem war er stolz auf sie, weil sie keine Rechtfertigung für ihn erfunden und stattdessen die Beziehung beendet hatte.

»Ich wette, du warst hinreißend«, erklärte er ihr.

Skylar schüttelte den Kopf und verdrehte die Augen. »War ich nicht, aber danke. Worüber hast du mit Daddy gesprochen?«, fragte sie.

»Männerkram«, antwortete ihr Vater.

Bull spürte, wie Skylar sich leicht an ihn drückte, als hätte ihr Vater sie erschreckt. Wenn er ehrlich war, hatte er irgendwie vergessen, dass sie selbst ein Publikum hatten. Er legte seine Hand fester um sie und hielt sie weiter fest, als sie sich umdrehte.

»Wie dem auch sei«, sagte sie an ihren Vater gewandt, »sag mir wenigstens, dass du nicht die Schrotflinte geholt und Carson bedroht hast. Ich habe vergessen, dir zu sagen, dass sein Spitzname in der Armee Bull war, kurz für Bullseye ... weil er so ein guter Schütze war.«

Bull wollte über den respektvollen Blick am liebsten lachen, den Cory ihm zuwarf. Es war mehr als offensichtlich, dass er kein Problem damit hatte, dass er ein guter Schütze war ... solange er seine Fähigkeiten zum Schutz seiner Tochter einsetzte.

»Danke für deinen Dienst beim Militär«, erklärte Dayana.

Bull nickte. Es gab eine Zeit, da hatte ihn dieser Satz

genervt. Wenn die Leute wüssten, was er und sein Team als Deltas getan hatten, würden sie ihm vielleicht nicht so schnell danken, und es ärgerte ihn, dass er jetzt immer noch dasselbe tat, aber dass seine Mitmenschen es in einem ganz anderen Licht sehen würden, wenn es jetzt herauskam. Allerdings hatte er im Laufe der Jahre gelernt, dass die Leute, wenn sie ihm für seinen Einsatz dankten, dies eher taten, um ihre Unterstützung für das Militär im Allgemeinen zu bekunden. Die Bürger behandelten Veteranen nicht immer mit Respekt, und so hatte er gelernt, ihren Dank mit Wohlwollen anzunehmen.

Er nickte Skylars Mutter zu.

»Wir müssen jetzt los«, sagte Skylar in der Gesprächsflaute, die auf die Worte ihrer Mutter folgte.

»Oh, aber ihr seid doch gerade erst gekommen«, protestierte Dayana.

»Mom, wir sind schon seit Stunden hier«, erwiderte Skylar lachend.

»Nicht lange genug«, schmollte ihre Mom.

Skylar löste sich von Bull, ging zu ihrer Mutter und umarmte sie. »Ich komme bald wieder vorbei, und du weißt, dass du mich jederzeit anrufen kannst.«

Dann umarmte sie ihren Vater und Bull schüttelte beiden Eltern die Hand. »Danke, dass ich Ihre gemeinsame Zeit mit Ihrer Tochter stören durfte«, erklärte er.

»Du bist hier immer willkommen«, versicherte Dayana ihm.

»Nachdem ich die von dir vorgeschlagenen Änderungen vorgenommen habe, würde ich mich freuen, wenn du wiederkommst und es dir ansiehst«, sagte Cory zu ihm.

Bull nickte. »Sagen Sie mir einfach Bescheid, wenn es fertig ist, und ich komme her.«

»Was für Änderungen?«, wollte Skylar wissen.

»Nächstes Mal mache ich den Schokoladenkuchen, von

dem ich gesprochen habe«, bemerkte Dayana mit einem breiten Lächeln.

Bull schob Skylar zur Tür. Er mochte ihre Eltern, aber er freute sich darauf, sie wieder für sich allein zu haben. Er mochte es, Zeit mit ihr zu verbringen. Bisher waren die einzigen Menschen, bei denen er sich wohlgefühlt hatte, Eagle, Smoke und Gramps gewesen. Und jetzt Sky. Das war einer der Gründe, warum er wusste, dass dies nicht nur eine zwanglose Beziehung war.

Er sah zu, wie Skylar ihre Eltern noch einmal umarmte und küsste und sich verabschiedete. Dann folgte er ihr auf die Beifahrerseite seines Wagens und vergewisserte sich, dass sie sich hingesetzt hatte, bevor er auf die Fahrerseite ging. Als er losfuhr, musste Bull über die Vehemenz, mit der Skylar ihren Eltern zuwinkte, lachen ... als wäre sie in absehbarer Zeit Tausende von Kilometern von ihnen entfernt statt nur eine Stunde oder so.

»Was für Änderungen hat mein Vater gemeint?«, fragte sie erneut, als sie ein Stück weit gefahren waren.

»Nichts Großes. Ich hatte nur ein paar Vorschläge, wie man das Haus sicherer machen könnte.«

»Wow. Na gut, dann muss ich dich warnen, dass Dad es wahrscheinlich ein bisschen übertreiben und sich diesbezüglich noch mehr Ratschläge von dir holen wird«, erklärte Skylar ihm.

»Ist schon in Ordnung. Ich helfe ihm gern.«

Ein angenehmes Schweigen entstand zwischen ihnen.

Als sie auf halbem Weg zurück in den südwestlichen Teil der Stadt waren, bemerkte Bull: »Du stehst ihnen sehr nahe.«

»Ja«, stimmte sie zu. »Ich habe nie diese peinliche Teenagerphase durchgemacht, in der die Eltern der Feind sind. Ich wusste immer, dass sie nur mein Bestes im Sinn hatten.«

»Erzähl mir von dem Mistkerl auf dem College, der dich

geschlagen hat.« Die Bitte platzte aus Bull heraus, bevor er es sich anders überlegen konnte.

Aber Skylar schien es nicht besonders viel auszumachen. Sie seufzte nur. »Ich schwöre bei Gott, mein Dad bringt das immer zur Sprache, wenn ich einen neuen Freund habe.«

»Er sorgt sich eben um dich.«

»Ich weiß, aber Carson, ich bin alt genug, um auf mich selbst aufzupassen. Und dieser Mistkerl hat mich nur einmal geschlagen, bevor ich ihn abserviert habe.«

Bull lächelte nicht einmal. »Was ist passiert?«

»Du wirst mich sowieso nicht in Ruhe lassen, bis du es weißt, oder?«, fragte sie.

»Nein.«

Sky schüttelte verärgert den Kopf. »Er war betrunken. Wir waren auf einer Party. Ich habe mich mit einem Typen unterhalten, den ich aus einer meiner Vorlesungen kannte. Mein Freund wurde wahnsinnig eifersüchtig und packte mich beim Arm, um mich mit Gewalt aus dem Haus zu zerren. Das war mir verdammt peinlich, denn alle haben es gesehen, und er hat mir dabei auch noch wehgetan. Ich ließ zu, dass er mich in den Garten hinausbrachte, aber dann weigerte ich mich weiterzugehen.

Er schrie mich an, sagte mir, dass ich ihm gehöre und dass ich ihn gedemütigt hätte. Ich versuchte zu erklären, dass ich nur mit dem anderen befreundet war und wir über die Hausaufgaben sprachen, die in der nächsten Woche fällig waren, aber er hörte mir überhaupt nicht zu. Und bevor mir klar wurde, was er vorhatte, hatte er ausgeholt und seine Faust raste auf mein Gesicht zu.

Ich drehte mich im letzten Moment um, und zum Glück traf er mich an der Schläfe und nicht mitten auf die Nase, auf die er ja eigentlich gezielt hatte. Ich fiel ins Gras und starrte schockiert zu ihm hoch, aber es schien ihm nicht einmal leidzutun, was er getan hatte. Er war betrunken und immer noch stinksauer. Er versuchte, mich zu treten, aber drei Jungs auf der Party packten ihn und prügelten ihn windelweich. Am nächsten Tag, als seine Freunde ihm erzählten, was er getan hatte, versuchte er, mich dazu zu bringen, mit ihm zu reden, denn er wollte sich entschuldigen, aber ich weigerte mich, ihm zuzuhören. Ich sagte ihm, dass es mit uns vorbei sei und dass ich nie wieder mit ihm reden wolle.«

Bull klammerte sich so fest ans Lenkrad, dass seine Knöchel weiß hervortraten. Am liebsten hätte er die Zeit zurückgedreht und den kleinen Mistkerl selbst verprügelt. Aber er zwang sich, ruhig zu klingen, als er fragte: »Und hat er dich in Ruhe gelassen?«

Skylar seufzte. »Nein. Er hat mich angefleht, ihn anzuhören. Ihn erklären zu lassen. Er behauptete, er sei betrunken gewesen und hatte nicht gewusst, was er tat. Dass er mich nie absichtlich verletzen würde. Dass ich das Beste sei, was ihm passieren konnte.«

»Du hast ihm keine zweite Chance gegeben ... warum nicht?«, fragte Bull. Er war froh, dass sie dem Mistkerl keine weitere Chance gegeben hatte, sie zu schlagen, aber er wollte ihre Gründe dafür hören.

»Die Sache ist die. Ich weiß, dass er betrunken war. Aber wenn ich ihm so wichtig war, wenn ich das Beste war, was ihm je passiert ist, dann denke ich, dass er gewusst haben muss, wer ich bin, wenn auch nur unbewusst. Dass er mich vor *anderen* Leuten hätte beschützen müssen, die mich vielleicht verletzen könnten, während *sie* betrunken waren.« Sie zuckte mit den Schultern. »Das klingt dumm, jetzt, da ich darüber nachdenke.«

»Es ist nicht dumm«, erklärte Bull ihr mit Nachdruck. »Du hast hundertprozentig recht. Er war mit dir auf einer Party, auf der es Alkohol gab, und er hätte sich nicht so betrinken dürfen, dass er nicht mehr klar denken konnte. Sich zu betrinken ist keine Entschuldigung dafür, jemanden zu verletzen, den man liebt. Niemals. Du hast das Richtige getan, und ich bin stolz auf dich, dass du für dich selbst einstehst.«

»Ich bin vielleicht manchmal naiv und ahnungslos«, erklärte Skylar, »aber es ist so, wie du einmal zu mir gesagt hast. Ich verdiene es, mit jemandem zusammen zu sein, der sich für meine Sicherheit einsetzt und mich beschützt. Nicht weil ich schwach bin, sondern weil ich diesem Menschen so wichtig bin, dass er gar nicht anders kann.«

Bull erinnerte sich daran, dass er ihr das gesagt hatte, und konnte sich immer noch daran erinnern, wie sein Vater sich zu ihm gesetzt und ihm erklärt hatte, wie es zwischen einem Mann und seiner Frau sein sollte. Er hatte ihm gesagt, dass er verstehen würde, was er meinte, wenn er die Frau traf, mit der er den Rest seines Lebens verbringen wollte.

»Und weißt du was? Ich möchte jemanden finden, für den ich dasselbe empfinde. Ich weiß, ich bin eine Frau, und Männer sind in der Regel stärker und so weiter, aber wenn es hart auf hart kommt, werde ich alles tun, um auch meinen Mann zu beschützen. Vielleicht nicht mit meinen Fäusten oder mit roher Gewalt, aber ich werde einen Weg finden. Ich kann ziemlich hinterhältig sein, wenn es sein muss. Ich weiß nur, dass ich ihn bei allem, was er aus seinem Leben machen will, unterstützen werde.«

Eine Gänsehaut breitete sich auf Bulls Armen aus. Ihre Worte trafen ins Schwarze und waren alles, was er je von jemandem hatte hören wollen. Er wusste, dass er ein glücklicher Mann war. Sein Vater war unglaublich gewesen. Und sein Team von *Silverstone Towing* würde ihm bis in die Hölle und zurück folgen, wenn er es von den Jungs verlangte. Aber er hatte noch nie eine Frau gefunden, die ihm genauso treu zur Seite stehen würde.

Ihm war nicht klar gewesen, dass er sich genau das gewünscht hatte.

Bis jetzt.

Bis *sie* in sein Leben getreten war.

»Und jetzt komme ich mir dumm vor«, erklärte sie und zog die Nase kraus.

»Auf keinen Fall!«, rief Bull aus. Dann holte er tief Luft und versuchte, nicht so verrückt zu klingen. »Das war erstaunlich. Ich bin stolz auf dich, dass du deinen eigenen Wert erkannt hast, und das, obwohl du noch auf dem College warst. Viel zu viele Frauen tun das nicht. Sie rechtfertigen das Verhalten ihrer Männer und glauben, dass sie etwas getan haben müssen, um misshandelt zu werden. Und du hast völlig recht – du bist nicht schwach. Du bist wahrscheinlich die stärkste Frau, die ich je getroffen habe. Du lebst dein Leben so, wie du es willst, und lässt dir von anderen nicht sagen, was du denken oder tun sollst. Das ist wunderschön. *Du* bist wunderschön.«

Bull hätte am liebsten angehalten, um sie zu küssen, aber er wusste, dass das nicht ausreichen würde. Und jetzt anzuhalten würde nur bedeuten, dass es länger dauern würde, sie zurück in seine Wohnung und in sein Bett zu bringen. »Hast du auf dem Heimweg noch etwas vor?«, fragte er nicht ganz so lässig.

»Du meinst, so etwas wie Besorgungen?«, fragte sie.

»Ja.«

»Nein. Ich möchte, dass du mich zurück in deine Wohnung bringst, damit ich dir zeigen kann, wie viel es mir bedeutet hat, dass du mich zu meinen Eltern begleitet hast. Und dass du nicht ausgeflippt bist, als mein Vater dir seine ›Ich muss meine kleine Tochter beschützen‹-Rede gehalten hat«, erklärte sie mit leuchtenden Augen.

»In meiner Wohnung bist du in Sicherheit«, erklärte Bull mit einem kleinen Lächeln.

»Meine Güte«, seufzte Skylar, »ich liebe es, dich lächeln zu sehen. Es ist so sexy, vor allem weil du es nicht so oft tust.«

»Ich hatte nicht viel Grund zum Lächeln, bis ich dich kennengelernt habe«, entgegnete Bull und kam sich ein wenig albern vor, das zuzugeben, aber der Ausdruck der Freude auf ihrem Gesicht war es wert, sich ihr zu öffnen. Er streckte seine Hand aus und verschränkte seine Finger mit ihren.

Er fuhr, so schnell er sich traute, um nach Hause zu kommen. Er und seine Freunde hatten ein gutes Verhältnis zur Polizei. Die Beamten wussten nicht genau, was *Silverstone Towing* sonst noch tat, abgesehen vom Abschleppen liegen gebliebener Fahrzeuge, aber einige *wussten*, dass sie auf irgendeine Weise mit dem FBI und dem Geheimdienst zu tun hatten. Sie waren in der Vergangenheit sogar schon bei Schießereien vor Ort zu Hilfe gerufen worden. Aber Bull wollte sein Glück nicht herausfordern, indem er einen Strafzettel für rücksichtsloses Fahren bekam.

Er und Skylar sagten nicht viel, während sie zu seiner Wohnung fuhren, aber das Schweigen war voller Erwartung, nicht angespannt. Die sexuelle Spannung im Wagen war riesig, und Bull genoss das Gefühl.

Kaum hatte er geparkt, sprangen er und Skylar aus dem Wagen. Sie eilte sofort um das Fahrzeug herum.

»Hast du es eilig?«, neckte er sie.

»Ja«, entgegnete sie, nahm seine Hand und zog ihn zur Tür seines Wohnhauses. Bull sah Sicherheit nie als selbstverständlich an, aber dieses eine Mal wünschte er sich, es wäre einfacher, in seine Wohnung zu gelangen.

Kaum hatte er die Tür hinter sich geschlossen, drehte er sich um und hob Skylar hoch.

Sie lachte und schlang ihre Beine um seine Hüften, und Bull schob seine Hände unter ihren Hintern, während er sie in sein Schlafzimmer trug. Im Gehen begann sie, sein Hemd aufzuknöpfen, und als sie ihm leicht in die Brustwarzen zwickte, taumelte er und schlug mit der Schulter gegen die Wand.

»Vorsicht«, neckte sie, während sie sich nach vorn beugte und seinen Hals in der Nähe seines Ohrs küsste.

»Du bringst mich noch um den Verstand«, sagte er leise.

»Das ist der Plan«, stimmte sie zu.

Bull stieß die Schlafzimmertür auf und machte sich auf den Weg zu seinem Bett. Er hatte seine eigenen Pläne mit seiner Frau ... nämlich ihr zu zeigen, wie viel sie ihm bedeutete.

KAPITEL DREIZEHN

Skylar wachte am Sonntagmorgen früh auf und fühlte sich so entspannt wie schon lange nicht mehr. Sie schaute hinüber und stellte überrascht fest, dass Carson noch schlief.

Nachdem er sie gestern heftig und schnell genommen hatte, als sie nach Hause gekommen waren, hatte er es sich zur Aufgabe gemacht, jeden Zentimeter ihrer Haut zu küssen. Er war zärtlich und liebevoll gewesen, und als er schließlich wieder in sie eingedrungen war, hatte sie sich nichts sehnlicher gewünscht, als dass er sie wieder heftig nehmen würde, aber stattdessen hatte er sie sanft und fast ehrfürchtig geliebt.

Als sie zum Orgasmus gekommen war, hatte sie gewusst, dass sie am Boden zerstört sein würde, wenn er jemals mit ihr Schluss machen würde.

Er hatte Pizza zum Abendessen bestellt, und nach dem Essen hatten sie die Hälfte der dritten Staffel von *Stranger Things* gesehen. Dann hatte sie beschlossen, *ihn* zu verführen, und überraschenderweise hatte er es zugelassen. Er ließ sie eine Weile an seinem Schwanz saugen, aber er ließ sich nicht dazu bringen zu kommen. Sie hatte sich auf ihn gesetzt und ihn in sich aufgenommen, aber ihnen war beiden klar gewesen, dass sie nicht diejenige war, die die Kontrolle über die Situation hatte. Carson hatte ihre Hüften gehalten und ihr geholfen, sich auf seinem Schwanz auf und ab zu bewegen, bis sie beide zum Orgasmus gekommen waren.

Und wieder bei ihm zu übernachten war so natürlich wie das Atmen selbst gewesen. Skylar wusste, dass sie sich nicht daran gewöhnen sollte, aber sie konnte einfach nicht anders. Sie liebte es, neben ihm zu schlafen.

Selbst im Schlaf sah Carson grimmig aus. Sie betrachtete sein Gesicht, und Skylar wünschte sich, ihn lächeln zu sehen. Langsam richtete sie sich auf und stützte sich auf einen Ellbogen – und atmete frustriert aus, als er sofort die Augen öffnete.

Aber sie wurde mit einem trägen Lächeln belohnt. Seine Augen leuchteten vor Glück.

»Guten Morgen«, begrüßte er sie verschlafen.

»Guten Morgen. Hörst du das?«, fragte sie leise.

Er zog die Augenbrauen hoch und wurde sofort aufmerksam. »Was soll ich hören?«

»Die Stille«, erklärte sie ihm. »In meiner Wohnung ist es nie still. Ich habe mich daran gewöhnt, aber es wird immer gehupt, Fahrzeuge und Lastwagen fahren die Straße entlang, Züge pfeifen, Menschen schreien sich an, Babys weinen. Tag und Nacht, es hört nie auf. Manchmal fühle ich mich dadurch lebendig. Als wäre ich mittendrin im Geschehen. Manchmal ist es auch etwas beängstigend, vor allem wenn ich Schüsse höre. Aber ich habe nie wirklich verstanden, wie laut es ist, bis heute Morgen, als ich hier lag und feststellte, dass das Einzige, was ich hören konnte, dein Atmen neben mir war.«

Sie wollte nicht beunruhigend klingen, doch anscheinend hatte sie das trotzdem. Zumindest für Carson. »Es gefällt mir ganz und gar nicht, wo du wohnst«, erklärte er ihr.

»Ich weiß.« Es gab nicht mehr viel zu sagen. Sie wusste, dass es ihm nicht gefiel. Genauso wenig wie ihren Eltern. Aber es war das, was sie sich leisten konnte. Und sie hatte tolle Nachbarinnen, was Carson und ihre Eltern wussten.

Sie bemerkte, dass sie wahrscheinlich besser den Mund hätte halten sollen – denn Carson war jetzt alles andere als entspannt und er lächelte definitiv nicht mehr –, und wechselte schnell das Thema. »Was machen wir denn heute?«

Und sein Lächeln kehrte zurück. »Was wir heute machen?«

Sie zuckte mit den Schultern und versuchte, so zu tun, als würde sie nicht rot werden. »Ja, nun, wir sind zusammen hier, und während ich heute Nachmittag noch ein paar Dinge erledigen muss, habe ich mich gefragt, ob wir heute Morgen vielleicht irgendetwas unternehmen.«

»Ich muss bei *Silverstone Towing* vorbeischauen«, erklärte Carson ihr. »Ich muss mich mit Eagle, Smoke und Gramps treffen und dafür sorgen, dass die Dinge für die kommende Woche in Ordnung sind.«

»Was für Dinge?«

»Der Zeitplan, die Wartung der Abschleppwagen, Einkäufe und so weiter.«

»Oh, das macht Sinn.«

»Ich kann dich entweder bei dir absetzen, bevor ich dorthin fahre, oder du kommst mit.«

»Ich würde gern mitkommen. Ich kann mich selbst beschäftigen, während du geschäftliche Dinge erledigst. Es ist ja nicht so, dass man sich bei *Silverstone Towing* nicht beschäftigen könnte«, stichelte sie.

»Stimmt. Wir haben wirklich versucht, es unseren Mitarbeitern so gemütlich wie möglich zu machen. Einen Ort zu schaffen, an den unsere Mitarbeiter gern kommen.«

»Das ist euch gelungen«, versicherte Skylar ihm.

»Danke. Wie dem auch sei, ich dachte, wir könnten

zusammen zu Mittag essen, bevor ich dich zurück in deine Wohnung bringe. Ich weiß, dass du noch einiges zu tun hast.«

»Hast du ...« Skylar verstummte. Wäre es zu anhänglich, ihn zu bitten, bei ihr zu bleiben? Über Nacht zu bleiben? Sie war sich bewusst, dass ihre Wohnung nicht so schick und sicher war wie seine, aber sie konnte nicht leugnen, dass sie ihn in ihrer Wohnung haben wollte. In ihrem Bett.

»Was?«, fragte Carson und drehte sich so, dass sie unter ihm lag.

Sie liebte es, wenn er das tat. Sie fühlte sich von ihm eingehüllt, als könnte nichts und niemand ihr jemals etwas antun, wenn er so über ihr lag wie jetzt. »Ich wollte dich gerade fragen, ob du heute Nacht bei mir bleiben willst. Es ist okay, wenn du das nicht willst – meine Wohnung ist ziemlich klein, vor allem im Vergleich zu deiner. Aber sie liegt in der Nähe meiner Arbeit und ich müsste nicht so früh aufstehen, wenn wir dort bleiben. Du könntest fernsehen oder so, während ich meine Unterrichtspläne für die kommende Woche mache, und dann könnte ich uns Abendessen machen, oder wir könnten etwas bestellen.« Sie wusste, dass sie sich verhaspelte, aber sie hatte fast Angst, mit dem Reden aufzuhören, weil er dann möglicherweise Nein sagen könnte.

Carson beugte sich zu ihr herunter und küsste sie, um sie zum Schweigen zu bringen. Als er sich zurückzog, hatte er ein kleines Lächeln im Gesicht. »Ich würde gern bei dir übernachten. Danke.«

»Du kannst alles mitbringen, was du möchtest. Du kannst deine Sachen auch bei mir lassen. Meine Dusche ist nicht so groß wie deine, aber der Warmwasserbereiter ist wirklich gut. Es gibt jede Menge heißes Wasser.«

Carson betrachtete sie einen Moment lang. Dann strich er ihr mit der Hand über das Haar – von dem sie wusste, dass es wahrscheinlich ein einziges Durcheinander war – und streichelte ihre Wange, bevor er mit einem Finger sanft über ihre Lippen fuhr. »Meine kleine Sky ist so süß«, bemerkte er leise.

Sie schluckte schwer. Sie wusste nicht, was sie dazu sagen sollte.

»Eine süße, unschuldige Frau in der Öffentlichkeit und meine kleine Wilde im Bett«, fuhr er fort und grinste immer noch. Er löste sich ein wenig von ihr und ließ seine Hand zwischen ihre Körper wandern, wobei er mit den Fingern mit einer ihrer Brustwarzen zu spielen begann.

»Carson«, flüsterte sie und wölbte den Rücken, um sich ihm hinzugeben, egal was er vorhatte.

Es war kaum zu glauben, dass sie einen so guten Mann gefunden hatte. Einen, von dem sie sich nicht vorstellen konnte, dass er ihr jemals wehtun würde. Einer, der genau wusste, wo und wie er sie berühren musste, um sie in den Wahnsinn zu treiben.

Nach einem späten Start wegen der drei Orgasmen, die Carson ihr verpasst hatte, ging Skylar vor ihrem Mann in das Hauptgebäude von *Silverstone Towing*. Sie liebte es, über ihn als ihren Mann zu denken. Das Wochenende war bisher perfekt gewesen und sie hatte es wirklich genossen, Zeit mit ihm zu verbringen.

»Hey!«, rief Carson, als sie den großen Aufenthaltsraum betraten. Es erstaunte Skylar immer wieder, dass das Gebäude von außen so heruntergekommen aussah, aber innen wunderschön und elegant war.

Heute war es sogar noch schöner, weil alles aufgeräumt war. Die Kissen waren perfekt auf den Sofas und Sesseln platziert, die Decken lagen zusammengefaltet in einem Korb neben einem der Sessel, die DVDs waren fein säuberlich auf dem

Regal neben dem Fernseher aufgereiht und nirgendwo lag auch nur ein Staubkorn.

»Hey!«, meldete sich eine tiefe Stimme aus der Küche.

Als Skylar aufblickte, sah sie genau, warum es bei *Silverstone Towing* so ordentlich war. Shawn Archer war in der Küche, trug eine Schürze und stand vor dem Herd. Sandra war auch bei ihm.

»Hallo, Miss Reid! Mr. Carson!«, rief das kleine Mädchen, hüpfte von dem Trittschemel, auf dem sie neben ihrem Vater gestanden hatte, herunter und stürmte zu ihnen hinüber.

Skylar fing sie auf und umarmte sie herzlich. »Hey, Sandra. Was machst du denn hier?«

»Ich und Daddy waren einkaufen!«, rief sie aus.

»Daddy und ich«, korrigierte Skylar. Dann fragte sie: »Wirklich?«

»Ja. Und wir haben mit *Geld* bezahlt«, entgegnete Sandra mit ernster Miene.

Skylar schaute Carson verwirrt an.

»Wir machen den Großteil der Wocheneinkäufe sonntags. Obwohl er noch nicht offiziell auf der Gehaltsliste steht, hat Archer sich diese Woche freiwillig dafür gemeldet, weil Eagle Lebensmittelläden abgrundtief hasst. Er hat natürlich gefragt, ob er Sandra mitbringen darf. Und wir haben ihm Bargeld dafür gegeben.«

Es tat Skylar fast im Herzen weh, dass Sandra so begeistert von dem Gedanken war, mit Papierscheinen für die Lebensmittel zu bezahlen, statt vielleicht mit einer Kreditkarte oder Lebensmittelmarken.

Ein Zupfen an ihrem Hemd ließ Skylar wieder zu Sandra hinunterschauen. »Wir haben so viele Lebensmittel gekauft! Und jetzt kocht Daddy noch was.«

»Ich dachte, die Leute hätten nichts gegen ein schönes

Essen, wenn sie von der Arbeit kommen«, bemerkte Shawn ein wenig verlegen.

»Wenn du kochen willst, kannst du das jederzeit tun«, versicherte Carson ihm dankbar. »Noch eine Woche, dann haben wir dich in Vollzeit.«

Shawn nickte. »Ja, noch eine Woche, bis ich mit *all* meinen Jobs fertig bin. Ich freue mich darauf, hier zu arbeiten.« Dann sah er Skylar an. »Das heißt, dass Sie in der kommenden Woche zum letzten Mal so lange auf Sandra aufpassen müssen.«

»Es wird mir fehlen, auf sie aufzupassen«, sagte sie zu ihm.

»Ich weiß. Sie hat wirklich der Himmel geschickt«, erklärte Sandras Vater ihr. »Und Bull, du hast ja keine Ahnung, wie viel es mir bedeutet, diesen Job zu haben. Ich werde es nicht vermasseln.«

»Das weiß ich doch. Du hättest wirklich nicht am Wochenende zur Arbeit kommen müssen, Shawn. Aber du hast keine Ahnung, was es für uns bedeutet, nicht kochen zu müssen und jemanden zu haben, der den Laden sauber hält. Unsere Mitarbeiter sind großartige Abschleppwagenfahrer, aber nicht so gut, wenn es darum geht, ihren eigenen Dreck wegzuräumen. Und wir wollen zwar nicht, dass *Silverstone Towing* zu einladend für ruchloses Gesindel aussieht, aber wir wollen auch nicht, dass es wie ein Schrottplatz aussieht.«

»Was bedeutet ›ruch-los‹?«, wollte Sandra wissen und sah zu Skylar auf.

»Böse oder schlecht«, erklärte Skylar dem kleinen Mädchen.

»Oh. Okay. Daddy! Warte! Ich will es machen!«, rief Sandra, stürmte zurück in die Küche und kletterte auf ihren Hocker. Shawn reichte ihr den Löffel, mit dem er das Fleisch und das Gemüse für seinen Auflauf umgerührt hatte.

»Hat er schon angefangen zu arbeiten?«, fragte Skylar Carson leise.

»Nicht offiziell, aber er ist die letzten Wochenenden von sich aus hierhergekommen. Er ist großartig. Wir haben noch nie so gut gegessen, und im Ernst, sieh dich mal hier um. Wenn es sein müsste, könnte man hier vom Boden essen.«

Skylar kicherte. »Ich glaube nicht, dass du so weit gehen musst.«

Sie liebte die Art, wie Carson sie ansah. Mit einer Mischung aus Zärtlichkeit, Sehnsucht und Lust.

»Ich gehe nach unten, um mit den anderen zu reden. Kommst du zurecht?«, fragte er.

»Natürlich, alles in Ordnung. Geh nur. Ich fange schon mal mit dem Unterrichtsplan für diese Woche an«, erklärte sie ihm.

Carson nickte, küsste sie auf die Stirn und machte sich auf den Weg zur Treppe.

Sie ging hinüber in die Küche und setzte sich auf einen der Barhocker. Sie wusste nicht, wie lange Carsons Besprechung mit seinen Freunden dauern würde, aber sie ging davon aus, dass sie genügend Zeit hatte, sich zu unterhalten und ihre Arbeit zu erledigen.

»Er ist ein guter Mann«, bemerkte Shawn.

»Ich weiß.«

»Das sind sie alle. Egal was sie in ihrem geheimnisvollen Schutzraum treiben, niemand kann mich je vom Gegenteil überzeugen.«

Sie runzelte die Stirn. »Ein Schutzraum? Was meinen Sie damit?«

Shawn sah Sandra an, dann trat er einen Schritt näher an Skylar heran. Er sprach leise, damit seine Tochter es nicht hörte. »Der Raum im Keller mit dem Schloss, das sich nur durch Fingerabdruck öffnen lässt. Diese vier sind mehr als nur die Besitzer von *Silverstone*«, erklärte er ohne eine Spur von

Zweifel. »Hier gibt es genügend Sicherheitsvorkehrungen, um den Präsidenten der Vereinigten Staaten zu schützen. Ganz zu schweigen von der Zeit, die sie damit verbringen, die Nachrichten zu sehen und hinter verschlossenen Türen miteinander zu reden. Ich habe bisher zwar nur ein paar Wochenenden gearbeitet, aber ... es würde mich nicht wundern, wenn sie Spione wären oder so etwas.«

Sein Verdacht gefiel Skylar nicht. Sie hatte überhaupt nicht an den anderen Raum im Keller gedacht, den er ihr nicht gezeigt hatte, als er ihr die Führung gegeben hatte. »Es gibt eine Menge zu tun, um ein Unternehmen wie dieses zu leiten«, verteidigte sie ihn. »Und es ist gut, sich über aktuelle Ereignisse auf dem Laufenden zu halten. Ich selbst schaue mir nicht gern die Nachrichten an – sie sind zu deprimierend –, aber nicht jeder ist so wie ich.«

Shawn sah sie einen Moment lang an. »Ich bin sicher, Sie haben recht«, entgegnete er dann.

Skylar runzelte die Stirn. Sie hasste es, wenn jemand ihr zuliebe nachgab. Und es war mehr als offensichtlich, dass Sandras Vater kein Wort von dem glaubte, was sie gesagt hatte. »Sie sind keine Spione«, entgegnete sie nachdrücklich.

Shawn öffnete den Mund, um etwas zu erwidern, aber Sandra unterbrach ihn. »Daddy, was jetzt?«

Er nickte Skylar zu und richtete die Aufmerksamkeit wieder auf seine Tochter.

Seufzend schnappte Skylar sich ihre Tasche und setzte sich auf das Sofa. Sie mochte es nicht, dass Shawn hinter dem Rücken von Carson und seinen Freunden über sie sprach ... aber was sie *wirklich* schlimm fand, war die Tatsache, dass er sie dazu gebracht hatte, sich zu fragen, was sie in dem abgeschlossenen Raum im Keller wirklich taten.

Darüber hatte sie sich vorher nämlich keine Gedanken gemacht. War es tatsächlich ein Schutzraum? Wie in den

Filmen? Aber jetzt, da sie darüber nachdachte ... warum sollten sie so etwas hier brauchen? Ja, Tornados zogen manchmal über Indianapolis, aber sie waren selten. Und obwohl Verbrechen in dieser Gegend möglich waren, warum sollte jemand ein Abschleppunternehmen angreifen? Es war ja nicht so, dass sie regelmäßig Geld einnahmen, das auf dem Gelände aufbewahrt wurde.

Hatte Carson etwas zu verbergen?

War sie nicht ohnehin schon die ganze Zeit über davon überzeugt gewesen, er sei zu gut, um wahr zu sein?

Als Skylar erkannte, wohin ihre Gedanken geführt hatten, schüttelte sie verärgert den Kopf.

Warum suchte sie immer nach dem Schlechten in den Männern, mit denen sie zusammen war? Vielleicht weil sie bisher immer von ihren Freunden enttäuscht worden war. Sie wollte nicht glauben, dass Carson etwas vor ihr verbergen könnte. Als sie sich daran erinnerte, wie glücklich sie an diesem Morgen gewesen war, tat Skylar ihr Bestes, um die Zweifel zu verdrängen, die Shawn unbewusst gepflanzt hatte.

Carson war ein guter Mann. Er hatte nichts zu verbergen. Er war einfach nur Miteigentümer eines Abschleppunternehmens. Das war alles.

Sie zwang sich, ihren Planer aus der Tasche zu holen und sich darauf zu konzentrieren, was sie ihren Schülern in der kommenden Woche beibringen wollte.

»Wir sind also sicher, dass die Informationen hundertprozentig korrekt sind?«, fragte Smoke die anderen.

Die vier Männer saßen um den runden Tisch im Schutzraum von *Silverstone Towing* und lasen die neuesten Informationen, die sie vom FBI und dem Ministerium für Innere

Sicherheit erhalten hatten. Sie hatten eigentlich die Besprechung erst für den morgigen Tag angesetzt, aber Gramps hatte darauf bestanden, dass sie sofort reden mussten.

»Ja«, erwiderte Gramps mit einem Nicken und einem grimmigen Gesichtsausdruck. »Mostafa ist nach Somalia gereist, und eine neue Trainingseinheit hat begonnen. Wahrscheinlich wird er mindestens die ganze Woche dort bleiben.«

Bull wurde ganz flau im Magen. Er war nicht nervös, weil er nach Afrika reisen und Mostafa ausschalten wollte – er hatte eine Riesenangst davor, Skylar zu sagen, dass er das Land verlassen würde und was er tun musste. Er wusste, dass er lügen und sagen konnte, sie würden zu einer Konferenz fahren oder so, aber das wollte er ihr nicht antun. Oder ihrer Beziehung. Er wollte ehrlich sein. Er wusste, dass er ihr vertrauen konnte.

Aber er war sich nicht so sicher, ob sie ihn so akzeptieren konnte, wie er war.

»Was ist mit Shekau?«, fragte Smoke.

»Dieser Mistkerl, der Anführer von Boko Haram?«, fragte Eagle.

»Ja. Zuletzt haben wir gehört, dass sie einen weiteren Überfall auf eine Schule planen. Was hat es damit auf sich?«, hakte Smoke nach.

»Das ist auf Eis gelegt«, informierte Gramps sie. »Die Grundschule hat erfahren, dass ein Überfall geplant ist, und sie haben Maßnahmen ergriffen, um das Risiko zu minimieren.«

»Was für Maßnahmen?«, wollte Eagle wissen.

»Hauptsächlich bewaffnete Wachen.«

»Das wird Boko Haram nicht davon abhalten, die Mädchen zu entführen«, gab Eagle zu bedenken.

»Ich weiß, aber im Moment müssen wir uns auf andere Dinge konzentrieren«, entgegnete Gramps. »Geplant ist, dass wir am Dienstagmorgen aufbrechen. Wir machen uns auf den

Weg zum Lager und sind am Donnerstagmorgen ihrer Zeit dort. Wir schlagen mitten in der Nacht zu, töten Mostafa und hauen ab. Am frühen Freitagabend sind wir wieder zu Hause.«

Es würde schnell gehen, wenn alles nach Plan verlief. Bull wusste, dass er nur vier Tage von Skylar getrennt sein würde, aber er hatte trotzdem ein ungutes Gefühl im Bauch.

»Hat jemand Probleme mit diesem Zeitrahmen?«, fragte Gramps und sah Bull an.

»Nein«, entgegnete Eagle.

»Ich nicht«, fügte Smoke hinzu.

»Für mich ist das in Ordnung«, sagte Bull zu seinem Freund.

»Wirst du es ihr sagen?«, wollte Gramps wissen.

Bull spürte, wie alle seine Freunde ihn ansahen. Er nickte langsam. »Ich muss es tun.«

»Was ist, wenn sie es nicht verkraftet?«, fragte Smoke.

»Dann müssen wir Schluss machen«, entgegnete Bull und die Worte fühlten sich wie Säure in seinem Mund an.

»Einfach so?«, fragte Eagle ungläubig.

»Welche Wahl hätte ich denn?«, fragte Bull. »Ich werde das *Silverstone*-Team nicht verlassen. Ich bin stolz auf das, was wir tun. Wir machen die Welt zu einem sichereren Ort – für alle.«

»Ich denke, du solltest um sie kämpfen«, gab Gramps zu bedenken. »Sie wird sicher schockiert sein. Du kannst nicht einfach eine Bombe platzen lassen und sagen: ›Hey, ich töte Menschen, um meinen Lebensunterhalt zu verdienen, ist das okay für dich?‹, und erwarten, dass sie das sofort akzeptieren kann.«

Bull fuhr sich mit der Hand durch die Haare. »Ich will nur … ich will sie nicht verletzen.«

»Das Leben ist voll von Verletzungen«, erklärte Smoke. »Und wir alle wissen, dass du lieber selbst sterben würdest, als sie in Gefahr zu bringen.«

Ja, natürlich wussten sie das. Diese Männer kannten ihn besser als jeder andere auf der Welt.

Smoke fuhr fort: »Skylar macht dich glücklich. Und das hat während der ganzen Zeit, in der wir dich kennen, noch keine geschafft. Du bist gelassener, entspannter. Wenn du nicht um sie kämpfst, machst du einen großen Fehler, Bull.«

Er wusste, dass sein Freund recht hatte.

»Wenn sie das akzeptieren kann, wenn sie *dich* akzeptieren kann, dann glaube ich, dass wir vielleicht alle eine Chance haben, eine Frau zu finden«, sagte Eagle leise.

Bull nickte.

»Außerdem mag sie uns«, erwiderte Gramps mit einem Lächeln. »Wen willst du denn sonst finden, der es mit uns dreien aushält?«

Alle lachten, selbst Bull.

»Ich werde morgen Abend mit ihr reden«, erklärte Bull.

»Wenn du Hilfe brauchst, lass es uns wissen«, sagte Gramps zu ihm. »Du weißt, dass wir hinter dir stehen.«

»Das weiß ich zu schätzen«, entgegnete Bull. Und das tat er auch. Er würde keinen seiner Freunde in dieser Sache um Hilfe bitten, aber er wusste genau, dass sie alles stehen und liegen lassen würden, wenn er es täte.

Die Gespräche drehten sich um andere Themen, darunter auch Archers bisherige Leistungen. Alle waren äußerst zufrieden mit ihrem neuen Mitarbeiter und konnten es kaum erwarten, dass er endlich anfing, Vollzeit zu arbeiten.

Aber Bulls Gedanken waren immer noch bei Sky. Zum ersten Mal in seinem Leben hatte er Angst vor einem Einsatz. Nicht wegen dem, was ihn in Somalia erwartete ... sondern wegen dem, was Skylar von ihm denken würde, nachdem er ihr gesagt hatte, was er tat.

KAPITEL VIERZEHN

Zum ersten Mal in ihrer Laufbahn hatte Skylar keine Lust, zur Arbeit zu gehen. Normalerweise liebte sie Montage. Sie konnte ihre Schützlinge nach dem Wochenende sehen, sich vergewissern, dass es ihnen gut ging, sich anhören, was sie während der letzten zwei Tage gemacht hatten, und sich im Grunde wieder mit ihnen zusammenfinden.

Aber heute wollte sie nur mit Carson im Bett bleiben.

Er hatte in ihrer Wohnung übernachtet und es war genau das gewesen, wovon sie geträumt hatte. Ihr Bett war nicht so groß wie seines, aber das machte nichts, denn sie hatten eng aneinandergekuschelt geschlafen.

Sie waren früh ins Bett gegangen und er hatte ihr gezeigt, wie dominant er sein konnte. Er hatte sie immer wieder zum Orgasmus gebracht, bis sie ihn angefleht hatte, sie zu nehmen. Und als er in sie eingedrungen war, hatte sie eine Art Verlangen in ihm gespürt, das sie vorher nicht bemerkt hatte. Es beunruhigte sie ... aber dann hatte er sie auf alle viere gedreht und sie von hinten genommen, und sie hatte sich eingeredet, dass sie es sich nur eingebildet hatte.

Heute Morgen war er aufgestanden, bevor ihr Wecker geklingelt hatte, und hatte Frühstück gemacht. Er hatte sie mit einem sanften Kuss und einer dampfend heißen Tasse Kaffee geweckt.

Sie wünschte sich, dass der Morgen nicht zu Ende ging, aber natürlich war die Zeit gekommen, dass sie zur Schule gehen musste.

»Ich würde gern zum Abendessen kommen, wenn das okay ist«, erklärte Carson.

»Natürlich. Du bist hier immer willkommen«, entgegnete Skylar. Aber sie hatte sofort den Eindruck, dass er sich nicht so sehr auf das gemeinsame Abendessen freute wie sie. »Was ist los?«, fragte sie leise.

Anstatt ihr zu sagen, dass es ihm gut ging, holte Carson tief Luft – was Skylar eine Heidenangst einjagte. War er dabei, mit ihr Schluss zu machen? Er hatte sie ins Bett gekriegt, und jetzt war es aus?

Sie versuchte, ihre Panik zu kontrollieren. Das würde er nicht tun. Er war nicht diese Art von Mann. Darauf würde sie alles verwetten, was sie hatte.

»Wir müssen heute Abend ein ernstes Gespräch führen«, sagte er und ihr blieb vor Verzweiflung das Herz in der Brust stehen. »Keine Panik«, erklärte er, da er offensichtlich ihre Bestürzung sah.

»Carson, es ist noch nie etwas Gutes dabei herausgekommen, wenn einer zum anderen sagt: ›Wir müssen reden.‹«

Sie zuckte überrascht zusammen, als er die Hand ausstreckte und sie im Nacken packte. Er zog sie an sich und Skylar ließ sich bereitwillig darauf ein, legte ihre Arme um ihn und verschränkte ihre Finger in seinem Rücken. Sie hatte ihre Wange auf seine Brust gelegt und konnte sein Herz klopfen hören. Mit einer Hand streichelte er ihr Haar, und mit der anderen drückte er sie fest an sich.

»Es gibt da etwas über mich, das ich dir erzählen muss«, sagte er ernst. »Aber du darfst nie vergessen, dass du bei mir in Sicherheit bist. Du bist *immer* sicher bei mir.«

Skylars Gedanken wirbelten durcheinander. Sie hatte keine Ahnung, was er ihr sagen wollte, und das fand sie schrecklich. Sie hob den Kopf und neigte ihn zurück, um ihm in die Augen zu schauen. Sie hatte ihn noch nie zuvor so ernst gesehen.

»Ich weiß«, versicherte sie ihm leise.

»Weißt du es wirklich?«, erwiderte er.

Stirnrunzelnd nickte Skylar.

»Ich hoffe bei Gott, dass du das nicht nur so sagst«, murmelte er. Dann holte er noch einmal tief Luft, legte seine Hände an ihre Wangen und beugte sich hinunter, um sie auf die Stirn zu küssen. Es war ein keuscher, zärtlicher Kuss, und er trieb Skylar Tränen in die Augen. Sie hatte keine Ahnung, was in Carsons Kopf vorging, aber offensichtlich hatte er Angst, ihr etwas zu sagen.

Um ihn zu beruhigen, sagte sie: »Ich habe noch nie für jemanden das empfunden, was ich für dich empfinde. Ich weiß, dass die Dinge zwischen uns schnell gegangen sind, aber ich habe keinen Zweifel daran, dass wir füreinander bestimmt sind. Ich fühle mich so wohl und sicher bei dir, dass ich einfach weiß, dass du aus einem bestimmten Grund in mein Leben getreten bist.«

Aber anstatt ihn zu beruhigen, schienen ihre Worte ihn nur noch mehr zu verunsichern.

»Carson? Du machst mir Angst.«

»Es gibt nichts, wovor du Angst haben musst«, versicherte er ihr. »Egal was du heute Abend von mir hörst, denk bitte daran, dass ich derselbe Mann bin, den du während des letzten Monats kennengelernt hast. Ich bin derselbe Mann, mit dem du während der ersten zwei Wochen Videoanrufe gemacht hast.«

»Du willst mir doch nicht sagen, dass du verheiratet bist und eine andere Familie am anderen Ende des Landes hast, oder?«, fragte Skylar.

»Nein. Ich habe dich nie angelogen. Niemals. Deshalb muss ich heute Abend mit dir reden.«

Die Stimmung, die er im Moment ausstrahlte, war alles andere als gut. »Okay«, erklärte Skylar unbehaglich.

»Verdammt«, murmelte er, »jetzt habe ich dich nervös gemacht. Ich hätte nichts sagen sollen.«

»Ist schon gut«, wiederholte sie, legte ihre Finger um seine Handgelenke und hielt sich fest. »Ich mag es nur nicht, dich so aufgebracht zu sehen.«

Er lachte, aber es klang nicht amüsiert. Dann beugte er sich zu ihr hinunter und küsste sie auf die Lippen. »Ich hatte sehr viel Spaß letztes Wochenende.«

Es war ein abrupter Themenwechsel, aber Skylar freute sich darüber. »Ich auch.«

»Und du hast recht, in deiner Wohnung ist es verdammt laut.«

Sie lächelte. »Daran habe ich mich gewöhnt.«

»Es ist schon spät«, entgegnete er. »Du musst dich beeilen, damit du für alle bereit bist, wenn sie in die Schule kommen. Du weißt, dass sie dir alle von ihren Wochenenden erzählen wollen.«

Alles, was er sagte, stimmte, aber Skylar wollte jetzt auf keinen Fall gehen. Sie wollte wissen, was er ihr zu sagen hatte. Sie wusste, dass sie den ganzen Tag darüber nachdenken und wahrscheinlich kaum etwas zustande bringen würde. Sie konnte es kaum erwarten, dass es sechs Uhr abends war.

Er beugte sich hinunter und hob seine Wochenendtasche auf, und sie nahm ihre Tasche mit den Unterrichtsplänen, und beide gingen zur Tür. Maria streckte den Kopf aus ihrer Wohnung, als sie vorbeikamen, und sagte Guten Morgen.

Carson begleitete sie bis zu ihrem Wagen, wobei er sich ständig umsah, während er nach Gefahren Ausschau hielt. Obwohl es noch so früh am Morgen war, sodass Skylar wusste, dass die meisten Unruhestifter in der Gegend wahrscheinlich noch in ihren Betten lagen.

»Ich komme heute Abend gegen halb sieben vorbei, wenn das okay ist«, sagte Carson, nachdem sie ihre Wagentür geöffnet hatte.

»Das ist in Ordnung. Das sollte die letzte Woche sein, in der ich bis achtzehn Uhr bleiben muss. Es wird komisch sein, nicht mehr auf Sandra aufpassen zu müssen, wenn die Nachmittagsbetreuung für den Tag beendet ist. Ich weiß, dass sowohl sie als auch ihr Vater sich freuen, dass er nicht mehr so lange arbeiten muss.«

»Wir freuen uns, ihn bei *Silverstone Towing* zu haben«, erklärte Carson. »Er arbeitet hart und wir haben großes Glück gehabt, ihn zu finden.«

Skylar gefiel es, dass er das so sah. Er war ein großartiger Arbeitgeber, der seine Angestellten offensichtlich schätzte.

»Fahr vorsichtig, und bis heute Abend«, verabschiedete Carson sich.

Statt des üblichen Kusses auf die Lippen neigte er ihren Kopf leicht und küsste sie, als wäre dies das letzte Mal, dass sie sich je küssten.

So sehr es sie auch erregte, so sehr beunruhigte es sie auch.

Skylar schloss die Augen und ließ Carson nehmen, was er offensichtlich brauchte. Eine Minute später zog er sich zurück, ließ sie aber nicht los. Sie öffnete die Augen und sah, wie er sie anstarrte, als würde er versuchen, sich ihr Gesicht einzuprägen. Erneut machte sich Unbehagen in ihr breit.

»Carson?«

»Hmmm?«

»Es wird alles gut«, erklärte sie leise.

Ihre Worte schienen die Trance, in der er sich befand, zu durchbrechen, denn er ließ die Hände sinken und trat einen Schritt zurück. »Ich wünsche dir einen schönen Tag, mein Schatz.«

»Ich dir auch.«

»Bis später.«

»Tschüss.« Skylar setzte sich hinter das Steuer und er schloss die Wagentür. Sie winkte und er nickte ihr zu. Er blieb genau dort stehen, wo er war, bis sie den Wagen gewendet hatte und zur Ausfahrt fuhr. Sie schaute in den Rückspiegel, bevor sie den Parkplatz verließ, und sah noch, wie Carson sich in offensichtlicher Verzweiflung mit der Hand durchs Haar fuhr.

Ihr wurde ganz flau im Magen. Irgendetwas stimmte ganz und gar nicht, und sie war alles andere als glücklich darüber, dass er vor ihrem Aufbruch zur Arbeit eine so vage Andeutung in Bezug auf ihre Beziehung gemacht hatte. Jetzt würde sie sich den ganzen Tag darüber Gedanken machen, was er ihr sagen wollte. Er hätte besser den Mund halten und nichts sagen sollen.

Sie schüttelte den Kopf. Männer. Man konnte nicht mit ihnen leben, aber genauso wenig ohne sie.

Als Bull am späten Nachmittag zu Skylars Wohnung fuhr, machte er sich zum gefühlt hundertsten Mal an diesem Tag Vorwürfe. Er hätte an diesem Morgen nicht seine große Klappe aufreißen sollen. Er wusste, dass Skylar sich wahrscheinlich den ganzen Tag Gedanken darüber gemacht hatte, worüber er mit ihr reden wollte. Er hatte selbst darüber nachgedacht.

Es war zwar richtig, ihr vom *Silverstone*-Team zu erzählen, aber es hinterließ trotzdem einen bitteren Geschmack in seinem Mund. Eagle, Smoke und Gramps waren ebenso besorgt darüber, wie sein Gespräch verlaufen würde.

Aber es ging hier um Skylar. Er würde ihr erklären, dass er und seine Freunde genau das taten, was sie in der Armee als Delta-Force-Soldaten getan hatten. Sie würde es verstehen, und sie würden die Nacht zusammen im Bett verbringen, und er würde am nächsten Morgen mit einem reinen Gewissen nach Hause fahren. Nicht nur das, sondern ihr Wissen um sein geheimes Leben würde sie einander näherbringen.

Zumindest hoffte er das.

Er stürmte die Treppe hinauf, nahm immer zwei Stufen auf einmal, um in den ersten Stock zu gelangen, und klopfte an ihre Tür. Sie öffnete sich fast augenblicklich – und Bull schimpfte einmal mehr mit sich selbst. Sky biss sich auf die Lippe und sah verdammt verängstigt aus.

Er handelte, ohne nachzudenken, zog sie an sich und küsste sie, als hätte er sie seit Monaten und nicht erst seit Stunden nicht mehr gesehen.

Sie verschmolz mit ihm und der Knoten in seinem Magen löste sich ein wenig. Er liebte diese kleine Frau von ganzem Herzen. Sie hatte die Macht, ihn vollkommen fertigzumachen, und sie wusste es nicht einmal.

Er zog sie in die Wohnung und schloss die Tür hinter sich.

»Hi«, begrüßte er sie, als er sich endlich von ihren Lippen löste.

»Hi«, erwiderte sie atemlos.

»Wie war die Schule? Sind alle deine Kinder in Ordnung?«

»Es war gut. Hektisch, wie es montags meistens ist. Es hat eine Weile gedauert, bis sie sich wieder eingewöhnt hatten, aber das ist ja nichts Neues. Es geht ihnen allen gut. Karlee ist gestürzt und hat sich das Knie aufgeschürft, und Ignacio hat am Wochenende Fahrradfahren gelernt. Ich bin mir nicht sicher, ob Marisol genügend zu essen hatte, und ich muss dafür sorgen, dass ich ihr am Freitag etwas zusätzlich in den Rucksack packe, aber ansonsten schienen alle ein schönes Wochenende gehabt zu haben.«

»Das ist gut«, sagte Bull zu ihr. Es war immer so offensichtlich, wie sehr sie ihre Schüler liebte. Sie waren für sie nicht nur eine Möglichkeit, Geld zu verdienen. Sie sorgte sich aufrichtig um sie und machte sich Gedanken um sie. Er wusste, dass sich ihr gemeinsames Leben wahrscheinlich so lange um »ihre Kinder« drehen würde, wie sie Kindergärtnerin war. Und das war für ihn mehr als in Ordnung. »Irgendetwas riecht hier lecker«, erklärte er ihr.

»Ja, ich habe Tacos gemacht. Es geht schnell und einfach. Willst du zuerst reden?«

Bull knurrte der Magen. Nein, er wollte nicht zuerst reden. Er hatte eine Heidenangst und wollte, dass es zwischen ihnen so lange wie möglich ruhig blieb. »Ich bin am Verhungern«, log er. Es wäre ein Wunder, wenn es ihm tatsächlich gelänge, etwas herunterzuwürgen. »Shawn hat zum Mittagessen einen herrlich duftenden Auflauf gemacht, aber ich wollte mir den Appetit auf das Abendessen mit dir nicht verderben.«

Sie lächelte zu ihm hoch. »Okay, komm schon.«

Während des gesamten Abendessens konnte Bull den Blick nicht von Skylar lassen. Sie hatte sich eine lockere Baumwollhose und ein T-Shirt angezogen, als sie nach Hause gekommen war. Ihr kastanienbraunes Haar fiel ihr in Wellen um die Schultern und er fühlte sich wie der glücklichste Mann der Welt, weil er mit ihr zusammen sein durfte.

Er hätte am liebsten den Abend verlängert und ihr gar nichts vom *Silverstone*-Team erzählt, aber als sie nach dem Abendessen auf ihrem Sofa saßen, wusste er, dass es an der Zeit war.

Er redete sich ein, dass alles gut werden würde, dass sie ihn verstehen und stolz auf ihn sein würde, und Bull ergriff ihre Hände, als sie sich ihm zuwandte.

»Was ich dir jetzt sage, habe ich noch keiner anderen Frau erzählt, mit der ich zusammen war. Und du darfst es auch niemandem erzählen. Weder deinen Eltern noch deinen Nachbarinnen noch sonst jemandem, verstehst du?«

Skylar runzelte die Stirn, aber sie nickte.

»Es ist wichtig, Sky«, sagte er ernsthaft. »Es geht um die nationale Sicherheit, und die Sicherheit vieler Menschen steht auf dem Spiel.«

Sie machte große Augen. »Ich werde niemandem etwas sagen.«

Bull atmete tief ein und nickte. »Du weißt, dass ich bei der Armee war. Eagle, Smoke, Gramps und ich waren alle in der Delta Force. Weißt du, was das ist?«

»Ja. Das ist eine Spezialeinheit, richtig?«, fragte sie.

»Ganz genau. Die Soldaten der Delta Force sind die Besten der Besten. Wir wurden in Situationen geschickt, die für normale Einheiten zu gefährlich waren. Wir waren gut in dem, was wir taten, Sky. Mit Eagles Fähigkeit, sich die Namen und Gesichter aller Menschen zu merken, die er je getroffen oder über die er Unterlagen gesehen hatte, mit Gramps' Verhandlungsgeschick, mit Smokes Fähigkeit, in Situationen hineinund wieder herauszukommen, ohne gesehen zu werden, und mit meiner Treffsicherheit mit den Waffen waren wir fast unaufhaltsam. Über keinen unserer Einsätze wird jemals gesprochen werden – sie sind jetzt in den Einsatzberichten des Pentagons vergraben –, aber wir haben unserem Land mehr als gedient.«

»Ich bin stolz auf dich«, entgegnete Skylar leise.

Bull nickte, dann fuhr er fort: »Unser letzter Einsatz für die Armee war einer unserer besten. Wir konnten zwei der schlimmsten Terroristen der Welt ausschalten ... aber wir hatten keine Erlaubnis bekommen, den zweiten Mann auszuschalten. Wir mussten vor ein Disziplinargericht und unser Team wurde aufgelöst. Wir sollten getrennt und aus der Armee geworfen werden, sobald unsere Dienstzeit abgelaufen wäre.«

Skylar schnappte nach Luft. »Kann das Militär das so einfach machen?«

»Ja, kann es, und das hat es auch getan.«

»Es tut mir leid«, sagte sie.

»Wir waren nicht gerade glücklich darüber«, gab Bull zu. »Und dann bot uns jemand die Möglichkeit zusammenzubleiben. Um weiterhin das zu tun, wofür wir ausgebildet wurden. Das Geld, das Smoke geerbt hatte, ermöglichte es uns, nach Indianapolis zu kommen und *Silverstone Towing* zum Laufen zu bringen. Nach ein paar Jahren kauften Gramps, Eagle und ich unseren Anteil an dem Unternehmen. Und wir sind stolz auf das, was wir erreicht haben.«

Skylar runzelte die Stirn. »Aber ... das ist nicht das, wofür du in der Armee ausgebildet wurdest ...«

»Genau. *Silverstone Towing* ist unsere Leidenschaft, aber das ist nur ein Teil dessen, was wir tun. Der andere Teil des *Silverstone*-Teams besteht darin, dort weiterzumachen, wo wir mit der Delta Force aufgehört haben. Der Typ, der uns geholfen hat, unsere Verpflichtung gegenüber der Armee zu beenden, arbeitet mit uns, wenn wir auf Einsätze gehen. Wir bekommen Informationen von ihm und er hilft uns, wenn wir unentdeckt in fremde Länder ein- und ausreisen müssen. Aber es gibt Risiken. Wenn wir auf frischer Tat ertappt werden oder etwas schiefgeht, wird uns die Regierung nicht aus der Patsche helfen. Wir sind auf uns allein gestellt. Wir bekommen also Unterstützung und einige Mittel, aber wenn es hart auf hart kommt, können wir uns nur auf uns selbst verlassen. Und das ist auch gut so, denn ich weiß, dass die Jungs mir Rückendeckung geben, genauso wie ich ihnen.«

Dem verwirrten Gesichtsausdruck von Skylar nach zu urteilen war Bull klar, dass er die Dinge nicht besonders gut erklärt hatte. Er redete um den heißen Brei herum, und das wusste er.

»Was willst du damit sagen?«, fragte Skylar. »Spuck es einfach aus.«

Er war nicht überrascht, dass sie ihn auf seinen Mangel an Klarheit ansprach. Also brachte er es auf den Punkt. »*Silverstone Towing* ist nicht nur ein Abschleppunternehmen«, erklärte Bull unverblümt. »Eagle, Smoke, Gramps und ich gehen immer noch auf Einsätze, um die Welt zu schützen. Wir brechen diese Woche, morgen, um genau zu sein, auf, um einen weiteren Bösewicht zu finden. Nun, nicht *finden*, denn wir wissen, wo er ist ... aber ihn als Bedrohung ausschalten.«

Skylar löste ihre Hände aus seinen und Bull spürte, wie ihm schlecht wurde. Sie nahm das nicht gut auf.

Mist.

»Ihr ... ihr *tötet* Menschen?«, flüsterte Skylar.

Bull zuckte zusammen, nickte aber.

»Ihr werdet dafür bezahlt, Menschen zu töten?«, stellte sie klar.

Bull nickte erneut.

Sie holte tief Luft und der schockierte Ausdruck auf ihrem Gesicht tat Bull in der Seele weh.

»Ihr bringt sie nicht vor Gericht, damit sie für ihre Taten im Rahmen der Gesetzgebung bezahlen können?«

»Nein«, entgegnete Bull. Es gab noch viel mehr, was er dazu sagen konnte, aber er hatte diese Erklärung offensichtlich schon genügend vermasselt. Er hatte keine Lust, sie noch mehr zu verpatzen.

Skylar stand abrupt auf und begann, hin und her zu gehen. Es war offensichtlich, dass sie über das, was er ihr gesagt hatte, verärgert war, und Bull konnte es ihr nicht verdenken. Er suchte nach etwas Beruhigendem, das er sagen konnte, aber ihm fiel nichts ein, was es ihr leichter machen würde. Es gefiel ihm nicht, wie sie sich auf die Lippe biss. Und die Tatsache, dass sie ihre Stirn in Falten gelegt hatte.

Und es gefiel ihm ganz und gar nicht, dass sie seine Hand ignorierte, als er aufstand und sie ihr hinhielt.

Er liebte sie. Und er konnte es nicht ertragen, dass die Frau, für die er sterben würde, nicht wollte, dass er sie berührte. Keine Fragen mehr stellte. Sich einfach von ihm zurückgezogen hatte.

Bull spürte, wie ihm kalt wurde. Er unterdrückte den Schmerz, den er fühlte, und ließ seine Hand sinken. Er konnte an nichts anderes denken als an die Verwirrung und Angst auf Skylars Gesicht. *Er* war dafür verantwortlich. Er hatte versprochen, sie nicht zu verletzen, und es fühlte sich an, als hätte er genau das jetzt auf die schlimmstmögliche Weise getan.

Er wollte sagen, dass es ihm leidtat. Dass er davon ausgegangen war, sie würde es verstehen. Dass er sie eines Tages heiraten wollte und dass das, was er getan hatte, sie niemals in irgendeiner Weise berühren würde ... aber er konnte kein Wort herausbringen. Es war, als wäre er wie erstarrt.

Wenn sie es nicht schaffte, das zu verarbeiten, würde er sie verlieren. Verdammt!

Skylar konnte kaum glauben, was sie da hörte.

»Du bist ein *Berufsmörder*?«, fragte sie Carson ungläubig.

Sie standen etwa anderthalb Meter voneinander entfernt, aber es hätten genauso gut hundert sein können.

»Wir mögen dieses Wort nicht«, erklärte er in einem Ton, der wie ein Roboter klang. Sein Gesicht war völlig emotionslos.

Aber Skylar war zu schockiert über das, was er ihr gesagt

hatte, als dass sie es wirklich bemerkt hätte. Es fiel ihr schwer zu glauben, dass der Mann, den sie kannte, ein Mörder war.

»Ihr zieht wirklich los und tötet Menschen? Ist das überhaupt legal? Kein Wunder, dass du gesagt hast, ich dürfe es niemandem erzählen! Werde ich verhaftet, weil ich weiß, was ihr tut? Bin ich jetzt eine Komplizin?«

»Atme tief durch, Sky«, bat Carson sie. »Wir arbeiten mit dem FBI zusammen.«

Sie bemerkte, dass er ihre Frage nach der Legalität ihres Handelns nicht beantwortet hatte. Natürlich war es das nicht. Sie fühlte sich ohnmächtig.

»Setz dich hin, bevor du umfällst«, befahl Carson. Er griff noch einmal nach ihr, aber Skylar wich seiner Berührung aus.

»Verdammt«, murmelte Carson. »Darf ich es erklären?«

Skylar schüttelte den Kopf. Sie wollte nichts mehr hören. Wenn die Regierung bereit war, sie hängen zu lassen, wenn sie erwischt wurden, musste das bedeuten, dass das, was sie taten, nicht wirklich erlaubt war. Das war für sie ein großes Warnsignal. *Alles* an dem, was er und seine Freunde taten, war fragwürdig.

Und plötzlich ergab der geheime Schutzraum in ihrem Keller mehr Sinn.

Sie ließ sich auf einen der Stühle in ihrer kleinen Essecke sinken. Wie sie überhaupt dorthin gekommen war, wusste sie nicht. Sie starrte Carson an, der ihr gefolgt war, aber Abstand hielt. »Du hast gesagt, du würdest mir nie wehtun«, sagte sie mit leiser Stimme. »Ich habe dir vertraut, und du hast mir gerade mehr wehgetan als jeder andere in meinem ganzen Leben.«

Wieder fiel ihr auf, dass Carson kein einziges Gefühl in seinem Gesicht zeigte. Er sah so aus, wie sie sich ihn auf einer seiner geheimen Missionen vorstellte. Kalt. Hart. Gefühllos.

Sie legte eine Hand auf ihre Brust, als könnte das ihr Herz

davor bewahren, in Millionen Stücke zu zerspringen. »Ich muss darüber nachdenken«, stieß sie hervor. Sie wollte nicht vor ihm weinen, aber sie wusste, dass sie nur wenige Augenblicke davon entfernt war, genau das zu tun.

Einen Moment lang verharrte Carson dort, wo er war, als wollte er versuchen, die Tatsache, dass er beruflich Menschen tötete, rational zu erklären.

»Carson«, flüsterte sie, »ich brauche etwas Zeit.«

»Ich glaube, ich habe die Dinge nicht gut erklärt«, entgegnete er leise. »Bitte, lass mich bleiben. Lass uns darüber reden.«

Skylar schüttelte den Kopf, Tränen brannten ihr in den Augen. »Du bist nicht der Mann, für den ich dich gehalten habe. Als ich dich das erste Mal gesehen habe, hast du nur über meine Sicherheit gesprochen. Und je mehr du darauf herumgeritten bist, desto mehr habe ich akzeptiert, dass du einfach so bist. Wenn ich jetzt von dir höre, dass du und deine Freunde herumlaufen und Leute *umbringen*, bist du ganz und gar nicht der Mann, für den ich dich gehalten habe. Ich brauche etwas Zeit, um das zu verdauen, um zu entscheiden, was ich tun soll. Bitte.«

Er zuckte zusammen, seine einzige Gefühlsregung, und unglaublich, Skylar fühlte sich ein wenig schlecht für ihn. Aber sie presste die Lippen zusammen und weigerte sich, nachzugeben und ihm zu sagen, dass es keine Rolle spielte, was er außerhalb seiner Zeit bei *Silverstone Towing* tat.

Es spielte eine Rolle. Und zwar eine ganz gewaltige.

»Ich werde dir etwas Zeit geben ... aber es ist noch nicht vorbei, Sky«, sagte Carson nach einem Moment zu ihr. »Ich weigere mich, dich kampflos gehen zu lassen. Du bist das Beste, was mir je passiert ist, und ich bin nicht bereit, uns so einfach aufzugeben. Ich melde mich, sobald ich kann.«

Dann tat er, worum sie ihn gebeten hatte. Er drehte sich um und ging auf die Tür zu.

Die erste Träne fiel, als er den Türknauf berührte. Ohne sich umzudrehen, sagte er: »Schließ hinter mir ab.« Dann war er verschwunden.

Skylar stand wie in Trance auf, ging zur Tür und schloss ab. Dann brach sie auf dem Boden zusammen und weinte, wie sie noch nie geweint hatte.

Ihr süßer, beschützender Carson, der Mann, den sie von ganzem Herzen liebte, war ein Mörder.

Sie konnte es einfach nicht fassen.

Er hatte neben ihr gesessen und es ihr erklärt, als wäre es keine große Sache. Als wäre das, was er und seine Freunde taten, völlig normal.

Das war es aber nicht. Es war nicht einmal *annähernd* normal.

Ein Teil von ihr wollte beeindruckt sein, dass er sie wenigstens nicht angelogen hatte. Aber im Moment fühlte sie nur Schmerz. Der Mann, den sie für absolut perfekt gehalten hatte, war so weit davon entfernt, dass ihr ganz schwindelig davon wurde.

KAPITEL FÜNFZEHN

Als Skylar sich umdrehte, auf die Uhr sah und feststellte, dass es vier Uhr dreißig morgens war und sie überhaupt nicht geschlafen hatte, wusste sie, dass sie sich krankmelden musste. Sie konnte auf keinen Fall zur Arbeit gehen und ihren Kindern gegenüber fröhlich und aufgeschlossen sein. Sie fühlte sich wie der aufgewärmte Tod und konnte kaum die Augen öffnen, so geschwollen waren sie vom Weinen.

Sie stieg aus dem Bett und holte ihren Laptop, schickte eine Nachricht an den Schulleiter und sendete ihre Unterrichtspläne für die Vertretung ein, die für ihre Klasse eingeteilt war. Dann legte Skylar sich wieder ins Bett und rollte sich zu einem kleinen Ball zusammen.

Sie atmete tief ein, denn sie konnte Carson immer noch an ihrer Bettwäsche riechen.

Sie hatte die ganze Nacht darüber nachgedacht, was Carson ihr erzählt hatte. Er und seine Freunde waren bei der Delta Force gewesen. Sie hatten *Terroristen* ausgeschaltet, ohne dafür Anerkennung zu bekommen.

Sie dachte an die Tötung von Osama bin Laden zurück. Das

Navy-SEAL-Team, das das getan hatte, war gelobt worden und hatte jede Menge Presse bekommen. Verdammt, sie meinte sogar, sich daran zu erinnern, dass es ein Buch und einen Film über diese Mission gab.

Sie zerbrach sich den Kopf, ob ihr ein Film einfiel, den sie über ein Delta-Force-Team gesehen hatte. Sie glaubte, dass es welche mit Chuck Norris gab, aber sie wusste nicht, ob sie erfunden waren oder auf wahren Begebenheiten beruhten. Dann erinnerte sie sich daran, dass *Black Hawk Down* von Ereignissen in Mogadischu handelte, und die Männer, die in diesem Film dargestellt wurden, waren bei der Armee ... Delta Force. Sie erinnerte sich an den Film und war beeindruckt von der Tapferkeit dieser Männer. Der Gedanke, dass Carson das Gleiche für sein Land, für Menschen wie *sie*, tun würde, machte Skylar Angst und sie war stolzer, als sie es je auf jemanden gewesen war.

Aber er hatte zugegeben, dass die Regierung ihnen nicht zu Hilfe kommen würde, sollten sie außerhalb des Landes verhaftet werden. Das musste doch bedeuten, dass ihre jetzigen Missionen falsch waren ... oder etwa nicht?

Und Carson hatte gesagt, dass er heute zu einer Mission aufbrechen würde. Er und seine Freunde würden einen weiteren Terroristen verfolgen.

Plötzlich durchflutete Angst ihren Körper.

Und nicht Angst *vor* Carson – Angst *um* ihn.

Wo genau musste er hin? Würde es gefährlich werden?

Natürlich würde es das!

Oh Gott! Wie konnte sie in einem Moment so wütend auf Carson sein, wütend darüber, dass er in einem Killerkommando war, und im nächsten Moment zu Tode erschrocken darüber, dass er bei einem dieser geheimen Einsätze verletzt werden könnte?

Sie war erschöpft, weil sie nicht geschlafen hatte, ihr Kopf schmerzte vom Weinen und ihr Herz schmerzte für den Mann, den sie zu kennen geglaubt hatte.

Ihr wurde klar, dass sie nie erfahren würde, ob er während seines Auslandseinsatzes getötet wurde, vor allem wenn die Regierung ihn und sein Team im Stich ließ. Er wäre nur eine weitere »vermisste Person«, und niemand wüsste, wo er anfangen sollte, nach ihm zu suchen. Vielleicht würde er gefangen genommen und jahrzehntelang irgendwo in einer tiefen, dunklen Grube gefoltert werden.

Skylar wusste, dass sie überreagierte, aber sie konnte einfach nicht anders. Der Gedanke, dass Carson verletzt wurde oder starb, wollte ihr nicht aus dem Kopf gehen.

Sie musste mit ihm reden. Brauchte mehr Informationen ...

Aber sie hatte ihm gesagt, er solle gehen. Sie hatte ihn einen *Mörder* genannt – oder etwa nicht? Oder war das nur eine Wiederholung in ihrem Kopf? Sie war sich nicht einmal sicher, was sie gestern Abend gesagt hatte. Sie war von seinem Geständnis so überwältigt gewesen, dass alles, was danach kam, in ihrer Erinnerung irgendwie verschwommen war.

Etwas anderes hatte sie fast genauso tief getroffen wie sein Geständnis. Sie hatte sich so sehr daran gewöhnt, dass er sie anlächelte; er tat es jetzt ständig. Aber gestern Abend hatte sie den gleichen leeren Blick auf seinem Gesicht gesehen, den er gehabt hatte, als sie ihn zum ersten Mal getroffen hatte. Seine Augen waren vollkommen leer geworden. Und dafür war *sie* verantwortlich gewesen. Und das tat fast mehr weh als alles andere.

Aber er *tötete* Menschen! Wie konnte er so großzügig, lustig und fürsorglich zu ihr und allen um ihn herum sein und dann losziehen und jemanden umbringen?

Nichts davon ergab einen Sinn, und Skylar war so verwirrt wie nie zuvor.

Sie war so erschöpft. Todmüde. Aber jedes Mal, wenn sie

die Augen schloss, sah sie Carson in einer dunklen Gefängnis-
zelle sitzen, wie er sich nach Hilfe sehnte, aber niemand war
da, um ihm zu helfen. Sie war dabei, den Verstand zu verlieren.
Völlig durchzudrehen.

Als ihr Handy klingelte, erschrak sie so sehr, dass sie einen
kleinen Schrei ausstieß.

Skylar wusste, dass sie einen Herzinfarkt bekommen
würde, wenn sie sich nicht zusammenriss, und beugte sich vor,
um den Anruf anzunehmen. Es war noch sehr früh. Zu früh für
Anrufe von Werbefritzen.

Vielleicht war es Carson, der anrief, um ihr mitzuteilen,
dass er seinen Freunden gesagt habe, dass er gekündigt hatte.
Dass sie ihm wichtiger war als sein »Job« und dass er heute
doch nicht mit auf den Einsatz gehen würde.

Aber die Nummer, die auf ihrem Bildschirm blinkte, war
unbekannt.

Skylar ging davon aus, dass es vielleicht das Schulamt war,
und ging ran. »Hallo?«

»Skylar, hier ist Gramps.«

Sie zog die Schultern hoch und rollte sich unter ihrer Bettdecke zusammen. Sie wusste nicht, was sie zu dem Mann sagen
sollte. Sie hatte geglaubt, ihn auch zu kennen, aber anscheinend war er auch ein Mörder ... genau wie ihr Freund. Oder
Ex-Freund. Zu diesem Zeitpunkt hatte sie keine Ahnung, was
Carson war.

Aber sie brauchte nichts zu sagen. Gramps begann zu
reden, ohne darauf zu warten, dass sie fragte, warum er anrief.

»Bull weiß nicht, dass ich anrufe. Er würde mir sonst
ordentlich Ärger machen. Aber ich hatte noch fünf Minuten
Zeit, bevor wir in unser Flugzeug steigen, und ich musste mit
dir reden. Ich schätze, es ist gestern Abend nicht gut gelaufen.«

Skylar wollte schnauben, aber sie hörte einfach nur zu.

»Weißt du, wir haben Bull alle gesagt, dass du schockiert

sein würdest, wenn er dir von uns erzählt. Keiner von uns dachte, dass es gut ausgehen würde. Wie sollte es auch? Wie sollte jemand verstehen, was wir tun? Aber er hatte größtes Vertrauen in dich. Er sagte, bei der Verbindung, die ihr beide habt, sei es unmöglich, dass du es nicht verstehen würdest. Oder zumindest zuhören würdest, was er dir zu sagen hatte.

Aber als wir ihn heute Morgen gesehen haben, wussten wir, dass die Dinge nicht so gelaufen waren, wie er es gehofft hatte. Hör zu, Bull ist einer der besten Männer, die ich kenne. Ich habe gesehen, wie er buchstäblich sein letztes Hemd für jemanden gegeben hat, der es dringender brauchte als er selbst. Er hat nicht nur mehr als einmal mein Leben gerettet, sondern auch das von Eagle und Smoke.

Als er zur Armee ging, hatte er niemanden. Seine Mutter hatte ihn verlassen und sein Vater war kurz zuvor gestorben. Er hatte keine Familie, keine Freunde und versuchte, sich selbst zu finden. Als wir uns das erste Mal trafen, hielt ich nicht viel von ihm, aber als ich ihn kennenlernte, wurde mir klar, dass er dafür lebte, anderen zu dienen. Manche Menschen sind einfach so veranlagt. Sie wollen jedem helfen, den sie treffen. Er ist auch ein wenig ungehobelt und zeigt seine Emotionen nicht sehr gut, aber tief im Inneren möchte er geliebt werden wie jeder andere auch. Er hat nur einmal darüber gesprochen, aber sein größter Wunsch ist es, eine Frau zu finden, die er lieben kann und die ihn im Gegenzug liebt. Wir wissen, dass er das mit dir gefunden hat.«

Bei Gramps' Worten traten Skylar erneut die Tränen in die Augen. Aber er war noch nicht fertig.

»Hast du schon mal von Fazlur Barzan Khatun gehört?«

Skylar schluckte schwer und sagte: »Ja. Wer hat das nicht? Ich schaue keine Nachrichten, aber jeder weiß, dass er für die Tötung all dieser Soldaten in Afghanistan verantwortlich war.«

»Genau der. Kurze Zeit später wurde er getötet, und man

fand heraus, dass er einen groß angelegten Anschlag auf amerikanischem Boden plante.«

»Ich erinnere mich«, entgegnete Skylar.

»Es war Bulls Kugel, die sein Leben beendete«, erklärte Gramps unverblümt.

Skylar stockte der Atem und sie keuchte.

»Wir haben an diesem Tag auch seinen Stellvertreter getötet, Nabeel Ozair Mullah. Aber das hätten wir nicht tun sollen. Die verdammten Politiker haben sich in die Hose gepinkelt und sich Sorgen gemacht, weil wir offiziell gar nicht in Pakistan sein durften. Aber sie schickten uns hinter Khatun her, und Eagle erkannte Mullah, also schalteten wir ihn aus. Anstatt dafür gelobt zu werden, dass wir zwei der gefährlichsten Männer der Welt losgeworden waren, wurden wir vor ein Disziplinargericht gestellt und unser Team wurde aufgelöst.«

Skylar erinnerte sich, dass Carson ihr gestern Abend davon erzählt hatte, aber sie kannte keine Einzelheiten. Sie hatte nicht gefragt und ihm keine Gelegenheit für weitere Erklärungen gegeben. »Warum erzählst du mir das? Sollte das nicht streng geheim sein?«

»Das ist es«, erklärte Gramps ihr, »aber Bull hat dir genügend vertraut, um dir vom *Silverstone*-Team zu erzählen, also vertraue ich dir auch. Ich weiß nicht, was gestern Abend gesagt wurde oder ob Bull gut erklärt hat, was wir tun. Und ich versuche nicht, dich umzustimmen oder dir zu sagen, dass es falsch war, ihn vor die Tür zu setzen, aber ... es *war* falsch«, bemerkte Gramps barsch.

Der Mann war bisher immer nur lustig und sanft zu ihr gewesen, aber jetzt war er nicht mehr sanft.

»Der Typ, der zu uns kam, als wir erfuhren, dass die Armee uns rausschmeißen wollte, arbeitet für das FBI und das Ministerium für Innere Sicherheit. Wir sind nicht irgendeine abtrünnige Gruppe von Typen, die in der Welt herumfliegt und irgendwelche Leute tötet. Wir sind hinter den Schlimmsten der Schlimmen her. Terroristen, Sexhändler, Serienmörder, Drogenbarone ... Leute, die es nicht verdienen, dieselbe Luft zu atmen wie gesetzestreue, unschuldige Zivilisten. Wir arbeiten mit der Regierung zusammen, Skylar.«

»Aber Carson sagte, dass der Staat euch nicht helfen würde, wenn man euch erwischt.«

»Das ist wahr. Das Justizministerium hat ein so genanntes ›schwarzes Budget‹. Das ist ein Budget, das für vertrauliche und geheime Einsätze vorgesehen ist. Wir fallen unter diese Kategorie. Was wir tun, ist streng geheim, und wir werden nie die Anerkennung dafür bekommen, aber darauf pfeifen wir ohnehin.

Das Entscheidende ist, dass Bull ein verdammter Held ist. Was wir tun, hält die Bösewichte in Schach. Wir verlangen keinen Dank, wir wollen keine verdammten Medaillen. Wir tun es, damit die, die wir lieben, in Sicherheit sind. Damit unsere Landsmänner und -frauen sicher sind. Damit Kinder wie die in deiner Klasse aufwachsen können, ohne sich Sorgen machen zu müssen, ob ihre Schule von einem Terroristen in die Luft gesprengt wird. Wir tun, was wir tun, obwohl wir wissen, dass niemand es je erfahren würde, wenn wir bei einem Einsatz sterben. Niemand würde je erfahren, was wir zu tun versucht haben – die Welt vor dem Bösen zu schützen, das in ihr lebt.

Bull liebt dich, Skylar. Er hat in seinem Leben nicht viel Liebe erfahren, und er würde sich ein Bein ausreißen, um seine Liebsten zu beschützen. Er akzeptierte mich, einen hispanischen jungen Mann, der ziemlich arrogant und empfindlich war, ohne mit der Wimper zu zucken. Ich würde alles für ihn tun, und ich weiß, dass er auch alles für mich tun würde. Ich bitte dich nur darum, dass du darüber nachdenkst, was du *wirklich* für ihn empfindest. Mir ist klar, dass das, was er tut, schwer zu verstehen oder zu akzeptieren ist. Aber wenn er noch in der Armee wäre, würdest du das, was er tut, auch so sehen? Denn glaub mir, was wir jetzt tun, unterscheidet sich nicht von dem, was wir getan haben, als wir noch für das Militär arbeiteten. Es hat sich nichts geändert, außer der Uniform. *Und* wir überzeugen uns hundertprozentig davon, dass die Leute, die wir verfolgen, schuldig sind. Als wir noch bei den Deltas waren, konnten wir das nicht behaupten.«

»Gramps ...«, begann Skylar, die nicht wusste, was sie sonst sagen sollte. Die Rede des Mannes hatte sie zutiefst erschüttert.

Sie hatte Carson zu hart verurteilt. Sie hatte ihm keine Chance gegeben, sich ihr zu erklären, nicht wirklich. Aber zu ihrer Verteidigung musste gesagt werden, dass er den Teil über die Rekrutierung durch das FBI ausgelassen hatte. Oder vielleicht hatte er es nicht ... vielleicht hatte sie es in ihrer Wut und ihrem Kummer nur nicht gehört.

»Ich muss Schluss machen«, sagte Gramps zu ihr. »Wenn alles gut geht, sind wir am Freitagabend zu Hause.«

Wieder einmal wurde ihr klar, was Gramps, Carson und die anderen vorhatten zu tun. Sie waren auf dem Weg in die Gefahr – und sie würde sie vielleicht nie wiedersehen.

»Passt auf euch auf«, sagte sie fast verzweifelt. Skylar wusste nicht, ob sie akzeptieren konnte, was Carson tat, aber sie wusste, dass sie den Gedanken nicht ertragen konnte, dass er verletzt oder getötet werden würde.

»Das tun wir immer. Wir wissen, was wir tun«, erklärte Gramps zuversichtlich. »Das sollte ein relativ einfacher Einsatz sein. Rein und raus. Überleg dir, was du willst«, bat er sie, »denn eins kann ich dir sagen: Wenn du dich für Bull entscheidest, wird es keinen einzigen Tag in deinem Leben mehr geben, an dem du dich nicht geliebt fühlst. Du wirst immer sicher und beschützt sein. Das ist eine verdammte Garantie. Ich kann mir nicht vorstellen, dass dich jemals einer so sehr lieben wird, wie er es tut.«

Dann war die Leitung tot.

»Gramps?«, fragte Skylar.

Es kam keine Antwort. Er hatte aufgelegt.

Skylar drehte sich auf den Rücken und starrte an die Decke. Sie war noch verwirrter.

Liebte sie Carson? Ja. Daran gab es keinen Zweifel.

Aber konnte sie mit dem Wissen leben, dass er irgendwo da draußen war und einen anderen Menschen tötete? In reiner Selbstjustiz? Ein Mörder war ein Mörder, aber wenn Bull und sein Team vom FBI sanktioniert waren und von der Regierung finanziert wurden, war das dann in Ordnung?

Sie wusste die Antwort darauf nicht.

Nachdem sie endlich ein paar Stunden geschlafen hatte, schleppte Skylar sich aus dem Bett und ging duschen. Sie fühlte sich eigentlich nicht besser und die dunklen Ringe unter ihren Augen machten deutlich, dass etwas nicht stimmte, aber sie konnte nicht länger im Bett liegen bleiben. Sie versuchte, etwas zu arbeiten, konnte sich aber nicht konzentrieren. Sie machte sich etwas zu essen und merkte schon nach wenigen Bissen, dass sie keinen Hunger hatte.

Sie ging in ihrer Wohnung auf und ab und versuchte, einen klaren Kopf zu bekommen, als sie Tiana draußen auf dem Korridor lachen hörte. Sie eilte zur Tür und öffnete sie.

Ihre Nachbarin hatte gerade ihr Handy ausgeschaltet und zuckte zusammen und legte eine Hand auf ihr Herz, als Skylars Tür so plötzlich aufflog. »Du hast mich zu Tode erschreckt«, bemerkte Tiana lachend.

»Kann ich mit dir reden?«, fragte Skylar.

Offensichtlich bemerkte Tiana, wie zerzaust und verstört

sie aussah, und nickte sofort. »Natürlich. Willst du reinkommen?«

»Ja.« Skylar brauchte eine Atempause von ihrer Wohnung. Überall, wo sie hinschaute, sah sie Carson. Er war noch nicht so lange in ihrem Leben, aber die Erinnerung an ihn durchdrang jeden Winkel ihrer kleinen Wohnung.

Sie folgte ihrer Nachbarin in deren Wohnung. Sie war noch nicht oft in dem Apartment ihrer Freundin gewesen, aber es war genauso angelegt wie ihr eigenes. Tiana legte ihre Handtasche auf einen Tisch an der Tür, der bereits mit anderen Dingen überfüllt war, und wies mit einer Geste in das Wohnzimmer. »Setz dich. Ich hole den Schnaps.«

»Oh, aber ich ...«

»Nichts da. Ich sehe schon, was immer du auf dem Herzen hast, verlangt nach Alkohol. Und da du an einem Arbeitstag hier bist und nicht in der Schule, hält dich nichts davon ab, dem Alkohol zu frönen. Setz dich schon mal, ich komme gleich zurück.«

Da sie wusste, dass Tiana extrem stur sein konnte, wenn sie sich etwas in den Kopf gesetzt hatte, setzte Skylar sich auf den Rand des Sofas. Als sie ihre Umgebung betrachtete, wurde sie daran erinnert, wie wenig sie über ihre Nachbarin wusste. Ihre Wohnung war unordentlich, aber nicht schmutzig. Tiana war Anfang fünfzig und hatte erwachsene Kinder. Sie lebte allein, hatte eine Schrotflinte an der Wohnungstür stehen und arbeitete zu unregelmäßigen Zeiten ... aber das war auch schon alles, was Skylar von ihr wusste.

»Hier«, erklärte Tiana und hielt ihr ein Schnapsglas hin.

Skylar nahm es und rümpfte die Nase. »Was ist das?«

»Frag nicht. Trink es einfach«, riet Tiana ihr.

Nachdem sie tief eingeatmet hatte, tat Skylar genau das ... und erstickte fast, so sehr brannte ihr das Zeug in der Kehle. »Du heiliger Strohsack«, keuchte sie.

Tiana lachte nur. Sie nahm selbst einen Schluck und stellte dann ihr Glas vor sich auf den Tisch. »Okay, raus mit der Sprache. Ich weiß, dass etwas nicht stimmt, da du an einem Dienstag nie mitten am Tag zu Hause bist. Bist du krank? Das hätte ich dich wohl fragen sollen, bevor ich dir den Schnaps gegeben habe, was?«

Skylar lächelte die andere Frau an. »Ich bin nicht krank.«

»Gut, dann fang an zu reden.«

Jetzt, da sie da war, wusste Skylar nicht, wo sie anfangen sollte. Auch wenn sie völlig verwirrt war, wollte sie Carsons Vertrauen nicht missbrauchen. Er vertraute ihr, und obwohl sie dringend jemanden zum Reden benötigte, musste sie herausfinden, wie sie die nötigen Antworten bekommen konnte, ohne mit dem herauszuplatzen, was das *Silverstone*-Team tat. »Carson hat mir gestern Abend etwas erzählt, das mich erschüttert hat«, sagte sie schließlich. »Das Bild, das ich von ihm im Kopf hatte, wurde in Millionen Stücke zerschmettert.«

»Die rosarote Brille ist jetzt wohl weg, was?«, entgegnete Tiana mit einem kleinen Lachen.

Skylar verstand nicht, was daran witzig sein sollte. »Ich finde nur ... er war immer so unglaublich. Er hat ein tolles Trinkgeld gegeben, ist ein hervorragender Arbeitgeber, behandelt mich mit dem allergrößten Respekt ... aber was ich da erfahren habe ... ich kann es einfach nicht fassen.«

Tiana beugte sich vor, das Lachen war aus ihrem Gesicht verschwunden. »Zunächst einmal ist niemand perfekt.«

»Ich weiß«, bemerkte Skylar ungeduldig.

»Tust du das?«, schoss Tiana zurück. »Sieh mal, ich mag dich. Und zwar sehr. Du bist eine tolle Nachbarin, du kochst keine stinkenden Gerichte, deren Geruch die Wände durchdringt und mich zum Würgen bringt. Du bist sauber – es gibt keine Kakerlaken, die von deiner Wohnung zu meiner rüberkommen. Du bist ruhig, höflich, bringst deinen Müll immer bis zu den Müllcontainern ... aber du bist völlig ahnungslos, wenn es um manche Dinge geht.«

Skylar runzelte die Stirn. »Ich versuche, daran zu arbeiten.«

Tiana lachte leise. »Streng dich nicht zu sehr an. Ehrlich gesagt ist das Teil deines Charmes. Du magst es, das Gute in den Menschen zu sehen, was gut ist, aber das Schlechte ignorierst du oft völlig«, erklärte Tiana. »Du bist zu vertrauensselig. Zu naiv. Das ist niedlich, aber auch ärgerlich.«

Skylar stieß einen Atemzug aus. »Warum denkst du, dass es so schlecht ist, das Gute in den Menschen zu sehen?«

»Es ist nicht schlecht, aber es kann dich in Schwierigkeiten bringen. Erinnerst du dich an den Typen, der vor einiger Zeit in 3A gewohnt hat?«

Skylar nickte. »Ja, was ist mit ihm passiert?«

»Er wurde wegen Drogenbesitzes mit der Absicht des Handels verhaftet«, entgegnete Tiana unverblümt.

»Was?«, fragte Skylar erstaunt. »Aber ... er war doch immer so nett zu mir.«

»Siehst du? Genau das meine ich. Du würdest wahrscheinlich einen Drogensüchtigen nicht erkennen, selbst wenn dein Leben davon abhinge. Der Mann war ein Junkie, Skylar. Er wurde mit so viel Meth verhaftet, dass er wegen Drogenhandels angeklagt werden konnte, aber ich habe keinen Zweifel daran, dass er alles für sich behalten wollte. Er war nett, weil er versucht hat, dir Honig ums Maul zu schmieren. Ich schätze, er hätte dich irgendwann mal bestohlen. Hätte deinen Wagen genommen oder wäre in deine Wohnung eingebrochen. Wäre mal aufgetaucht, um dich um etwas Zucker zu bitten, um zu sehen, ob du ihn reinlässt.«

Skylar war aufrichtig geschockt. »Das wusste ich nicht.«

Tianas Stimme wurde sanfter. »Ich weiß, Sky. Deshalb passen Maria, Susan und ich auf dich auf. Jeder hier weiß, wenn er sich mit dir anlegt, bekommt er es mit uns zu tun. Und glaub mir – das will niemand.«

Skylar schluckte schwer. »Warum?«

Tiana stand auf, schnappte sich Skylars Schnapsglas und ging in die Küche. Sie kam mit einem vollen Glas zurück. »Trink«, befahl sie streng.

Überrascht über die Veränderung in Tianas Tonfall tat Skylar, wie befohlen. Wieder brannte der Alkohol, aber nicht mehr so schlimm wie beim ersten Mal.

»Ich bin nicht die süße alte Dame, für die du mich hältst«, erklärte Tiana ihr.

»Du bist nicht alt«, protestierte Skylar.

Die andere Frau schnaubte vor Lachen. »Stimmt. Meistens fühle ich mich, als wäre ich uralt. Aber was weißt du schon über meine Vergangenheit?«

»Ähm ... nichts?«, entgegnete Skylar achselzuckend.

»Ich bin im Osten der Stadt aufgewachsen und mit zwölf Jahren den Vice Lords, einer der ältesten Straßenbanden der Stadt, beigetreten«, erwiderte Tiana ohne jede Emotion in ihrem Tonfall. »Ich hatte eigentlich keine Wahl – ich musste mich ihnen anschließen oder die Konsequenzen tragen. Ich bin nie aufs College gegangen, habe die Highschool nicht beendet, nie geheiratet. Ich bekam mein erstes Kind mit siebzehn und tötete meinen ersten Mann mit achtzehn.«

Skylar starrte die Frau, die sie kennen und respektieren gelernt hatte, fassungslos und mit geöffnetem Mund an.

»Ich habe dieses Leben länger geführt, als ich zugeben möchte. Aber irgendwann wurde es mir zu langweilig. Ich wollte mehr vom Leben, als herumzulaufen und zu versuchen, der Polizei aus dem Weg zu gehen. Ich bin hierher in den Westen der Stadt gezogen und habe mir einen Job gesucht. Es war nicht leicht und man kommt nie *wirklich* aus dem Bandenleben heraus, aber ich habe mein Bestes getan. Ich habe es

geschafft, meine Kinder von diesem ganzen Blödsinn fernzuhalten und habe sie mir dabei entfremdet. Sie besuchen mich
nicht mehr, aber das ist okay, denn ich weiß, dass sie in Sicherheit sind und ein schönes, langweiliges Leben weit weg von
hier führen. Jeder weiß, dass man sich nicht mit mir anlegen
sollte, weil ich mit einem Anruf die Rache der Vice Lords auf
die Leute lenken könnte, die mir gegen den Strich gehen. Ich
bin zwar kein Bandenmitglied mehr, aber ich habe immer noch
Beziehungen.«

Skylar war ganz schwindelig von dem, was sie erfahren
hatte. »Ist das dein Ernst?«

»Ich mache keine Scherze«, entgegnete Tiana. »Ich knalle
zwar auch nicht mehr irgendwelche Leute ab, aber ich bin auch
nicht die nette alte Dame, für die du mich zu halten scheinst.«

»Ich habe dich auch nie für ganz unschuldig gehalten«,
bemerkte Skylar etwas abwehrend.

Tiana ignorierte sie. »Und Susan? Die ist übrigens Kleptomanin. Sie kann nicht anders. Wenn sie etwas Hübsches im
Laden sieht, muss sie es haben. Sie wurde schon ein- oder
zweimal verhaftet, aber so ziemlich alles, was du in ihrer
Wohnung siehst, hat sie gestohlen.«

»Letztes Jahr hat sie mir zu Weihnachten eine wunder-
schöne Handtasche geschenkt«, platzte Skylar heraus.

»Gestohlen«, erklärte Tiana mit einem Nicken.

»Aber ...«

»Du hast gestohlene Waren erhalten«, bestätigte Tiana und
klang dabei überhaupt nicht besorgt. »Der Typ in 12B trägt gern
Frauenunterwäsche ... aber soweit ich weiß, kauft er sie ganz
legal. Der Mann und die Frau in 14A verkaufen die Schmerzta-
bletten, die sie für ihren kaputten Rücken bekommt.«

»Was ist mit Maria?«, fragte Skylar und war sich nicht
sicher, ob sie es überhaupt wissen wollte.

Tiana warf ihr einen intensiven Blick zu. »Ihre Mutter war

eine Prostituierte und wurde eines Nachts von einem Kunden getötet. Maria wurde in der Schule gemobbt und verdient kaum genügend Geld für die Miete, aber sie weigert sich, als Prostituierte wie ihre Mutter zu arbeiten.«

»Ich hatte ja keine Ahnung«, stellte Skylar kopfschüttelnd fest.

»Ich will damit sagen, meine naive Freundin, dass niemand perfekt ist. Du kannst entweder in selbstgerechter Empörung leben und dich weigern, mit jemandem zu reden, von dem du denkst, dass er unter deinem Niveau ist, oder du kannst einfach *leben*. Und du solltest dich mal Folgendes fragen: Was auch immer Carson tut, schadet es dir? Denn nach dem zu urteilen, was ich gesehen habe, ist dieser Mann dir treu ergeben. Er lässt dich nicht aus den Augen, wenn er dich zu Hause absetzt, bis du sicher in deiner Wohnung bist und die Tür abgeschlossen hast. Er macht dir die Wagentür auf, kann die Hände nicht von dir lassen und würde alles tun, um dich zu schützen. Er hat ein Auge auf jeden in diesem Wohnhaus, und wenn jemand auch nur den Anschein erweckt, dir schaden zu wollen – was niemand wagen würde, weil jeder weiß, dass du unter *meinem* Schutz stehst –, würde er sich mit Sicherheit um denjenigen kümmern.«

Skylar konnte kaum glauben, was sie gerade gehört hatte. Sie hatte keine Ahnung von der Vergangenheit ihrer Nachbarn oder ihren Gewohnheiten. Es hatte ihr immer Spaß gemacht, mit allen zu reden, und sie waren ihr alle so ... normal erschienen.

Und Tiana hatte recht, was Carson betraf. Sie war sich immer darüber im Klaren gewesen, dass er übervorsichtig war, wenn sie in der Nähe war, aber sie war davon ausgegangen, dass er das für alle tat. Wenn er in seiner Wohnung oder bei *Silverstone Towing* war, war er viel entspannter. Nicht ganz so wachsam.

Vielleicht weil er wusste, dass sie an diesen Orten sicher war?

So viele Gedanken wirbelten in ihrem Kopf herum.

»Ich will damit nur sagen, dass ich über vieles hinwegsehen würde, wenn ich so einen Mann hätte, einen Mann, der mich so behandelt, als wäre ich das Beste, was ihm je passiert ist. Noch mal, Skylar, *niemand* ist perfekt. Und ich vermute, dass das, was er dir gesagt hat, eine große Sache war, da du nie die Arbeit schwänzt – du liebst deine Kinder zu sehr –, aber kannst du wirklich nicht damit leben? Das ist die Frage.«

Das war in der Tat die Frage.

»Weißt du, wer Fazlur Barzan Khatun ist?«, fragte Skylar.

»Natürlich. Er ist dieser verdammte Terrorist, der irgendwo im Nahen Osten all diese Leute umgebracht hat. Gut, dass wir ihn los sind. Dieser Dreckskerl wollte hierherkommen und mehrere Städte auf einmal angreifen. In den Nachrichten hieß es, wenn er Erfolg gehabt hätte, wären zehnmal so viele Menschen wie bei den Anschlägen auf das World Trade Center ums Leben gekommen. Wer immer ihn getötet hat, hat der Welt einen Gefallen getan, das steht fest. Entschuldige, ich rede einfach drauflos. Warum fragst du?«

»Ich ... ach, nur so«, entgegnete Skylar lahm. Natürlich wusste Tiana, wer er war. Jeder wusste es. Und *alle* waren erleichtert, dass er tot war.

War das, was Carson getan hatte, deshalb in Ordnung? Sie war sich nicht sicher.

Tiana wusste offensichtlich, dass es einen Grund für ihre Frage gab, aber sie ließ das Thema auf sich beruhen. »Beziehungen sind nicht einfach«, bemerkte sie stattdessen. »Jeder macht Fehler. Jeder muss eben für sich entscheiden, was man verzeihen kann und was nicht. Dein Mann ist einer von den Guten«, versicherte Tiana ihr, ohne zu zögern. »Bevor du irgendwelche voreiligen Schlüsse ziehst, solltest du mal dein Herz befragen, ob du überhaupt ohne ihn leben kannst.«

Skylar nickte. Sie hatte das Gefühl, dass sie nur darüber nachgedacht hatte, was Carson ihr gesagt hatte, und sie war weit davon entfernt, zu einer Entscheidung zu kommen.

»Also, ist zwischen uns alles in Ordnung?«, fragte Tiana.

»Selbstverständlich, warum auch nicht?«

»Weil du jetzt ein bisschen mehr über mich weißt. Ich war in einer Bande. Im Grunde genommen bin ich das immer noch. Ich habe einige schlimme Sachen gemacht. Kommst du damit klar?«

Kam sie damit klar? Skylar dachte einen Moment lang darüber nach und nickte dann. »Du warst immer nur nett zu mir. Ich würde gern glauben, dass wir Freundinnen sind.«

»Und Susan? Du hältst weniger von ihr, weil sie Kleptomanin ist?«

Skylar schüttelte den Kopf. »Nein. Es ist falsch, und ich habe das Gefühl, dass sie es weiß, aber das ändert nichts an der Tatsache, dass sie selbstlos ist und sich immer um mich kümmert.«

»Stimmt«, erklärte Tiana. »Man beurteilt Menschen danach, wie sie einen behandeln, nicht danach, wie sie aussehen, welche Hautfarbe oder welche Vergangenheit sie haben. Das ist eines der Dinge, die alle hier sehr an dir mögen. Ich muss mich also fragen ... warum bist du bei deinen Freundinnen so, aber nicht bei deinem Mann?«

Skylar blinzelte überrascht.

Tiana hatte recht.

Aber ... Menschen zu töten ... das war etwas anderes, als zu stehlen und Drogen zu nehmen, nicht wahr?

Als könnte sie ihre Gedanken lesen, sagte Tiana: »Auf die Gefahr hin, unsere Freundschaft zu ruinieren, wiederhole ich:

Ich habe Menschen *getötet*. Ändert das etwas daran, wie du über mich denkst?«

Skylar konnte sich nicht einmal vorstellen, dass die ältere Frau neben ihr jemanden umgebracht hatte. Sie schüttelte langsam den Kopf.

»Also. Wenn du darüber hinwegsehen kannst, dass ich *das* getan habe, und ich bin nur deine Nachbarin, dann kannst du deinem Mann wahrscheinlich so ziemlich alles verzeihen.«

Skylar leckte sich über die Lippen. Sie war beschwipst von den zwei Schnäpsen, die sie getrunken hatte, aber ihre Gedanken waren so klar wie noch nie, seit Carson ihr erzählt hatte, womit er und sein Team ihr Geld verdienten. »Danke, Tiana.«

»Gern geschehen«, erwiderte sie.

Skylar stand auf und Tiana folgte ihr. Sie begleitete Skylar zur Tür und legte ihr eine Hand auf den Arm, bevor sie hinausgehen konnte.

»Ich habe nie einen Mann gefunden, der mich so anschaut, wie deiner dich ansieht«, bemerkte Tiana leise. »Hätte ich einen gefunden, hätte ich ihn nie gehen lassen. Vielleicht wäre mein Leben dann anders verlaufen. Sei nicht so streng mit ihm, Skylar.«

Sie nickte und ging dann zurück zu ihrer Wohnung. Sie schloss die Tür ab und erinnerte sich daran, dass Carson als Letztes zu ihr gesagt hatte, sie solle absperren. Selbst nachdem sie ihm nicht zugehört und ihn gebeten hatte zu verschwinden, hatte er sich Sorgen um sie gemacht. Er hatte an ihre Sicherheit gedacht.

Der ausdruckslose Blick auf seinem Gesicht erschien noch mal vor ihrem geistigen Auge. Skylar hatte ihm wehgetan. Sie war diejenige gewesen, die ihn immer angefleht hatte, *ihr* nicht wehzutun, aber jetzt, da es hart auf hart gekommen war, hatte sie ihn genauso verletzt.

Sie musste noch etwas mehr darüber nachdenken, aber sie wusste bereits, dass sie sehr schlecht reagiert hatte. Vielleicht war das Timing nicht richtig, vielleicht hätte er nicht so gehen sollen, ohne zu versuchen, ihr seine Sicht der Dinge näherzubringen. Allerdings hatte sie ihn nicht wirklich ausreden lassen. Sie hatte ihn abgewürgt und eine Mauer zwischen ihnen errichtet. Sie wusste, dass sie mit ihm reden sollte, nein, *musste*. Sie hoffte nur, dass er gesund nach Hause kommen würde, damit sie das tun konnte.

Gramps hatte recht. Wenn Carson in der Armee wäre und das tun würde, was er tat, würde sie nicht zweimal darüber nachdenken. Sie wäre stolz auf ihn. Stolz darauf, dass er sein Land beschützt. Warum war es jetzt, da er nicht mehr beim Militär war, anders? Jetzt, da das Militär ihn und sein Team in die Wüste geschickt hatte, weil sie genau das getan hatten, wofür sie ausgebildet worden waren? Das schien nicht fair zu sein.

Skylar saß auf ihrem Sofa und war immer noch völlig verwirrt. Sie wollte ihr Gehirn ausschalten, um nicht mehr über alles nachzudenken, aber sie konnte es nicht.

Tiana war ein Bandenmitglied gewesen. Susan war eine Kleptomanin. Das freundliche Paar am Ende des Ganges verkaufte Drogen. Ihre Welt war auf den Kopf gestellt worden, und doch ... das Leben ging weiter. Sie war immer noch Miss Reid, Kindergärtnerin.

Sie dachte an Shawn und wie glücklich er über seinen neuen Job bei *Silverstone Towing* war. Sie dachte an die fünfzig Dollar Trinkgeld, die Carson bei ihrer ersten Verabredung in *Rosie's Diner* hinterlassen hatte.

»Wir müssen reden«, flüsterte Skylar in ihre leere Wohnung. »Komm bald nach Hause.«

Natürlich erhielt sie keine Antwort, aber allein die Tatsache, dass sie diese Worte laut ausgesprochen hatte, sorgte dafür, dass sie sich besser fühlte. Sie war sich nicht sicher, was die Zukunft für sie und Carson bereithielt ... aber sie war bereit, ihrer Beziehung noch eine Chance zu geben.

Vielleicht war es die falsche Entscheidung. Vielleicht würde sie dafür in die Hölle kommen. Aber sie war nicht bereit, Carson aufzugeben. Sie liebte ihn. Alles an ihm. Jetzt musste er nur noch gesund nach Hause kommen, damit sie ihm das sagen konnte.

KAPITEL SECHZEHN

»Ich fasse es nicht, dass du sie angerufen hast«, beschwerte Bull sich im Flugzeug auf dem Rückweg nach Indiana bei Gramps.

Sie hatten Mostafa genau da gefunden, wo sie ihn vermutet hatten. Mitten in einem verdammten Al-Shabaab-Ausbildungslager. Sie hatten das Lager überwacht und beobachtet, wie der Amerikaner den Teenagern und jungen Männern etwas über die amerikanische Kultur beigebracht hatte und am Nachmittag dann auch, wie man Granaten einsetzt, um den größtmöglichen Schaden anzurichten.

Die vier Männer hatten sich wie geplant in sein Zelt geschlichen und ihn mit einem seiner eigenen Messer getötet.

Und nun waren sie per Flugzeug auf dem Rückweg nach Indianapolis. Willis war bereits über den Tod von Jehad Serwan Mostafa informiert worden und war hocherfreut. Die Zusammenarbeit mit dem Mann hatte sich im Laufe der Jahre bewährt und Bull wusste, dass er sich darüber freuen sollte, dass sie einen weiteren Terroristen aus dem Verkehr gezogen hatten, um es einmal so auszudrücken. Aber er konnte sich nicht dazu durchringen, etwas zu fühlen.

Er ärgerte sich nur über die Einmischung von Gramps in seine Beziehung zu Skylar.

»Du warst überhaupt nicht du selbst«, erklärte Gramps ohne Reue in seinem Ton. »Und ich war stinksauer. Ich wollte nur, dass sie weiß, dass sie es vermasselt hat. Außerdem weiß ich, wie es ist, wenn man etwas bereut. Dass man einer Frau nicht gesagt hat, was man hätte sagen sollen, dass man nicht mehr getan hat, damit die Beziehung funktioniert.«

»Aber trotzdem war es nicht deine Aufgabe«, entgegnete Bull.

»Das mag schon sein. Aber als dein Freund werde ich immer hinter dir stehen«, erwiderte Gramps, nicht im Geringsten aufgebracht. »Wenn das bedeutet, dass ich deiner Freundin sagen muss, dass sie sich wie eine Närrin verhält, dann tue ich es eben.«

»Nenn sie nicht so«, bemerkte Bull wütend.

»Ja, das war unnötig«, stimmte Eagle zu.

»*Ich* hätte sie auch angerufen, wenn es mir rechtzeitig eingefallen wäre«, fügte Smoke hinzu.

»Verdammt noch mal«, sagte Bull und fuhr sich mit der Hand durch die Haare. »Wir haben versprochen, dass wir nie eine Frau zwischen uns kommen lassen würden. Und ich lasse nicht zu, dass meine Beziehung uns kaputt macht. Wenn Skylar nicht damit klarkommt, was wir tun ...« Er verstummte und zuckte mit den Schultern.

»Das war's also?«, fragte Eagle. »Ihr seid fertig miteinander?«

Seufzend schüttelte Bull den Kopf. »Nein. Noch nicht. Wir hatten beide Zeit zum Nachdenken, und ich weiß, dass ich die Dinge nicht annähernd so gut geregelt habe, wie ich es hätte tun können. Ich hätte nicht einfach abhauen sollen, ohne wenigstens zu versuchen, die Dinge besser zu erklären. Ich werde sehen, ob ich sie überreden kann, mit mir zu sprechen, wenn ich nach Hause komme. Ich werde morgen zu ihr fahren und sehen, ob sie die Tür öffnet. Ich liebe sie. Ich bin nicht bereit dazu, das Handtuch zu werfen, einfach aufzugeben, was wir haben. Sie ist die Richtige für mich. Das spüre ich in tiefster Seele. Aber sie muss sich mit dem abfinden, was ich tue. Es geht einfach nicht anders.«

»Meinst du, sie kann das?«, fragte Smoke.

»Ich weiß es nicht.«

»Sie hat dich einen Berufsmörder genannt«, erinnerte Gramps ihn.

»Solltest du nicht lieber alles tun, damit wir uns nicht trennen?«, fragte Bull ein wenig mürrisch.

»Ja, aber wenn jemand meinem Freund wehtut, halte ich zu ihm«, gab Gramps zurück.

Bull sah die drei Männer an, die um ihn herum im Flugzeug saßen. Er hatte verdammtes Glück, dass er sie gefunden hatte. Als er der Armee beigetreten war, hatte er niemanden gehabt. Diese Männer waren jetzt seine Familie und sie hatten immer wieder bewiesen, dass sie hinter ihm standen – auf dem Schlachtfeld, im Gerichtssaal und jetzt auch, wenn es um seine Beziehung zu Skylar ging. »Sie ist mein Ein und Alles«, erklärte er leise. »Ich weiß nicht, wie das die Dinge zwischen uns als Team verändern wird, aber ich würde alles für sie tun«, sagte er.

»Einschließlich das *Silverstone*-Team zu verlassen?«, fragte Eagle. In seinem Tonfall war kein Tadel zu hören, nur Interesse.

»Ich weiß es nicht«, erwiderte Bull ehrlich. »Ich will es nicht. Ich glaube an die Richtigkeit dessen, was wir hier tun. Weißt du noch, als wir in Lima auf del Rios Grundstück waren und hinter jeder Tür misshandelte und verängstigte Frauen und Kinder vorgefunden haben?«, fragte Bull.

Als alle nickten, fuhr er fort: »Was wäre, wenn wir *nicht*

getan hätten, was wir getan haben? Was wäre, wenn Rex uns nicht angerufen hätte, um uns mitzuteilen, dass er seine Frau und denjenigen gefunden hat, der sie vor einem Jahrzehnt entführt hatte? Der Mann würde auch heute noch Hunderte von Leben ruinieren. Er würde weitere Frauen entführen, Kinder an verdorbene Menschen verkaufen, um ihnen schreckliche Dinge anzutun. Aber jetzt ist er tot und die Gefangenen in seinem Lager sind alle frei. Ja, es wird andere geben, die versuchen werden, seinen Platz einzunehmen, und es wird immer diejenigen geben, die mit dem Leid anderer Menschen Geld verdienen wollen, aber ich habe das Gefühl, dass wir etwas bewirkt haben. Zumindest im Leben einiger Menschen. Mit jedem blöden Mistkerl, den wir ausschalten, bewahren wir Dutzende von Menschen vor größtem Leid. Irgendwo. Irgendwie.

Ich will nicht aufhören. Zumindest jetzt noch nicht. Aber wenn Skylar mir sagt, dass sie nicht mit mir zusammen sein kann, wenn ich ein Teil des *Silverstone*-Teams bin, werde *ich* derjenige sein, der leidet. Sie ist alles für mich. Selbst nach so kurzer Zeit weiß ich, dass mein Leben nur eine leere Hülle dessen sein wird, was es sein könnte, wenn sie mich verlässt. Ich weiß nicht, ob ich stark genug bin, sie gehen zu lassen.«

»Selbst wenn das bedeutet, dass du unglücklich bist?«, fragte Smoke.

»*Werde* ich denn unglücklich sein?«, konterte Bull. »Sie macht mich glücklich. Ich habe noch nie so viel gelacht wie in ihrer Gegenwart. Manchmal ist sie so naiv, dass ich vor Verzweiflung nur den Kopf schütteln kann. Aber sie möchte so gern Gutes in der Welt tun. Ich fühle mich wie ein besserer Mensch, wenn ich in ihrer Nähe bin. Und wenn ich sie gehen lasse, was wird dann mit ihr geschehen? Was, wenn jemand ihre Gutmütigkeit ausnutzt? Ich könnte es mir nicht verzeihen, wenn sie verletzt würde und ich nicht da wäre, um sie zu beschützen.«

»Im Grunde bist du erledigt«, erklärte Eagle lachend.

»Nicht, wenn ich mit ihr rede und sie dazu bringe, mich zu verstehen«, entgegnete Bull. »Vielleicht gibt es einen Weg, wie ich sie zurückgewinnen und gleichzeitig auch im *Silverstone-Team* bleiben kann.«

»Glaubst du wirklich, dass diese Möglichkeit besteht?«, fragte Gramps zweifelnd.

»Ich glaube fest daran«, erwiderte Bull. »Ich bin mir nicht sicher, ob ich ohne das jeweils andere überleben kann.«

»Du weißt, dass wir alles tun werden, um dir zu helfen«, versicherte Eagle ihm.

»Sag uns einfach, was wir tun können, und wir sind für dich da«, fügte Smoke hinzu.

»Und ich rufe sie gern noch einmal an und versuche, sie zur Vernunft zu bringen«, warf Gramps ein.

»Danke, Leute. Ich weiß das mehr zu schätzen, als ihr ahnt. Ich möchte einfach nur, dass ihr sie mögt, dass ihr sie akzeptiert.«

»Das tun wir bereits«, erklärte Gramps. »Wenn sie zu dir gehört, gehört sie zu uns. So einfach ist das.«

Bull spürte, wie ihm das Herz anschwoll. Er liebte diese Männer. Er hatte es ihnen nie gesagt und würde es wahrscheinlich auch nie tun, aber das Gefühl war trotzdem da. »Danke. Wenn wir zu Hause sind, fahre ich in meine Wohnung, schlafe ein wenig und suche sie dann morgen früh auf. Wenn sie nicht aufmacht, werde ich mir überlegen, was ich als Nächstes tun soll. Aber ich rechne damit, dass Sky zumindest so erleichtert ist, dass ich sicher zurück bin, dass sie mich reinlässt. Ich werde mir dann überlegen, was ich sage, je nachdem, wie es läuft.«

»Das ist wirklich kein besonders guter Plan«, bemerkte Eagle und lachte leise.

»Warte nur, bis du *deine* Frau gefunden hast«, sagte Bull zu ihm. »Du wirst sehen, wie einfach es ist, das Richtige zu tun, wenn sie sauer auf dich ist.«

»Der Punkt geht an dich«, entgegnete Eagle. »Nun, du weißt, dass wir für dich da sind, wenn du Verstärkung brauchst.«

Bull nickte und alle verstummten. In Wahrheit hatte er keinen Plan im Kopf. Ihm fiel wirklich überhaupt nichts ein. Allein sie dazu zu bringen, die Tür zu öffnen, schien im Moment eine schier unüberwindliche Hürde zu sein. Aber er hatte nicht gelogen – er hoffte, dass sie ihn genügend mochte, um um seine Sicherheit besorgt zu sein. Er würde sich überlegen, was er sagen sollte, wenn er erst mal in ihrer Wohnung war.

Jay beobachtete sie vom Waldrand aus. Der Parkplatz war fast leer. Das war seine Chance. Er hatte das Versteck schon vorbereitet. Sein Plan war, sie dorthin zu bringen und abzuwarten, bis eventuelle Suchtrupps aufgegeben hatten. Er würde sich sogar den Suchtrupps anschließen, wenn er glaubte, dass die Dinge in seinem Versteck sicher waren. Keiner würde ihn verdächtigen. Ja, er war vorbestraft, aber er hatte keine offizielle Meldeadresse, sodass niemand wusste, dass er in der Nähe der Schule wohnte.

Er würde sie sich schnappen und so lange warten, bis die Suche aufgehört hatte, dann würde er sie mitnehmen. Und sie dazu bringen, ihn zu lieben. Und sie würden glücklich bis ans Ende ihrer Tage leben. Allein der Gedanke daran ließ Jays Herz höherschlagen. Er hatte diesen Tag so lange geplant, und nun war er da. All seine Fantasien sollten in Erfüllung gehen.

Er starrte auf sein Opfer und ging schnell über den Parkplatz. Er hatte das schon in den frühen Morgenstunden geübt. Er wusste genau, wie lange er brauchte, um über den Parkplatz und durch das kaputte Tor zu gehen. Er wusste auch genau, wie lange er brauchte, um den Weg zurückzulaufen, den er gekommen war, durch den Wald, die Straße entlang, zu dem verlassenen Reihenhaus, das er bereits vorbereitet hatte.

Nun war es so weit. *Endlich.*

Es war Freitag und Skylar war froh, dass es endlich Wochenende war. Selbst nachdem sie sich einen Tag freigenommen hatte, hatte sie das Gefühl, dass die Woche sich endlos hingezogen hatte. Sie konnte Carson nicht aus dem Kopf bekommen. Sie musste immer wieder daran denken, was Tiana ihr erzählt hatte, und sie wusste, dass heute der Tag war, an dem Carson und die anderen von ihrer Mission zurückkommen sollten. Sie hatte keine Ahnung, wohin sie geflogen waren oder wer ihre Zielperson war, aber sie machte sich trotzdem Sorgen.

Würde Carson ihr überhaupt Bescheid sagen, dass er zurück war?

Wenn sie *Silverstone Towing* anrief, würde ihr der Mitarbeiter in der Zentrale sagen, ob die Jungs zurückgekehrt waren?

Was, wenn sie verletzt oder getötet worden waren? Würde sie jemals herausfinden, was mit ihnen geschehen war?

Sie hatte mehr Fragen als Antworten, und ihr Kopf pochte. Ihre Schüler waren den ganzen Tag über ungewöhnlich unruhig gewesen, und sie konnte es kaum erwarten, nach Hause zu fahren.

Heute war auch Sandras letzter Tag, an dem sie in ihr Zimmer kam, wenn das Nachschulprogramm endete. Shawn wollte sie gegen achtzehn Uhr abholen, und nächste Woche würde er von acht bis sechzehn Uhr bei *Silverstone Towing* arbeiten.

Das bedeutete, dass Skylar um fünf nach Hause fahren konnte. Vorsichtshalber blieb sie immer, bis das Hortprogramm zu Ende war. Normalerweise konnte sie ihre Unterrichtspläne für den nächsten Tag fertigstellen und sich dann entspannen, wenn sie wieder zu Hause war.

Skylar lehnte gedankenverloren an der Hauswand, als eine Bewegung ihre Aufmerksamkeit erregte. Sie drehte sich um und schaute zu Sandra, die auf dem Klettergerüst spielte – und konnte nicht glauben, was sie sah.

Ein Mann lief mit dem kleinen Mädchen auf dem Arm über den Spielplatz. Er hielt ihr die Hand über den Mund und war schon fast bei dem kaputten Tor, das zum Parkplatz führte.

Skylar lief schneller, als sie jemals zuvor gelaufen war, und rannte ihnen hinterher. Fast hätte sie um Hilfe geschrien, aber sie wusste, dass niemand in der Nähe war. Es war besser, wenn sie sich den Atem sparte.

Dankbar, dass sie flache Schuhe trug, stürmte Skylar durch das Tor, wobei ihre Füße schmerzten, als sie auf den Asphalt des Parkplatzes aufschlugen.

Sie zögerte nicht einmal einen Augenblick, dem Mann und Sandra in den Wald zu folgen. Ein Ast schlug ihr ins Gesicht und sie schob ihn ungeduldig beiseite – und blieb gerade noch rechtzeitig stehen, um den Mann nicht über den Haufen zu rennen.

Er hielt Sandra immer noch mit eisernem Griff fest. Das kleine Mädchen zappelte und wand sich in seinem Griff, aber das schien den Mann nicht zu stören. Er war groß, mindestens einen halben Kopf größer als Skylar. Und er war *fett*. Er hatte einen Bierbauch, der auf groteske Weise unter dem T-Shirt hervorlugte, das er trug. Er hatte langes, fettiges braunes Haar, das ihm in die Augen fiel, seine Jeans waren schmutzig und seine teigige Haut schimmerte vor Schweiß.

Die Finger, die über Sandras Mund lagen, waren ebenfalls schmutzig, und Skylar sah Narben auf ihnen. Allein beim Anblick seiner Hände auf dem kleinen Mädchen wurde ihr schlecht.

»Lass sie sofort los«, knurrte sie so bedrohlich wie möglich.

Aber der Mann lachte nur. »Keine Chance.«

Skylar tat alles, um ihre Angst zu verbergen. Sie trat einen Schritt näher – und der Mann ließ seinen Arm um Sandras Taille sinken, sodass ihre Füße auf dem grasbewachsenen Boden unter ihr landeten. Aber der Mann ließ ihr keine Chance zu fliehen. Er zog irgendwo hinter sich ein schrecklich aussehendes Messer hervor. Skylar konnte nur vermuten, dass er eine Art Scheide an seinen Gürtel geschnallt hatte.

Eine Hand war immer noch auf ihren Mund gepresst, als er das Messer an Sandras Kehle führte. »Wenn du auch nur einen Laut von dir gibst, werde ich sie von hier«, er zeigte mit dem Messer auf ihre Kehle, »bis hierher aufschlitzen.« Er zog das Messer langsam an ihrem Körper hinunter, bis es auf ihren Bauch zeigte. »Verstanden?«

Am liebsten hätte Skylar ihm gesagt, dass er nur bluffte. Er hätte sich doch nicht die Mühe gemacht, Sandra zu entführen, wenn er sie nur töten wollte ... oder?

Aber sie hatte nicht vor, das Leben des Mädchens aufs Spiel zu setzen.

Ohne den Blick von Skylar zu nehmen, drückte er das Gesicht der kleinen Sandra in seiner Hand. »Und wenn du einen Laut von dir gibst, werde ich deine hübsche Lehrerin auf dieselbe Weise aufschlitzen. Wenn du still bist und tust, was ich sage, bleibt sie am Leben. Deine Lehrerin schweigt, und du bleibst am Leben. Hast du das verstanden?«

Sandra nickte verzweifelt.

Der Mann nahm langsam die Hand von Sandras Gesicht. »Braves Mädchen. Ich wusste, dass du schlau bist. Du und ich werden uns gut verstehen.« Dann wich er zurück, durch die Bäume, das Messer an Sandras Kehle gepresst.

Skylar folgte ihm und fühlte sich hilflos. Sie wollte sich am liebsten auf ihn stürzen und Sandra aus seinem Griff reißen, aber das Messer hielt sie davon ab, etwas Dummes zu tun. Die Klinge war rostig, aber gezackt, und selbst wenn sie stumpf wäre, könnte er dem kleinen Mädchen mehr Schaden zufügen, als es überleben könnte.

Sie erwog, in die entgegengesetzte Richtung zu laufen, um Hilfe zu holen, aber sie sah niemanden in der unmittelbaren Umgebung, und der Gedanke, dass der Mann mit Sandra verschwinden könnte, war etwas, das sie nicht riskieren wollte. Das kleine Mädchen zu bedrohen war genauso wirkungsvoll, wie wenn er Skylar selbst eine Waffe an die Kehle hielte. Sie konnte den Mann nicht überwältigen, aber sie war auch nicht bereit wegzulaufen.

Sie wusste, dass dies nicht gut für sie ausgehen würde, aber sie hatte einfach keine andere Wahl. Wenn sie jetzt ging, war Sandra dem Untergang geweiht.

»Komm her und geh vor mir her«, befahl der Mann.

Skylar wollte dem Mann nicht den Rücken zudrehen, aber sie hoffte, dass sie Zeit gewinnen und sich einen Plan ausdenken konnte, wenn sie tat, was er wollte.

»Wie heißt du?«, fragte der Mann Sandra.

Als Sandra schwieg, blickte Skylar zurück und bemerkte einen frustrierten Blick auf dem Gesicht des Mannes. Er drückte die Messerspitze an den Hals des kleinen Mädchens und ein Blutstropfen quoll hervor. »Ich habe dir eine Frage gestellt«, erklärte er in einem tiefen, knurrigen Ton. »Du antwortest mir, wenn ich mit dir rede«, befahl er.

»S-Sandra.«

»Sandra«, hauchte er. »Ein schöner Name für ein schönes Mädchen.« Dann strich er mit der Hand über ihr Haar, sein Blick glitt an ihrem Körper hinunter.

Skylar fühlte sich unwohl und ihr Adrenalinspiegel stieg in die Höhe. Sie würde nicht zulassen, dass dieses Monster dem kleinen Mädchen etwas antat. Nicht unter ihrer Aufsicht.

»Wie heißt *du*?«, fragte sie leise.

Er blickte auf und Skylar erschauderte. Der Ausdruck in seinen Augen war das pure Böse. Sie konnte die Freude am Leid anderer und die Grausamkeit in seinem Blick erkennen. »Ich? Ich bin Jay. Jay Ricketts«, entgegnete er und sah zu Sandra hinunter. »Hörst du das, Süße? Mein Name ist Jay, und du gehörst jetzt zu mir. Ich werde mich um dich kümmern. Ich werde dich ernähren. Damit du dich gut fühlst. Genauso wie es deine Aufgabe ist, zu tun, was ich sage, damit *ich* mich gut fühle.«

Skylar schluckte die Galle hinunter, die ihr in der Kehle aufgestiegen war. Sie prägte sich den Namen des Mannes ein. Selbst wenn es das Letzte war, was sie tat, sie würde jemandem sagen, wer sie entführt hatte.

Sie gingen weiter, bis sie auf der anderen Seite des Wäldchens herauskamen, und Skylars Hoffnung, jemanden zu sehen oder auf sich aufmerksam zu machen, wurde zunichtegemacht. Die Straße war menschenleer. Müssten an einem Freitagnachmittag nicht mehr Leute unterwegs sein?

Sie gingen zwischen einer Reihe heruntergekommener Häuser hindurch und Skylar konnte aus den offenen Fenstern, an denen sie vorbeikamen, Leute reden und lachen hören, aber sie wagte nicht, ein Geräusch zu machen. Jay hatte Sandra hochgehoben und trug sie auf seiner Hüfte. Er hatte das Messer in der freien Hand, und obwohl es nicht mehr gegen Sandras Kehle gepresst war, wusste Skylar, dass er das kleine

Mädchen immer noch tödlich verletzen konnte, bevor sie sich aus seinem Griff befreien konnte.

Sie war frustriert und verängstigt, versuchte aber verzweifelt, sich zusammenzureißen.

Sie gingen noch etwa zehn Minuten weiter, bis Jay vor der Hintertür eines halb verfallenen Reihenhauses anhielt. Aus dem Inneren des Gebäudes drang ein fauliger Geruch und Skylar musste sich wahnsinnig beherrschen, um nicht zu würgen.

»Rein da«, befahl Jay und stach Skylar mit dem Messer.

Sie keuchte vor Schmerz und fasste sich an den Rücken, wo er sie gestochen hatte. Sie sah auf ihre Hand hinunter und bemerkte, dass ihre Handfläche mit Blut verschmiert war. Obwohl sie wusste, dass sie höchstwahrscheinlich nie wieder herauskommen würde, wenn sie nur einen Schritt in das verlassene Gebäude machte, tat sie, was Jay befahl. Sie hatte buchstäblich keine andere Wahl.

Sie hielt sich am Türpfosten fest und duckte sich unter dem Brett, das die Tür versperrte, während Jay dicht hinter ihr blieb. Er stieß sie erneut mit dem Messer an, und sie stieß einen kleinen Schrei aus.

»Halt den Mund!«, zischte Jay. Skylar drehte sich um und sah, dass er Sandra das Messer wieder an die Kehle gesetzt hatte. Tränen liefen aus den Augen des kleinen Mädchens – und Wut stieg in Skylar auf.

»Ich halte den Mund, wenn du aufhörst, mir wehzutun!«, zischte Skylar dem Mann entgegen. Sie wusste, dass sie ihn nicht reizen sollte, aber sie konnte es nicht verhindern.

Anstatt wütend zu werden, lächelte der Mann. Seine verfaulten Zähne erinnerten sie an den Grinch. Es war ein seltsamer, flüchtiger Gedanke. »Sie hat Mumm«, sagte Jay mehr zu sich selbst als zu Skylar. »Das könnte noch lustig werden. Geh nach unten«, befahl er.

Skylar atmete tief durch den Mund ein und versuchte, nicht mehr von dem üblen Gestank im Raum einzuatmen, als sie musste.

Vorsichtig tastete sie sich die Treppe hinunter, die langsam auseinanderfiel. Eines der Bretter brach unter ihrem Fuß und sie konnte gerade noch verhindern, dass sie vor Schreck aufschrie, als sie fast kopfüber die Treppe hinunterstürzte. Der Mann hinter ihr sagte kein Wort. Er hatte Sandra immer noch auf dem Arm und Skylar betete, dass er nicht die Treppe hinunterfiel, sie dabei mitriss und sie alle verletzte.

Sie schaffte es bis zum Boden und in den Keller. Wenn überhaupt, dann war der Geruch hier unten schlimmer als oben. Da sie gar nicht erst wissen wollte, was hier unten gestorben war, blickte Skylar wieder zu Jay. Er wies auf eine Tür zu ihrer Rechten. Sie bahnte sich einen Weg zwischen alten Reifen und Müllbergen hindurch und versuchte, nicht in die Pfützen einer unbekannten Flüssigkeit zu treten, die überall um sie herum waren, und so ging Skylar gefügig zu der Tür, die er ihr gezeigt hatte.

Sie drückte dagegen, aber die Tür öffnete sich nicht.

»Streng dich mal ein bisschen an, Schlampe«, spottete Jay. »So schwer ist die Tür wirklich nicht.«

Skylar schluckte die Erwiderung hinunter, die ihr auf der Zunge lag. Sie bereute es, dass sie Jay einfach kleinlaut gefolgt war. Sie hätte sich die Seele aus dem Leib schreien und jemanden auf sich aufmerksam machen sollen. Vielleicht hätte sie doch lieber weglaufen sollen, um Hilfe zu holen ... aber beides hätte dazu geführt, dass sie Sandra aus den Augen verloren hätte. Es gab zu viele Fälle, in denen Kinder entführt wurden und für immer verschwanden. Egal was passierte, es war besser, wenn sie bei Sandra blieb und alles in ihrer Macht Stehende tat, um dem kleinen Mädchen zu helfen.

Als sie endlich die Tür aufbekam, bekam Skylar ein flaues

Gefühl im Magen. Das Ganze war offensichtlich gut durchdacht gewesen. Das war keine spontane Entscheidung von Jay gewesen.

Der Raum, in dem sie sich befanden, war wahrscheinlich einmal eine Art Lagerraum gewesen. Es gab ein winziges Fenster hoch oben an einer Wand, und Skylar konnte nichts als Unkraut vor dem Glas sehen.

Außerdem lag eine Matratze auf dem Boden und etwas schmutziges Bettzeug darauf. Abgesehen davon war dieser Raum im Gegensatz zum Rest des Kellers völlig leer. Jay hatte offensichtlich alles entfernt, was als Waffe dienen oder Sandra zur Flucht verhelfen konnte.

»Setz dich auf die Matratze«, befahl Jay Skylar.

Da sie nicht so weit weg von Sandra sein wollte, sagte sie: »Du musst das nicht tun. Es ist noch nicht zu spät, das Ganze sein zu lassen.«

Jay lachte wieder. Ein leises Glucksen, das Skylar an den Nerven zehrte. »Aber ich will es nicht sein lassen«, erklärte er ihr. »Ich habe sehr lange darauf gewartet, das perfekte Mädchen zu finden. Und als ich die kleine Sandra spielen sah, wusste ich, dass sie mir gehört. Und jetzt ... *geh und setz dich hin.*«

Seine Stimme wurde bösartig und Skylar hätte am liebsten geweint. Langsam ging sie zur Matratze hinüber und setzte sich.

»Leg das an«, erklärte Jay und deutete mit dem Kopf auf etwas links von ihr.

Skylar schaute dorthin und sah, wie etwas aus der grauen Decke neben ihr hervorlugte. Nachdem sie sie angehoben hatte, zuckte sie überrascht zusammen, als zwei Kakerlaken davonhuschten, da sie ihren Zufluchtsort gestört hatte.

Unter der Decke sah sie eine alte rostige Kette. Und am Ende der Kette hing eine Fessel.

Entsetzt blickte sie zu Jay auf.

»Du hast mich gehört«, sagte er, hob das Messer und streichelte damit über Sandras Gesicht. Das Mädchen wich vor ihm zurück, gab aber keinen Laut von sich.

Da sie wusste, dass sie so gut wie tot war, wenn sie die Kette anlegte, und Jay mit Sandra verschwinden konnte, ohne dass sie ihm folgen konnte, zögerte Skylar.

»Es ist noch nicht an der Zeit für mich zu gehen«, erklärte Jay, als könnte er ihre Gedanken lesen. »Sei brav und leg das an, dann wird alles gut.«

Skylar wusste, dass nicht alles gut werden würde, aber ehrlich gesagt hatte sie keine andere Wahl. Die Kette klirrte, als sie sie aufhob, und sie zuckte bei dem Geräusch zusammen. Sie untersuchte das Ende und erkannte, dass Jay von irgendwoher eine Handschelle geholt und sie an der Kette befestigt hatte.

»Leg sie dir um den Knöchel«, befahl er.

»Sie ist mit Sicherheit zu klein«, protestierte Skylar.

»Nicht mein Problem«, erwiderte Jay ohne das geringste Mitleid. »Schließlich habe ich es eigentlich nicht für einen Erwachsenen gemacht.«

Und *das* ließ ihr das Blut in den Adern gefrieren. Wenn sie an die arme Sandra mit diesem Ding um *ihren* Knöchel dachte, wurde ihr schlecht.

Mit langsamen Bewegungen legte Skylar die Handschelle um ihren Knöchel. Vielleicht konnte sie einfach so tun, als würde sie sie anlegen. Wenn Jay sie dann allein ließ, konnte sie sie öffnen und sich aus dem Staub machen.

Sie sah auf ihren Knöchel hinunter – und in dem Moment, in dem sie den Blick von Jay abwandte, setzte er sich in Bewegung.

Er stürmte auf sie zu, Sandra immer noch auf dem Arm, packte das Metall um ihren Knöchel und drückte fest zu. Das Metall klickte, als es sich einklinkte und in ihre Haut grub.

Skylar schrie erneut vor Schmerz auf, als das Metall ihren Knöchel zusammendrückte.

»Ich weiß, was du dir gedacht hast«, schimpfte Jay. »Ich bin schlauer als du, und ich habe das Ganze lange geplant. Nichts und *niemand* wird es vermasseln.« Dann ließ er Sandra plötzlich fallen und sie landete auf ihrem Hintern auf der Matratze neben Skylar.

Skylar ignorierte den Schmerz in ihrem Knöchel und griff sofort nach dem kleinen Mädchen. Sandra schmiegte sich in ihren Arm und drückte den Kopf an ihre Schulter. Sie zitterte wie Espenlaub, und das machte Skylar erneut wütend.

»Was genau ist dein Plan?«, fragte sie ein wenig angriffslustig und fühlte sich mutiger, jetzt, da Sandra nicht mehr mit einem Messer bedroht wurde.

»Nun, ich denke, es kann nicht schaden, es dir zu sagen, denn du gehst ja nirgendwo hin«, entgegnete Jay mit einem bösen Lachen. Er ging vor ihr auf und ab, spielte mit dem Messer und drehte es hin und her, während er seinen »Plan« erläuterte.

»Ich nehme an, es wird eine Suche geben. Das ist oft der Fall. Meine Sandra sollte gegen achtzehn Uhr abgeholt werden. Wenn sie nicht da ist, werden die Leute in Panik geraten. Die Bullen werden gerufen. Innerhalb einer Stunde wird das gesamte Schulgelände voller Menschen sein. Sie werden auf meinen Spuren herumtrampeln, sodass Suchhunde nutzlos sind. Sie werden Flugblätter verteilen, Belohnungen aussetzen ... alles vergeblich. Vielleicht schließe ich mich sogar den Suchaktionen an. Aber in ein paar Tagen, wenn es kein Lebenszeichen von dem armen vermissten Mädchen mehr gibt, werden die Leute wieder zu ihrem normalen Leben zurückkehren.«

Skylar war entsetzt. Nicht wegen dem, was er gesagt hatte, sondern weil er wahrscheinlich recht hatte. Sie hatte genügend Krimis gesehen, um zu wissen, dass Spürhunde mit ihren

Nasen am Boden arbeiten. Sie folgten einer menschlichen Duftspur, aber wenn zu viel Zeit vergangen war oder das Gebiet durch zu viele Polizisten, Sucher und andere wohlmeinende Schaulustige verunreinigt worden war, konnten die Hunde ihre Aufgabe nicht mehr erfüllen.

»Was dann?«, fragte sie, weil sie wissen wollte, wohin er Sandra bringen wollte. Denn es war offensichtlich, dass er sie nicht ewig hierbehalten konnte. Nein, sie war sich sicher, dass er einen anderen Ort im Sinn hatte.

»Weißt du, du bist selbst schuld, dass du hier bist«, erklärte Jay im Plauderton, ohne auf ihre Frage einzugehen. »Wenn du stattdessen Hilfe geholt hättest, wärst du nicht in dieser Situation. Alles, was dir passiert, ist nicht meine Schuld. Obwohl ich sagen muss, dass es eigentlich gut ist, dich hier zu haben. Ich hatte mehr Ärger von meinem Mädchen erwartet. Aber sie ist still wie ein Mäuschen.«

Dann stürzte er sich auf Skylar und packte ihre freie Hand. Er hielt das Messer an den Ansatz ihres kleinen Fingers und sah Sandra in die Augen. »Wenn du schreist, wenn du auch nur einen Laut von dir gibst, schneide ich deiner Kindergärtnerin den Finger ab. Ich werde es vor deinen Augen tun, und es ist *deine* Schuld. Selbst wenn ich nicht im Raum bin, werde ich es wissen. Ich habe draußen Kameras, und die werden es aufzeichnen, wenn du hier drinnen versuchst, jemanden auf dich aufmerksam zu machen. Ganz zu schweigen davon, dass niemand hier zweimal über ein wenig Geschrei nachdenkt. Die Leute werden eher in die andere Richtung verschwinden. Ich habe meine Hausaufgaben gemacht, und diese Gegend ist richtig übel. Keinen interessiert, was hier los ist, und die Leute hier werden keinen Finger rühren, um dir zu helfen. Sie könnten sogar beschließen, dir wehzutun. *Ich* werde dir nicht wehtun, Sandra, nicht, wenn du mir keinen Grund gibst. Ich liebe dich.«

Skylar hätte sich am liebsten übergeben. Sie hatte keine Ahnung, ob das kleine Mädchen überhaupt alles verstand, was Jay sagte, aber *sie* selbst verstand es nur zu gut. Und es war entsetzlich. Aber sie hielt so still wie möglich; die Klinge fühlte sich extrem bedrohlich auf ihrer Haut an.

Ohne das Messer zu bewegen, richtete Jay den Blick auf sie. »Und wenn *du* irgendetwas tust, was mir nicht gefällt, werde ich das Messer nicht an ihr benutzen ... nein, ich will dieses schöne Gesicht nicht verunstalten.« Er strich mit dem Rücken seiner Finger über Sandras Wange und Skylar erschauderte vor Abscheu. »Ich werde mir vor deinen Augen von ihr nehmen, was ich will, und du wirst nichts dagegen tun können«, drohte er.

Skylar wusste, dass dies die ganze Zeit über sein Plan für Sandra gewesen war, aber trotzdem schreckte sie vor dem Gedanken entsetzt zurück.

»Ich werde nicht versuchen, sanft zu sein, werde nicht versuchen, es ihr schön zu machen ... wenn du weißt, was ich meine. Also sei brav, und deinem kostbaren Kindergartenkind wird nichts passieren.«

Er war verrückt. Wahnsinnig. Sandra war erst *fünf*! Was er sagte, war unbegreiflich und erschreckend.

»Ich werde nichts versuchen«, entgegnete sie leise und wollte nur, dass Jay verschwand. Dass er aufhörte, sie anzufassen, und vor allem, dass er aufhörte, Sandra anzufassen.

Jay lächelte und stand wieder auf. »Vergiss nicht, auch wenn ich nicht hier bin, weiß ich, was los ist. Also mach keine Dummheiten. Kümmere dich für mich um meine Sandra, und alles wird gut werden. Ich komme später mit dem Abendessen zurück.«

Mit diesen Worten ging Jay zurück durch den Raum. Er duckte sich durch die Tür und schloss sie hinter sich. Skylar hörte, wie eine Art Schloss an der Tür angebracht wurde, und ihr rutschte das Herz in die Hose.

»Seid brav!«, rief Jay, bevor sie seine Schritte hörte, die auf der Treppe verklangen.

Sandra zitterte noch einmal in ihren Armen und Skylar drückte das kleine Mädchen fester an sich.

Sie steckten in großen Schwierigkeiten – und sie hatte keine Ahnung, was sie tun sollte.

Eine Stunde, nachdem das Flugzeug gelandet war, war Bull bei Skylars Wohnung. Er hatte versucht, sich einzureden, dass er warten und morgen früh wiederkommen sollte, aber er konnte nicht. Er musste die Dinge zwischen ihnen wieder in Ordnung bringen. Er hatte keine Ahnung, ob er das überhaupt konnte, aber er musste es versuchen.

Die Erschöpfung zehrte an ihm. In Flugzeugen hatte er noch nie so gut schlafen können, schon gar nicht nach einem Einsatz. Bisher hatte er nichts von dem, was er mit dem *Silverstone*-Team getan hatte, bereut, aber er konnte nicht umhin, jeden Schritt, den er und sein Team getan hatten, im Nachhinein noch einmal Revue passieren zu lassen. Eine mentale Nachbetrachtung, um zu sehen, wo sie sich verbessern konnten, damit der nächste Einsatz noch reibungsloser ablaufen würde.

Bull klopfte an ihre Tür und runzelte die Stirn, als er keine Bewegung in der Wohnung hörte. Ein Blick auf die Uhr verriet ihm, dass es zwanzig Uhr war. Skylar sollte schon längst von der Arbeit zu Hause sein. Der böse Gedanke, dass sie vielleicht eine Verabredung hatte, stieg in ihm auf. Aber Bull verdrängte diesen Gedanken. Das würde sie ihm nicht antun. Selbst wenn sie glaubte, dass es zwischen ihnen aus war, war er fest davon überzeugt, dass sie sich nicht in weniger als einer Woche einen anderen Mann suchen würde.

»Suchst du Sky?«, ertönte eine Stimme zu seiner Linken.

Bull zuckte zusammen und fluchte innerlich. Er musste wirklich ziemlich erschöpft sein, wenn er zuließ, dass jemand sich so an ihn heranschlich. Als er sich umdrehte, sah er Tiana in ihrer Tür stehen. Sie hatte die Augenbrauen hochgezogen und sah besorgt aus.

»Ja. Weißt du, wo sie ist?«, fragte er.

Tiana schüttelte den Kopf. »Ich habe nichts mehr von ihr gehört, seit sie heute Morgen zur Arbeit gefahren ist, aber es ist nicht normal, dass sie so spät noch nicht zu Hause ist.«

»Könnte es sein, dass sie noch Besorgungen macht?«, fragte Bull.

Tiana zuckte mit den Schultern, aber er konnte erkennen, dass sie das nicht für wahrscheinlich hielt. »Hör mal, sie war diese Woche ziemlich durch den Wind«, erklärte Skylars Nachbarin. »Ich weiß, dass ihr beide einen Streit hattet. Sie hat mir nicht gesagt, worum es ging, aber sie war nicht glücklich. Wir haben geredet, und ich habe mein Bestes getan, damit sie sich besser fühlt, aber vielleicht habe ich ihr Angst gemacht.«

Bull richtete sich auf. »Inwiefern hast du ihr Angst gemacht?« Er wollte nicht so hart klingen, aber ihm gefiel der Gedanke nicht, dass Skylar vor irgendetwas Angst hatte, besonders vor jemandem, den sie für ihre Freundin hielt.

»Entspann dich, Hulk«, entgegnete Tiana, ohne im Geringsten verärgert zu wirken. »Sie hat davon gesprochen, dass sie etwas über dich herausgefunden hat und nicht sehr glücklich darüber war. Ich habe versucht, ihr zu helfen, indem ich ihr gesagt habe, dass jeder Geheimnisse hat, auch ich. Ich erzählte ihr, dass ich früher bei den Vice Lords war.«

Bulls Gesichtsausdruck änderte sich äußerlich nicht, aber

innerlich war er bereits dabei, Skylar dazu zu bringen, aus dieser Wohnung auszuziehen.

»Ich bin aus der Straßenbande raus«, versicherte Tiana ihm, aber ihre Stimme wurde leiser. »Zumindest größtenteils. Aber ich habe immer noch ein paar Verbindungen. Wenn Sky etwas zugestoßen ist, sag mir Bescheid, und ich kümmere mich um den, der ihr etwas angetan hat.«

Jetzt war Bull überrascht. »Du glaubst, ihr ist etwas zugestoßen?«

»Sky kommt nie so spät nach Hause. Sie hat eine berechenbare Routine. Irgendetwas stimmt nicht.«

Bull war da ganz ihrer Meinung. Er nickte. »Ich fahre nach Eastlake. Mal sehen, ob sie vielleicht noch da ist.«

Tiana griff unter ihre Bluse und zog einen Zettel hervor. »Meine Nummer. Wenn du Hilfe brauchst, ruf mich an. Ich weiß, dass die Vice Lords nicht gerade die Art von Hilfe sind, die die meisten Leute sich wünschen, aber ich gebe dir mein Wort, dass sie alles tun werden, um entweder unsere Sky zu finden ... oder jeden, der ihr etwas angetan hat, der Straßenjustiz zuzuführen.«

Bull nahm die Nummer an. Er hatte gelernt, niemals Hilfe abzulehnen, ganz gleich, ob sie von einem ehemaligen Bandenmitglied, einem Verwandten eines Terroristen, der das Töten satthatte, oder einem x-beliebigen Zivilisten auf der Straße kam. »Danke«, sagte er zu ihr.

»Danke mir nicht, sondern bring Sky nach Hause«, erwiderte Tiana in einem harten Ton, bevor sie sich umdrehte und die Tür zuschlug.

Mit einem mulmigen Gefühl im Bauch eilte Bull die Treppe hinunter, immer zwei Stufen auf einmal nehmend, und stieg wieder in seinen Wagen. Er fuhr viel zu schnell in Richtung Skylars Schule – und er wusste, dass etwas ganz und gar nicht stimmte, als er nur noch ein paar Blocks entfernt war. Er schaltete das Bluetooth in seinem Wagen ein und rief Eagle an.

»Hallo, was gibt's?«, antwortete Eagle, nachdem er abgenommen hatte.

»Ich kann Sky nicht finden, und ich nähere mich Eastlake, und irgendetwas stimmt hier nicht.«

»Bleib dran«, erwiderte Eagle in einem Ton, den Bull als seine »Arbeitsstimme« erkannte.

Er hatte Eagle angerufen, weil er wusste, dass der Mann ein Polizeifunkgerät zu Hause hatte. Wenn etwas passierte, konnte er mithören und es herausfinden. Er hörte blecherne Stimmen aus dem Funkgerät, als er auf einen leeren Parkplatz gegenüber der Grundschule fuhr. Überall waren Fahrzeuge geparkt. Er hatte noch nie so viele Menschen an der Schule gesehen, nicht einmal tagsüber.

Dann sah er Gruppen von Menschen, die mit Taschenlampen herumliefen – und sein Adrenalinspiegel schnellte in die Höhe.

Bull sah einen Mann, den er für Shawn Archer hielt, an der Eingangstür der Schule stehen, schnappte sich sein Handy und schaltete den Motor aus.

»Verdammt«, bemerkte Eagle am anderen Ende der Leitung. »Ein Kind wird vermisst. Die Polizei hat gegen Viertel nach sechs einen Anruf von der Schule erhalten. Ein Vater wollte seine Tochter abholen, aber sie war nicht da.«

»Es handelt sich sicher um Sandra«, erklärte Bull, dem plötzlich ganz flau im Magen wurde. »Archer ist hier.« Dann fiel ihm etwas ein, und als er aus dem Wagen stieg, schaute er in Richtung des Lehrerparkplatzes. »Und Skys Wagen ist auch noch da.«

»Also ist sie wahrscheinlich dort und hilft bei der Suche«, entgegnete Eagle ruhig.

»Ja«, stimmte Bull zu, aber ihm war immer noch übel.

»Ich rufe die anderen an, und wir treffen uns dort«, sagte Eagle.

»Danke«, entgegnete Bull. Er wusste, dass seine Freunde genauso müde waren wie er, aber sie würden nicht zögern, sich auf den Weg zu machen, um bei der Suche nach einem vermissten Kind zu helfen. Auch wenn es sich nicht um Sandra handelte, war Zeit das A und O, wenn es um eine Entführung ging.

Nachdem er aufgelegt hatte, machte er sich auf den Weg zu Archer.

In dem Moment, in dem der andere Mann ihn sah, unterbrach er sein Gespräch mit einer anderen Person und stürmte auf Bull zu.

»Ist es Sandra?«, fragte Bull, ohne um den heißen Brei herumzureden.

»Ja«, bestätigte Archer, wobei seine Stimme bei dem einen Wort brach. »Als ich ankam, war sie nicht da. Die Sekretärin ist in ihr Klassenzimmer gegangen, aber es war niemand da.«

»Was hat Skylar gesagt?«

Archer sah verwirrt aus. »Nichts. Sie ist auch nicht hier.«

Und das war die Bestätigung dafür, dass sein Unbehagen nicht unberechtigt war.

Bull wusste ohne Zweifel, dass derjenige, der Sandra entführt hatte, höchstwahrscheinlich auch Skylar mitgenommen hatte. Seine Sky würde nicht zulassen, dass eines ihrer Kinder einfach so entführt wurde, nicht ohne sich gewaltig zu wehren oder sich selbst freiwillig mitentführen zu lassen.

Er machte auf dem Absatz kehrt und ging zurück zu seinem Wagen. Er musste noch einige Dinge aus seinem Fahrzeug holen, bevor er sich auf die Suche nach Sandra und seiner Frau machte. Darunter auch seine Waffe.

»Bull!«, rief Archer.

Bull drehte sich zu dem Mann um.

»Sie ist alles, was ich habe«, sagte er mit kläglicher, verzweifelter Stimme.

»Wir werden sie finden«, versicherte Bull ihm zuversichtlich. Er wusste nicht wie, aber er wollte nicht aufgeben, bis sowohl das kleine Mädchen als auch seine Lehrerin sicher zu Hause waren.

Bull weigerte sich, sich von seiner Sorge überwältigen zu lassen, und ging zu seinem Wagen. Sein *Silverstone*-Team würde bald hier sein, und dann würden sie auf die Jagd gehen. *Niemand* nahm, was ihm gehörte.

Niemand, verdammt.

Es war schon nach Mitternacht und Skylar war erschöpft, aber sie konnte nicht schlafen. Sandra hatte hier und da gedöst, aber sie war zu verängstigt, um länger als zehn Minuten am Stück zu schlafen. Jedes kleine Geräusch ließ sie beide aufschrecken.

»Glaubst du, jemand findet uns?«, flüsterte Sandra.

Jay war einmal zurückgekommen und hatte Sandra gezwungen, sich auf der anderen Seite des Zimmers auf seinen Schoß zu setzen. Er hatte ihr alles über ihr neues Leben erzählt und wie toll es sein würde. Er hatte ihr mit der Hand über das Haar gestrichen und ihr den Rücken gestreichelt.

Skylar war noch nie so erleichtert gewesen, als er sie wieder in Ruhe gelassen hatte. Er hatte gesagt, die Suche habe begonnen und er müsse Wache halten.

»Ja«, entgegnete Skylar mit so viel Selbstvertrauen, wie sie aufbringen konnte.

Sie fragte sich, ob Carson schon von seinem Einsatz zurückgekehrt war. Er hatte gesagt, dass er heute Abend zu Hause sein sollte, aber sie vermutete, dass es noch Tage dauern könnte, bis er zurückkam, wenn die Dinge nicht wie geplant liefen. Sie versuchte, nicht daran zu denken.

»Du hast Jay gehört. Alle sind schon auf der Suche nach dir. Sie werden uns finden.«

»Ich mag es nicht, wenn er mich anfasst«, beschwerte sich Sandra. »Daddy sagt immer, wenn mich jemand anfasst und ich das nicht mag, soll ich schreien und weglaufen. Aber das kann ich nicht, weil er dir dann wehtut!«

Skylar fühlte sich schrecklich. Jay war doch nicht so dumm, wie sie gehofft hatte. Mit seiner Drohung, ihr etwas anzutun, hatte er sie beide praktisch gelähmt. Sie war nicht bereit zu überprüfen, ob er nur blufte, und zu riskieren, dass er Sandra unaussprechliche Dinge antat, und das kleine Mädchen wollte nichts tun, um ihn wütend zu machen, weil sie nicht wollte, dass ihre Kindergärtnerin verletzt wurde.

»Ich weiß«, sagte sie zu ihr. »Warum machst du nicht die Augen zu und versuchst wieder zu schlafen, Süße«, beruhigte Skylar das Mädchen, damit es dem Albtraum, in dem sie sich befanden, zumindest für eine Weile entkommen konnte.

»Miss Reid?«

»Ja, Sandra?«

»Ich bin froh, dass Sie hier bei mir sind.«

»Ich auch, Sandra. Ich auch.« Und das war sie auch. Die Vorstellung davon, wie verängstigt das kleine Mädchen gewesen wäre, wenn sie allein mit Jay gewesen wäre, war zu schrecklich, um auch nur daran zu denken.

Skylar rutschte auf dem Bett hin und her und zuckte zusammen, als die Handschelle sich in ihren Knöchel grub. Jedes Mal wenn sie sich bewegte, schien das verdammte Ding fester zu werden. Jay hatte sie nicht doppelt verriegelt, also war es wahrscheinlich, dass sie sich noch fester zusammenzog. Ihr Fuß hatte zuvor gekribbelt, als wäre er eingeschlafen, aber jetzt konnte Skylar ihn kaum noch spüren. Sie hatte versucht, die

Kette zu lösen, aber das hatte nichts gebracht. Sie war fest mit einem Rohr an der Wand auf der anderen Seite des Raumes verbunden. Sie saß wirklich fest.

Aber Sandra nicht.

Wenn Skylar das, was Jay am meisten wollte, verschwinden lassen konnte, konnte er Sandra nicht gegen sie verwenden. Nachdem sie sich in dem Raum umgesehen hatte, konzentrierte sie sich auf das kleine Fenster in der Wand. Es war zu klein für sie, um herauszukommen, selbst wenn sie einen Weg finden würde, sich aus den Fesseln zu befreien oder die Kette zu sprengen, aber Sandra war winzig. *Sie* konnte es schaffen.

Aber war es das Richtige, die Fünfjährige in einer fremden und gefährlichen Gegend herumlaufen zu lassen? Sie würde es sich nie verzeihen, wenn jemand anderes Sandra für seine eigenen niederträchtigen Absichten entführte. Andererseits könnte das kleine Mädchen bei der Suche auf jemanden stoßen, der nach ihr suchte. Je mehr Leute suchten, desto größer waren die Chancen, dass jemand Sandra finden würde.

Allerdings hatte Skylar mit eigenen Augen gesehen, wie weit sie von der Schule entfernt waren. Ja, es war nicht gerade kilometerweit, aber für eine Fünfjährige hätte es genauso gut am anderen Ende der Stadt sein können. Und es gab keine Garantie, dass die Suche überhaupt in diese Richtung gehen würde. Abgesehen davon hatte Jay nicht gelogen. Wo sie waren, war es nicht sicher. Obwohl sie erst seit ein paar Stunden dort waren, hatte Skylar schon mehrere Schüsse gehört.

Fröstelnd beschloss sie, dass sie im Moment besser blieben, wo sie waren. Jay hatte selbst gesagt, dass er ein paar Tage warten wolle, bis die Suche aufgegeben worden war. Außerdem sah er viel zu oft nach ihnen. Wenn Skylar Sandra aus dem Fenster bringen wollte, musste sie einen ordentlichen Vorsprung haben, um entkommen zu können. Wenn Jay sie auf frischer Tat ertappte oder zu kurz nach Sandras Verschwinden, war es möglich, dass er sie wiederfand. Das wäre schlecht.

Skylar musste also genau den richtigen Zeitpunkt abwarten, um einen Zug zu machen.

Und wenn der richtige Zeitpunkt nicht kam ... war es möglich, dass sie Sandra für immer verlor.

Skylar drückte das kleine Mädchen fester an sich, schloss die Augen und betete, dass jemand sie finden würde, bevor Jay seinen Plan, Sandra von hier wegzubringen, in die Tat umsetzen konnte.

KAPITEL SIEBZEHN

»Verdammt!«, fluchte Bull genervt, als er inmitten eines weiteren Häuserblocks um die *Eastlake Elementary School* stand.

Eagle, Smoke und Gramps standen neben ihm, und er sah die Frustration, die er empfand, in ihren Gesichtern widergespiegelt.

Es war Sonntagabend. Sie waren seit achtundvierzig Stunden ununterbrochen auf der Jagd.

Und bis jetzt hatten sie nichts gefunden. Es war, als hätten sich Sandra und Skylar in Luft aufgelöst.

Die Spürhunde, die eingesetzt worden waren, hatten ihre Fährte nicht aufnehmen können, weil zu viele Menschen über das Gelände gelaufen waren, die den Ort verunreinigt hatten, sodass die Spürnasen der Hunde unbrauchbar wurden.

Zum ersten Mal bekam er eine Ahnung davon, wie sich sein Freund Rex vor einem Jahrzehnt gefühlt haben musste, als seine Frau entführt worden war. Im einen Moment war sie noch da, und im nächsten war sie einfach weg.

Bull wusste, dass die ersten achtundvierzig Stunden bei jeder Entführung die wichtigsten waren, aber sie hatten keine

Hinweise darauf gefunden, wohin die beiden verschwunden sein könnten.

Der einzige Anhaltspunkt, den sie gefunden hatten, war ein bisschen niedergedrückte Vegetation in dem Wäldchen auf der anderen Seite des Lehrerparkplatzes. Wer immer Skylar und Sandra entführt hatte, hatte sie offensichtlich von dort aus beobachtet. Es war der perfekte Standort. Als Bull sich genau an dieser Stelle hingelegt hatte, konnte er den Spielplatz, die Türen zum Gebäude und jeden, der kam und ging, erkennen.

Der Gedanke, dass der Mann auf der Lauer gelegen haben könnte, als er und die anderen von *Silverstone Towing* dort gewesen waren, um den Kindern ihre Abschleppwagen zu zeigen, machte ihn rasend vor Wut.

Smoke hatte sich daran erinnert, dass das Tor zum Spielplatz aufgebrochen worden war, und sie alle waren davon überzeugt, dass der Entführer dadurch noch leichter an Sandra herangekommen war.

Nachdem sein Team die Sache besprochen hatte, kamen sie zu dem Schluss, dass Sandra wahrscheinlich vom Spielplatz entführt worden und Skylar ihr nachgelaufen war, wodurch sie selbst entführt wurde.

Bull konnte sich keinen anderen Grund für das gleichzeitige Verschwinden der beiden vorstellen. Skylar hätte wie wild gekämpft, wenn es nur um sie gegangen wäre, aber wenn Sandras Leben auf dem Spiel stand, hätte sie nichts getan, um das kleine Mädchen weiter zu gefährden, das wusste er.

Und was brachte ihm diese Erkenntnis?

Nichts.

»Wir müssen uns neu formieren«, bemerkte Gramps leise. »Wir brauchen mehr Ressourcen. Wir tun niemandem einen Gefallen, wenn wir ziellos umherwandern.«

»Sky ist immer noch irgendwo hier«, erklärte Bull entschieden. »Ich glaube nicht, dass sie aus der Gegend weggebracht wurde.«

»Es waren überall in der Gegend Suchtrupps unterwegs«, gab Eagle zu bedenken. »Sie haben an jede Tür im Umkreis von einem halben Kilometer geklopft. Es ist höchst unwahrscheinlich, dass sie noch hier sind.«

»Sie sind noch hier«, beharrte Bull. Er schaute seine Freunde an. »Ich weiß, ihr haltet mich für verrückt, aber sie ist hier. Sie wartet darauf, dass ich sie finde, aber ihre Zeit läuft ab. Ich kann es spüren.«

»Was schlägst du vor?«, fragte Gramps.

»Ich weiß es nicht«, knurrte Bull frustriert.

»Wie wäre es damit«, schlug Smoke vor, »wir fahren zurück zu *Silverstone Towing* und holen die Drohnen. Wir lassen sie fliegen und schauen, ob uns etwas auffällt.« Dann senkte er die Stimme. »Du hast auch gesagt, dass Skylars Nachbarin sich freiwillig gemeldet hat, um die Vice Lords mit ins Boot zu holen ... ich denke, es ist an der Zeit, dass wir das tun.«

Bull nickte. Er wollte nicht in der Schuld der Straßenbande stehen, aber wenn sie auch nur ein Fitzelchen Information über Skylars Verbleib oder über das, was mit ihr geschehen war, finden konnten, würde er die Hilfe annehmen. Er würde alles tun, was er tun musste, um Sky nach Hause zu bringen.

Ihre Zeit war abgelaufen.

Skylar hatte gehofft, jemand würde sie noch vorher finden. Aber Jay war vorhin hereingekommen und hatte ihnen voller Freude erzählt, dass niemand wusste, wo sie waren, und dass die Suche langsam eingestellt wurde, genau wie er es vorausgesagt hatte. Und es sei an der Zeit, den nächsten Teil seines

Plans in Angriff zu nehmen ... und Sandra irgendwo weit wegzubringen.

Und das wollte Skylar nicht zulassen. Auf keinen Fall.

Sie hatte Hunger. Größeren Hunger als je zuvor in ihrem Leben. Seit sie am Freitagabend entführt worden war, hatte sie nicht mehr als ein paar Bissen Hamburger gegessen. Soweit sie das beurteilen konnte, war es jetzt irgendwann in den frühen Morgenstunden am Montag.

Jay hatte Sandra am Samstagmorgen ein McDonald's Happy Meal mitgebracht, und das kleine Mädchen hatte angeboten, es mit ihr zu teilen. »Als ich hungrig war, haben Sie Ihr Essen auch mit mir geteilt«, hatte sie gesagt.

Skylar hatte sich gefragt, ob der Burger mit Drogen versetzt worden war, aber sie war zu hungrig gewesen, um widerstehen zu können. Sie hatte nur ein paar Bissen von dem Hamburger genommen. Selbst kalt war es eines der besten Dinge, die sie je gegessen hatte.

Aber es war an der Zeit, Sandra aus diesem Albtraum zu befreien. Seit Stunden war alles ruhig, und Skylar wusste, was das bedeutete: jetzt oder nie!

Sie schüttelte das kleine Mädchen sanft. »Wach auf, Sandra.« Es war stockdunkel im Zimmer, was die Sache für Skylar etwas einfacher machte. Das kleine Mädchen konnte nicht sehen, wie verängstigt ihre Kindergärtnerin wirklich war. »Bist du wach?«

»Ja.«

»Es wird Zeit herauszufinden, ob du durch das Fenster passt.«

Sie hatten darüber gesprochen und waren sich einig, dass dies die einzige Möglichkeit war zu entkommen. Skylar war so stolz auf das kleine Mädchen. Sie hatte offensichtlich Angst, war aber bereit, alles zu tun, was sie konnte, um Hilfe zu holen. »Weißt du noch, was du tun sollst?«

»Fliehen«, erklärte Sandra leise. »Im Dunkeln bleiben. Schauen, ob ich ein offenes Geschäft finden kann. Oder einen Polizisten. Oder jemanden, der freundlich aussieht.«

»Genau«, lobte Skylar sie. »Und ich weiß, es ist schwer, aber du musst versuchen, dich zu erinnern, wo dieses Haus sich befindet. Bevor du wegläufst, schau dir das Haus noch einmal an. Präge dir alle Hausnummern ein, die du siehst. Das ist sehr, *sehr* wichtig.«

Sandra nickte. »Denn sie müssen zurückkommen und Sie auch holen.« Ihre Stimme wurde noch leiser. »Ich wünschte, Sie könnten mitkommen«, wimmerte sie.

»Ich auch, aber ich glaube an dich. Du bist klug, Sandra, und ich weiß, dass du es schaffst. Aber was auch immer passiert, komm *nicht* zurück. Hast du verstanden? Egal was du hörst.« Skylar wollte auf keinen Fall, dass Jay sie sah und drohte, ihre Kindergärtnerin zu töten, damit das kleine Mädchen zurückkam. »Sobald du draußen bist, fliehst du.«

»Das werde ich«, versprach Sandra.

»Und ich bin sicher, dass derjenige, der dir hilft, deinen Daddy anrufen wird, und er wird sofort kommen. Komm schon, ziehen wir es durch.«

Skylar hätte dem Mädchen gern noch weitere Ratschläge gegeben, aber sie wollte sie auch nicht verängstigen. Jay hatte sie während der letzten zwei Tage immer öfter angefasst, und sie wusste, dass es nur eine Frage der Zeit war, bis er etwas tun würde, was Sandra wirklich für ihr Leben traumatisieren würde.

Sie wusste auch, dass Jay sie umbringen würde, wenn er hier herunterkäme und feststellte, dass Sandra nicht mehr da war. Nicht dass er das nicht ohnehin schon vorgehabt hätte. Wenn er verschwand, würde er sie nicht mitschleppen. Das wusste sie ohne jeden Zweifel. Ihr Leben war bereits verwirkt.

Solange Sandra freikam, war das alles, was zählte.

Sie stand auf und ignorierte den Schmerz in ihrem Knöchel. Sie konnte ihren Fuß nicht mehr spüren, und als sie das letzte Mal nachgeschaut hatte, als es draußen noch hell gewesen war, waren ihre Zehen blau gewesen. Das war kein gutes Zeichen, aber ihr Fuß war im Moment die geringste ihrer Sorgen.

Sie gingen auf das Fenster zu. Die Kette war nicht lang genug, um bis zur Wand zu reichen, aber sie kam nahe genug heran, dass Sandra sich auf ihre Schultern stellen und sich zum Fenster hinüberbeugen konnte. Skylar ging in die Hocke, damit Sandra an ihr hochklettern konnte. Sie schwankte und stützte sich mit einer Hand an der Wand ab, um ihr Gleichgewicht zu halten. Sie wollte nicht fallen und Sandra dabei verletzen.

Sie hatten vorher geübt, und das war auch gut so, denn in der Dunkelheit konnte Skylar nichts sehen. »Bereit?«, fragte sie leise.

»Bereit«, erwiderte Sandra.

»Es ist genau wie beim Klettern am Klettergerüst«, beruhigte Skylar sie. »Schieb einfach das Fenster auf, und ich halte deine Füße fest und helfe dir durch.«

Das Geräusch des Fensters, das beim Aufschieben quietschte, schien in der stillen Nacht sehr laut zu sein.

»Bevor du gehst, schau nach draußen. Siehst du jemanden?«, flüsterte Skylar. Sie hielt es für höchst unwahrscheinlich, dass Jay tatsächlich Kameras draußen hatte, wie er behauptet hatte. Er hatte die ganze Zeit, in der er sie gefangen hielt, dieselbe Kleidung getragen und roch, als hätte er mindestens ein paar Wochen lang nicht geduscht. Wenn der Mann Geld für Kameras hätte, dann hätte er sie und Sandra wahrscheinlich an einem sichereren Ort versteckt ... und weiter weg von der Schule. Zumindest hoffte Skylar das.

»Ich sehe keine Leute«, flüsterte Sandra zurück.

»Okay. Denk dran, merk dir die Hausnummer und renn dann so schnell du kannst, Sandra«, flüsterte Skylar.

»Ich bin bereit«, erklärte sie und begann, zum Fenster zu klettern.

Skylar lehnte sich so weit wie möglich nach vorn und hielt den Atem an, als Sandra sich auf den Fenstersims hievte. Sie konnte nur ihre Umrisse sehen, aber im einen Moment war das Mädchen auf ihren Schultern, und im nächsten war sie verschwunden.

Sandra hatte vergessen, das Fenster zu schließen, nachdem sie hinausgegangen war, aber Skylar wusste, dass das nicht wichtig war. Jay würde früh genug herausfinden, dass das Mädchen nirgendwo im Zimmer war, und es gab eigentlich nur einen Weg nach draußen, da er die Tür immer abschloss.

Skylar humpelte zurück zur Matratze und tat ihr Bestes, um die Decke so zusammenzurollen, dass es aussah, als hätte Sandra sich darunter zusammengerollt. Sie setzte sich auf die Matratze und legte ihre Hand auf die Decke, als wollte sie das kleine Mädchen trösten. Sie hatte keine Ahnung, wann Jay zurückkommen würde, aber sie wollte auf ihn vorbereitet sein.

Entweder kam er zuerst zurück und stellte fest, dass Sandra verschwunden war, oder ihre Retter würden kommen. Sie konnte nur hoffen, dass es Letzteres war.

Sandra hatte Todesangst. Es war wirklich dunkel draußen und sie hatte keine Ahnung, wo sie war. Aber sie hatte getan, was Miss Reid gesagt hatte: Sie hatte sich umgedreht und sich die einzige Zahl gemerkt, die sie sehen konnte.

Vier, eins, fünf, sagte sie im Geiste. *Vier, eins, fünf. Vier, eins, fünf. Vier, eins, fünf.*

Sie wollte es nicht vergessen.

Sie wusste, dass sie klein war, aber ihr Vater hatte ihr immer gesagt, dass sie das klügste kleine Mädchen der Welt war. Der Mann, der sie und ihre Kindergärtnerin entführt hatte, war böse. Das wusste sie auch. Er hatte gedroht, Miss Reid etwas anzutun, und das machte ihr Angst.

Plötzlich flog sie durch die Luft.

Sie war in der Dunkelheit über etwas gestolpert. Sie landete auf ihren Händen und Knien und schrie vor Schmerz auf.

Sie wollte nach Hause gehen. Wollte ihren Daddy!

Wie lange sie weinend auf dem Boden lag, wusste Sandra nicht, aber als niemand kam, um ihr zu helfen, niemand, der sie aufhob und ihr einen Kuss auf ihr Autschi gab, atmete sie tief durch.

Vier, eins, fünf. Vier, eins, fünf.

Sie lief los, aber nicht mehr ganz so schnell wie zuvor. Sie wollte nicht wieder hinfallen. Und sie war so müde. Und verängstigt. Die Schatten sahen alle wie Monster aus, die nach ihr griffen. Als Miss Reid mit ihr über das Weglaufen gesprochen hatte, war es ihr nicht allzu beängstigend vorgekommen. Aber jetzt, da sie allein in der Dunkelheit war, hatte sie große Angst.

Dann begann Sandra, sich zu fragen, ob dieser Jay wusste, dass sie weg war. Vielleicht war er hinter ihr her! Er würde sie zwingen zurückzugehen, und dann würde sie sich wieder auf seinen Schoß setzen müssen. Das mochte sie nicht. Sie mochte es, wenn sie auf Daddys Schoß saß, aber Jay berührte ihre Beine auf eine Weise, die ihr Angst machte. Er streichelte auch ihren Rücken und sagte ihr, dass sie hübsch sei. Sie mochte es, hübsch zu sein, aber es gefiel ihr nicht, wie er sie ansah.

Vier, eins, fünf. Vier, eins, fünf.

Sandra ging jetzt langsamer und überlegte, wohin sie gehen sollte. Plötzlich hörte sie einen lauten Knall. Dann noch einen. Und sie hörten sich nahe an.

Zitternd vor Angst sah sie sich um und erblickte ein kleines Haus zu ihrer Rechten. Ohne nachzudenken, rannte sie darauf zu und ging auf alle viere. Es tat ihr weh, aber Sandra konnte an nichts anderes denken als daran, sich in Sicherheit zu bringen.

Sie kroch unter die Veranda bis in die hinterste Ecke. Von der Straße aus würde niemand sie sehen. Wenn Jay hinter ihr her war, würde er einfach vorbeilaufen.

Während sie sich mit den Händen an den Knien festhielt, begann Sandra, leise zu weinen. Sie wusste nicht, wo sie war, hatte große Angst und wollte nur noch nach Hause.

Um sechs Uhr morgens ging ein Mann mit seinem Hund auf dem Gehweg spazieren. Er hatte im Internet gesehen, dass das Mädchen und die Lehrerin, die aus der nahe gelegenen Schule verschwunden waren, immer noch nicht gefunden worden waren. Es war eine Schande. Er war selbst nicht gerade ein Heiliger – er hatte auch genügend schlimme Dinge getan –, aber er hätte nie ein Kind verletzt. So skrupellos war er nicht.

Normalerweise war er nicht so früh unterwegs, aber einer seiner Stammkunden wollte einen Schuss. Normalerweise scherte er sich einen Dreck um die Bedürfnisse seiner Kunden, aber der Typ hatte ihm das Dreifache angeboten, so verzweifelt war er. Also hatte er zugestimmt, ihn ein paar Blocks weiter zu treffen.

Um diese Zeit war es im Viertel ruhig. Nicht dass er sich allzu große Sorgen gemacht hätte. Die Tränen-Tattoos in seinem Gesicht sorgten dafür, dass die meisten Leute ihm aus dem Weg gingen. Der Pitbull am Ende der Leine trug ebenfalls dazu bei, sein Furcht einflößendes Image zu verstärken. Natürlich wusste niemand, dass der Hund höchstwahrscheinlich jemanden zu Tode lecken würde, bevor er tatsächlich zubiss. Sein Bellen war lediglich eine Einladung an die Menschen, näher zu kommen, um ihn zu streicheln.

Als er um die Ecke bog, lief ein Eichhörnchen auf den Gehweg und der Hund hielt es anscheinend für ein Spielzeug. Der Pitbull riss ihm die Leine aus der Hand und stürzte sich auf das kleine Nagetier.

Fluchend lief der Mann hinter seinem Hund her und schrie ihn an, er solle zurückkommen, aber der Hund ignorierte ihn natürlich. Er lief geradewegs auf ein kleines Haus zu und fing an, an der Kante der Veranda zu graben und zu versuchen, darunter zu gelangen.

»Verdammter Hund«, murmelte der Mann. Er packte den Hund am Halsband und zog – aber das muskulöse Tier zuckte so heftig zurück, dass der Mann stolperte und auf seinem Hintern landete. Mit finsterer Miene kroch er zu seinem Hund, bereit, ihm einen Klaps auf den Hintern zu verpassen, um ihn von der Veranda zu vertreiben.

Doch etwas, das sich unter der Veranda bewegte, erregte seine Aufmerksamkeit.

Zuerst dachte der Mann, es sei nur das Eichhörnchen, das sein Hund gejagt hatte ... bis das, was es war, blinzelte.

»Verdammt«, sagte der Mann und drückte sein Gesicht näher an die Bretter. »Hallo?«

»Vier, eins, fünf«, entgegnete eine winzige Kinderstimme.

»Verdammter Mist!«, rief der Mann aus.

»Vier, eins, fünf«, sagte das kleine Mädchen wieder. »Können Sie Miss Reid helfen? Vier, eins, fünf ...«

Da er gerade einen Nachrichtenclip über das vermisste kleine Mädchen und ihre Kindergärtnerin gesehen hatte, wusste der Mann sofort, dass er die vermisste Sandra Archer vor sich hatte – und dass der Name ihrer Lehrerin Skylar Reid war.

Alle Gedanken an den Drogendeal, den zu tätigen er vorgehabt hatte, verschwanden aus seinem Kopf. Ihm wurde klar, dass sein Hund versucht hatte, ein kleines Loch zu erweitern, durch das das Mädchen wahrscheinlich unter die Veranda gelangt war. Er streckte seine Hand aus. »Komm schon, Baby. Ich werde dir nicht wehtun. Ich wette, du hast Angst, hm? Ich werde dir helfen.«

»Vier, eins, fünf«, sagte Sandra wieder.

Der Mann legte den Kopf schief. »Das verstehe ich nicht.«

»Das ist in der Nähe von Miss Reid. Vier, eins, fünf.«

Das Herz schlug ihm bis zum Hals, aber der Mann nickte. »Okay. Vier, eins, fünf. Ich hab's. Komm, wir bringen dich nach Hause.«

Dann begann das Kind zu seiner Erleichterung langsam auf ihn zuzukriechen. Als sie näher kam, konnte er sehen, dass sie mit Schmutz bedeckt war. Ihr Haar, das einst zu einem schönen Zopf geflochten gewesen war, hatte sich gelöst und stand in alle Richtungen ab. Auf ihren Wangen befanden sich Tränenspuren und eine große Menge Schmutz.

Aber er hatte in seinem ganzen Leben noch nie etwas so Schönes gesehen.

Sie lebte und schien, obwohl sie sich langsam bewegte, unverletzt zu sein. Er mochte ein Drogendealer sein, aber er verabscheute Menschen, die Kindern wehtaten. *Niemand* sollte einem Kind wehtun.

Der Hund des Mannes saß nun stumm da, die Zunge seitlich aus dem Maul herausgestreckt.

»Ist dein Hündchen nett?«, fragte die kleine Sandra.

Sie hatte ihn erreicht und erlaubte ihm, seine Hände unter ihre Arme zu legen und sie hochzuheben. »Ja, das ist er«, versicherte der Mann ihr. Dann nahm er die Leine seines Pitbulls in die Hand und begann, so schnell er konnte, in Richtung des Supermarktes um den Block zu laufen. Seine

Abneigung gegen Polizisten kam ihm gar nicht erst in den Sinn. Er wünschte sich sogar, dass in dieser Sekunde einer vor ihm stehen würde. Er musste dieses wunderbare kleine Mädchen nach Hause zu ihrem Vater bringen. Und zwar sofort.

Bull hatte während der letzten drei Tage insgesamt nicht mehr als ein paar Stunden geschlafen. Er war nicht dazu in der Lage gewesen. Jedes Mal wenn er die Augen schloss, hatte er Albträume davon, Skylars toten und verstümmelten Körper zu finden.

Sie hatten alle möglichen Gefallen eingelöst, sogar Willis vom FBI eingeschaltet. Der Mann war sogar aus D. C. eingeflogen, wo er lebte und arbeitete, und bis jetzt hatten sie trotz seiner Hilfe und der Hilfe anderer Agenten aus der Dienststelle in Indianapolis nichts gefunden.

Bull begann, das Schlimmste zu befürchten. Dass seine schöne Skylar für immer verschwunden war.

Er und seine Freunde gingen *wieder* von Tür zu Tür zu den Häusern in der Umgebung der Schule und fragten die Bewohner, ob sie etwas gesehen hatten. Ihre Suche war frustrierend und entmutigend gewesen, aber Bull wollte nicht aufgeben. Er würde *niemals* aufgeben.

Sein Handy klingelte.

»Bull hier.«

»Ich bin's, Willis. Sandra wurde gefunden.«

Mit diesen drei Worten machte sich Bull auf den Weg zu seinem Wagen. Gramps war an seiner Seite, und er winkte Eagle und Smoke zu sich, die in der Wohnung nebenan waren. Sie folgten ihm umgehend.

»Wo?«

»Sie ist in einem Supermarkt, etwa einen Kilometer von Eastlake entfernt.«

»Ich *wusste*, dass sie noch in der Gegend sind«, bemerkte Bull zufrieden. »Wo ist Skylar?«

»Sie ist nicht hier. Es tut mir leid, Bull«, erwiderte Willis.

»Mist!«

Nachdem sie in seinen Wagen gestiegen waren, nahm er sich die Zeit, Gramps zu sagen, wohin er fahren sollte, und stellte das Handy auf Lautsprecher, dann knirschte er mit den Zähnen, als der FBI-Agent weiterredete.

»Anscheinend hat ein Drogendealer Sandra heute Morgen unter der Veranda eines Hauses versteckt gefunden. Er behauptet, er sei nur mit seinem Hund spazieren gegangen, aber ich kenne niemanden, der das in *dieser* Gegend tut.«

»Es ist mir total egal, ob er dem verdammten Präsidenten Dope verkaufen wollte. Mir ist nur wichtig, dass wir Skylar finden. Was hat Sandra gesagt?«

»Wir wollen erst mal, dass sie wieder zu ihrem Vater kommt, bevor wir versuchen, mit ihr zu reden.«

Bull wollte protestieren. Er wollte Willis auffordern, Sandra dazu zu bringen, ihm alles zu sagen, aber er atmete tief durch. »Wir sind in etwa zehn Minuten da.«

»Ich werde nach euch Ausschau halten.« Dann legte Willis auf.

»Reiß dich zusammen«, befahl Eagle.

»Das tue ich bereits«, entgegnete Bull, wobei das eine Lüge war.

Niemand sagte ein Wort, als Gramps wie von der Tarantel gestochen über die meist leeren morgendlichen Straßen raste, um zu dem Ort zu gelangen, an dem Sandra gefunden worden war.

Als sie ankamen, wartete Bull nicht einmal darauf, dass der Wagen anhielt, sondern stieg aus und machte sich auf den Weg ins Innere des Supermarktes. Er sah Sandra in einem hinteren Büro auf Archers Schoß sitzen. Der große Mann weinte unverhohlen, aber er lächelte auch. Er war offensichtlich erleichtert, dass sein kleines Mädchen in Sicherheit war, aber er hatte sich emotional noch nicht wieder gefangen.

Ein Mann, der einen extrem bösartig aussehenden Pitbull an der Leine hielt, stand an der Seite. Er warf allen Polizisten im Laden böse Blicke zu und die Beamten behielten ihn ebenfalls im Auge.

Ohne sich darum zu kümmern, wer der Mann war oder was er um sechs Uhr morgens auf der Straße zu suchen hatte, ging Bull auf ihn zu und hielt ihm die Hand hin. »Danke«, erklärte er ohne Vorrede.

Der Mann musterte ihn, schüttelte ihm aber schließlich die Hand.

»Skylar Reid ist meine Frau, und obwohl ich verdammt froh bin, dass du Sandra gefunden hast, kann ich mich nicht entspannen, bis ich Sky gefunden habe.«

Das Verhalten des Mannes änderte sich sofort und er zeigte Mitgefühl. »Tut mir leid, Mann, ich habe mich umgesehen, aber ich habe nur das kleine Mädchen entdeckt.«

»Wo?«

Der Mann nannte die Adresse des Hauses, unter dem Sandra sich versteckt hatte, und Bull nickte und machte sich eine Notiz. Das war sein nächstes Ziel, sobald er mit Sandra gesprochen hatte.

Er wollte gerade zum Büro gehen, als der Mann ihn aufhielt. »Als ich sie fand, sagte sie immer wieder ›vier, eins, fünf‹. Immer und immer wieder. Ich wusste nicht, wovon sie sprach – dann sagte sie, dass dort ihre Kindergärtnerin sei.«

Bull schaute überrascht auf. »Bist du sicher?«

»Sicher, dass sie das gesagt hat? Ja, ich bin verdammt noch mal nicht taub«, erklärte der Mann ein wenig angriffslustig.

»Hör zu, ich bin nicht glücklich darüber, von den Bullen befragt zu werden, aber ich bleibe trotzdem hier. Ich habe ihnen alles gesagt, was ich weiß. Ein paar von ihnen sind schon unterwegs und durchkämmen die Gegend. Außer diesen Blödmännern, die hiergeblieben sind, um *mich* im Auge zu behalten.« Er verdrehte die Augen. »Wie auch immer, jeder, der Kindern wehtut, ist in meinen Augen ein Dreckskerl.«

»Stimmt«, sagte Bull. »Danke, dass du das Richtige getan hast.«

»Ich habe es nicht für dich getan«, erwiderte der Mann.

»Wie dem auch sei. Ich danke dir.« Dann war Bull mit dem Mann fertig. Eagle, Smoke und Gramps warteten neben dem Büro auf ihn.

Er schritt auf die Tür zu, und in dem Moment, in dem Sandra ihn sah, zappelte sie, um vom Schoß ihres Vaters herunterzukommen. Archer hielt sie einen Moment lang fest, bevor er sie zögernd losließ. Sie stürmte geradewegs auf Bull zu, der auf ein Knie ging und sie auffing.

»Mr. Carson!«, rief sie.

»Hey, Kleine«, begrüßte Bull sie so sanft, wie er konnte. Er fühlte sich im Moment nicht sehr sanft, aber er würde nichts tun, um Sandra noch mehr Angst einzujagen, als sie ohnehin schon hatte. »Geht es dir gut?«

»Ich war sehr durstig und hungrig, aber ich habe ein paar Snacks bekommen«, entgegnete sie.

»Das ist gut. Jetzt musst du ganz genau nachdenken und mir alles erzählen, woran du dich erinnerst, wer dich entführt hat und wo du während der letzten Tage gewesen bist«, erklärte Bull leise.

»Vier, eins, fünf«, sagte Sandra sofort.

»Was ist das?«, fragte Bull und hoffte inständig, dass es wirklich der Ort war, an dem Skylar festgehalten wurde.

»Die Zahlen, die ich gesehen habe, bevor ich weggelaufen

bin. Miss Reid ist fast durch die Treppe im Haus gefallen, als sie hinunterging. Es fällt auseinander und riecht *wirklich* übel! Aber Miss Reid hat gesagt, dass ich mich umschauen soll, nachdem ich aus dem Fenster geklettert bin, um zu sehen, ob dort irgendwelche Zahlen wären. Das waren die einzigen, die ich sehen konnte.«

Bull wäre am liebsten sofort aus dem Büro gestürmt und in seinen Wagen gestiegen, um Skylar zu suchen, aber er zwang sich zu bleiben, wo er war. »Was noch? Wer hat dich entführt? Was ist passiert? Kannst du dich erinnern?«

Sie sah zu ihm auf, als hätte er gerade die dümmste Frage aller Zeiten gestellt. »Ich erinnere mich. Ich habe auf dem Klettergerüst gespielt. Der Mann kam aus dem Nichts. Er war fett – sein Bauch ragte bis hierher.« Sie tat so, als hätte sie einen sehr dicken Bauch. »Er hat mich gepackt, bevor ich schreien konnte, und ist losgerannt. Er hielt mir die Hand über den Mund, und als er stehen blieb, atmete er sehr schwer, aber Miss Reid war da. Er sagte ihr, er würde mir wehtun, wenn sie schreit, und dann sagte er mir, er würde Miss Reid wehtun, wenn ich schreie.

Wir liefen und liefen und liefen, bis wir zu dem Haus kamen. Er zwang uns hineinzugehen, und wir gingen die Treppe hinunter in ein kleines Zimmer, in dem es übel roch. Er legte Miss Reid eine Kette an und zwang uns, dort zu bleiben. Einmal hat er mir ein Happy Meal mitgebracht, aber wir waren soooo hungrig! Und ich musste in die Ecke pinkeln. Das war eklig! Dann hat er mich auf den Schoß genommen und mir Geschichten erzählt, wie wir wegziehen und richtig glücklich werden würden, und als ich ihm sagte, dass ich nach Hause wollte, wurde er wütend.

Miss Reid hat gesagt, dass ich von dort wegmuss. Also hat sie mir zum Fenster hochgeholfen. Es war zu klein für sie und sie war angekettet, also musste ich es tun. Ich lief und lief und lief, aber dann hörte ich einen lauten Knall und bekam Angst, und ich versteckte mich, und dann fand mich der Mann mit dem netten Hündchen und brachte mich hierher.

Vier, eins, fünf«, sagte sie wieder ernsthaft. »Werden Sie Miss Reid vor dem bösen Mann retten?«

»Ja«, entgegnete Bull. Ihre Geschichte machte größtenteils Sinn. Er würde den Polizisten mehr Details zukommen lassen. Aber er hatte noch zwei Fragen, bevor er nach Skylar suchen konnte. »Wie war der Name des bösen Mannes? Hat er ihn dir gesagt?«

»Jay«, erwiderte Sandra, ohne zu zögern.

»Kennst du seinen Nachnamen?«

»Crickets?«, sagte Sandra und runzelte die Stirn, als wäre sie sich nicht sicher, ob das, was sie sagte, richtig war.

Bull beschloss, dass es im Moment keine Rolle spielte, und fragte, was er *wirklich* wissen wollte. »War Miss Reid verletzt, als du abgehauen bist?«

Sandra starrte ihn an, als wäre sie viel älter als fünf Jahre. Sie nickte. »Der böse Mann hat ein paarmal mit seinem Messer auf sie eingestochen. Es tat weh, und ich habe Blut gesehen. Aber sie hat nicht geweint. Und die Kette um ihren Knöchel ist wirklich sehr, sehr eng! Es hat geblutet. Sie hielt ihren Fuß die meiste Zeit unter der Decke und ließ ihn mich nicht sehen. Aber ich wusste es trotzdem, weil sie im Schlaf stöhnte, wenn sie ihr Bein bewegte.«

Es kostete Bull all seine Selbstbeherrschung, ruhig zu bleiben.

»Ich habe Angst«, wimmerte Sandra. »Der Mann hat gesagt, er würde mich heute mitnehmen. Deshalb musste ich aus dem Fenster steigen. Ich habe Angst, dass er Miss Reid etwas antut, wenn er merkt, dass ich weg bin. Sie hätte nicht mit mir zusammen entführt werden sollen.«

Bull streichelte Sandras Wangen, seine Hände bedeckten

beide Seiten ihres kleinen Kopfes vollständig. Er schaute ihr in die Augen und sagte: »Ich werde Miss Reid befreien. Glaubst du mir?«

Sandra nickte.

»Gut. Und jetzt gehst du zurück zu deinem Vater. Er war wirklich besorgt, als er dich nicht finden konnte. Er braucht mehr Küsse und Umarmungen.«

Sandra drehte sich zu ihrem Vater um und nickte. Bull gab ihr einen Kuss auf den Kopf und stand auf, während sie zu ihrem Vater zurückhuschte.

Bull verließ das Büro, vorbei an dem Mann, der Sandra gefunden hatte, vorbei an dem halben Dutzend Polizisten, und ging wieder zu seinem Wagen, gefolgt von Eagle, Smoke und Gramps.

Smokes Augen waren auf sein Handy gerichtet, und kaum waren sie im Wagen, sagte er: »Ich habe sechs Adressen im Umkreis von einem Kilometer mit den Nummern *vier, eins, fünf*.«

»Welche davon sind *nur* vier, eins, fünf?«, fragte Bull.

»Du weißt, dass das die einzigen Nummern sein könnten, die sie gesehen hat. Vielleicht ist das nicht die genaue Adresse«, gab Eagle vorsichtig zu bedenken.

»Doch, es ist die genaue Adresse«, entgegnete Bull mit Nachdruck. »Ich weiß, sie ist erst fünf, aber Sandra ist schlau. Wenn sie gesagt hat, sie hat vier, eins, fünf gesehen, dann ist das die Adresse.«

»Ich habe nur einen Treffer mit dieser genauen Adresse«, antwortete Smoke.

»Dann los«, stieß Bull hervor.

Ohne zu zögern, startete Gramps den Wagen und sie fuhren los. Bull wusste, dass es sicher besser wäre, auf die Polizei zu warten, aber er wollte Skylar nicht auch nur einen Augenblick länger der Gnade des Mannes überlassen, der sie entführt hatte. Er hatte sein *Silverstone*-Team im Rücken. Solange dieser Jay nicht schon geflohen war, war er so gut wie gefasst.

Bull hoffte nur, dass Skylar noch am Leben war und gerettet werden konnte. Er wusste, dass verzweifelte Männer verzweifelte Dinge taten, und er betete, dass Jay Skylar nicht in einem Wutanfall getötet hatte, als er feststellen musste, dass das Objekt seiner Begierde geflohen war.

KAPITEL ACHTZEHN

Skylar hielt den Atem an, als sie Schritte auf der Treppe hörte. Jetzt war es also so weit. Jay würde herausfinden, dass Sandra verschwunden war, und er würde stinksauer sein. Seit der Flucht des kleinen Mädchens betete Skylar, dass sie die Geräusche der Kavallerie hören würde, die zu ihrer Rettung kam, aber abgesehen von gelegentlichen Schüssen war alles ruhig gewesen.

Sie hatte eine Heidenangst um Sandra. Was war mit ihr geschehen? Hatte sie sich in Sicherheit gebracht oder irrte sie noch immer verloren und verängstigt umher? Skylar hätte am liebsten geweint. Wenn dem kleinen Mädchen etwas zugestoßen war, würde sie sich ein Leben lang schuldig fühlen. Aber sie hatte keine Wahl gehabt. Es war ihre einzige Chance gewesen, ihr aus dem Fenster zu helfen.

Es gab nichts im Zimmer, was Skylar als Waffe gegen Jay hätte einsetzen können, aber sie war nicht hilflos. Ihr Vater hatte sie in der Highschool einen Selbstverteidigungskurs machen lassen, und seitdem hatte sie einige Auffrischungskurse besucht. Die Kette um ihren Knöchel würde sie zwar behindern, aber sie würde nicht kampflos untergehen.

Als sie hörte, wie Jay die Zimmertür aufschloss, holte Skylar tief Luft.

Plötzlich fühlte sie sich extrem ruhig.

Wenn sie in den nächsten Minuten sterben würde, dann sollte es so sein. Aber sie würde Jay so viel wie möglich verletzen und dafür sorgen, dass sie auch seine DNA unter ihre Fingernägel bekam. Damit würde er nicht durchkommen. Skylar wusste, dass er ein anderes Mädchen finden würde, von dem er besessen war und das vielleicht nicht das Glück hatte, mit einem Erwachsenen entführt zu werden.

Die Tür ging auf – und Skylar hätte fast gelacht, so komisch sah es aus, wie Jay die Augen weit aufriss, als er sie neben der Matratze stehen sah. Die zusammengerollten Decken befanden sich noch immer unter dem dünnen Laken, aber so sehr sie auch gehofft hatte, dass er sie für Sandra halten würde, war es klar, dass er es nicht tat.

»*Neiiiiiin!*«, schrie Jay.

Skylar zuckte zusammen, wich aber nicht zurück.

»Du verdammte *Schlampe!*«, schrie Jay und ballte die Hände zu Fäusten. »Wo steckt sie?«

»Wahrscheinlich ist sie schon wieder bei ihrem Vater«, spottete Skylar. Vielleicht konnte sie ihn so erschrecken, dass er Angst bekam. »Sie ist schon seit Stunden weg. Ich bin mir sicher, dass sie in diesem Moment bei der Polizei ist und den Beamten genau sagt, wo sie festgehalten wurde. Wenn ich du wäre, würde ich von hier verschwinden, bevor sie dich finden und dich hinter Gitter bringen.«

Aber anstatt dass ihre Worte ihm Angst machten, damit er floh, machten sie ihn noch wütender.

»Ich werde dich umbringen! Und dann werde ich mein

kleines Mädchen finden. Du kannst sie nicht vor mir beschützen!«, wetterte er.

Jetzt war es so weit.

Sie atmete tief durch und spannte jeden Muskel in ihrem Körper an, bereit zu kämpfen, um ihn davon abzuhalten, sie zu töten. Denn die Wut in seinem Gesicht machte deutlich, dass das sein Plan war.

Jay war innerhalb kürzester Zeit quer durch den Raum gestürmt und griff sie an. Sie hob den Arm, um ihn abzuwehren, aber er packte ihn und schlug ihr ins Gesicht.

Das tat weh. Sehr sogar. Aber Skylar ging nicht zu Boden.

Stattdessen senkte sie den Kopf und stürzte sich auf ihn. Sie versetzte ihm einen Kopfstoß, so fest sie konnte, dass sich ihr der Kopf drehte, und griff dann schnell nach oben, um ihm mit den Fingern in die Augen zu stechen.

Das Dumme war, dass in jedem Kurs, den sie besucht hatte, der Ratschlag lautete, den Angreifer zu verletzen, so viel Lärm wie möglich zu machen und dann wie der Teufel zu rennen. In ihrem Fall konnte sie die ersten beiden Punkte erfüllen, aber nicht den letzten. Durch die Kette um ihren Knöchel saß sie regelrecht fest.

Ächzend tat sie ihr Bestes, um Jays Schläge abzuwehren. Aber er hatte in fast jeder Hinsicht die Oberhand. Er wog mehr als sie, war größer und extrem sauer auf sie, weil sie Sandra zur Flucht verholfen hatte.

Aber Skylar gab nicht auf. Sie schlug, trat, kratzte und tat, was immer sie konnte, um den Mann zu verletzen.

Als sie aufblickte, sah sie, dass das Fenster noch offen war, was ihr einen Funken Hoffnung gab. Sie hatte keine Ahnung, ob jemand in der Nähe war, aber wenn ja, dann wollte sie, dass derjenige sie hörte. Verdammt, sie wollte, dass die gesamte *Nachbarschaft* sie hörte.

Sie öffnete den Mund, um zu schreien, aber Jay reagierte, bevor sie einen Ton herausbringen konnte.

»Oh nein, du wirst nicht schreien«, murmelte Jay, packte sie am Hals und drehte sie um, bis sie mit dem Rücken an seiner Vorderseite lag.

Skylar wusste, dass sie in dieser Position extrem verwundbar war, und versuchte alles, um von ihm wegzukommen, aber all ihre Versuche waren vergeblich.

Plötzlich sah sie das gleiche Messer, mit dem er sie am ersten Tag verletzt hatte.

Sie hatte keine Ahnung, wo er es versteckt hatte, während sie gekämpft hatten, aber jetzt hielt er es ihr an die Kehle und lachte, als sie wimmerte.

»Was werden Sie jetzt tun, Miss Reid?«, fragte er.

Es gab nur eine Sache, die sie tun *konnte*.

Sie ignorierte die Tatsache, dass er ihr die Kehle aufschlitzen würde, sobald sie einen Laut von sich gab, öffnete den Mund und stieß den lautesten verdammten Schrei aus, den sie zustande brachte.

Wenige Minuten nachdem sie den Laden verlassen hatten, hielt das *Silverstone*-Team vor der 415 East Forty-Sixth Street. Es war ein bewölkter Tag und die Morgensonne hatte die dicke Wolkendecke noch nicht durchdrungen. Die ganze Gegend sah unheimlich aus, aber Bull zögerte nicht. Er sprang aus dem Wagen und ging auf die Reihe der verfallenen Häuser zu.

Sandra hatte gesagt, dass die Nummern die einzigen waren, die sie hatte sehen können, also mussten sie und Skylar dort oder in der Nähe festgehalten worden sein. Er begann bei Haus 415. Gramps war dicht hinter ihm, als er sich zur Rückseite des Gebäudes schlich. Es gab keine Zäune, wofür er dankbar war, denn das erleichterte ihm die Arbeit sehr.

Er untersuchte die intakte Tür und die Fenster des alten Hauses. Er sah nichts, was ihn zu der Annahme veranlasste, dass das Gebäude widerrechtlich betreten worden war.

Als er zu Eagle und Smoke hinübersah, die zum Nachbarhaus gegangen waren, bemerkte Bull, dass Eagle ihm ein Zeichen gab. Innerhalb von Augenblicken waren Bull und Gramps da. Er sah sofort, was sein Teamkamerad gefunden hatte.

Ein dunkelroter, verschmierter Handabdruck auf dem Türpfosten.

Als er seine Hand danebenlegte, ohne den Abdruck zu berühren, wusste Bull, dass es Skylars Hand war. Seine eigene Hand war größer als ihre, aber der Abdruck war nicht so klein, dass er von Sandra stammen konnte.

Nachdem er seinen Teamkameraden zugenickt hatte, machte er sich auf den Weg und duckte sich schnell unter dem breiten Brett hindurch, das quer über die Tür genagelt war. Er gab keinen Laut von sich, als er das Gebäude betrat. Er wollte diesen Jay überraschen und ihn ausschalten, bevor er Skylar als Schutzschild benutzen konnte.

Da er sich daran erinnerte, dass Sandra gesagt hatte, sie seien eine Treppe hinuntergegangen, nahm er Kurs auf den Keller. Die Zielperson konnte überall lauern, aber Bull hatte das dringende Bedürfnis, Skylar zu finden, bevor er den Entführer zur Strecke brachte.

Er hatte gerade einen Schritt auf der verrottenden Treppe gemacht, als er das Schrecklichste hörte, was er in seinen sechsunddreißig Jahren je gehört hatte. Ein Schrei, bei dem ihm die Haare zu Berge standen.

Skylar. Und sie steckte in großen Schwierigkeiten.

Bull umklammerte seine Waffe fester und gab es auf, so zu

tun, als wäre er ruhig. Skylar brauchte ihn, und er würde verdammt sein, wenn er auch nur einen Moment länger brauchte, um zu ihr zu gelangen.

Sein Fuß durchbrach eines der Bretter auf der Treppe, aber es brachte ihn nicht zu Fall. Innerhalb kürzester Zeit eilte er die Treppe hinunter und machte sich schnell auf den Weg durch den Keller zur Hintertür. An einem Brett neben der Tür hing ein Vorhängeschloss, und ohne zu zögern, trat Bull die Tür auf und stürmte in den Raum.

Drinnen befand sich ein Mann, der seinen Arm um Skylars Brust geschlungen hatte. In der anderen Hand hatte er ein Messer, das er ihr an die Kehle hielt. Bulls Blick traf den ihren und er konnte sehen, dass sie wie versteinert war. Sie so zu sehen machte ihn noch wütender.

Diesen verzweifelten Blick in ihren Augen zu erkennen ... das war falsch. Er hasste es, sie verängstigt zu sehen. Er hasste es zu wissen, dass Skylar ein Teil ihrer Unschuld und Naivität auf so brutale Weise genommen worden war.

Eagle, Smoke und Gramps schwärmten um ihn herum aus, um Jays Flucht zu verhindern. Aber Bulls Sorge bestand nicht darin, dass der Mann an ihm vorbeikommen könnte. Er wollte nur das Messer vom Hals seiner Frau wegbekommen.

»Leg das Messer weg!«, befahl Smoke.

»Es ist vorbei«, fügte Eagle hinzu.

»Komm schon, Mann, das willst du doch nicht wirklich tun«, sagte Gramps.

Bulls Blick war nur auf sein Ziel gerichtet. Diese Situation war ihm vertraut. Er und sein Team hatten das schon einmal gemacht. Die anderen lenkten das Ziel ab, indem sie mit ihm sprachen, während er sich darauf konzentrierte, die Bedrohung zu beseitigen.

Leider war der Mann kein kompletter Idiot. Er kauerte sich

hinter Skylar zusammen und machte sich so weniger zur Zielscheibe.

»Geht von der Tür weg!«, brüllte Jay. »Ich nehme sie mit. Geht mir aus dem Weg!«

»Wie willst du sie mitnehmen, wenn sie angekettet ist?«, gab Gramps zu bedenken. »Leg einfach das Messer weg und lass uns das klären.«

»Da gibt es nichts zu klären!«, brüllte Jay. »Sie hat alles kaputt gemacht. *Alles!* Wenn sie sich nur um ihre eigenen Angelegenheiten gekümmert hätte, wären ich und meine Sandra schon lange weg! Sie hätte ihre Nase nicht in Dinge stecken sollen, die sie nichts angehen!«

Bull hörte gar nicht zu, was der Mann sagte. Er konzentrierte sich zu sehr darauf herauszufinden, wie er die Bedrohung für Skylar am besten beenden konnte.

Er ließ den Blick für den Bruchteil einer Sekunde zu ihr wandern – und er war völlig überrascht von dem, was er sah.

Anstelle des Schrecks, den er noch vor wenigen Momenten in ihrem Blick gesehen hatte, sah sie fast ruhig aus. Sie stand jetzt regungslos in Jays Armen, als wartete sie nur darauf, dass Bull sie aus der misslichen Lage befreite, in der sie sich befand.

Aber der Mann hielt ihr ein Messer an die Kehle und Bull musste die Sache beenden.

Skylar murmelte seinen Namen und starrte mit aller Zuversicht zurück. Das jagte Bull eine Heidenangst ein, denn er hatte keine Ahnung, was sie vorhatte. Und er hatte keinen Zweifel daran, dass sie *etwas* vorhatte.

Eagle hatte gerade etwas zu dem Mann gesagt, aber Bull hatte ihn nicht gehört.

Er sah, wie ihr Arm für einen Sekundenbruchteil zuckte, bevor er sich bewegte.

Dann rammte Skylar ihre Hand zwischen Jays Beine.

Da seine Knie leicht angewinkelt waren und er sich hinter

ihr zu verstecken versuchte, erreichte sie leicht ihr Ziel. Sie griff nach dem Schwanz ihres Entführers und drückte so fest zu, wie sie konnte.

Jay stieß einen hohen Schrei aus und seine Hüften zuckten, als er versuchte, seinen Schwanz aus Skylars Hand zu befreien. Aber als er sich bewegte, bewegte sich auch das Messer. Eine kurze, hellrote Blutspur bildete sich auf ihrer Haut und ihre Augen weiteten sich vor Schreck.

Aber seine kleine Wildkatze ließ nicht los. Im Gegenteil, sie verstärkte ihren Griff und ihre Knöchel wurden weiß. Jays Schreie hörten nicht auf, stattdessen wurden sie jetzt immer lauter.

Er stieß Skylar von sich weg, so fest er nur konnte. Sie flog zur Seite und schlug mit dem Kopf gegen die Wand des Kellerraums, bevor sie auf dem Boden zusammensackte.

Ihre Aktion hatte Bull genau das gebracht, was er brauchte – freie Sicht auf sein Ziel.

Zwei Schüsse explodierten in dem kleinen Raum und dröhnten in Bulls Ohren, aber er wartete nicht einmal, um zu sehen, ob Jay zu Boden ging. Er wusste, dass sein Team sich um den Mann kümmern würde.

Bull traf immer das, worauf er zielte – und indem er das Messer und Jays Hand aus der Gleichung nahm, würde er keine Gefahr mehr darstellen.

Das Einstecken der Pistole war für ihn eine Selbstverständlichkeit, und als er bei Skylar ankam, war seine Waffe wieder sicher verstaut.

Er rollte Skylar behutsam auf den Rücken und betete so sehr, wie er noch nie zuvor gebetet hatte. Der Dreckskerl hätte ihr das Genick brechen können, als er sie gegen die Wand geschleudert hatte. Bulls ganzes Leben zog in dem Sekundenbruchteil an ihm vorbei, den er brauchte, um ihr in die Augen zu sehen.

Grüne, von Schmerz erfüllte Augen starrten ihn an. »Bull's Eye – Volltreffer«, flüsterte sie.

»Verdammt«, keuchte Bull. »*Verdammt*.« Er konnte nichts anderes herausbringen. Er war zu erleichtert, dass sie noch am Leben war, um zu sprechen.

Blut sickerte aus einer kleinen Wunde an ihrem Hals. Sie war offensichtlich nicht allzu tief, aber Bull konnte den Anblick von ihrem Blut nicht ertragen.

»Hier«, sagte Eagle, griff um ihn herum und hielt ihm ein Bündel Mull hin. Bull drückte ihn an ihren Hals, aber sie zuckte nicht einmal.

»Ich habe die Polizei und die Sanitäter gerufen«, informierte Gramps ihn.

Bull nickte, ohne den Blick von Skylar zu nehmen.

»Was ist mit Sandra?«, fragte sie leise.

»Es geht ihr gut«, versicherte Bull ihr. »Sie hat Angst bekommen und sich die halbe Nacht unter einer Veranda versteckt – deshalb hat es so lange gedauert, bis wir zu dir gekommen sind.«

»Aber ihr seid gekommen«, erwiderte sie. Dann griff sie nach oben und hielt seinen Arm mit einem überraschend starken Griff fest. »Ich habe mich geirrt«, flüsterte sie, bevor sie die Augen zumachte und bewusstlos wurde.

»Verdammt noch mal!«, fluchte Bull.

»Wir müssen die Fessel von ihrem Knöchel lösen, damit wir hier rauskommen«, erklärte Gramps mit fester Stimme.

Bull schaute an Skylars Körper hinunter und sah, dass sein Teamkamerad neben ihren Beinen kniete. Er zog das Bein ihrer Hose hoch und Bull knurrte. Ihr Knöchel war in einem schlechten Zustand. Die Fessel hatte sich in ihre Haut gegraben, sie blutete und sah entzündet aus. Ihre Zehen waren blau und es war offensichtlich, dass der Blutfluss seit einiger Zeit eingeschränkt war.

Ohne eine Sekunde zu zögern, griff Smoke in eine seiner Taschen und holte einen Schlüssel für Handschellen heraus.

Skylar stöhnte auf, als die Fessel geöffnet wurde, und Bull spannte die Muskeln an. Er wusste, dass das wehtun musste, wenn sie stöhnte, während sie bewusstlos war. Jemand legte eine Hand auf seine Schulter und hielt ihn so davon ab, durch den Raum zu eilen und den Mann zu töten, der mit Kabelbindern gefesselt war und darüber stöhnte, dass sein Schwanz kaputt war.

Bull war fertig. Er wollte, dass Skylar aus diesem dreckigen Höllenloch herauskam. Raus aus diesem Haus. Er stand auf, beugte sich vor und hob Skylar sanft in seine Arme. Smoke ging neben ihm her und übte Druck auf den Verband an ihrem Hals aus. Ihr Kopf blutete nicht an der Stelle, an der sie gegen die Wand geprallt war, aber das bedeutete nicht, dass sie keine Hirnverletzung hatte. Er trat um den Mann herum, der sich am Boden krümmte, und ging zur Treppe.

Kaum waren sie aus dem Haus, atmete Bull tief durch. Freiheit. Er wusste aus Erfahrung, wie sauber und frisch die Luft schien, wenn man aus der Gefangenschaft befreit war. Er hasste es, dass Skylar dieses Gefühl nun auch kannte.

Der Klang der Sirenen, die sich ihnen näherten, war laut, und Bull musste sich beherrschen, um nicht in Panik zu geraten, und schritt schnell um die verfallene Häuserreihe herum. Er konnte einige Leute sehen, die herumstanden und gafften, und er fragte sich bitterlich, wo sie gewesen waren, als seine Frau gelitten und um ihr Leben geschrien hatte.

Als der Krankenwagen zum Stehen kam, ging Bull auf ihn zu und öffnete die hintere Tür, was den Sanitäter, der gerade aussteigen wollte, zu Tode erschreckte.

Er stieg in das Fahrzeug ein und legte Skylar auf die Trage. Er bewegte sich zu ihrem Kopf, ging aber nicht weg. Niemand würde ihn von hier wegschaffen können. Auf gar keinen Fall.

Bull sah, wie Jay in den Krankenwagen gelegt wurde, der von zwei Polizisten begleitet wurde, und bedauerte einen Moment lang, dass er nicht auf seinen Kopf gezielt hatte. Er hatte nicht geschossen, um zu töten, sondern um ihn zu entwaffnen und auszuschalten. Er hatte die Hand, die Skylar das Messer an die Kehle gehalten hatte, mit einer Kugel durchbohrt und ihm dann auch noch in den Oberschenkel geschossen, um dafür zu sorgen, dass der Mann nicht weglaufen konnte. Aber als er auf den Sanitäter hinunterblickte, der gerade den Verband abgenommen hatte, um Skylars Verletzungen zu untersuchen, wünschte Bull, er hätte dem Dreckskerl in den Schwanz geschossen und sein Leben ein für alle Mal beendet.

Innerhalb kurzer Zeit war der Krankenwagen unterwegs auf dem Weg ins Krankenhaus.

Er beugte sich hinunter und ignorierte den Mann, der sein Bestes tat, um Skylar zu untersuchen, küsste ihre Schläfe und flüsterte: »Ich liebe dich, Sky. Verlass mich nicht.«

Sie zuckte nicht einmal als Antwort.

Skylar blickte zur Tür ihres Krankenhauszimmers, ihre Lider waren schwer vor Erschöpfung. Es war spät und die Sonne war schon lange untergegangen. Sie war in der Notaufnahme aufgewacht, während sie von einem Arzt und einer Krankenschwester untersucht wurde. Sie hatte eine Gehirnerschütterung und ein paar kleine Stichwunden am Rücken, aber ihr Knöchel war die schlimmste ihrer Verletzungen gewesen. Der Schnitt am Hals sah zwar schlimm aus, aber im Vergleich zu der Infektion und dem Durchblutungsausfall in ihrem Fuß war das gar nichts.

Sie hatte keinen ihrer Zehen verloren, obwohl der Arzt

sagte, dass es sehr knapp gewesen sei. Wäre es auch nur ein paar Stunden später gewesen, hätte sie vielleicht ihren ganzen Fuß verloren.

Ihr war gesagt worden, sie müsse ein paar Tage im Krankenhaus bleiben, damit die Ärzte sie überwachen konnten, aber sie wusste, dass sie Glück gehabt hatte. Sehr viel Glück. Jay hatte vorgehabt, sie zu töten. Die Tatsache, dass sie noch hier war, erstaunte sie.

Als sie sah, wie Carson mit der Nachtschwester sprach, seufzte sie aus Mitleid mit dem armen Mann. Er war an ihrer Seite gewesen, seit der Arzt ihn wieder in die Notaufnahme gelassen hatte. Sie hatten keine Zeit für sich gehabt, denn Smoke, Eagle, Gramps, die Polizei, die Ärzte, die Krankenschwestern, die Angestellten von *Silverstone*, ihre Lehrerkollegen und sogar ein paar Reporter waren den ganzen Tag über ein und aus gegangen.

Ihre Eltern waren fast sofort nach ihrer Einlieferung aufgetaucht. Sie waren die ganze Zeit, in der sie vermisst wurde, verzweifelt gewesen und hatten in einem Hotel in der Nähe gewohnt, um bei der Suche nach ihr helfen zu können. Ihre Mutter hatte geweint, als sie sie gesehen hatte, und sogar ihr Vater hatte Tränen in den Augen. Carson war eine große Hilfe gewesen und hatte ihnen versichert, dass es ihr gut ginge. Zurzeit waren sie in ihrem Hotel, aber sie würden am nächsten Tag wiederkommen und wahrscheinlich jeden Tag, bis sie entlassen wurde. Skylar machte das nichts aus. Sie hasste es, dass sie so besorgt waren, und ihr Besuch versicherte ihnen, dass sie wieder in Ordnung kommen würde.

Sandra in Sicherheit und so glücklich zu sehen war jedoch der Höhepunkt ihres Tages gewesen. Ihre Beziehung hatte sich von einer reinen Lehrer-Schüler-Beziehung weiterentwickelt. Shawn hatte geweint und ihr gesagt, dass sie jetzt ein fester Bestandteil seiner Familie sei.

Es war nicht schwer gewesen, dem Polizeibeamten alles zu erzählen, was passiert war, obwohl Skylar wusste, dass Carson nicht glücklich darüber war, dass sie sich freiwillig in Gefahr begeben hatte. Sie hatte versucht zu erklären, dass sie Jay Ricketts auf keinen Fall erlaubt hätte, Sandra allein zu entführen, und obwohl sie vermutete, dass der Polizist es verstanden hatte, war sie sich nicht sicher, ob Carson das auch tat.

Das Klicken der sich schließenden Tür erregte Skylars Aufmerksamkeit und sie sah zu Carson hinüber. Wegen der Messerwunde und der Gehirnerschütterung war es ihr unangenehm, den Kopf zu bewegen, und sie konnte nicht anders, als zusammenzuzucken.

Sofort war Carson bei ihr. »Geht es dir gut? Brauchst du noch eine Schmerztablette?«

»Mir geht's gut«, versicherte Skylar ihm. »Ich habe nur für einen Moment meine Verletzung vergessen.«

Ihr überfürsorglicher, aufmerksamer Freund knurrte.

Skylar streckte ihm die Hand entgegen.

Er starrte sie einen Moment lang an, aber anstatt sie zu nehmen, beugte er sich hinunter und begann, seine Kampfstiefel aufzuschnüren. Er ging zur Wand hinüber, schaltete das Deckenlicht aus und machte einen Umweg zum Badezimmer, um dort das Licht einzuschalten. Dann zog er sein Hemd aus, bevor er sie sanft im Bett umlegte, gerade so weit, dass er Platz hatte, sich neben sie zu legen.

In dem Moment, in dem er seine Arme um sie legte, seufzte Skylar zufrieden. Den ganzen Tag war sie ausgefragt und genervt worden. Eine sehr redselige Krankenschwester hatte ihr ein Schwammbad verpasst. Sie hatte ihren zahllosen Besuchern versichert, dass es ihr gut ginge und dass es Sandra war, um die sie sich Sorgen machte.

Jetzt, im gedämpften Licht des Badezimmers, entspannte

sich Skylar zum ersten Mal, seit sie das Bewusstsein wiedererlangt hatte, völlig.

Ihr Kopf ruhte auf Carsons Brust und sie hatte ihren Arm um seinen Bauch gelegt. Ihr Nacken schmerzte, aber sie ignorierte es, weil es ihr wichtiger war, Carson an sich zu spüren, als dieser kleine Schmerz in ihrem Nacken. Ihr Knöchel war bandagiert und sie richtete ihr Bein vorsichtig so aus, dass es noch immer hoch auf den Kissen am Fußende des Bettes lag. Sie bewegte sich ein wenig, dann seufzte sie noch einmal.

»Hast du es bequem?«, fragte Carson.

»Ja.«

»Hast du noch Hunger?«

»Nein.« Nachdem er gehört hatte, dass sie außer ein paar Bissen kalten Hamburgers seit Freitagabend nichts mehr gegessen hatte, hatte Carson dafür gesorgt, dass sie den ganzen Tag über mit Milchshakes und faden Snacks versorgt war.

Skylar hatte stundenlang darüber nachgedacht, was sie Carson sagen wollte, und jetzt, da sie ihn für sich allein hatte, zögerte sie nicht. »Ich habe mich geirrt.«

»Das hast du schon im Haus gesagt«, bemerkte Carson. »Ich wusste nicht, was du meinst.«

»Habe ich das?«, fragte Skylar.

»Ja.«

»Ich kann mich nicht erinnern, es gesagt zu haben, aber ich habe viel darüber nachgedacht, schon vor der Entführung, also bin ich nicht überrascht.« Sie legte den Kopf ein wenig zurück, um ihm in die Augen sehen zu können, wobei sie auf ihre Wunden achtgab. »Es war falsch von mir, dich so unbarmherzig zu verurteilen«, stellte sie klar. »Ich habe einige Dinge gesagt, die ich bedauere. Du hattest recht. Wenn du beim Militär wärst, würde ich nicht einmal darüber nachdenken, was du tust. Ich würde mir natürlich trotzdem Sorgen um dich machen, aber ich würde dir wahrscheinlich sagen, wie stolz ich auf dich bin.«

Carson schüttelte den Kopf. »Du hast dich nicht geirrt. Was wir tun, ist nicht legal. Vielleicht nicht einmal richtig.«

»Blödsinn«, entgegnete Skylar mit Nachdruck. »Ich werde nicht lügen und so tun, als würde mich das nicht erschrecken, denn ehrlich gesagt, das tut es. Aber ... ich verstehe es jetzt. Leute wie Jay Ricketts haben es nicht verdient, frei herumzulaufen, um die Dinge tun zu können, die sie tun. Er wollte Sandra schreckliche Dinge antun. Das machte mich krank. Ich bin froh, dass du und dein Team da wart, um euer Ding durchzuziehen.«

Carson hatte einen Ausdruck im Gesicht, den sie nicht deuten konnte, und Skylar runzelte die Stirn. »Was?«, fragte sie.

»Mein Schatz, auf einer Skala von eins bis zehn auf dem Spektrum des Bösen ist Ricketts etwa eine Drei.«

»Ernsthaft?«

»Ja. Er ist krank im Kopf und eine Bedrohung für die Gesellschaft, aber das *Silverstone*-Team hat es nicht auf Dreier abgesehen. Wir nehmen Neuner und Zehner ins Visier.«

Skylar schnappte nach Luft. »Wenn Jay eine Drei war, will ich mir gar nicht vorstellen, wie eine Neun oder Zehn aussehen würde.«

»Glaub mir, das willst du wirklich nicht«, stimmte Carson ruhig zu. »Ich will damit nur sagen, dass wir nicht wahllos Leute umbringen. Wir arbeiten mit dem FBI und dem Ministerium für Innere Sicherheit zusammen und nehmen nur die Schlimmsten der Schlimmen ins Visier.«

»Leute wie Fazlur Barzan Khatun«, bemerkte Skylar und verstand endlich.

»Genau.« Dann, nach einer Weile des Schweigens, gab Carson zu: »Aber ich wollte Ricketts töten. Er hat dich verletzt.

Dich als Geisel gehalten. Dich und Sandra gequält. Ich *wollte* ihn so gern umbringen.«

»Aber du hast es nicht getan«, entgegnete Skylar, hob eine Hand und legte sie ihm an die Wange. »Weil du ein guter Mensch bist.«

»Das bin ich nicht«, beharrte Carson. »Du hast keine Ahnung, wie viel Blut an meinen Händen klebt.«

Skylar schüttelte sanft den Kopf. »Du und deine Freunde, ihr seid gute Menschen, die bösen Menschen böse Dinge antun.« Sie merkte, dass ihre Worte ankamen. »Und ich liebe dich«, beendete sie leise.

Skylar sah, wie die Emotionen, die an jenem schrecklichen Tag letzte Woche in seinem Gesicht gefehlt hatten, in seinen Augen aufleuchteten. Dann machte er ihr das beste Geschenk, das sie sich je hätte wünschen können. Er lächelte.

Ein breites Lächeln, das von einem Ohr zum anderen reichte.

Es war wunderschön. *Er* war wunderschön.

»Ich liebe dich auch«, versicherte er ihr, ohne zu zögern. »Du wirst nie wissen, wie sehr.«

»Ich kann damit leben, was du tust«, sagte sie zu ihm. »Es macht mir Angst – ich mache mir Sorgen um dich –, aber zu wissen, dass du da draußen bist und die Welt sicherer machst ... damit kann ich gut leben.«

Er schloss die Augen und presste seine Lippen auf ihre Stirn. Als er sie wieder öffnete, konnte sie den Blick nicht abwenden. »Ich verspreche dir, dass es keinen Einfluss auf dich haben wird, mein Schatz. Niemals.«

»Ich glaube dir.«

»Gut.«

So sehr sie auch versuchte, es zurückzuhalten, Skylar musste einfach gähnen.

Carson lachte, und das Geräusch verursachte ihr eine Gänsehaut bis in die Zehenspitzen. »Schlaf, mein Schatz.«

»Du gehst nicht weg?«, fragte sie.

»Ich gehe nirgendwo hin«, erwiderte Carson.

»Ich will nach Hause«, jammerte sie. »Dein Zuhause«, stellte sie schnell klar.

»Und du wirst auch bald wieder dort sein. Sobald die Ärzte sagen, dass du so weit bist«, versicherte Carson ihr. »Ich möchte, dass du dort dauerhaft bleibst«, fügte er hinzu.

»Okay«, stimmte Skylar zu, die bereits im Halbschlaf war.

»Okay?«, fragte Carson. »Du ziehst bei mir ein?«

»Ja.«

»Ich werde dich beim Wort nehmen«, warnte Carson.

Aber Skylar hörte ihn kaum. Sie fühlte sich warm, behaglich und sicher, und ihr Bauch war voll. Sie lag in den Armen des Mannes, den sie liebte und der sie ebenfalls liebte. Sie schlief innerhalb von Sekunden ein.

Eine Stunde später öffnete sich die Tür zu Skylars Krankenzimmer lautlos. In der Erwartung, die Nachtschwester zu sehen, war Bull erschrocken, als Tiana hereinkam.

Es war viel zu spät für Besucher, aber Bull nahm an, dass Skylars Nachbarin sich nicht wirklich an Regeln hielt, wenn es um ihre Freundinnen ging. Sie zog einen Stuhl an die Seite des Bettes und starrte Skylar einen Moment lang an, bevor sie Bulls Blick begegnete.

»Es tut mir leid, dass meine Kontakte sie nicht finden konnten, bevor sie verletzt wurde«, erklärte sie so leise, dass Skylar nicht aufwachte.

Bull wusste, dass sie Gefallen bei den Vice Lords eingefordert hatte. Offenbar war sie nicht so weit vom Bandenleben entfernt, wie sie Skylar vielleicht glauben gemacht hatte. Bull war zwar nicht begeistert von der Bandenzugehörigkeit der Frau, aber sie war gut zu Skylar, und alles andere zählte für ihn ohnehin nicht.

Außerdem war er ein Berufsmörder. Wer war er, dass er mit Urteilen um sich warf?

»Es ist schon in Ordnung«, versicherte er ihr.

»Ich komme morgen wieder, um Sky zu besuchen, aber ich wollte dich wissen lassen, dass die Vice Lords das nicht auf sich beruhen lassen werden. Skylar ist keine von uns, aber sie hat mich bedingungslos akzeptiert. Am dem Tag, an dem sie einzog, klopfte sie an meine Tür und erklärte mir, dass Frauen zusammenhalten und dass wir aufeinander aufpassen müssen, wenn wir sicher sein wollen. Sie kannte mich nicht einmal. Sie kannte meinen Hintergrund nicht. Für sie war ich nur die ältere schwarze Dame, die nebenan wohnte. Was kannst du mir über Ricketts sagen?«

»Er ist ein registrierter Sexualstraftäter aus South Dakota. Er hat ein paar Jahre im Gefängnis gesessen, weil er eine Zwölfjährige belästigt hat. Er hat Sioux Falls verlassen, ohne seine Adresse zu ändern, und offenbar hat er in Eastlake nach dem perfekten Opfer Ausschau gehalten. Er wollte Sandra nach Chicago entführen und schließlich nach Alaska ziehen, um dort ein zurückgezogenes Leben zu führen. Er wollte sie einer Gehirnwäsche unterziehen, damit sie ihn liebt und seine Frau wird.«

Tiana schaute finster drein und lehnte sich vor. »Er wird kein Problem mehr für dich, Skylar oder andere kleine Mädchen darstellen.«

»Tiana«, mahnte Bull.

Sie hob eine Hand. »Du weißt so gut wie ich, dass Kinderschänder im Gefängnis nicht gut wegkommen. Es gibt einen Kodex. Kein Anfassen von Kindern. Er hat ihn gebrochen. Es würde mich nicht überraschen, wenn er nicht sehr lange hinter Gittern bleiben würde.«

Bull wollte protestieren. Er wollte den Vice Lords keinen Gefallen schulden, aber er presste die Lippen zusammen.

»Und *ich* tue damit jemandem einen Gefallen, der mir etwas bedeutet«, sagte Tiana. »Ich sorge für die Sicherheit anderer Kinder. Verstehst du das?«

Bull verstand es. »Danke.«

»Ich habe dir erzählt, dass Sky zu mir gekommen ist, um mit mir zu reden«, sagte Tiana im Plauderton. »Sie war verärgert, weil sie etwas über dich erfahren hatte, das ihr nicht behagte. Ich weiß nicht, was es ist, und ich will es auch gar nicht wissen. Ich habe ihr gesagt, dass du die Art von Mann bist, der alles tun würde, um sie zu beschützen.«

»Das bin ich«, unterbrach Bull.

»Sie ist eine glückliche Frau«, erwiderte Tiana. »Etwas Besonderes.«

»Sie wird bei mir einziehen«, platzte Bull heraus.

Anstatt sauer zu sein, lächelte Tiana. »Gut.«

»Du und Maria könnt sie ... uns ... jederzeit besuchen«, versprach Bull.

Für einen Augenblick sah Tiana überrascht aus, dann richtete sie sich in ihrem Stuhl auf. »Obwohl du weißt, was du über mich weißt, würdest du mich zu euch nach Hause einladen?«

»Verdammt richtig«, entgegnete Bull. »*Dich.* Nicht deine ... äh ... Partner.«

»Verstanden.«

»Danke, dass du auf sie aufgepasst hast«, erklärte Bull ihr.

Tiana nickte. »Wenn du dich mit ihr anlegst, legst du dich mit den Vice Lords an«, erklärte sie trocken. »Ich wollte dir nur sagen, dass Ricketts nicht mehr dein Problem ist.«

Bull nickte und fühlte sich erleichtert, mehr als er es wahrscheinlich hätte sein sollen.

Dann stand Tiana auf und ging zur Tür. Sie ging ohne ein weiteres Wort.

Bull drückte Skylar fester an sich und küsste noch einmal ihren Kopf.

Skylar regte sich. »Carson?«

Bull lächelte. Er würde es nie leid werden, dass sie seinen Namen sagte, bevor sie ihm eine Frage stellte. Eine Zeit lang hatte er gedacht, er hätte etwas Besonderes, etwas Wertvolles verloren, als sie Schwierigkeiten hatte zu akzeptieren, was er tat. Dann hatte er gedacht, er hätte es verloren, als Ricketts ihr ein Messer an die Kehle gehalten hatte. »Ja, mein Schatz?«

»Erinnere mich daran, dass ich morgen meine Unterrichtspläne mache. Ich will nicht, dass meine Abwesenheit den Unterricht meiner Kinder negativ beeinflusst.«

Bull lachte leise. Seine Sky dachte immer zuerst an andere und dann an sich selbst. »Mache ich.«

»Ich liebe dich«, murmelte sie.

Und auch das würde er nie müde werden zu hören. »Ich liebe dich auch.«

EPILOG

Taylor Cardin stieß einen kleinen Schreckensschrei aus, als ein Wagen auf dem Parkplatz seine Räder durchdrehen ließ und direkt vor ihr auf einen freien Parkplatz fuhr. Sie schlug sich mit der Hand auf die Brust und nahm sich einen Moment Zeit, um zu Atem zu kommen. Sie war etwa drei Schritte davon entfernt gewesen, überfahren zu werden.

Bevor sie ihr Gleichgewicht wiedererlangen konnte, sprang ein Mann aus einem anderen Wagen und begann, den Mann anzuschreien, der in die Parklücke gefahren war.

Im nächsten Moment fingen die beiden Männer an, sich zu prügeln. Sie schlugen sich und schrien sich gegenseitig an.

Taylor wich zurück, schaute sich um und sah, dass mehrere andere Kunden das Geschehen beobachteten.

Taylor atmete erleichtert auf, dass sie nicht die einzige Zeugin war, und wich weiter zurück.

Als einer der Männer schnell ein Messer zog, weiteten sich ihre Augen vor Schreck.

Passierte das wirklich?

Offensichtlich ja, das tat es.

Einer der anderen Umstehenden rief, dass er die Polizei gerufen hatte, aber das stoppte den Kampf nicht.

»Du meine Güte!«, rief eine Frau, die in der Nähe stand. »Das ist verrückt!«

Taylor musste ihr zustimmen.

Sie wusste, dass sie den Schauplatz umgehen und in den Lebensmittelladen gehen konnte, aber Taylor blieb stehen. Sie war die schlechteste Zeugin in der Geschichte aller Zeugen, und wenn sie blieb, würde ihr das nichts als Kummer bereiten, aber sie konnte sich nicht dazu durchringen zu gehen. Es fühlte sich falsch an, den Tatort zu verlassen, bevor die Polizei eintraf.

Zwanzig Minuten später hatten die Polizisten die Männer getrennt, ihre oberflächlichen Wunden versorgt und befragten alle Anwesenden nach dem, was sie gesehen hatten.

»Ich bin Officer Nelson, können Sie mir sagen, was Sie gesehen haben?«, fragte er sie.

Taylor holte tief Luft und nannte ihm so viele Details wie möglich.

»Gut. Ich brauche Ihre Kontaktinformationen, damit Sie aussagen können, wenn es zu einer Anklage kommen sollte.«

Taylor blickte sich um und sah, dass mehrere andere Zeugen ungeduldig darauf warteten, dass sie an der Reihe waren, dem Polizisten zu erzählen, was sie gesehen hatten ... aber sie musste ihm ihre Lage erklären.

»Ich bin gern bereit, Ihnen meine Kontaktinformationen zu geben, aber ich werde nicht in der Lage sein auszusagen.«

Officer Nelson blickte daraufhin scharf auf. »Warum nicht?«

»Ich habe Prosopagnosie. Das ist eine Krankheit, bei der ich keine Gesichter erkennen kann. Ich werde nicht in der Lage sein zu erkennen, welcher Mann wer war, wenn wir in einem Gerichtssaal sitzen. Ich werde nicht einmal Sie erkennen.«

Sie wartete – und tatsächlich, sie bekam die erwartete Reaktion.

»Also, was ... Sie sind wie die Frau in diesem Film *50 erste Dates*? Die, die keine Ahnung hatte, dass sie Tag für Tag zu einer Verabredung mit einem Typen geht?«

Taylor tat ihr Bestes, um ihre Verärgerung zu unterdrücken. Auch wenn sie daran gewöhnt war, dass die Leute unsensibel waren und ihren Zustand falsch einschätzten, war es dennoch frustrierend. »Nein. So ist es nicht. Ich habe kein Gedächtnisproblem. Ich kann einem Richter und einer Jury erzählen, was passiert ist. Ich werde mich an die Farbe der Wagen erinnern und sogar daran, was die Männer anhatten, aber ich werde nicht in der Lage sein zu sagen, wer das Messer gezogen hat und wer nicht.«

»Verdammt. Das ist ein Problem«, erklärte der Beamte. »Okay, bleiben Sie einfach hier, während ich mit den anderen Zeugen spreche. Dann muss ich mit meinem Vorgesetzten sprechen und entscheiden, ob wir Ihre Aussage überhaupt verwenden können. Gehen Sie nicht weg, in Ordnung?«

Taylor presste die Lippen zusammen und nickte. Sie hätte in den Laden gehen sollen, anstatt das Richtige zu tun und hierzubleiben. Sie beobachtete abwesend, wie der Polizist sich Notizen machte, während er mit den anderen Zeugen sprach. Es waren zwei Frauen und drei Männer. Nicht dass es wichtig gewesen wäre. *Die* würde sie auch nicht wiedererkennen, sobald sie weg waren. Sie hatte sich im Laufe der Jahre mit ihrem Zustand abgefunden, aber das machte es nicht leichter, mit der Neugier der Leute umzugehen.

Sie wusste nicht genau, wie lange sie gewartet hatte, aber es war lange genug, damit der Polizist die Aussagen der anderen Zeugen aufnehmen und ein langes Gespräch mit den anderen Beamten am Tatort führen konnte.

Sie stand noch immer mit den Armen vor dem Körper verschränkt an der Seite und hatte das Gefühl, vergessen worden zu sein, als sie einen Mann sah, der selbstbewusst über den Parkplatz auf Officer Nelson zuging.

Aufgrund ihres Zustands war sie nie wirklich in der Lage zu erkennen, ob jemand »gut aussehend« war oder nicht. Für sie neigten die Gesichtszüge dazu, miteinander zu verschwimmen. Es sei denn, jemand hatte etwas ganz Besonderes an seinem Gesicht, etwas, das sie später wiedererkennen konnte, ansonsten sahen alle Gesichter buchstäblich gleich aus. Dennoch wusste sie einen gut definierten Körperbau zu schätzen, und dieser Mann war definitiv in Form. Und etwas an der Art, wie er ging – ohne Angst vor irgendjemandem oder irgendetwas um ihn herum –, ließ sie einen Anflug von Sehnsucht verspüren.

Taylor hatte so etwas noch *nie* empfunden. Sie hatte generell Angst vor Menschen. Sie hatte immer das Gefühl, dass sie ihrer Umgebung ausgeliefert war. Niemand verstand je, wie ihr Leben mit ihrem Zustand aussah, und sie hasste Konfrontationen jeglicher Art.

Der Mann blieb stehen, um mit Officer Nelson zu sprechen, und sie sah, wie er sich über seine Schulter zu ihr umblickte. Er trug ein T-Shirt mit der Aufschrift SILVERSTONE TOWING in großen Buchstaben auf dem Rücken.

Taylor erstarrte. Kannte sie ihn? Hatte er sie erkannt? Sie hatte keine Ahnung. Der Typ sah nicht verärgert aus, nur neugierig.

Einen Moment lang wünschte sie sich, sie hätte einen Mann wie ihn. Einen Mann, der das Sagen zu haben schien. Jemand, der jede Situation unter Kontrolle hatte und sie vor den neugierigen Blicken der Leute beschützen konnte, die Mitleid mit ihr hatten oder neugieriger waren, als ihr lieb war.

Aber einen Freund zu haben kam für sie nicht infrage. Das hatte sie auf die harte Tour gelernt.

Als der Mann sich umdrehte und auf sie zukam, wollte

Taylor am liebsten verschwinden, aber sie hatte dem Polizisten gesagt, sie würde bleiben, bis er wüsste, was er mit ihr machen sollte.

Sie schlang die Arme noch fester um ihren Körper, holte tief Luft und machte sich auf alles gefasst, was der Mann zu sagen hatte.

Bitte sei kein Idiot, dachte sie und sah ihm in die Augen, als er sich ihr näherte.

**

Für diejenigen mit Prosopagnosie kann es verwirrend und sogar angsteinflößend sein, keine Gesichter erkennen zu können. Glücklicherweise hat Taylor Eagle, der auf sie aufpasst. Doch er kann nicht jede Minute des Tages an ihrer Seite verbringen, als es also jemand auf Taylor abgesehen hat, muss sie all ihren Mut zusammennehmen und außerdem auf Eagles Hilfe vertrauen, um zu überleben. Holen Sie sich jetzt *Vertrauen in Taylor*, das nächste Buch der Reihe *Die Männer von Silverstone*.

BÜCHER VON SUSAN STOKER

Die Männer von Silverstone
Vertrauen in Skylar
Vertrauen in Taylor (1 Aug)
Vertrauen in Molly (1 Sept)
Vertrauen in Cassidy (1 Dez)

SEALs of Protection: Alliance
Schutz für Remi (2 July)
Schutz für Wren (5 Nov)
Schutz für Josie (4 Mar)
Schutz für Maggie (1 Apr)
Schutz für Addison (6 May)
Schutz für Kelli
Schutz für Bree

Die Zuflucht in den Bergen
Zuflucht für Alaska
Zuflucht für Henley
Zuflucht für Reese

Zuflucht für Cora
Zuflucht für Lara
Zuflucht für Maisy (1 Okt)
Zuflucht für Ryleigh (7 Jan)

Das Bergungsteam vom Eagle Point

Ein Retter für Lilly
Ein Retter für Elsie
Ein Retter für Bristol
Ein Retter für Caryn
Ein Retter für Finley
Ein Retter für Heather
Ein Retter für Khloe

SEALs of Protection: Legacy

Ein Beschützer für Caite
Ein Beschützer für Brenae
Ein Beschützer für Sidney
Ein Beschützer für Piper
Ein Beschützer für Zoey
Ein Beschützer für Avery
Ein Beschützer für Kalee
Ein Beschützer für Jane

Die SEALs von Hawaii:

Die Suche nach Elodie
Die Suche nach Lexie
Die Suche nach Kenna
Die Suche nach Monica
Die Suche nach Carly
Die Suche nach Ashlyn
Die Suche nach Jodelle

Delta Team Zwei
Ein Held für Gillian
Ein Held für Kinley
Ein Held für Aspen
Ein Held für Jayme
Ein Held für Riley
Ein Held für Devyn
Ein Held für Ember
Ein Held für Sierra

Mountain Mercenaries:
Die Befreiung von Allye
Die Befreiung von Chloe
Die Befreiung von Morgan
Die Befreiung von Harlow
Die Befreiung von Everly
Die Befreiung von Zara
Die Befreiung von Raven

Ace Security Reihe:
Anspruch auf Grace
Anspruch auf Alexis
Anspruch auf Bailey
Anspruch auf Felicity
Anspruch auf Sarah

Die Delta Force Heroes:
Die Rettung von Rayne
Die Rettung von Emily
Die Rettung von Harley
Die Hochzeit von Emily
Die Rettung von Kassie
Die Rettung von Bryn

BIOGRAFIE

Susan Stoker ist die New York Times, USA Today und Wall Street Journal Bestsellerautorin der Buchreihen »Badge of Honor: Texas Heroes«, »SEAL of Protection«, »Die Delta Force Heroes« und einigen mehr. Stoker ist mit einem pensionierten Unteroffizier der US-Armee verheiratet und hat. in ihrem Leben schon überall in den Vereinigten Staaten gelebt – von Missouri über Kalifornien bis hin zu Colorado. Zurzeit nennt sie die Region unter dem großen Himmel von Tennessee ihr Zuhause. Sie glaubt ganz und gar an Happy Ends und hat großen Spaß daran, Geschichten zu schreiben, in denen Romantik zu Liebe wird.

Besuchen Sie Susan im Netz!
www.stokeraces.com
facebook.com/authorsusanstoker
twitter.com/Susan_Stoker
bookbub.com/authors/susan-stoker

instagram.com/authorsusanstoker
Email: Susan@StokerAces.com